FILHOS DO ÉDEN

EDUARDO SPOHR
ANDRÉS RAMOS

FILHOS DO ÉDEN

UNIVERSO EXPANDIDO

1ª edição
Rio de Janeiro-RJ / Campinas-SP, 2016

VERUS editora

Editora executiva
Raïssa Castro

Coordenadora editorial
Ana Paula Gomes

Copidesque
Ana Paula Gomes

Revisão
Maria Lúcia A. Maier

Capa e projeto gráfico
André S. Tavares da Silva

Ilustrações de capa e miolo
Andrés Ramos

Ficha de RPG (página 243)
José Ruiter

Citações das castas angélicas e satânicas (capítulo 3)
Carlos Eduardo Leal Fernandes

ISBN: 978-85-7686-551-3

Verus Editora Ltda.
Rua Benedicto Aristides Ribeiro, 41, Jd. Santa Genebra II, Campinas/SP, 13084-753
Fone/Fax: (19) 3249-0001 | www.veruseditora.com.br

CIP-BRASIL. CATALOGAÇÃO NA FONTE
SINDICATO NACIONAL DOS EDITORES DE LIVROS, RJ

S749f

Spohr, Eduardo, 1976-
Filhos do Éden : universo expandido / Eduardo Spohr, texto e ilustração Andrés Ramos. - 1. ed. - Campinas, SP : Verus, 2016.
il. ; 29 cm.

ISBN 978-85-7686-551-3

1. Ficção brasileira. I. Ramos, Andrés. II. Título.

16-35744 CDD: 869.3
CDU: 821.134.3(81)-3

Revisado conforme o novo acordo ortográfico
Impressão e acabamento Lis Gráfica

Para Carlos Eduardo "Ximu" Fernandes (Orion, o Rei Caído de Atlântida), Roberto "Esculhambação" Zarour (Apollyon, o Exterminador), Pedro "Popó" Pontes (Amael, o Senhor dos Vulcões), Gustavo "Guga" Millet (Nathanael, o Mais Puro), Tiago "Rex" Lamarca (Denyel, o anjo exilado), Juliana Spohr (Kaira, Centelha Divina), Guilherme Simões Reis (Levih, o Amigo dos Homens) e Gustavo Medeiros (Lirius Maledictum, o Demônio com Bico da Página 169), pelas intermináveis noites de RPG

EDUARDO SPOHR

Para minha esposa, Thais, por ter me acompanhado nesta jornada, desde as profundezas do Hades até as cordilheiras do paraíso

ANDRÉS RAMOS

SUMÁRIO

INTRODUÇÃO
UM GUIA PARA O UNIVERSO EXPANDIDO 9

1. CRONOLOGIA
DO COMEÇO AO FIM DO MUNDO 21

2. CENÁRIO
A REALIDADE E ALÉM 53

3. LUZ E TREVAS
CASTAS ANGÉLICAS E ORDENS SATÂNICAS 77

4. REIS E PEÕES
PERSONAGENS 111

5. SOPRO DE DEUS
MAGIA E MISTICISMO 163

6. BESTIÁRIO
MONSTROS, ENTIDADES E CRIATURAS 173

7. FANFICTION
ESCREVA SUAS PRÓPRIAS HISTÓRIAS 193

8. RPG
JOGO DE INTERPRETAÇÃO DE PAPÉIS 201

9. MAKING OF
OS BASTIDORES DE *FILHOS DO ÉDEN: UNIVERSO EXPANDIDO* 245

INTRODUÇÃO

UM GUIA PARA O UNIVERSO EXPANDIDO

Somos os "filhos do meio" da história. Homens sem lugar. Não temos a Grande Guerra nem a Grande Depressão. Nossa grande guerra é a espiritual. Nossa grande depressão é a nossa vida.

TYLER DURDEN, em ***Clube da Luta***

Os anos 90 foram a década da desilusão, algo semelhante aos "loucos" anos 20, com a diferença de que não marcaram o início, mas o *fim* das ideologias e o surgimento de uma geração que, de uma hora para outra, não tinha mais nada pelo que lutar. O colapso da União Soviética, o desfecho da Guerra Fria e a unificação dos mercados aproximaram as nações, mas também as pasteurizaram, gerando uma crise de identidade em escala global.

Com isso, tudo mudou. O inimigo não é mais externo, ele agora é interno. O monstro não está fora, e sim *dentro* de nós.

O impacto dessa tendência se refletiu em movimentos culturais, sociais e políticos. Os punks, contestadores e idealistas, deram lugar aos góticos e depois aos clubbers, tribos sem nenhuma pretensão combativa. No campo das artes, filmes como *Matrix* exploravam o conflito psicológico estimulado por esse cenário, e na subcultura dos role-playing games ganhavam força os jogos de horror pessoal, em oposição às clássicas aventuras de calabouços e monstros.

Foi em meio a essa tempestade de referências, ainda abalada pela paranoia oitentista e pelos temores de destruição nuclear, que nasceram os personagens que, muito mais tarde, viriam a povoar as páginas dos meus romances. Influenciados pelo clássico cult *Anjos Rebeldes* (estrelado por Christopher Walken e dirigido por Gregory Widen) e pelos quadrinhos do selo Vertigo (*Sandman, Hellblazer, Os Livros da Magia, Lúcifer* e *Preacher*, principalmente), eu e alguns amigos elaboramos um cenário próprio para usarmos em nossas sessões de RPG. Esse cenário era, no princípio, uma colcha de retalhos (muito) mal costurada, composta por segmentos de filmes, HQs, mangás, animes, videogames, livros e até músicas que refletiam, de uma forma ou de outra, esse período tão conturbado.

Os astros desse espetáculo seriam imortais — graças, muito provavelmente, aos vampiros de Anne Rice e ao nosso Highlander Connor MacLeod. O viés mitológico sempre me interessou, e, de todas as tradições, a hebraico-cristã era a que eu melhor conhecia e a que mais me fascinava. Foram se erguendo, aos poucos, os pilares desse universo, inicialmente representados pela trindade Ablon (o anjo bom), Apollyon (o demônio perverso) e Orion (ocupando a zona cinzenta).

Outros jogadores seriam incorporados ao grupo nos meses seguintes, e assim surgiram Amael, o Senhor dos Vulcões; Nathanael, o Mais Puro; Aziel, a Chama Sagrada; e Baturiel, o Honrado, que ganhariam destaque em trechos importantes de *A Batalha do Apocalipse*.

Com o avanço do tempo e o progresso dos jogos, mais aspectos — como as castas infernais, as dimensões paralelas, os monstros e os reinos espirituais — foram sendo delineados, escritos e registrados. Na condição de jornalista da turma, caiu nas minhas mãos a tarefa de unificar esses fragmentos, dando-lhes (ou tentando dar, pelo menos) coerência, ritmo e emoção. Para tal, era necessário cortar muita coisa, eliminar cenas de combate, diálogos bacanas e sequências inteiras — uma missão dolorosa, porém essencial à coesão do enredo. Desse esforço sobreveio o primeiro manuscrito de *A Batalha do Apocalipse*.

A partir de 2011, com a publicação de *Herdeiros de Atlântida*, fiz o que estava ao meu alcance para aproveitar esses conceitos antigos, mas é impossível abordar tudo em um único romance, ou mesmo em uma trilogia, sob o risco de torná-la enfadonha. Daí a ideia de produzir este tomo, finalmente reunindo todos (ou quase todos) os detalhes que imaginamos ao longo de vinte anos, dentro e fora das mesas de jogos, organizando-os em capítulos, acrescentando descrições, diagramas, ilustrações e gravuras.

Filhos do Éden: Universo Expandido não é, portanto, um simples compêndio de imagens — é, antes de tudo, um guia para o mundo retratado nos quatro volumes da tetralogia angélica, a saber: *A Batalha do Apocalipse*, *Herdeiros de Atlântida*, *Anjos da Morte* e *Paraíso Perdido*. Serve, ainda, como uma espécie de manual ao leitor, fornecendo diretrizes para que cada um interprete esse universo à sua maneira, invente suas sagas, monte seus jogos e viva suas próprias aventuras imaginárias.

Estamos muito felizes por ter a oportunidade de dividir esses segredos com vocês — mais que isso, estamos animados por vocês nos darem a oportunidade de compartilharmos as nossas histórias. Esperamos que gostem e se sintam parte desta criação, pois Kaira, Ablon, Orion, Shamira e Denyel nunca teriam voado tão alto sem o seu apoio e a sua empolgação.

EDUARDO SPOHR,
Natal de 2016

A TETRALOGIA ANGÉLICA

A Batalha do Apocalipse: Da Queda dos Anjos ao Crepúsculo do Mundo, lançado em 2010, conta a história de Ablon, um general celeste expulso do paraíso por desafiar a tirania dos arcanjos, seres poderosíssimos que assumiram o controle do céu. Relegado à terra, Ablon percorre o mundo por mais de cinco mil anos, conhece feiticeiros, homens e deuses e observa a evolução do planeta, até ser convocado para lutar a grande Batalha do Apocalipse, que marca o fim dos tempos e o despertar do Altíssimo.

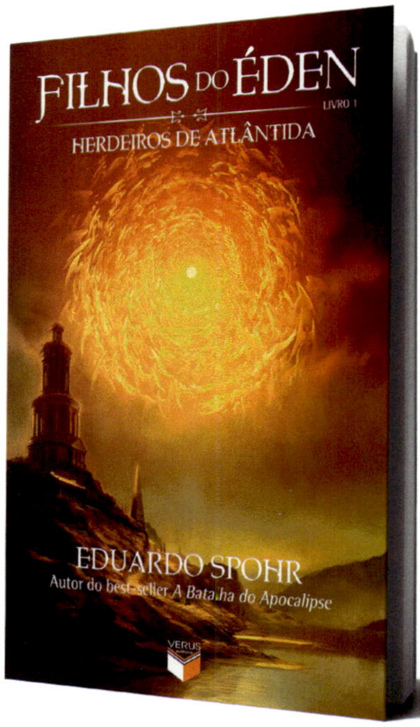

Filhos do Éden: Herdeiros de Atlântida, de 2011, acompanha a trajetória de Kaira, um anjo do fogo que perde a memória durante uma missão realizada na terra. Com o auxílio de outros celestes, ela recobra a razão e dá continuidade à tarefa para a qual foi originalmente designada: encontrar as ruínas de Atlântida e descobrir os mistérios dessa civilização ancestral. *Herdeiros de Atlântida* tem como pano de fundo a guerra civil que transcorre no paraíso entre as forças tirânicas do arcanjo Miguel e as tropas revolucionárias de seu irmão Gabriel.

Filhos do Éden: Anjos da Morte, publicado em 2013, tem como foco o personagem Denyel, um querubim que recebeu a incumbência de se infiltrar nos exércitos humanos e acompanhar as guerras do século XX, apresentando relatórios aos arcontes, anjos estudiosos e sábios que registram o curso do mundo e as singularidades do universo. Disfarçado de soldado, Denyel testemunha não só as grandes batalhas da história como a degradação dos governos, desde a Segunda Guerra Mundial até a queda do muro de Berlim.

Filhos do Éden: Paraíso Perdido, de 2015, reúne antigos e novos heróis na luta contra um inimigo comum: Metatron, o mais poderoso dos anjos, que conseguiu escapar de seu cárcere no céu e agora ameaça o planeta. Chamado de Rei dos Homens sobre a Terra, Metatron planeja acabar com a tirania dos arcanjos e evitar o Apocalipse, com o objetivo de tornar-se o único e verdadeiro deus sobre o mundo. *Paraíso Perdido* se passa em dois momentos distintos: no presente, mostrando a jornada de Kaira e Denyel para exterminar Metatron, e no passado, seguindo o general Ablon, em cujas mãos repousa a tarefa de derrotar e prender esse adversário tão perigoso.

O CONTEÚDO DESTE LIVRO

Filhos do Éden: Universo Expandido está organizado em nove capítulos. São eles:

- **Capítulo 1:** Cronologia — narra os principais acontecimentos do universo, em ordem cronológica.
- **Capítulo 2:** Cenário — explora os cenários dos livros, desde o mundo físico (em suas diversas eras) até o mundo espiritual e as dimensões paralelas.
- **Capítulo 3:** Luz e Trevas — descreve as castas infernais e angélicas, suas funções e estirpes.
- **Capítulo 4:** Reis e Peões — apresenta, em detalhes e pela primeira vez, os personagens centrais da tetralogia, revelando seus poderes, armas e feitiços.
- **Capítulo 5:** Sopro de Deus — examina os poderes da alma humana, discorrendo sobre magia, fé, misticismo e paranormalidade.
- **Capítulo 6:** Bestiário — exibe as entidades, monstros e criaturas que aparecem como antagonistas nos quatro romances da série.
- **Capítulo 7:** Fanfiction — sugere um conjunto de diretrizes para quem deseja escrever suas próprias fanfics.
- **Capítulo 8:** RPG — oferece uma série de regras simples a jogadores e mestres que pretendam ambientar suas aventuras em meio a anjos, demônios e deuses.
- **Capítulo 9:** Making Of — conta um pouco sobre o processo de produção deste livro, revela esboços não aprovados e descreve a biografia dos autores, Eduardo Spohr e Andrés Ramos.

REFERÊNCIAS

A criatividade está em ocultar as fontes.
Se uma ideia for alterada a ponto de ocultar
sua fonte, será vista como de vanguarda.
MARK REIN·HAGEN, ***Vampiro: a Máscara***

Cada vez mais me convenço de que a inspiração, tal como o imaginário popular a concebe, é um mito dos mais infantis. O estereótipo do artista que acorda no meio da noite e vomita versos, frases e estrofes, sem precisar reler ou revisar, é a meu ver um tanto ridículo e até prejudicial aos que estão começando. Por um prisma mais realista, a inspiração sobrevém como resultado de uma série de referências que o autor acumula ao longo da vida, o que pode ser observado pelo próprio significado da palavra "inspiração". É preciso "inspirar" certos elementos, cuspi-los no caldeirão, agitá-los e reorganizar os ingredientes de modo que ninguém descubra a receita.

Não é isso o que buscamos aqui, entretanto. Esta obra procura, justamente, decodificar essa fórmula e revelá-la ao mundo. A seguir, apresentamos uma curta lista de referências que nos inspiraram, as quais o leitor pode procurar caso deseje rastrear as origens da tetralogia angélica.

FILMES

- *Anjos Rebeldes* (*The Prophecy*, 1995), de Gregory Widen: para nós, o que deu origem a tudo.
- *Anjos Rebeldes 2* (*The Prophecy 2*, 1998), de Greg Spence: uma sequência válida.
- *Anjos Rebeldes 3* (*The Prophecy 3*, 2000), de Patrick Lussier: tem como protagonista um nefilim, filho de um anjo com uma humana.
- *Asas do Desejo* (*Der Himmel über Berlin*, 1987), de Wim Wenders.
- *Tão Longe, Tão Perto* (*In weiter Ferne, so nah*, 1993), de Wim Wenders: uma espécie de continuação do título acima.
- *Cidade dos Anjos* (*City of Angels*, 1998), de Brad Silberling: a versão estadunidense de *Asas do Desejo*.
- *A Sétima Profecia* (*The Seventh Sign*, 1988), de Carl Schultz: mostra o Apocalipse por um prisma religioso.
- *Highlander, o Guerreiro Imortal* (*Highlander*, 1986), de Russell Mulcahy: assista só ao primeiro, afinal "só pode haver um".
- *A Profecia* (*The Omen*, 1976), de Richard Donner: explora a lenda do anticristo.
- *Advogado do Diabo* (*The Devil's Advocate*, 1997), de Taylor Hackford: traz a melhor versão do anticristo.

- *Coração Satânico* (*Angel Heart*, 1987), de Alan Parker: nos forneceu a primeira inspiração para Orion.
- *Matrix* (*The Matrix*, 1999), dos irmãos Wachowski: ensina como usar filosofia em um filme de ação.

ESTUDOS E ENSAIOS

- *A Dictionary of Angels*, de Gustav Davidson: o melhor livro sobre anjos e demônios.
- *Biografia do Diabo* (*Biografía del Diablo*), de Alberto Cousté: nos revela a face do demônio no Ocidente.
- *O Livro do Gênese: Mitologia Hebraica* (*The Hebrew Myths: The Book of Genesis*), de Robert Graves e Raphael Patai: disseca as origens dos mitos bíblicos.
- *O Livro das Religiões* (*Religionsboka*), de Jostein Gaarder, Victor Hellern e Henry Notaker: para quem quer entender as religiões do mundo.
- *Anjos Caídos e a Origem do Mal* (*Fallen Angels and the Origins of Evil*), de Elizabeth Clare Prophet: destaca livros excluídos da Bíblia, como o Livro de Enoque.
- *O Herói de Mil Faces* (*The Hero with a Thousand Faces*), de Joseph Campbell: nos faz compreender melhor o que as religiões têm em comum.
- *As Máscaras de Deus* (*The Masks of God*), de Joseph Campbell: outro trabalho fantástico.
- *O Poder do Mito* (*The Power of Myth*), de Joseph Campbell: espetacular entrevista que o autor concedeu ao jornalista Bill Moyers.
- *Grandes Enigmas da Humanidade*, de Roberto Pereira de Andrade e Luís Carlos Lisboa.
- *Sobre os Anjos* (*De Substantiis Separatis*), de santo Tomás de Aquino.
- *Alcorão*: o livro sagrado dos muçulmanos.
- *Bíblia*: Antigo e Novo Testamentos.

ROMANCES E POEMAS

- *Este Mundo Tenebroso* (*This Present Darkness*), de Frank E. Peretti: provavelmente um dos melhores romances envolvendo anjos e demônios.
- *O Senhor da Chuva*, de André Vianco: o clássico brasileiro no gênero angélico.
- *Deuses Americanos* (*American Gods*), de Neil Gaiman: nos trouxe de volta os deuses pagãos.
- *O Servo dos Ossos* (*Servant of the Bones*), de Anne Rice: romance sobre um espírito babilônico que volta à vida.
- *As Crônicas Vampirescas* (*The Vampire Chronicles*), de Anne Rice: recomendo os três primeiros volumes, *Entrevista com o Vampiro* (*Interview with the Vampire*), *O Vampiro Lestat* (*The Vampire Lestat*) e *A Rainha dos Condenados* (*The Queen of the Damned*).
- *Conan, o Cimério* (*The Coming of Conan the Cimmerian*), de Robert E. Howard: os dois volumes lançados pela editora Conrad.
- *The Complete Fiction*, de H. P. Lovecraft: leia a obra completa do autor.
- *As Mil e Uma Noites*: um clássico excelente.
- *O Exorcista* (*The Exorcist*), de William Peter Blatty: aprenda como construir um demônio verossímil.
- *O Senhor dos Anéis* (*The Lord of the Rings*), de J. R. R. Tolkien: vale pelo tom épico.
- *O Silmarillion* (*The Silmarillion*), de J. R. R. Tolkien: muito inspirador para a criação de mundos.
- *Livros de Sangue* (*Books of Blood*), de Clive Barker: uma obra perturbadora.
- *O Iluminado* (*The Shining*), de Stephen King: bem como todos os outros livros do autor.
- *Xógum, a Gloriosa Saga do Japão* (*Shōgun: a Novel of Japan*), de James Clavell: um dos melhores romances já escritos.
- *Os Pilares da Terra* (*The Pillars of the Earth*), de Ken Follett: a prosa do autor é inspiradora.
- *Musashi* (*Miyamoto Musashi*), de Eiji Yoshikawa: como prender o leitor ao longo de quase duas mil páginas.
- *Paraíso Perdido* (*Paradise Lost*), de John Milton: um clássico que já virou canônico.
- *A Divina Comédia* (*Divina Commedia*), de Dante Alighieri: mais um que figura no cânone.
- *O Casamento do Céu e do Inferno* (*The Marriage of Heaven and Hell*), de William Blake: seleção de poemas.
- *Mahabharata*, atribuído a Veda Vyasa: poema épico hindu.
- *Bhagavad Gita*, atribuído a Veda Vyasa: mais um clássico indiano, fragmento do *Mahabharata*.

DESENHOS ANIMADOS

- *Os Cavaleiros do Zodíaco* (*Seinto Seiya*), de Masami Kurumada: nos foi essencial para a visualização das lutas.
- *Ninja Scroll* (*Jūbē Ninpūchō*), de Yoshiaki Kawajiri: uma versão fantástica do Japão medieval.
- *Record of Lodoss War* (*Rōdosu-tō Senki*), de Ryo Mizuno: o clássico rpgístico.
- *Akira*, de Katsuhiro Otomo: o filme de 1988.
- *Ghost in the Shell* (*Kōkaku Kidōtai*), de Masamune Shirow: filosofia cyberpunk.

QUADRINHOS

- *Hellblazer*, de Alan Moore e Stephen R. Bissette: hoje mais conhecido como *Constantine*.
- *Preacher*, de Garth Ennis e Steve Dillon: uma das melhores séries de quadrinhos.
- *Santo dos Assassinos* (*Saint of Killers*), de Garth Ennis e Steve Dillon: spin-off de *Preacher*.
- *Sandman*, de Neil Gaiman: uma das obras que revolucionaram as HQs.
- *Sandman Apresenta: Lúcifer* (*The Sandman Presents: Lucifer*), de Mike Carey e outros: o Lúcifer de Mike Carey é apaixonante.
- *Os Livros da Magia* (*The Books of Magic*), de Neil Gaiman: nos forneceram as bases para o plano etéreo.

RPGS

- *Kult*
- *Dungeons & Dragons*
- *In Nomine*
- *Call of Ctulhu*
- *Lobisomem: o Apocalipse*
- *Vampiro: a Máscara*
- *Mago: a Ascensão*
- *Changeling: o Sonhar*
- *Aparição: o Limbo*

ESTATÍSTICAS DE RPG

Ao longo dos capítulos, você verá, com certa frequência, caixas de texto intituladas "Estatísticas de RPG". Não se assuste. Caso seja entusiasta dos jogos de interpretação, você encontrará explicações mais detalhadas sobre o sistema de regras no capítulo 8. Se não sabe o que é RPG ou não se interessa pelo hobby, basta ignorar tais entradas.

GLOSSÁRIO

O jargão infernal e celeste é extenso e peculiar. Antes de começarmos a nossa jornada, talvez seja útil relembrar os principais termos usados nos livros, bem como os locais de interesse e as personalidades marcantes.

- **A palavra:** mensagens e diretrizes deixadas aos arcanjos por Yahweh antes de adormecer. Sua principal regra era "servir e guiar a humanidade sem interferir em seu curso".
- **Alma:** o espírito humano, dotado de livre-arbítrio.
- **Anjos da morte:** esquadrão de anjos selecionados pelos malakins para acompanhar as grandes guerras do século XX, a fim de estudá-las.
- **Apocalipse:** série de eventos que marcará a desintegração do tecido da realidade e o despertar de Yahweh.
- **Arautos:** anjos de alta hierarquia. Respondem diretamente aos arcanjos.
- **Arcádia:** dimensão conhecida como A Terra das Fadas.
- **Arcanjos:** a mais alta hierarquia dos anjos. Os celestiais mais poderosos e mais próximos a Deus. Só foram criados cinco deles: Miguel, Gabriel, Uziel, Rafael e Lúcifer.
- **Arcontes:** capitães celestes. Geralmente lideram equipes (ou coros) de anjos.
- **Armagedon:** a batalha final que encerra o Apocalipse.
- **Asgard:** uma das dimensões superiores, para onde migraram vários deuses etéreos adorados pelos antigos povos nórdicos. Sua ligação com os planos físico, astral e etéreo é feita por um vórtice denominado Bifrost, a Ponte do Arco-Íris.
- **Atalhos:** passagens místicas que ligam dois pontos geográficos no mesmo plano de existência. Geralmente construídos pelos elohins e pelos malakins.
- **Atlante:** uma das três raças humanas existentes na Terra no período anterior ao dilúvio.
- **Atlântida, a Joia do Mar:** a maior de todas as nações humanas antes do dilúvio. Foi destruída com a inundação.
- **Aura:** a energia vital dos anjos e demônios. É a essência que lhes permite usar suas habilidades e poderes especiais.
- **Avatar:** a forma física de um anjo ou demônio. Não precisa comer ou dormir, a não ser quando ferida.
- **Avejão:** fantasma preso ao próprio cadáver.

- **Baals**: demônios da punição e da tortura. Muitos eram hashmalins antes da queda.
- **Banshee**: fantasma agressivo e enlouquecido, obcecado por proteger determinado lugar, objeto, pessoa ou pessoas, vivas ou mortas.
- **Batalhas Primevas**: conflito de Yahweh e seus arcanjos contra Tehom e suas entidades abissais pela supremacia do universo, antes mesmo da criação.
- **Caídos**: os anjos que se aliaram a Lúcifer em sua fracassada revolução, para com ele serem lançados ao inferno. Hoje, são demônios antigos e poderosos, duques e príncipes satânicos.
- **Campos Elísios**: área criada pelo arcanjo Rafael, no etéreo profundo, para abrigar a alma dos justos após a morte. Os Campos Elísios deixaram de existir após o dilúvio, quando da construção do túnel da morte, e os desencarnados passaram a rumar para o Terceiro Céu.
- **Castas**: classes de anjos divididas segundo sua natureza e função no céu.
- **Ciclo**: mede o nível de poder de um anjo ou demônio. Os anjos de primeiro ciclo são os mais fracos. Os de sexto ciclo são os mais poderosos.
- **Cosmo**: o conjunto dos vários universos e dimensões.
- **Desgarrado**: qualquer anjo que escolheu viver na terra.
- **Despertar**: refere-se à crença no despertar de Yahweh, no Apocalipse.
- **Dilúvio**: a grande inundação descrita na Bíblia, responsável pela destruição de Atlântida e Enoque.
- **Divindades**: poderes especiais dos anjos e demônios.
- **Éden ou Jardim do Éden**: antigo nome para descrever o planeta Terra.
- **Elohins**: uma das sete castas angélicas. Vivem no plano físico, geralmente disfarçados de seres humanos.
- **Enoque, a Primeira e Última**: também chamada de A Bela Gigante, foi a cidade fundada por Caim, filho de Adão. É considerada a pátria de todos os homens, uma vez que a civilização atlante, sua rival, foi completamente destruída no dilúvio.
- **Eridai**: tida como a primeira raça humana, deu origem aos homens, aos atlantes e aos neandertais.
- **Espectro**: fantasma maligno.
- **Espírito**: nome genérico para se referir à energia vital de qualquer criatura. Determina também seu reflexo no mundo espiritual. Os reflexos de objetos ou peças inanimadas são chamados de "quimeras".
- **Espíritos etéreos**: entidades que habitam o plano etéreo. Todos os deuses pagãos (gregos, egípcios, indianos etc.) são espíritos etéreos. Em geral, não nutrem grande simpatia pelos celestiais, em consequência das Guerras Etéreas.
- **Exilados**: anjos de várias castas (à exceção dos malakins) que optaram por permanecer na terra depois do Haniah (ver a seguir).
- **Expurgo**: quase sempre se refere à expulsão dos Dezoito Renegados. Às vezes, dependendo do contexto, o termo é usado para denominar outros expurgos do paraíso, como a revolta dos sentinelas e a queda de Lúcifer.
- **Fantasmas**: almas humanas atormentadas que vagam no plano astral.
- **Filhos de Nod**: homens e mulheres de Enoque.
- **Filhos do Éden**: maneira formal de os anjos se referirem aos seres humanos.
- **Fulgiston**: a explosão que deu origem ao universo.
- **Gabriel, o Mestre do Fogo**: também chamado de Anjo da Revelação e O Mensageiro. É um dos cinco arcanjos.
- **Gente de barro**: forma pejorativa de os anjos e demônios se referirem aos seres humanos.
- **Gigantes**: maneira de se referir aos arcanjos.
- **Guerra civil**: conflito militar entre Miguel e Gabriel.
- **Guerra da Fúria**: o eterno conflito entre os barões do inferno.
- **Guerras Etéreas**: série de campanhas levadas a cabo pelos celestiais para destruir os poderosos espíritos etéreos e aniquilar sua influência sobre os seres humanos.
- **Guerras Mediterrâneas**: repetidos conflitos entre Enoque e Atlântida pelo controle de portos e territórios.
- **Haled**: maneira como os anjos se referem ao plano físico.
- **Haniah**: o Retorno. Convocação dos anjos que viviam na terra para lutar a guerra no céu.
- **Hashmalins**: casta de anjos incumbida de julgar e sentenciar os mortais na Gehenna.
- **Irmandade dos Renegados ou Dezoito Renegados**: grupo de insurgentes liderados por Ablon, o Primeiro General, na chamada Revolta de Sodoma.
- **Ishins**: casta de anjos que controla as forças elementais. Vivem no Primeiro Céu.
- **Lilins**: chamados de "demônios terrestres", são os filhos e as filhas de Lilith (ver a seguir).
- **Livro da Vida**: relíquia criada por Deus que, segundo a lenda, relata em detalhes toda a história e os acontecimentos do sétimo dia, da criação do homem ao Juízo Final.
- **Lúcifer, a Estrela da Manhã**: também chamado de Arcanjo Negro, Portador da Luz, Filho do Alvorecer e Prín-

cipe das Trevas. Era um dos cinco arcanjos, mas perdeu a guerra contra Miguel e caiu no inferno, passando a ser conhecido como Diabo.

- **Macaco:** forma pejorativa de se referir aos seres humanos.
- **Magia negra:** ramo da magia que se dedica à conjuração de criaturas de outras dimensões. Quando aplicada aos infernais, é chamada de "satanismo".
- **Magia suja:** modo como os atlantes, em especial, se referiam à magia de Enoque, cuja *performance* exigia, normalmente, o uso de ingredientes e a leitura de tomos.
- **Malakins:** casta de anjos cuja principal função é observar e estudar o curso do universo e seus habitantes.
- **Malikis:** ordem de demônios guerreiros, furiosos, imprevisíveis, brutos e violentos.
- **Membrana etérea:** tecido místico que separa o plano astral do plano etéreo.
- **Metatron, o Rei dos Homens sobre a Terra:** antigo líder dos sentinelas (ver a seguir).
- **Miguel, o Príncipe dos Anjos:** o mais poderoso dos cinco arcanjos.
- **Mundo dos sonhos:** camada rasa do mundo espiritual, que se separa do plano astral pela chamada zona onírica. É um espelho do astral, com "bolsões" ilusórios criados pelos sonhos dos seres humanos.
- **Mundo espiritual:** tudo aquilo que está além do tecido da realidade, compreendendo uma infinidade de planos de existência. Os mais conhecidos são o astral e o etéreo.
- **Necromante:** praticante da necromancia, a arte mágica dedicada ao estudo dos mortos.
- **Novos rebeldes:** partidários do arcanjo Gabriel na guerra civil contra Miguel.
- **Ofanins:** a casta de anjos mais próxima aos homens, também chamados de anjos da guarda. São altruístas por natureza, sempre evitando a violência. Seus poderes são baseados em luz e cura.
- **Ordem:** maneira como os demônios às vezes se referem a suas castas.
- **Oricalco:** metal dos atlantes, praticamente indestrutível, chamado também de platina branca.
- **Padrões de energia:** linhas místicas e magnéticas que interligam nódulos de energia ao redor do planeta.
- **Plano astral:** camada mais rasa do mundo espiritual, que se conecta ao plano físico pelo tecido da realidade. Por lá caminham fantasmas e almas perdidas. Não tem cor nem gravidade.
- **Plano das sombras:** camada mais distante do mundo espiritual. Moradia de sombras e espectros.
- **Plano etéreo:** camada mais profunda do mundo espiritual, além do plano astral. É o lar dos espíritos evoluídos e dos poderosos deuses pagãos.
- **Plano etéreo profundo:** regiões do plano etéreo que só podem ser acessadas por meio de trilhas ou passagens muito específicas.
- **Plano físico:** o mundo material, onde vivem os humanos encarnados. Compreende a Terra e o universo ao seu redor.

- **Platina branca:** chamada também de oricalco, era o metal usado pelos atlantes, forjado magicamente através da junção de aço, platina e diamante.
- **Poleiro:** gíria celeste para definir os Sete Céus.
- **Porão:** gíria celeste para definir o Sheol, ou inferno.
- **Portais:** passagens místicas que ligam o plano etéreo ou dimensões paralelas (como o céu e o inferno) ao plano físico.
- **Primicérios:** os arcanjos.
- **Primogênitos:** outro termo para se referir aos arcanjos.
- **Príncipes:** líderes de casta. Estão acima dos arcontes e abaixo dos arautos.
- **Queda:** refere-se à derrota do então arcanjo Lúcifer e de suas hostes por Miguel e sua expulsão para o Sheol.
- **Querubins:** casta composta por anjos guerreiros. São os guardiões e soldados de Deus.
- **Quimera:** objeto carregado de energia mística que pode atravessar o tecido da realidade, materializando-se com seus portadores.
- **Rafael, o Quinto Arcanjo:** chamado também de Cura de Deus, é um dos cinco arcanjos. Desiludido, desapareceu do céu e se isolou no Elísio.
- **Rebelião de Lúcifer:** revolução do então arcanjo Lúcifer contra seu irmão Miguel. A derrota de Lúcifer ocasionou a queda e a condenação de seus acólitos ao Sheol.
- **Relíquia sagrada:** qualquer objeto místico criado por Deus, anjos ou demônios.
- **Renegados:** grupo de dezoito anjos que se rebelaram contra Miguel e foram atirados à terra, pouco depois do dilúvio.
- **Revolta de Sodoma:** levante comandado por Ablon, o Primeiro General, contra a destruição de Sodoma e Gomorra. A revolta resultou na expulsão dos insurgentes e em sua condenação à Haled.
- **Rio Oceanus:** rio místico que sobe rumo às dimensões superiores.
- **Rio Styx:** rio místico que desce rumo às dimensões inferiores.
- **Roda do Tempo:** provavelmente a maior relíquia criada por Deus. Marca a continuidade do sétimo dia e não pode ser contida. Seu fim supostamente marcaria o despertar de Yahweh.
- **Samael, a Serpente do Éden:** anjo caído e auxiliar direto de Lúcifer. Conhecido também como Satã ou Satanás, quando anjo se disfarçou de serpente para tentar Eva no Jardim do Éden.
- **Santuário:** local no plano físico em que o tecido da realidade é muito fino, facilitando a manifestação de efeitos mágicos, místicos ou a interação com entidades espirituais.
- **Satanis:** ordem composta por demônios nobres, burocráticos e diplomáticos. Muitos foram elohins ou serafins antes da queda.
- **Satanismo:** quando empregada para conjurar um demônio à terra, a magia negra é chamada de "satanismo".
- **Selos do Apocalipse:** série de sinais e profecias que, associados à desintegração do tecido da realidade, indicam o curso do Apocalipse.
- **Sentinelas:** grupo de anjos designados diretamente por Deus para ensinar, guiar e cuidar dos seres humanos.
- **Serafins:** casta de anjos nobres e diplomatas, tidos como os "burocratas" do paraíso.
- **Sete Céus:** conhecidos também como paraíso celeste, morada de Deus ou morada divina. Dimensão de onde anjos e arcanjos vigiam os rumos da espécie humana e do universo material.
- **Sétimo dia:** tempo que compreende da criação do homem ao Dia do Juízo Final.
- **Sheol:** dimensão onde foram sepultados os restos mortais de Tehom e dos deuses das trevas. Mais tarde serviu como lar a Lúcifer e seus anjos caídos, passando a ser conhecido como inferno.
- **Sombras:** fantasmas sem força de vontade. São espíritos "loucos", que repetem continuamente as ações que desempenhavam no instante da morte.
- **Sopro de Deus:** a alma humana.
- **Tecido da realidade:** membrana mística que separa o mundo físico do espiritual. Sua camada mais rasa e adjacente é o plano astral. Acredita-se que o tecido da realidade seja formado pela consciência coletiva dos seres humanos e represente uma defesa inconsciente dos homens contra os efeitos místicos e inexplicáveis que os ameaçam e desafiam sua compreensão.
- **Trombetas:** parte da série de sinais do Apocalipse. Os celestiais posteriormente as identificaram como a detonação das sete bombas humanas que ajudaram a devastar a civilização mortal.
- **Tsafon, o Monte da Congregação:** região mais alta do Sétimo Céu, onde Deus estaria adormecido.
- **Túnel da morte:** vórtice que liga o plano astral ao Terceiro Céu. Abre-se aos seres humanos no instante da morte.

- **Uziel, o Marechal Dourado:** um dos arcanjos, o mais novo dos cinco.
- **Vértices:** sítios onde ocorre uma interseção planar. Esses locais existem tanto no plano material quanto no plano etéreo, possibilitando a interação física entre humanos e espíritos.
- **Vórtices:** conexões místicas que ligam o plano astral ou o plano etéreo a alguma dimensão paralela (como o céu, o inferno ou a Arcádia).
- **Vril:** energia mística que a sociedade Thule venerava.
- **Vultos:** espectros de ódio. Materializam-se na imagem de cães negros, abomináveis.
- **Yahweh:** também chamado de Altíssimo, Pai Celestial, Deus Adormecido, Reluzente, Luminoso, Criador. É o Deus supremo do universo, adormecido no fim do Sexto Dia.
- **Zanathus:** ordem de demônios que controla as forças elementais. Muitos eram ishins antes da queda.

AGRADECIMENTOS ESPECIAIS

Grupo de jogo A Batalha do Apocalipse: Carlos Eduardo “Ximu” Fernandes (Orion, o Rei Caído de Atlântida), Roberto “Esculhambação” Zarour (Apollyon, o Exterminador), Pedro “Popó” Pontes (Amael, o Senhor dos Vulcões), Gustavo “Guga” Millet (Nathanael, o Mais Puro), Eduardo “Duda” Pereira (Aziel, a Chama Sagrada), Tiago “Rex” Lamarca (Baturiel, o Honrado), Gustavo Medeiros (Lirius Maledictum, o Demônio com Bico da Página 169), José “Pat” Ruiter, Luiz Astorga e Pedro Cattapan.

Grupo de jogo Filhos do Éden: Juliana Spohr (Kaira, Centelha Divina), Tiago “Rex” Lamarca (Denyel, o anjo exilado), Guilherme Simões Reis (Levih, o Amigo dos Homens) e Carlos Eduardo “Ximu” Fernandes (Urakin, o Punho de Deus).

Leitores beta: Juliana Spohr, Guilherme Simões Reis, Fernanda Simões, Leandro Castello Branco, Deive Pazos, Roberto “Esculhambação” Zarour e Afonso “Tresdê” Júnior.

Leitores críticos: Monika Ottermann, Raïssa Castro, Juliana Spohr, Gabriela Adami e Ana Paula Gomes.

CRONOLOGIA
DO COMEÇO AO FIM DO MUNDO

— O nome correto é Raqui'a, a pátria dos malakins.
— Espero que não cruzemos com Sólon — Denyel controlou o riso. Ele perdia a cabeça, mas não o humor. — Por que não vejo guardas?
— Os carecas não esperam por visitantes. Por invasores tampouco.
— E onde estão eles todos?
— Estão por aí. Estudando em seus gabinetes, absortos em seus livros.

DENYEL E SOPHIA, em ***Filhos do Éden: Anjos da Morte***

Tudo o que sabemos a respeito do universo é o que está registrado nas bibliotecas dos malakins, no Sexto Céu e em suas dimensões particulares. Mas mesmo eles não sabem tudo. Apesar de sua erudição, os malakins são anjos comuns e nasceram com a feitura da luz. Os eventos anteriores ao fulgiston (ver a seguir) são puramente especulativos, mais teóricos que verdadeiros. Os únicos que poderiam fornecer um relato concreto sobre esse período são os arcanjos, mas eles não falam nada — na realidade, nunca falaram.

As descrições dos acontecimentos posteriores à grande explosão são quase todas acuradas. Salvo pequenas lacunas, um erro de nomenclatura e uma ou outra data trocada, elas podem ser consideradas autênticas — pelo menos, em sua maioria.

LINHA DO TEMPO

Protouniverso. Inexistência do tempo ou matéria. Yahweh, a Lei, e Tehom, o Caos, vagam pela sombra do espaço.

Yahweh dá vida aos cinco arcanjos: Miguel, Lúcifer, Gabriel, Rafael e Uziel. Tehom cria seus deuses-monstros: Behemot, Leviatã, Tanin, Enuma, Taurt.

Batalhas Primevas. Yahweh e seus generais angélicos derrotam Tehom, assumindo controle sobre as duas províncias.

PROTOUNIVERSO

O que existia antes da luz é um mistério e provavelmente sempre será. Os celestiais chamam esse período de protouniverso, tendo se caracterizado, ao que parece, pela ausência de tempo e matéria. É razoável supor que os "seres" de então fossem, portanto, desprovidos de forma e tamanho. Mais que entidades, eram conceitos, forças vivas que vagavam, simplesmente vagavam, ocupados (ou desocupados) com tarefas muito além da nossa compreensão.

Duas forças se destacaram em determinado momento: Yahweh, o regente da ordem, e Tehom, a entidade do caos. Como energias opostas, era natural que entrassem em conflito.

AS BATALHAS PRIMEVAS

Tehom, que em certos textos é chamada de O Abismo, tinha outras forças sob seu comando, perfazendo um panteão de deuses caóticos, nomeados às vezes de "deuses-monstros", "deuses das trevas" ou "grandes antigos". Cinco deles se distinguiam como sua prole direta: Behemot, o Horrendo; Leviatã, o Monstro; Tanin, o Maléfico; Enuma, o Destruidor; e Taurt, o Faminto.

Yahweh, o Reluzente, alcunhado também de Altíssimo, fez nascer os cinco arcanjos para ajudá-lo nesse combate. São eles: Miguel, o Príncipe dos Anjos; Gabriel, o Mestre do Fogo; Rafael, a Cura de Deus; Uziel, o Marechal Dourado; e Lúcifer, a Estrela da Manhã.

Os pormenores desse confronto, intitulado Batalhas Primevas, são obscuros e seriam indescritíveis mesmo que fosse possível conhecer os detalhes. Sabe-se apenas que Yahweh venceu Tehom e assumiu o controle das duas províncias: a luz e as trevas.

PRIMEIRO DIA: TEMPO E MATÉRIA

Finda a batalha, Yahweh dedicou-se a uma nova (e complexa) tarefa: a criação do universo. No primeiro dia da criação, surgiram o tempo e a matéria, o que permitiu o início da contagem das eras.

Com Tehom morta, teoricamente nada ameaçaria os primogênitos, mas Enuma havia escapado e desaparecido da vista de todos. Durante esse período, Yahweh e seus filhos percorreram a sombra do espaço, buscando espólios da deusa e caçando seus netos. Para os arcanjos, essa foi uma época de glória, quando só havia eles reinando no cosmo, e o amor do Criador por seus rebentos era único e exclusivo.

PRIMEIRO DIA

+- 15 bilhões de anos atrás

Início da criação.
Surgem o tempo e a matéria.

SEGUNDO DIA

+- 14 bilhões de anos atrás

Nascimento dos anjos.
Big Bang.
Criação da luz.

+- 12 bilhões de anos atrás

A expansão da matéria cria "vincos cósmicos" no universo, dando origem às dimensões paralelas.

SEGUNDO DIA: O FULGISTON

Uma vez criados o tempo e a matéria, as consequências seriam irreversíveis. As partículas que compunham o espaço se atraíram ao longo de bilhões de anos, tornando-se muito concentradas e ocasionando um estouro de proporções gigantescas. Os elohins defendem que esse movimento se deu de forma natural, segundo as leis físicas do universo, enquanto os malakins argumentam que tal atração foi um evento premeditado e arquitetado por Deus. Seja como for, os anjos surgiram no segundo dia da criação, como resultado dessa singularidade cósmica hoje chamada de fulgiston.

O primeiro anjo foi Metatron. Forjado no núcleo escaldante da grande explosão, serviu de molde para os celestiais que nasceriam a seguir. Observando seus poderes, estudando suas capacidades, Yahweh concebeu centenas, milhares e depois milhões de entidades aladas, organizando-as em sete castas (ou ordens). Os serafins, metódicos e disciplinados, teriam como função auxiliar no planejamento do trabalho de Deus, enquanto os malakins, curiosos e inteligentes, deveriam estudar e compor seus anais. Os ofanins, hábeis em criar luz e fabricar energia, aprenderiam a acender as partículas, fornecendo aos ishins a substância com a qual estes construiriam as estrelas. Os elohins ficariam responsáveis pela manutenção dos sistemas solares, e os hashmalins ganhariam o domínio sobre a matéria negra — e sobre a entropia —, podendo destruir o que não se enquadrasse na criação. Finalmente, os querubins agiriam como a milícia do Reluzente, vigiando as demais castas e impedindo que entrassem em conflito.

ORIGENS DO COSMO E AS DIMENSÕES PARALELAS

Após o fulgiston, a matéria se expandiu rapidamente, criando "vincos" no espaço — algo semelhante a uma toalha que é arrastada sobre a mesa, formando rugas e "ondas" no tecido. Quando essas ondas se fechavam, surgia um bolsão, um universo em miniatura, às vezes com outros bolsões (ou níveis) internos. A esses ambientes chamamos de dimensões paralelas. Dotadas de leis físicas próprias, tais dimensões (ou esferas) seriam usadas como refúgio por anjos, deuses e uma infinidade de criaturas ao longo dos séculos.

Embora as origens do cosmo sejam obscuras, os malakins trabalham com duas hipóteses fundamentais: a primeira sustenta que o universo é linear e infinito, nasceu graças à vontade de Deus e continua se expandindo. A segunda afirma que o universo é cíclico e já está se retraindo, que a entropia apagará as estrelas e a matéria se condensará novamente para gerar um segundo (ou um terceiro, ou um quarto) fulgiston — e assim por diante.

TERCEIRO DIA

+- 7 bilhões de anos atrás

Formação das estrelas e galáxias. A luz é separada da escuridão. Anjos e arcanjos estabelecem os Sete Céus como sua dimensão principal. Yahweh cria a Roda do Tempo e o Livro da Vida.

QUARTO DIA

+- 6 bilhões de anos atrás

Sol, sistema solar e a Terra.

QUINTO DIA

+- 4 bilhões de anos atrás

Na Terra, surgem as primeiras formas de vida materiais.

TERCEIRO DIA: ESTRELAS E GALÁXIAS

Com os ofanins esquentando suas microfornalhas de luz, acendendo partículas e átomos, os ishins foram capazes de condensar a matéria numa substância chamada plasma. Com ela, criaram as primeiras estrelas, separando as trevas da luz, e assim começou o terceiro dia da criação. De repente, o espaço não era mais uma tela cinzenta: era um oceano de negritude pontilhado por manchas, traços, espirais e esferas coloridas, todos rodando em plena harmonia.

Os Sete Céus, uma ampla dimensão composta por sete níveis, foram tomados como refúgio pelos arcanjos e escolhidos para abrigar o palácio dos gigantes e o trono de Yahweh. Cada uma das sete camadas foi prometida a uma casta — à exceção dos elohins, que manteriam o controle sobre o universo comum — e seria entregue após a feitura do cosmo.

QUARTO E QUINTO DIAS

À medida que as estrelas se condensavam, a matéria se solidificava em corpos tangíveis. No quarto dia da criação, os ishins começaram a trabalhar com as substâncias concretas, concebendo um sem-número de planetas, muitos dos quais seriam descartados e destruídos pelos hashmalins.

Um desses mundos tornou-se favorável ao surgimento da vida. Foi batizado por Yahweh de Éden, mas cognominado pelos arcanjos de Terra. Para os filhos diretos de Deus — para Lúcifer, principalmente —, a perspectiva de dividir o universo com outras formas conscientes era inaceitável, afinal eles tinham vencido os deuses primevos e não queriam mais concorrência. Os anjos, claro, são também conscientes, mas dotados de uma natureza específica que (em tese) os mantém rígidos em suas tarefas.

Não obstante o temor dos arcanjos, sob seus protestos e argumentos, Yahweh voltou sua atenção ao Éden e às criaturas que lá residiam.

SEXTO DIA

+- 400 milhões de anos atrás	Primeiros hominídeos.
+- 400000 a.C.	Surgimento do homem primitivo, os eridais, também chamados de primeira raça.
+- 320000 a.C.	Grande migração. Os eridais se dividem em dois grupos. Um permanece no Oriente Médio, o outro se desloca através do Mediterrâneo rumo à Europa Ocidental.

SEXTO DIA

À medida que novas formas de vida brotavam no Éden, crescia o interesse de Deus por esse astro tão peculiar. Enfim, na aurora do sexto dia da criação, surgiram os hominídeos, homens-macaco a princípio, que com o passar do tempo evoluíram à forma bípede. Esses "macacos bípedes" eram animais guiados por instintos selvagens, sendo porém mais inteligentes que os outros bichos com os quais conviviam. Os eridais se tornariam o ancestral comum das linhagens humanas, por isso são também chamados de primeira raça.

Não se sabe o local exato em que os eridais se reuniam no começo. Os enoquianos (ver adiante, neste capítulo) costumavam dizer que eles eram originários do Oriente Médio, enquanto os atlantes afirmavam que sua pátria natal era a ilha de Mu, localizada no Atlântico Norte. Nenhuma das hipóteses foi comprovada, porque os eridais eram nômades e se dividiram, espalhando-se através do planeta. Num evento chamado Grande Migração, um dos grupos se moveu para (ou permaneceu em) o Oriente Médio, e outro caminhou rumo à Europa Ocidental.

SÉTIMO DIA

Domínio dos sentinelas

+- 200000 a.C.

Os eridais evoluem em dois ramos: os homens (segunda raça) e os atlantes (terceira raça). Ambos pertencem à espécie *Homo sapiens*, dotados de alma. Yahweh parte para o descanso. Despertar da consciência. Confecção do tecido da realidade.

+- 190000 a.C.

Visita de Samael ao Jardim do Éden. Adão e Eva deixam o jardim. Metatron junta-se às tribos humanas.

SÉTIMO DIA

Transcorreram alguns milhões de anos, até que os eridais evoluíram, quase que simultaneamente, em outros três ramos: os atlantes, mais refinados; os homens, mais versáteis; e os neandertais, mais fortes. Maravilhado, Yahweh assistia a tudo com prazer e orgulho. Os seres humanos eram criaturas autônomas, só o que lhes faltava era a razão, a capacidade de controlar seus instintos. Foi então que Deus julgou seu trabalho concluído e partiu para o eterno descanso, não sem antes entregar parte de sua essência aos mortais, concedendo-lhes a alma e, por fim, o livre-arbítrio.

O último desejo de Deus era que os celestes servissem e guiassem a humanidade, sem interferir em seu curso. Ordenou que Metatron reunisse um coro de alados — os sentinelas — para salvaguardar o planeta e também lhes ofereceu uma alma. Os arcanjos e os anjos comuns permaneceriam como regentes do universo, responsáveis pelas funções cósmicas para as quais haviam sido originalmente designados.

ERA DO GELO

+- 180000 a.C.

Épico combate entre Gabriel e Metatron.
Primeira era glacial.
Os obeliscos começam a ser erguidos.

+- 170000 a.C.

Fim da era do gelo.

JARDIM DO ÉDEN

O primeiro mortal (ou um dos primeiros; há controvérsias) a se esclarecer teria sido um homem chamado Adão, e a seguir sua mulher, Lilith. Obcecado pela ideia de preservá-los, Metatron construiu um santuário no Crescente Fértil e o cercou com grades de ouro. O Jardim do Éden, como ficaria conhecido, tinha sete portões e foi preenchido com todos os tipos de maravilhas, minerais, vegetais e animais. Suas águas garantiam a imortalidade, mas suas terras tornavam as pessoas estéreis, incapazes de procriar. Metatron acreditava que os seres humanos eram bons, mas que a convivência em grandes grupos fomentava a discórdia, então decidiu isolar o primeiro casal.

No entanto, mesmo enclausurados, Lilith e Adão discordavam em questões fundamentais e discutiam durante a ausência de Metatron. O homem não queria permitir que a mulher ficasse por cima durante o ato sexual, e assim os dois se separaram. Escutando o relato, Metatron tomou o partido de Adão e expulsou Lilith do jardim, selecionando outra companheira para ele, mais dócil e inocente: a jovem Eva.

O ÚLTIMO INIMIGO

Enquanto, na terra, os sentinelas guiavam os mortais, no paraíso os arcanjos reorganizavam as castas. Para mantê-las na linha, cada ordem foi posta sob a influência de um patrono. Os ofanins seriam comandados por Rafael, os serafins por Miguel, os ishins por Gabriel, os querubins por Uziel e os hashmalins por Lúcifer. Os elohins, dispersos através do espaço, seriam encabeçados por Metatron, que no fim das contas nunca aceitou e nunca exerceu a tarefa. Já os malakins, fechados em suas bibliotecas, simplesmente não admitiriam ser comandados e jamais tiveram um patrono.

À exceção de Metatron, os patronos são todos arcanjos, e suas posições, imutáveis, mas sob eles há os príncipes de casta, chefes e dirigentes da ordem, que podem ser substituídos, promovidos ou rebaixados. Os príncipes são assistidos pelos arautos, seus conselheiros e estrategistas, que por sua vez controlam um número consideravelmente elevado de arcontes, os quais agem como capitães e assumem funções operacionais.

Uma vez estabelecida a cadeia hierárquica, o céu parecia um ambiente hermético e imune a qualquer ameaça. E era, até o surgimento de um novo — de um *velho* — inimigo. Quando, no terceiro dia da criação, os djinns, a estirpe de ishins artesãos, foram convocados para erigir as cidades celestes, algo de inusitado ocorreu. Ao estudar o terreno, eles descobriram um "rasgo" sob as fundações do Quinto Céu, uma brecha na matéria cósmica que poderia levar a outras esferas. Então sugeriram que os anjos fossem imediatamente deslocados para outra dimensão, mas os primogênitos não deram ouvidos, certos de que, ainda que houvesse um ataque, nada — ninguém — poderia vencê-los.

Mesmo contrariados, os djinns seguiram as ordens de Lúcifer, tamparam o "buraco" e ergueram sobre ele o Palácio Celestial, conforme o projeto dos serafins. Por milhões de anos nada aconteceu, até que, ciente da partida de Deus, o filho sobrevivente de Tehom — Enuma, o Destruidor — iniciou sua vingança: usou a fresta dimensional para invadir o Quinto Céu, assaltando os gigantes dentro de casa.

ERA MEDITERRÂNEA

Domínio dos elohins

+- 150000 a.C.

Caçada aos sentinelas. Ascensão dos elohins. Fundação da cidade de Atlântida. Ascensão dos atlantes e supremacia do Mediterrâneo. Na Europa, Ásia e Oriente Médio, os homens migram das cavernas para palafitas e constroem pequenas aldeias.

+- 100000 a.C.

Primeiro cataclismo. Terremotos dividem a terra. Atlântida se enfraquece.

GENEALOGIA HUMANA

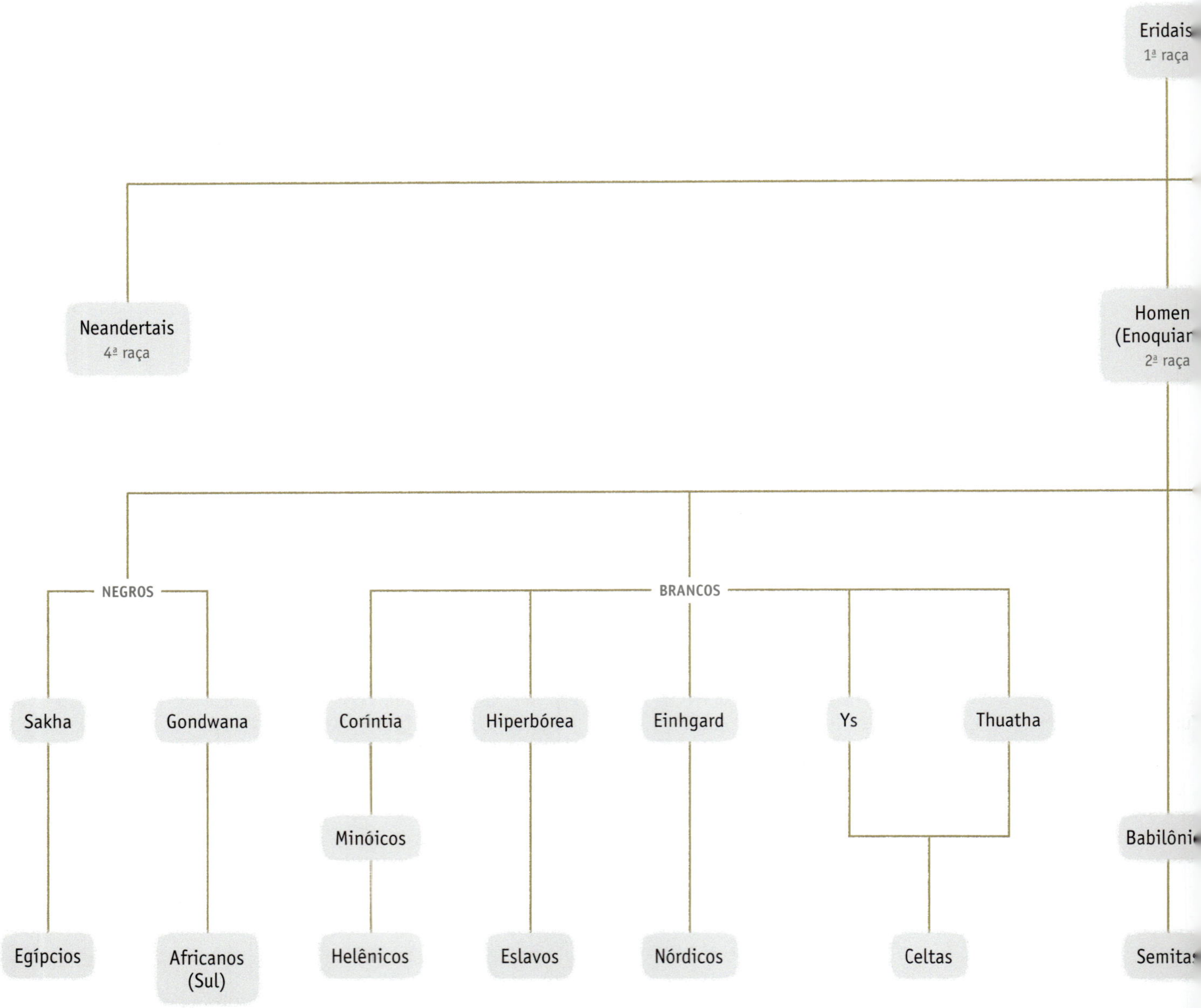

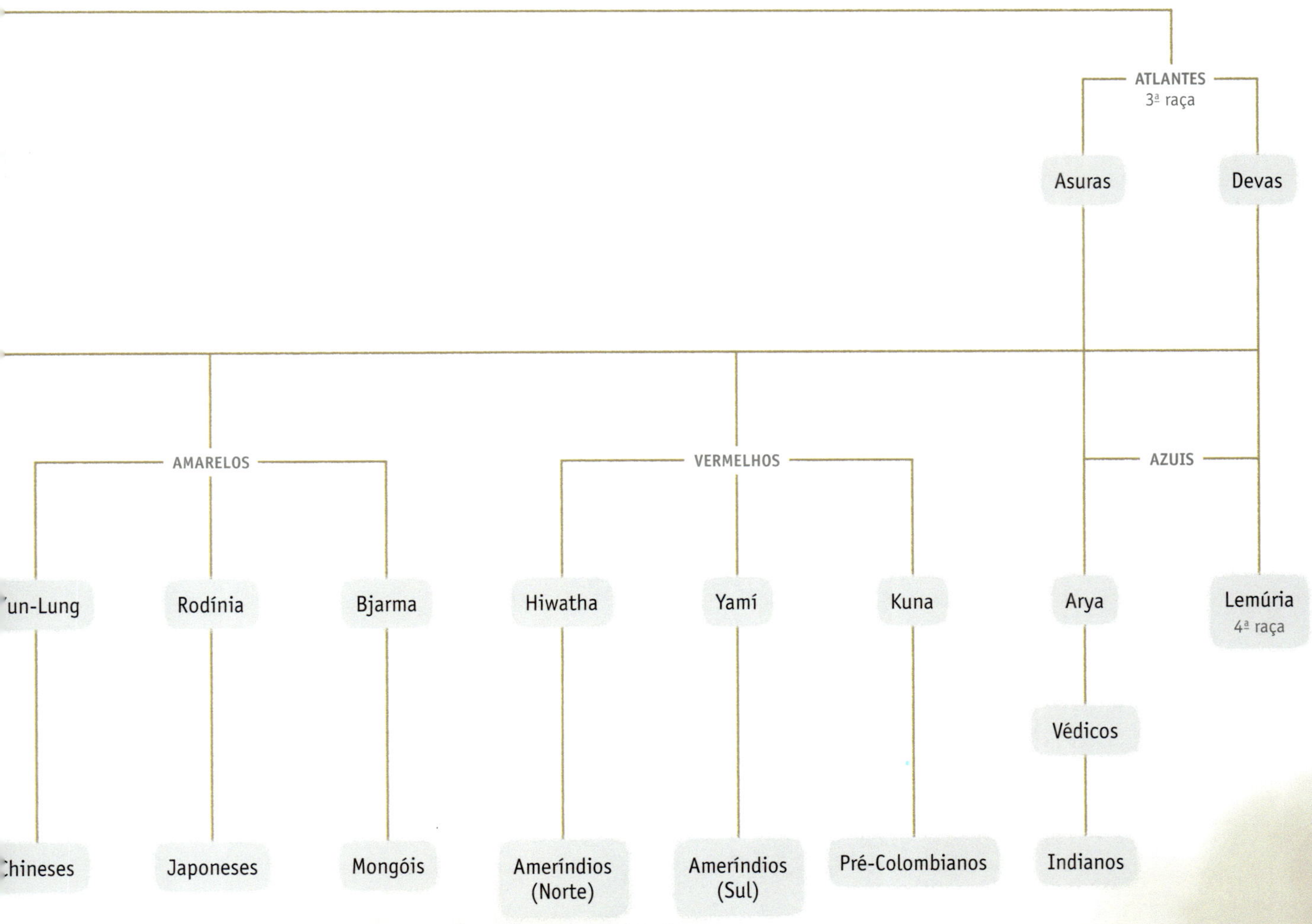
ATLANTES
3ª raça
Asuras
Devas
AMARELOS
VERMELHOS
AZUIS
un-Lung
Rodínia
Bjarma
Hiwatha
Yamí
Kuna
Arya
Lemúria
4ª raça
Védicos
hineses
Japoneses
Mongóis
Ameríndios (Norte)
Ameríndios (Sul)
Pré-Colombianos
Indianos

OS NETOS DE TEHOM

Os filhos diretos de Tehom foram todos extintos, sendo Enuma o último. Eles, porém, geraram uma quantidade razoável de crias — algumas destruídas no primeiro dia da criação, outras sobreviventes até hoje, escondidas em dimensões afastadas ou na profundeza das fossas galácticas. Tais crias são chamadas de netos de Tehom ou de grandes antigos. Seus objetivos são incertos e variáveis: alguns buscam (ainda) destruir a espécie angélica, enquanto outros se fecharam em suas esferas cósmicas, de onde jamais sairão.

Quando o combate se anunciou, Lúcifer mandou que todos os anjos deixassem a quinta camada, não por altruísmo, mas porque temia o fracasso e não admitiria que seus subalternos assistissem à derrota. De qualquer maneira, nenhum deles faria diferença, tamanho o poder que da criatura emanava.

Pela primeira vez sem o pai, Miguel, Gabriel, Rafael, Uziel e Lúcifer lutaram juntos contra um oponente comum, e, quando estavam prestes a ser vencidos, uma sexta força veio ajudá-los: Metatron. Com o auxílio do Rei dos Homens sobre a Terra (novo título que ele agora ostentava), os partidários de Deus exterminaram o último dos descendentes diretos de Tehom. O Vale de Yahweh, no centro do Quinto Céu, ficou completamente destruído. Um novo palácio seria erguido no lugar, e, com a assistência dos elohins, o "furo cósmico" foi transformado em um "alçapão dimensional", que poderia ser fechado ou aberto ao comando dos arcanjos, enviando (ou banindo) para qualquer ponto do universo quem os desafiasse.

SAMAEL, A SERPENTE DO ÉDEN

Quando ingressou sem ser convocado no combate contra Enuma, a intenção de Metatron era boa. Mas o fato de ter sido ele a variável que garantiu o triunfo deixou Lúcifer profundamente enciumado. Mais que isso, o arcanjo sentia-se envergonhado por ter sido salvo por uma entidade mais nova, alguém que recebera uma alma do Pai.

Bem a seu modo, Lúcifer contra-atacou. Primeiro, desceu à Haled (como os anjos chamam o plano físico) e procurou por Lilith, a ex-mulher de Adão. Seduziu-a e descobriu o calcanhar de aquiles de seu adversário: a raça humana, mais precisamente o casal que ele protegia. Em seguida, enviou Samael, seu servo mais leal, ao Jardim do Éden para semear a intriga no coração dos terrenos. Disfarçado de serpente, Samael entrou no oásis, contou a Eva que ela não era a primeira mulher e explicou que Metatron os mantinha presos. Eva compartilhou essas ideias com o marido, e juntos eles saíram do jardim, ávidos por conhecer o mundo lá fora.

Ciente de que o estrago já fora feito, Metatron não se opôs à emancipação de seus "filhos", apenas os orientou sobre os "perigos" que rondavam o planeta: "Não se curvem a ninguém", avisou. "Louvem apenas a sua própria espécie, a espécie humana, e não confiem em nenhum ser alado."

PERÍODO ENOQUIANO

+- 50000 a.C. — Adão unifica as tribos do Oriente Próximo. Caim, seu filho, funda a cidade de Enoque. Segundo despertar — tecido da realidade se engrossa.

+- 40000 a.C. — Ascensão de Enoque. Lança de Nod é forjada. Extinção do homem de Neandertal e dos tigres-dentes-de-sabre.

METATRON *VERSUS* GABRIEL; A ERA GLACIAL

Quem vigia os vigilantes?
WATCHMEN

Metatron permitiu que Adão e Eva saíssem do jardim, mas continuou o trabalho de instruir os terrenos. Em vez de mantê-los enclausurados, adotou uma nova estratégia, preferindo, agora, conviver com eles. Juntou-se a uma tribo do sudoeste asiático, apaixonou-se por uma mulher, teve filhos e os criou.

Mas Lúcifer ainda não estava satisfeito. Manipulou os irmãos, especialmente Miguel, e plantou em seu âmago o ódio pelos seres humanos, que, segundo ele, "receberam de Deus uma alma, enquanto a nós, os primogênitos, foram negados o livre-arbítrio e a regência da terra". Lúcifer também se dizia "humilhado" pela última ordem de Yahweh, que lhes pedira para servir aos homens, para louvá-los e adorá-los, "sendo que nós é que deveríamos ser adorados".

No fundo, Lúcifer não nutria grandes rancores contra a humanidade — ele queria atacar Metatron no ponto em que este era mais fraco. Contou mentiras e fomentou intrigas, até que Miguel se convenceu de que os mortais eram perversos e resolveu congelar o planeta. "Só os fortes sobreviverão", argumentou o Príncipe dos Anjos, "e então veremos quem é digno de continuar existindo."

Em condições normais, nenhuma forma de vida resistiria à era do gelo, mas, para que o plano funcionasse a contento, seria preciso remover os sentinelas de suas funções protetivas. Gabriel foi enviado ao plano físico com a incumbência de trazer Metatron de volta ao paraíso, mas o Rei dos Homens se recusou. Os dois se enfrentaram, a disputa terminou empatada e, a partir de então, os sentinelas foram considerados inimigos do céu.

+- 38000 a.C.

Atlântida e Enoque entram em choque. Guerras Mediterrâneas.

+- 36930 a.C.

Os Buscadores de Enoque votam pelo expurgo do arquimago Kothar-wa-Khasis. O bruxo constrói o zigurate de Barak-Maru, monta seu exército, rouba a lança de Nod e a usa para matar o mais poderoso dos elohins, Shekhinah, a Presença de Deus.

A ERA MEDITERRÂNEA

Quando a glaciação terminou, ficou claro que os sentinelas haviam desafiado os arcanjos e conseguido preservar a humanidade. Estava declarada a guerra, e assim começou a perseguição a Metatron e seu séquito.

Miguel retirou os elohins de suas tarefas originais (a manutenção do espaço e das órbitas estelares) e mandou que assumissem os postos dos sentinelas entre as incipientes culturas humanas. Data dessa época a fundação da cidade de Atlântida, governada por Orion, a Estrela de Prata, um poderoso elohim a serviço do céu. Sob o controle de Orion, os atlantes prosperariam, tornando-se a mais avançada civilização de seu tempo, sendo esse intervalo, portanto, chamado de era mediterrânea (o arquipélago atlântico era então conhecido como ilhas Mediterrâneas, as "terras do meio", entre os atuais continentes americano e europeu).

Uziel, o Marechal Dourado, despachou seus querubins no encalço dos anjos rebeldes. Muitos sentinelas sucumbiram, mas vários, inclusive Metatron, não foram sequer encontrados. Finalmente, os primogênitos arquitetaram uma nova catástrofe, que ficaria conhecida como primeiro cataclismo, cujo objetivo era liquidar os insurgentes e seu líder.

PERÍODO ENOQUIANO

Assim como a era glacial, o primeiro cataclismo não alcançou seu intento. Continentes se dividiram, reinos se desfizeram, mas Metatron não foi localizado. Os grandes impérios se enfraqueceram, como foi o caso de Atlântida, abrindo espaço para o surgimento de uma nova civilização. Caim, filho de Adão e Eva, ergueu no deserto a cidade de Enoque, uma nação baseada no orgulho e no poder da raça humana, oposta à ideologia atlântica, cujo rei (Orion) era um enviado dos arcanjos e adorador dos celestiais.

PERÍODO DAS GRANDES CATÁSTROFES

+- 35000 a.C.

Grande batalha nas planícies de Hiwatha. Metatron é capturado e conduzido à Gehenna. Últimos sentinelas são mortos, restando apenas dois agentes ocultos mais seu líder. Colônia atlântica de Egnias é invadida. Lança de Nod se perde.

+- 35000 a.C. até +- 25000 a.C.

Período das grandes catástrofes. Segundo cataclismo. Terra sofre com chuvas de meteoros, terremotos e vulcões. Arcanjos decidem enviar suas legiões para exterminar a raça humana. Reis de Enoque, com aço e magia, rechaçam ataque de anjos à cidade.

OS REIS DE ENOQUE

A cidade de Enoque foi fundada por Caim, filho de Adão e Eva, cerca de cinquenta mil anos antes de Cristo.

- **Caim**, o Grande Homem, fundou a cidade de Enoque e deu a ela o nome de seu filho mais velho.
- **Enoque**, o Senhor de Nod, filho de Caim, unificou o país, ampliou a cidade e a transformou em uma potência expansionista.
- **Irad**, Aquele a Quem Se Deve Temer, foi o mais cruel dos reis enoquianos. Em seu tempo, as Guerras Mediterrâneas (ver adiante, neste capítulo) penderam a favor dos homens, contra os atlantes.
- **Mehujael**, a Voz do Castigo, foi um rei fanático. Durante seu governo, perseguiu todos que não prestavam adoração à Isidrath (a religião estatal) e crucificou pessoas.
- **Metusael**, Sangue de Caim, subiu ao poder e encontrou Enoque às vésperas de uma guerra civil, estimulada pelas perseguições levadas a cabo pelo pai. Foi assassinado por seus primos aos 432 anos.
- **Cainan**, o Justo, foi o primeiro rei de Enoque a não pertencer à linhagem de Caim. Ele era neto de Seth e bisneto de Adão.
- **Jared**, o Descendente, talvez tenha escolhido essa alcunha para lembrar a seu povo que, embora não pertencesse à linhagem de Caim, era descendente de Adão e legítimo herdeiro do trono.
- **Matusalém**, o Portador da Lança, teria sido um rei amável com seus súditos e extremamente cruel com seus inimigos. No final de seu reinado, Enoque começou a entrar em decadência.
- **Lemék**, o Patriarca, foi o último dos reis enoquianos. Seu filho mais virtuoso, Noé, recusou o trono e impôs a si mesmo o exílio, distanciando-se da política e das intrigas palacianas.

Ora, Adão bebera das águas do jardim e se tornara imortal. Seus filhos herdaram só uma fração desse dom: não eram imortais, mas podiam viver por milhares de anos. Caim tornou-se o primeiro grande monarca de Enoque, acumulando as funções de líder político e grão-sacerdote. O culto estatal baseava-se na veneração à Isidrath, a Árvore do Conhecimento do Bem e do Mal, que crescia a leste do Éden, em tempos mais inocentes.

+- 23000 a.C. — Início das Guerras Etéreas.

+- 22000 a.C. — Apollyon, o Anjo Destruidor, e sua legião vencem e eliminam as serpentes de Kur.

+- 18000 a.C. — Batalha de Shin-Tain. Celestiais são derrotados no Extremo Oriente.

PRINCIPAIS NAÇÕES ANTEDILUVIANAS (DURANTE O PERÍODO ENOQUIANO)

- **Arya:** localizada onde hoje seriam os territórios da Índia e arredores, Arya era coberta por regiões de selva tropical ao sul, desertos a oeste e montanhas a leste. O país compunha-se de pequenos reinos independentes, unidos apenas pela semelhança cultural. Os arianos costumavam ser pacifistas, o que não quer dizer que não existissem disputas internas. Para mediar essas batalhas, o conselho de reis se reunia todo ano, na primavera, na cidade de Samudra (atual Calcutá).
- **Atlântida:** a mais sofisticada das nações antediluvianas nasceu nos anos que se seguiram ao degelo, quando Orion, a Estrela de Prata, guiou um grupo de seres humanos à mística ilha de Mu. Embora o arquipélago estivesse localizado no oceano Atlântico (onde hoje seria o Atlântico Norte), Atlântida contava com verões quentes e invernos amenos.
- **Bjarma:** no leste da Rússia e por toda a Mongólia, existiu no passado a região de Bjarma, um país de clima seco, cujo povo e cultura reuniam características tanto do Ocidente quanto do Oriente. O território era em grande parte desértico, o que servia aos *khans* (reis locais) como defesa natural. A capital de Bjarma era Tadresh, a Cidade do Horizonte, famosa por seus palácios de ouro e suas torres de madrepérola.
- **Coríntia:** tidos como os principais antecessores dos gregos (e da cultura helênica), os coríntios habitavam toda a região que mais tarde viria a se tornar a península Ibérica, a Itália e parte dos Bálcãs, incluindo a Grécia. Amantes tanto da arte quanto da guerra, eram navegadores experientes e firmaram uma aliança com os atlantes, prometendo vigiar os barcos de Enoque em troca de mármore, dinheiro e inovações tecnológicas.
- **Einhgard:** além dos montes Brancos, Einhgard era uma região coberta de gelo e florestas. Espremida entre o mar da Telúria e a Hiperbórea e próxima à ilha de Thule, os nortistas enfrentavam desde o assédio dos magos hiperbóreos (ver adiante) até dificuldades com o clima. Precursores do que viria a se tornar a cultura viking, os nativos de Einhgard precisavam buscar recursos em outras regiões, tendo se tornado ótimos navegadores, comerciantes e, quando necessário, saqueadores.
- **Gondwana:** ocupando o que hoje seria a porção sul da África, a paisagem de Gondwana era caracterizada por savanas e florestas infindáveis, de clima úmido e quente. O continente abrigara magníficas cidades durante a era mediterrânea, todas destruídas no primeiro cataclismo. Repleta de feras, mata cerrada e tribos canibais, Gondwana era uma fonte rica de especiarias, marfim e pedras preciosas.

+- 12000 a.C.

Ablon, o Primeiro General, vence o deus Rahab, o Príncipe dos Mares, pondo fim às Guerras Etéreas. Construção da Fortaleza de Sion.

+- 11500 a.C.

Dilúvio.
Terceiro cataclismo.
Destruição de Enoque e Atlântida.
Orion retorna aos Sete Céus.

- **Hiperbórea:** a Hiperbórea e a ilha de Thule eram regiões muito frias, no extremo norte da Terra. A primeira ficava onde hoje é a Sibéria, e a segunda, onde atualmente se encontra a Islândia. Isolados do resto do mundo, esses territórios eram dominados pela confraria dos Magos Brancos, uma estirpe de bruxos que aprendeu a manipular a energia telúrica, chamada por eles de vril. Indivíduos sinistros, procuravam estender sua influência às nações do planeta por meio de mágica e espiões, tendo como principais inimigos os bárbaros de Einhgard.
- **Hiwatha:** situada onde hoje é a maior parte dos Estados Unidos da América, Hiwatha era uma região selvagem e perigosa, abrigando os remanescentes dos imensos répteis pré-históricos que dominaram a Terra durante o período jurássico. Hiwatha contava com desertos, montanhas, planícies e florestas temperadas, sendo ainda, durante o período enoquiano, o lar de centenas de tribos neandertais, já extintas em outras partes do mundo.
- **K'un Lung:** grande nação que viria a inspirar a cultura chinesa, K'un Lung era a mais próspera das regiões do Extremo Oriente. Dotada de um exército forte, uma cultura rica e recursos naturais abundantes, K'un Lung possuía grandes cidades comerciais e pequenas aldeias agrícolas, bem como um governo coeso e bem organizado. Assim como Atlântida, estava sob o controle de um elohim: Mey-Thay, a Imperatriz Escarlate, que comandava a nação de seu complexo palaciano, conhecido como Trono Carmim.
- **Kuna:** mesmo sem saber, os povos pré-colombianos viriam a florescer sobre as ruínas do império de Kuna, que no período anterior ao dilúvio ocupava toda a América Central e partes da América do Sul. O império de Kuna, com suas gigantescas pirâmides de degraus, foi o maior exportador de ouro e prata do mundo, organizando-se em sete províncias. Seus habitantes respondiam ao rei-sacerdote Tízac, o Pai e Senhor dos Lagartos.
- **Lemúria:** essa imensa ilha era famosa pelos cristais. Filhos dos homens com os atlantes, os lemurianos fundaram uma espécie de utopia, elevando ao máximo suas habilidades psíquicas e se comunicando através de telepatia. A Lemúria era um país de clima ameno, com invernos agradáveis e verões não muito quentes. Fazendas e florestas costumavam se intercalar com grandes formações cristalinas, colinas e montanhas de diamantes, rubis e esmeraldas.
- **Nod:** pátria fundamental dos homens, Nod era o nome do país que tinha Enoque como capital. De clima árido, ocupava grande parte do atual Oriente Médio. Suas construções em pirâmide e seus templos em forma de zigurate inspirariam, mais tarde, as culturas suméria e babilônica.
- **Pangea:** este é o nome que se dava ao continente polar no extremo sul do planeta. Inviável à civilização humana, a Pangea, no entanto, contava com duas colônias atlânticas, que lá resistiam graças a feitiços climáticos. Suas ruínas (possivelmente abandonadas desde a era do gelo) incluíam os templos de Y'ooth e Cu-Thu'a, antigo

DEPOIS DO DILÚVIO

Domínio dos homens

+- *11000 a.C.*

Rafael é "morto" por Lúcifer durante audiência no Quarto Céu. Túnel da morte é construído. O Quinto Arcanjo estabelece seu santuário no Terceiro Céu, ergue as colônias espirituais e assume residência no Elísio.

+- *10000 a.C.*

Civilização regressa à barbárie. Atlântida não deixa sobreviventes. Remanescentes dos homens de Enoque evoluem no chamado "homem moderno", o *Homo sapiens sapiens*, também conhecido como quarta raça. O ser humano se espalha pelo globo terrestre. Elohins declaram-se independentes, assumindo papéis secundários.

lar de um clã de bruxos que prestava louvores aos grandes antigos, netos de Tehom.

- **Rodínia:** o arquipélago que hoje forma o Japão era na época uma grande ilha, geologicamente unificada, chamada Rodínia. Sua cultura, porém, já guardava semelhanças com os atuais povos nipônicos, inclusive no tocante ao sistema de governo e às práticas religiosas. A Rodínia era um país de guerreiros e pescadores. De clima temperado, tinha planícies ao sul, florestas ao centro e desertos ao norte.
- **Sakha:** localizada ao norte de Gondwana, onde atualmente fica parte do Egito, Sakha lançou as bases para o que seria o maior império do mundo no período posterior ao dilúvio. Nação árida e inóspita, sobrevivia graças a seu porto (Jedala), a seu sistema de canais e ao deus vivo que a governava, Kha, desde seu templo nos confins do deserto. A economia era baseada na agricultura (trigo, cevada, linho, papiro, algodão) e na pecuária (bois e carneiros). Esses artigos eram comercializados na cidade de Sen-Zar, fronteiriça ao império de Nod.
- **Telúria:** enquanto Hiwatha era evitada por causa de seus monstros e feras, a Telúria, atualmente norte dos Estados Unidos e Canadá, era inabitável não só pelo clima gelado, mas pelo grande número de vulcões ativos, que espalhavam magma e poeira vulcânica por todo o norte do continente. Apesar disso, os atlantes montaram uma colônia no extremo oeste, Paneo, dedicada ao estudo das energias telúricas e dos fenômenos climáticos e geológicos.
- **Thuatha:** era conhecida como a nação central do planeta, embora nunca tenha sido um país unificado. De clima temperado, possuía solo fértil, o que estimulava tanto a agricultura quanto a pecuária. Situada onde hoje seria o oeste da Rússia, espremida entre Einhgard, Ys, Hiperbórea e Bjarma, Thuatha era praticamente uma terra de ninguém, propícia ao surgimento de aldeias, pequenas cidades e domínios independentes.
- **Yamí:** controlando grande parte da selva que anos depois viria a ser chamada de Amazônica, o povo yamí se diferenciava dos nativos de Kuna em vários aspectos. Enquanto os kunianos eram cruéis, belicistas e sacrificavam seus inimigos, os habitantes do Império Yamí eram pacíficos, gostavam de estudar e buscavam a harmonia com a Mãe Natureza. Viviam espalhados em tribos pela mata, contando com algumas cidadelas e uma imensa cidade-santuário: Ahkor, com suas magníficas torres de pedra.
- **Ys:** na ponta mais ocidental do que um dia viria a se tornar a Europa, a região de Ys formaria as bases para a cultura celta, que afloraria depois do dilúvio. Ruivos e louros, os habitantes dessas paragens viviam em pequenas tribos, estando constantemente em guerra com outras aldeias e clãs primitivos.

+- 4000 a.C. — Renascimento da civilização humana. Fundação da Babel legendária. Gilgamesh na Suméria. Extinção dos mamutes.

+- 3800 a.C. — Revolta de Sodoma. Expurgo de Ablon e da Irmandade dos Renegados dos Sete Céus. Sodoma e Gomorra são destruídas. Zohar é devastada.

+- 3500 a.C. — Rebelião de Lúcifer. O Arcanjo Sombrio e suas hordas são expulsos do céu e condenados ao Sheol.

GUERRAS MEDITERRÂNEAS

O período enoquiano, intervalo entre o primeiro e o segundo cataclismos, foi caracterizado pela polarização do mundo em dois grandes blocos: os partidários de Enoque e os simpatizantes de Atlântida. Essas duas nações eram potências expansionistas e tinham ideologias opostas, logo era natural que entrassem em conflito. Guerras Mediterrâneas é o nome que se dá a uma série de confrontos, quase todos travados em áreas de influência, pela disputa de territórios e rotas marítimas.

As Guerras Mediterrâneas persistiram por séculos, contando com períodos mais tênues e outros mais violentos, quando a balança se inclinava para um lado ou para o outro. Embora tenham sido registrados episódios extremamente sangrentos, nunca houve uma invasão às capitais (à cidade de Enoque ou à ilha de Mu), portanto jamais existiu um vencedor.

OS TRÊS PILARES; METATRON É CAPTURADO

Quase no final do período enoquiano, os arcanjos fizeram uma nova tentativa de subjugar Metatron, despachando à sua caça um general querubim chamado Ablon, alcunhado de Vingador, por ser o soldado mais leal a Miguel. Com a ajuda de Ishtar (outra querubim) e de Orion, Ablon foi atrás dos três sentinelas que ainda se apresentavam abertamente ao mundo — os Três Pilares — e a seguir encontrou Metatron, duelando com ele e enfim o capturando.

OS TRÊS PILARES

Os Três Pilares de Metatron, ou apenas Três Pilares, eram sentinelas poderosíssimos que, apesar do nome, não estavam mais ligados a seu antigo senhor. Um deles era Muzhda, o Colosso de Ferro, que controlava uma aldeia no topo das montanhas Tay-Pin, entre Arya e K'un Lung; outro era Kali, a Devoradora, a deusa perdida do antigo reino de Ophir; e havia ainda Kha, o Sol, governante do vasto império desértico de Sakha.

Os Três Pilares foram finalmente derrubados em cerca de 35.000 antes de Cristo, numa missão executada a mando do Príncipe dos Anjos por Ablon, o Vingador, e Ishtar, a Fúria Dourada, com o auxílio de Orion, o Rei Ungido de Atlântida.

O Rei dos Homens sobre a Terra foi conduzido ao cárcere no Segundo Céu, a Gehenna. Miguel queria exterminá-lo, mas Lúcifer o proibiu, pelo perigo de transformá-lo em mártir. Metatron acabou esquecido na prisão, de onde só escaparia séculos mais tarde.

O SEGUNDO CATACLISMO E O PERÍODO DAS GRANDES CATÁSTROFES

Por muito tempo, os sentinelas haviam ajudado a salvaguardar os terrenos. Sem eles, a Terra estava desguarnecida, e agora, teoricamente, nada nem ninguém se oporia aos arcanjos.

+- 3000 a.C. A Irmandade dos Renegados deixa Enoque e se divide. Construção das grandes pirâmides do Egito. Terceiro despertar — alargamento do tecido da realidade.

+- 2800 a.C. Anjo Negro encontra Ishtar. Os dois lutam sobre a montanha. Ablon destrói o morro e impede o assassinato de Ishtar, mas é soterrado.

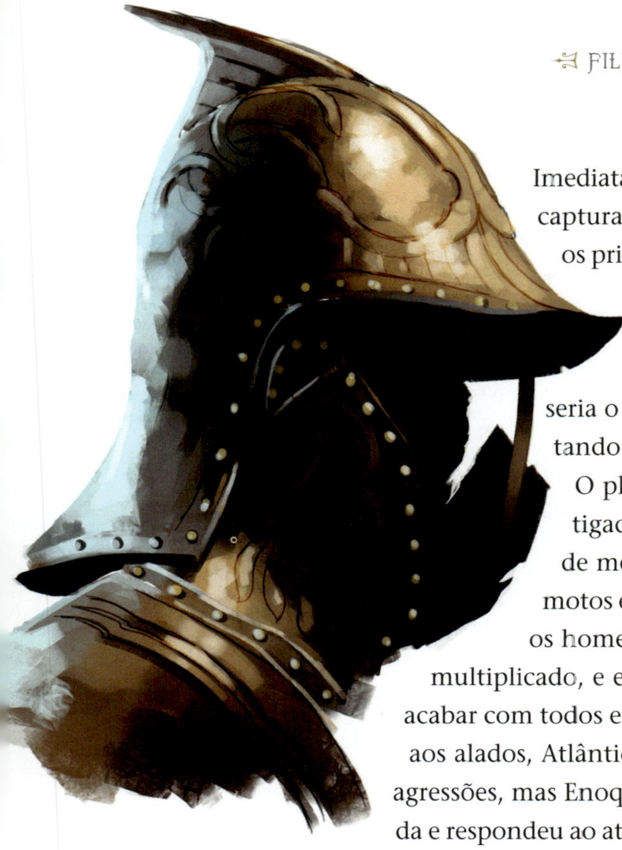

Imediatamente após a captura de Metatron, os primogênitos arquitetaram o segundo cataclismo — já seria o terceiro, contando a era do gelo. O planeta foi castigado por chuvas de meteoros, terremotos e vulcões, mas os homens haviam se multiplicado, e era impossível acabar com todos eles. Simpática aos alados, Atlântida não sofreu agressões, mas Enoque foi invadida e respondeu ao ataque com aço e magia, rechaçando os celestes e preservando a "grande pátria dos seres humanos".

A verdade era que os mortais haviam se fortalecido, desenvolvendo técnicas místicas e cultuando os próprios deuses. Estes, que haviam nascido da adoração de conceitos personificados (o Fogo, a Lua, a Terra) ou de espíritos vegetais, animais ou humanos (Wotan, Dagon, Shara, Isidrath), cresciam e ganhavam força à medida que mais e mais pessoas os veneravam. Seu lar era o plano etéreo, a segunda camada do mundo espiritual, daí chamá-los de deuses etéreos. Os deuses pagãos (outro nome para designá-los) eram entidades profundamente ligadas à raça humana e exerciam sobre os fiéis um domínio crescente, o que perturbou os alados.

GUERRAS ETÉREAS

Para os arcanjos, os deuses pagãos eram ainda mais desprezíveis que os sentinelas. Eram oriundos da consciência humana e precisavam ser aniquilados.

Diferentemente dos anjos, os deuses pagãos não tinham a capacidade de se materializar, mas construíram cidades, castelos e exércitos inteiros no plano etéreo, uma região inóspita aos celestes, acostumados a circular apenas entre o céu e a terra, usando o plano astral (a primeira camada espiritual) como ponte até o paraíso.

Muitos acreditam que as Guerras Etéreas foram usadas, também, como ferramenta ideológica para unir os alados após os rumores de que as ideias revolucionárias de Metatron haviam "contaminado" alguns oficiais querubins. E seriam os querubins, até então tratados como meros peões, os protagonistas dessa campanha. O objetivo seria valorizá-los e mantê-los coesos.

Mas nem tudo ocorreu conforme esperado. Os deuses etéreos eram fortes e expulsaram os anjos de seus domínios espirituais. Raras foram as batalhas vencidas pelos celestes, e pouquíssimas as áreas conquistadas. O maior triunfo se deu na porção etérea correspondente às terras físicas de Canaã, então controlada pelo deus Rahab, o Príncipe dos Mares. Ablon, o Vingador — o mesmo que capturara Metatron —, entrou na fortaleza, matou o adversário e conquistou o baluarte, sendo a partir desse dia cognominado Primeiro General.

No ponto onde existia o castelo de Rahab, o arcanjo Miguel mandou erigir uma torre, a Fortaleza de Sion, "o símbolo da soberania dos anjos sobre o plano etéreo" — soberania essa que, na verdade, era muito frágil e restrita.

2414 a.C. — Cush assume o trono da Babilônia legendária. Construção do zigurate de prata. Ablon desperta e escapa do soterramento. Nasce Zamir, o Feiticeiro.

2354 a.C. — Akto e Maya, pais de Shamira, fogem de Knossos, na Grécia, e se estabelecem na aldeia de En-Dor, em Canaã.

+- 2335 a.C. — O rei Cush é capturado e morto. Nimrod assume o trono da Babilônia. Zamir encontra o avatar desacordado de Ishtar e o leva à cidade. Início da construção da Torre de Babel.

AS RELIGIÕES ANTEDILUVIANAS

Durante o período enoquiano, cada clã, tribo, aldeia ou cidade prestava adoração a um deus ou tinha seu próprio sistema religioso. As mais poderosas dessas entidades eram aquelas cultuadas por um grande número de seguidores, as chamadas divindades estatais, que influenciavam nações. As principais divindades etéreas dos tempos anteriores ao dilúvio eram estas, classificadas por região:

- **Arya:** por seu caráter heterogêneo, Arya tinha pelo menos uma centena de deuses e seitas diferentes. Destaque para Gabu, o Deus Elefante; Shara, a Senhora da Luz; Lashi, o Touro Negro; Hanuman, o Deus Macaco; e Kamisha, a Tartaruga Cósmica.
- **Atlântida:** os atlantes cultuavam Yahweh como deus supremo, reconhecendo-o como uma presença energética, às vezes chamada de Darsha. Seus templos eram, portanto, áreas de aprendizado e meditação, usados para a realização de ritos públicos, como cerimônias de casamento e rituais de consagração. Os nativos de Atlântida também prestavam devoção à memória de ídolos e mártires, sendo Tétis a maior das heroínas atlânticas.
- **Bjarma:** os habitantes de Bjarma adoravam os espíritos e as forças da natureza. Seus sacerdotes eram xamãs, que incorporavam essas energias e as usavam para fins de cura, adivinhação e prognóstico. Os nômades do deserto tinham, entretanto, divindades muito particulares, como Daruma, o Falcão; Pazuzu, o Demônio dos Ventos; e Raksha, o Rei dos Tigres.
- **Coríntia:** os coríntios louvavam uma série de deuses e criaturas mitológicas, muitos dos quais sobreviveram às guerras etéreas e continuariam a ser adorados nos anos vindouros, durante a época mítica e clássica da Grécia. No período anterior ao dilúvio, porém, as grandes divindades coríntias faziam parte da primeira e da segunda geração de titãs. Dessas, as principais eram Urano (o Céu, líder do panteão) e Gaia (a deusa da terra, ou Mãe Terra). Seus filhos eram Cronos (um jovem lutador, adorado pelos guerreiros), Céos (titã da inteligência, louvado por cientistas e matemáticos), Crio (deus do gelo e do frio) e Teia (deusa da luz, beleza e fertilidade).
- **Einhgard:** os nortistas tinham como deus supremo Wotan, que mais tarde viria a ser chamado de Odin. Ymir, o gigante do gelo, era uma divindade temida, mas invocada nos momentos de intempéries. Outra seita importante era a das Nove Irmãs, composta por sacerdotisas, guardiãs da sabedoria e do conhecimento.
- **Gondwana:** cada tribo e aldeia tinha sua própria divindade. Destaque para Ambula, o Deus-Gorila; Ieda, a divindade dos rios e lagos; e Pangu, o Demônio das Matas. Os cidadãos de Bhogavati veneravam Vasuki, o Rei-Serpente, e os nativos da cidade de Zimbara prestavam adoração a Umara, o Senhor dos Antílopes.
- **Hiperbórea:** os hiperbóreos dedicavam-se ao estudo da energia telúrica, mais precisamente dos obeliscos de onde tais forças emanavam. O obelisco

2334-2333 a.C.
Shamira é levada à Babilônia.
Queda de Babel.
Destruição da torre.
Ishtar morre.

2332 a.C.
Shamira começa seu treinamento com o mestre necromante Drakali--Toth, na cidade de Mênfis.

+- 1800 a.C.
Ascensão da Babilônia histórica.
Hamurabi.

da ilha de Thule era venerado como uma espécie de totem, sendo o ponto de reunião da confraria de mágicos.

- **Hiwatha:** os neandertais que habitavam Hiwatha eram quase todos animistas, voltando suas preces às forças e às energias primitivas da natureza.
- **K'un Lung:** Mey-Thay, a Imperatriz Escarlate, era cultuada como a entidade estatal. Os kunlianos veneravam ainda um sem-número de espíritos, bons e ruins, além da memória de seus antepassados. Shara, a Senhora da Luz, uma divindade ariana, era também adorada em santuários e templos por todo o país.
- **Kuna:** o principal deus dos kunianos era Cóatl, a Serpente Emplumada. Toahco era a divindade do Sol, a quem os locais prestavam sacrifícios.
- **Lemúria:** os lemurianos não tinham um deus. Em vez disso, dedicavam-se ao autoconhecimento e à evolução da própria espécie. Eram estudiosos, filósofos e metafísicos e acreditavam que o verdadeiro poder derivava da alma.
- **Nod:** os enoquianos prestavam louvores à raça humana, mais precisamente a Adão, o Grande Pai. O culto enoquiano, porém, era geralmente representado pela adoração à Isidrath, a Árvore do Conhecimento do Bem e do Mal, que crescia a leste do Éden.
- **Rodínia:** a religião da Rodínia era semelhante à de K'un Lung. Os rodinianos adoravam os espíritos naturais (*kamis*) e seus antepassados. Cultuavam ainda a figura do imperador, acreditando que ele era o Filho do Céu. Os *kamis* mais importantes eram Amaterasu (o sol), Tsukuyomi (a lua) e Susanoo (o mar).
- **Sakha:** Kha, o Sol, permaneceu como a divindade máxima de Sakha até o fim do período enoquiano. Ele costumava ser bondoso com seu povo, mas exigia obediência cega e devoção constante. O sacerdote ou fiel que não praticasse as três preces diárias acordava com a pele em carne viva, e aquele que proferisse blasfêmias era incinerado na hora.
- **Thuatha:** cada cidade tinha seu sistema religioso. Algumas divindades adoradas em Thuatha eram: Elora, a Deusa da Terra; Elasar, o Paladino; Valach, o Inquisidor; e Shara, a Senhora da Luz, a mesma adorada no Oriente.
- **Yamí:** não existia entre os povos yamís uma divindade central. Os sacerdotes cultuavam as forças da natureza, bem como o espírito dos mortos.
- **Ys:** a sociedade de Ys era matriarcal, sendo Elora, a Deusa da Terra, a principal divindade. Os druidas e as druidisas tinham o poder de celebrar casamentos e pactos, e a capacidade de amaldiçoar quem não os cumprisse. Havia ainda dezenas de outros espíritos, como os três lobos: Thirna (o lobo branco), Thegar (o lobo cinzento) e Thegri (o lobo negro).

315 a.C. Zamir inicia sua campanha para restaurar o sonho da Babilônia, perseguindo, assassinando e roubando o conhecimento dos grandes feiticeiros que ainda caminhavam pelo mundo.

209 a.C. Zamir derrota Drakali-Toth e incorpora suas habilidades necromânticas.

3 a.C. Hazai enfrenta as rapinas; sobrevive, gravemente ferido. Ruma para Enoque.

O DILÚVIO

Convencido de que a humanidade era maligna, Miguel estava (agora, mais do que nunca) pronto para arquitetar o cataclismo definitivo, mas o fiasco das Guerras Etéreas acabara por dividir os celestes — ao invés de uni-los. Para que qualquer mortandade tivesse efeito, ele precisaria convencer as sete castas de seu ponto de vista, então Lúcifer propôs um teste, que seria levado a cabo abertamente e à vista de todos.

Para realizar esse teste, os primicérios enviariam à Haled três anjos: Balam, um hashmalim que tentaria corromper os terrenos; Nathanael, um ofanim que de tudo faria para redimi-los; e o querubim Baturiel, conhecido pela rigidez de caráter, cuja função seria arbitrar a disputa. Balam fez o seu melhor e perverteu centenas de homens, mas um ele não conseguiu dobrar: Noé, o filho exilado de Lemék. De mãos atadas, os arcanjos ganharam respaldo para efetuar a catástrofe, mas não poderiam tocar um único dedo em Noé e em sua família.

Nesse momento, os ishins voltaram à cena. Amael, o Senhor dos Vulcões, reuniu ajudantes e derreteu as calotas polares. Toda a Terra foi inundada por um volumoso dilúvio, que apagou do mapa as civilizações de seu tempo, incluindo Enoque, a Bela Gigante, e Atlântida, a Joia do Mar.

Ano 0 da era cristã

Nasce a Criança Sagrada.
Início da guerra civil entre Miguel e Gabriel.
Isolamento do arcanjo Rafael.
Ablon enfrenta os espíritos antigos do bosque Tin-Sen. Quarto despertar — o tecido se adensa.

1 d.C.

Caravana na via secreta.
Ablon derrota as rapinas.
Shamira vence Zamir.
Ablon entra em torpor.

OS ELOHINS, ATLÂNTIDA E A ZONA SECRETA

Temendo que os elohins se opusessem à hecatombe (como Metatron fizera em outras épocas), Miguel não lhes comunicou o dilúvio. Pegos desprevenidos, vários deles — inclusive aqueles que governavam nações — viram seus reinos obliterados da noite para o dia. Um desses elohins era Orion, soberano de Atlântida, que não só assistiu ao extermínio de seu povo como teve o próprio avatar (corpo físico) destruído. O espírito de Orion, abalado pelo trauma psíquico, regressou ao céu. Depois que se recuperou, anos mais tarde, ele decidiu que se vingaria do arcanjo Miguel e honraria a memória dos atlantes, quando chegasse o momento.

Outros elohins, porém, mais afortunados — ou mais precavidos —, escaparam da enchente buscando abrigo em suas dimensões pessoais. Os elohins são engenheiros natos e aprenderam com Shekhinah, um respeitável membro da ordem, a construir universos em miniatura, pequeninos bolsões onde imperavam leis particulares. Ali eles se refugiaram, declarando-se independentes e prometendo jamais voltar às sete camadas. Uziel ainda pensou em caçá-los; contudo, espertos, os elohins conectaram suas esferas e as ampliaram, dando forma a uma rede cósmica artificial chamada de zona secreta. A zona secreta mostrou-se um ambiente seguro, com diretrizes muito rígidas que impediam — ou pelo menos dificultavam — sua invasão por outros celestes.

CIVILIZAÇÃO HUMANA REGRESSA À BARBÁRIE; RAFAEL SE ISOLA

As civilizações humanas anteriores ao dilúvio foram — todas elas — devastadas. Mas a espécie terrena, outra vez, resistiu. Não só Noé e sua família, como também outros poucos focos humanos continuaram vivos após a enchente. Sem acesso à cultura de seus antepassados, esses homens e mulheres regressaram à barbárie, voltando a morar em cavernas, a usar armas de pedra, a coletar frutos e a caçar animais selvagens.

O dilúvio acabou por se revelar uma catástrofe muito bem planejada, mas serviu também para dividir o céu — havia, como sempre, anjos bons, avessos ao massacre. Nem mesmo entre os arcanjos existia consenso. Rafael, a Cura de Deus, sempre se mostrara contrário aos holocaustos. Ele já vivia isolado e desapareceu depois da inundação, dizendo a Gabriel que só voltaria a encontrá-lo mais uma vez, dali "a alguns milhares de anos".

Entre os querubins, os ideais humanitários ganharam força. Ablon, o Primeiro General, articulou em segredo uma revolta contra Miguel, a qual viria a estourar com a destruição das cidades bíblicas de Sodoma e Gomorra.

A REVOLTA DE SODOMA

Ablon, anteriormente o Vingador, hoje o Primeiro General, era considerado um herói entre os legionários celestes. Quando enfrentou Metatron, foi exposto aos argumentos subversivos do Rei dos Homens sobre a Terra, tendo resistido à sua língua afiada. Mas, observando os cataclismos e as chacinas injustificadas, Ablon passou a questionar seus superiores.

30 d.C.

O Salvador é crucificado e ascende.
Ablon desperta do torpor e alcança Jerusalém.
A guerra civil entre Miguel e Gabriel, que até então se passava no plano astral, é transferida para os Sete Céus. Gabriel assume seu quartel-general na Cidadela do Fogo.

+- 112 d.C.

Flor do Leste morre na China.
Shamira descobre o segredo dos ossos-oráculos e estuda a feitiçaria chinesa.

O dilúvio, além de praticamente extinguir a espécie humana, atingiu em cheio Orion, monarca de Atlântida, que era seu amigo. Indignado, Ablon aos poucos começou a articular uma conspiração com seus soldados mais próximos: Ishtar, Hazai e Yarion.

O clima no céu era tenso. Oportunista, Lúcifer percebeu que Miguel estava enfraquecido e passou a semear a discórdia, comentando em sigilo, aqui e ali, que no fundo não concordava com as atitudes do irmão. Essa postura chegou aos ouvidos de Ablon, que necessitava de apoio político para sua "revolução".

Ablon encontrou-se com Lúcifer, que se colocou "a serviço da sua causa, a qualquer momento". E o momento surgiria após o ataque a mais duas cidades humanas: Sodoma e Gomorra. Ablon chegara ao limite. Entrou em contato com Lúcifer e disse que se moveria contra Miguel, com ou sem seu auxílio. Lúcifer então lhe entregou sua própria espada de fogo, a Raio da Aurora, e contou a hora e o dia em que o irmão poderia ser encontrado sozinho no palácio.

No instante combinado, Ablon e outros dezessete querubins adentraram o Palácio Celestial com a missão de destronar o Príncipe dos Anjos, mas era uma armadilha. Lúcifer e Miguel estavam juntos e usaram seus poderes para abrir o fosso dimensional — o "alçapão" construído pelos elohins — e banir os dezoito guerreiros para longe do céu.

A REBELIÃO DE LÚCIFER

As consequências imediatas da Revolta de Sodoma foram mínimas. Em médio prazo, entretanto, elas se mostrariam cruciais. O que faria o primeiro dos anjos (Metatron) se rebelar contra os primogênitos e depois o maior dos generais de Miguel seguir os mesmos passos? Essas dúvidas começaram a minar o prestígio dos arcanjos, e Lúcifer, sempre ardiloso, decidiu que tiraria proveito da crise.

Como já corria o boato de que era contrário à política de extermínio, Lúcifer tomou a palavra a favor dos mortais, defendendo publicamente os renegados e suas ideias. Com sua oratória impecável, e aproveitando-se do momento crítico, a conspiração que a Estrela da Manhã começara se ampliou em uma revolução, e de repente um terço do paraíso estava a seu lado.

Um dos que se uniram a ele — com todas as suas forças, aliás — foi Orion, o elohim que governava Atlântida e que esperava a chance de se vingar de Miguel. Amael e outros anjos poderosos também se juntaram à rebelião, mas muitos entraram na briga motivados por causas egoístas e particulares. O próprio Lúcifer era um deles. No fundo, o que ele queria era remover Miguel do trono e consagrar-se o maior dos arcanjos, assumindo seu "legítimo posto" não no Palácio Celestial, mas em Tsafon, o Monte da Congregação, no Sétimo Céu, onde supostamente Yahweh descansava.

Uma guerra teve início e acabou com a derrota de Lúcifer, que foi expulso das sete camadas, com seus agora nomeados anjos caídos. Recuando no último momento, a Estrela da Manhã e seus partidários conseguiram manter seus corpos espirituais (o que não acontecera com os dezoito renegados, encarcerados na terra e em seus avatares) e foram banidos para uma dimensão obscura chamada Sheol, que até aquele momento servia como uma espécie de cemitério para os deuses antigos, conservando fragmentos dos cadáveres de Tehom, Behemot, Leviatã e Taurt.

+- 500 d.C. — Supressão cósmica. A queda de Roma e a expansão do cristianismo resultam na supressão de diversos vértices, especialmente no mundo ocidental. Fadas se recolhem ao plano etéreo.

+- 700 d.C. — A ilha de Avalon regride ao plano etéreo.

"A VERDADE"

Um arconte tomou conhecimento por meio de um de seus soldados, que ouviu de um ex-companheiro de legião, que teria escutado de um elohim já falecido, que a queda de Lúcifer teria sido armada. Segundo essa obscura (e subversiva) corrente de pensamento, Miguel e seu irmão teriam arquitetado — *juntos* — a revolta e o expurgo das hostes luciferianas para que pudessem governar a luz e as trevas, para que ambos tivessem um inimigo contra o qual "lutar" — e assim estimular seus guerreiros.

Tal boato, apesar de sedutor, não é levado a sério nem no céu, nem no inferno. Os querubins se referem a ele jocosamente como "A Verdade".

OS LILINS

O Sheol, hoje mais conhecido como inferno, viria a servir — até bem demais — aos propósitos de Lúcifer. Ele reordenou as castas, dividiu os reinos, distribuiu cargos e concedeu títulos de nobreza, mas os caídos, especialmente os mais poderosos, eram ambiciosos e, assim como seu mestre, tinham índole questionável.

Os recém-nomeados duques se curvaram à liderança de Jezebeth, a Senhora das Pragas, com o objetivo de derrubar Lúcifer, que, embora fortíssimo, não tinha um exército próprio ou mesmo uma milícia particular. Para contornar a situação, a Estrela da Manhã recorreria a uma arma secreta, havia muito esquecida: os lilins.

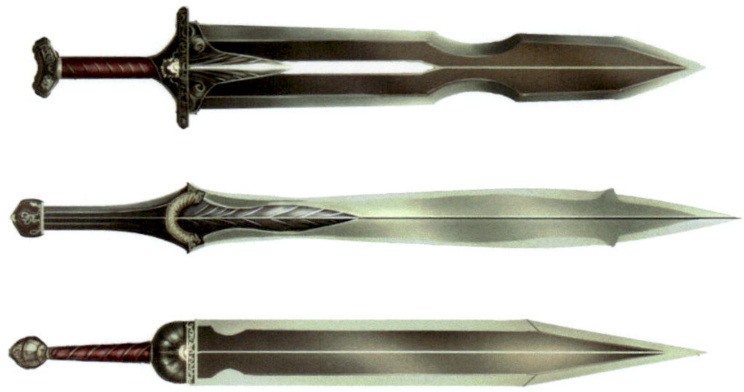

Quando Lilith, a primeira mulher de Adão, foi expulsa do Jardim do Éden, estabeleceu-se às margens do mar Vermelho e, livre da esterilidade, passou a copular com todo homem que cruzasse seu caminho — contava-se, a propósito, que seu apetite sexual era imenso. Sendo assim, ela gerou, ao longo da história, centenas de filhos e filhas. Talvez graças à natureza mística de Lilith, suas crias, os lilins, nasciam com poderes estranhos e características nefastas. Por todo o período anterior à queda de Lúcifer, eles vagaram pela terra, sendo vistos e tratados como monstros — ou, pior ainda, como demônios terrestres.

Os lilins procriavam, tornaram-se fortes e numerosos, mas, devido a seu passado místico, não tinham mais lugar no mundo posterior ao dilúvio. Então, Lúcifer lhes propôs um acordo, prometendo-lhes terras, prestígio e títulos no inferno caso lutassem a seu lado contra Jezebeth e os caídos.

Eles aceitaram o pacto e se transformaram na poderosa guarda de elite do Arcanjo Sombrio, ajudando-o a vencer seus oponentes e a consolidar-se como o supremo senhor do Sheol. Jezebeth, então uma dos três arquiduques do inferno, foi morta e substituída por Orion, o Rei Caído de Atlântida.

1097 d.C.

Shamira assume o posto de arauto entre as fadas, para registrar a partida dos elfos e gravar seus rituais e conhecimentos. Ela se estabelece no vértice da floresta Vermelha, na Inglaterra.

1119 d.C.

O poderoso Azazel, um anjo caído e duque do inferno, desafia Lúcifer, dando início, no Sheol, à chamada Guerra de Libertação. Azazel é derrotado e morto em 1203.

OS NOVE DUQUES ORIGINAIS E OS ARQUIDUQUES

A cadeia de comando que Lúcifer estabeleceu ao chegar ao inferno mudaria drasticamente nos anos seguintes. No princípio, havia logo abaixo dele uma tríade de arquiduques: Samael, a Serpente do Éden; Jezebeth, a Senhora das Pragas; e Azazel, o Obscuro. Os duques originais eram os seguintes:

- **Bel, o Senhor do Fogo:** controlava o primeiro círculo do inferno.
- **Asmodeus, o Príncipe Esquecido:** construiu seu castelo no segundo círculo do Sheol.
- **Molloch, o Carrasco:** guardava o terceiro círculo.
- **Baalzebul, o Senhor das Moscas:** mantinha controle sobre o quarto círculo.
- **Bael, o Infeliz:** obteve supremacia sobre o quinto círculo.
- **Mammon, o Avarento:** juntou suas tropas no sexto círculo infernal.
- **Alastor, o Odioso:** era o chefe do sétimo círculo.
- **Mephistopheles, Aquele que Não Ama a Luz:** era o senhor do oitavo círculo.
- **Nergal, de Mãos Negras:** fixou-se no nono círculo.

Após a derrota de Jezebeth, a trindade foi extinta, Azazel foi rebaixado ao posto de duque, e Samael tornou-se o conselheiro mais próximo de Lúcifer.

A ERA MÍTICA

Enquanto o céu e o inferno queimavam, na terra a civilização humana renascia. Das cavernas, os mortais migraram às palafitas, reinventaram a agricultura, construíram castelos, cidades e fortalezas. Ur, na Caldeia, os faraós do Egito, a magnífica Cnossos, na ilha de Creta, são todos exemplos de culturas e povos que floresceram nesse período.

Os chamados deuses pagãos — aqueles que tinham vencido os anjos nas Guerras Etéreas —, sempre tão ligados à humanidade, também ganharam força à medida que as sociedades evoluíam. Alguns mudaram de nome, outros se multiplicaram. Wotan tornou-se Odin, o Pai de Todos, e ampliou seu panteão. Entre os olímpicos, Cronos e Reia deram origem a Zeus, que gerou Atena, Apolo, Ártemis, os semideuses Perseu, Héracles, Helena de Troia e muitos outros rebentos. Shara foi transformada em uma figura masculina (agora chamada de Mitra) e incorporada ao panteão persa, e Dagon foi adotado como a principal divindade dos filisteus — só para citar alguns exemplos.

Mais do que nunca, os deuses etéreos se fizeram presentes, sendo essa época, portanto, conhecida como era mitológica ou era mítica. Datam desse período as grandes aventuras e epopeias, bem como os feitos de heróis e heroínas.

1231 d.C. Apollyon, o Exterminador, captura o anjo renegado Yarion, Asa de Vento, e o arrasta para o Sheol. Ablon parte em seu encalço, é capturado e preso.

1318 d.C. As fadas do oeste da Europa retornam à Arcádia. Todos os seus santuários são suprimidos.

1453 d.C. Ablon escapa dos calabouços de Zandrak. Yarion é morto. Constantinopla é invadida.

BABILÔNIA LEGENDÁRIA

De todas as nações da era mítica, a maior talvez tenha sido a Babilônia — não a Babilônia histórica, de Hamurabi e Nabucodonosor, mas a Babel legendária, de Cush e Nimrod. Os babilônicos se consideravam — e eram, de certa forma — os herdeiros intelectuais dos enoquianos. Apesar de a cidade de Enoque ter sido devastada pela inundação, documentos sobreviveram em outras localidades e nas colônias ultramarinas. Com esse conhecimento, os reis, magos e engenheiros erigiram a famosa Torre de Babel, o zigurate de prata, os jardins suspensos e a capital que seria lembrada como a grande maravilha de seu tempo.

A Babel legendária, conta-se, sucumbiu em virtude da corrupção humana. Seus monarcas, inflados de orgulho nacionalista, diziam-se descendentes dos primeiros homens e julgavam-se superiores às outras nações. Eles subjugaram todas as tribos vizinhas, a ponto de a capital ter, em certo momento, mais escravos que senhores. Relatos afirmam que foi justamente uma rebelião de escravos que derrubou o último dos reis babilônicos, e a seguir uma tempestade divina teria varrido a capital e a sepultado para sempre sob as areias do deserto.

1614 d.C. — Nos Sete Céus, as forças rebeldes de Gabriel tomam o Castelo da Luz, fortaleza dos querubins.

1650 d.C. — Inicia-se o chamado Haniah, ou Retorno. Miguel ordena que todos os anjos que vivam, atuem ou estejam em missão na Haled voltem imediatamente para o céu. A guerra civil torna-se ainda mais sangrenta. Gabriel é obrigado a fazer o mesmo: convocar todos os seus partidários à batalha.

O TECIDO DA REALIDADE

A despeito dos avanços tecnológicos, as sociedades pós-diluvianas nunca foram capazes de competir com as antigas no que tange à magia. Os grão-feiticeiros de Enoque haviam elaborado um sistema mágico extremamente complexo, que jamais seria recuperado ou refeito. O resultado desse novo "mundo sem mágica" foi o desenvolvimento de culturas mais práticas, menos abertas à espiritualidade, mais materialistas, e assim o tecido da realidade engrossou.

Por definição, o tecido da realidade é a membrana mística que separa o mundo físico do plano espiritual, e nasceu — especula-se — da consciência coletiva da humanidade. Em templos, cavernas profundas ou no interior das florestas, onde o sobrenatural é latente, a membrana costuma ser fina. Já em espaços populosos, como cidades, portos ou centros de comércio, tende a ser grossa, impedindo que os anjos se materializem, os magos lancem seus feitiços ou os paranormais enxerguem o futuro. O adensamento do tecido, considerado por muitos uma defesa psíquica (e inconsciente) dos seres humanos, limitou a atuação dos celestes na esfera terrena. Era praticamente impossível, agora, enviar legiões à Haled para queimar aldeias, congelar o planeta ou derreter icebergs.

Como se não bastassem essas limitações, o domínio ideológico dos anjos sobre a raça humana enfrentava a concorrência dos deuses etéreos e das entidades satânicas, que agora também assediavam os terrenos. Lúcifer precisava de almas no Sheol, de mais servos, soldados e escravos, e procurou, com a ajuda dos duques caídos, recrutá-las entre os homens e mulheres perversos que habitavam a face da Terra.

A GUERRA CIVIL

Dos cinco arcanjos, só três ainda residiam no Quinto Céu. Uziel, o caçula, sempre fora submisso a Miguel, mas Gabriel sentia falta de Rafael e não se conformava com sua partida. Miguel sabia que esse sentimento — o amor — era perigoso, então pensou em um jeito de se livrar do irmão.

Como Gabriel costumava ser seu mensageiro na terra, Miguel o enviou em uma missão à Haled e trancou as portas da quinta camada para ele. Durante essa missão, que era na verdade um engodo, Gabriel, curioso sobre as coisas que Rafael lhe falava, sentiu o impulso de conhecer melhor a humanidade, e foi assim que acabou se apaixonando por uma humana, tendo um filho com ela. Quando soube do nascimento da Criança Sagrada, Miguel anunciou que enviaria agentes para matá-la, mas o Mestre do Fogo se opôs, buscou refúgio no Primeiro Céu e arrastou consigo dezenas de legiões.

Esses novos rebeldes (assim chamados para distingui-los dos anjos rebeldes de Lúcifer) não concordavam com a tirania de Miguel, mas também não quiseram ficar ao lado da Estrela da Manhã, sabendo de suas motivações egoístas. Ao conhecer o amor verdadeiro, Gabriel abandonou o passado sangrento e se posicionou militarmente contra a política de extermínio, iniciando a guerra civil entre rebeldes e legalistas, que até hoje assola as sete camadas.

Na primeira batalha, travada no plano astral sob a cidade de Jerusalém, os novos rebeldes conseguiram preservar a alma da criança — agora um adulto, batizado de Salvador — e entregá-la ao arcanjo Rafael. A Cura de Deus teria, pelo que se reporta, desaparecido em um túnel de luz, escoltando o filho humano de Gabriel até a morada dos santos, no Terceiro Céu, onde ele permanece até agora, presidindo um conselho de justos.

1772 d.C.

Para impedir que seus soldados desertem e fujam para a Haled, onde poderiam se esconder, Miguel ordena a destruição da maioria dos portais conhecidos de acesso à terra. Os poucos que sobram passam a ser guardados por sentinelas poderosos.

+- 1880 d.C.

Quinto despertar.
O último grande adensamento do tecido da realidade torna a manifestação de magias e divindades, na terra, praticamente impossível fora de santuários.

SUPRESSÃO CÓSMICA E A IDADE DAS TREVAS

Os deuses etéreos nasceram das crenças humanas e por séculos influenciaram a sociedade global. Incapazes de se materializar, costumavam interagir fisicamente com seus seguidores em áreas restritas, carregadas de energia mística, nas quais ocorre uma interseção entre os planos físico e etéreo, denominadas vértices (ver capítulo 2: Cenário).

Com a queda de Roma e a expansão do cristianismo, muitas entidades pagãs deixaram de ser veneradas, e esses vértices perderam sua utilidade, desaparecendo aos poucos. Como era de esperar, o tecido da realidade engrossou ainda mais, suprimindo os portais e túneis que conduziam a outros planos e dimensões. Esse evento, classificado pelos malakins de supressão cósmica, acabou por alargar o abismo entre homens e deuses, abrindo espaço para que outras criaturas assumissem o lugar destes: os demônios.

Com o início da Idade Média, os anjos caídos ocuparam a lacuna deixada pelos deuses etéreos, às vezes se fazendo passar por eles, ampliando seu campo de atuação, corrompendo centenas de almas e as arrastando às profundezas do inferno.

A 101ª LEGIÃO

No paraíso, a guerra civil se acirrava. Os novos rebeldes continuavam atacando as posições legalistas, mas o arcanjo Miguel parecia igualmente preocupado com o assédio dos infernais sobre os seres humanos. O momento era tenso e ele não podia dispensar suas tropas, então designou a 101ª Legião para fazer o serviço sujo.

A 101ª Legião era composta por "elementos dispensáveis", como os primicérios gostavam de chamá-los, e fora criada para receber oficiais e soldados que haviam sido afastados das unidades regulares, por desobediência ou desonra. A esses guerreiros foi entregue a tarefa de combater as hostes satânicas, aniquilando-as por quaisquer meios. Apesar da má fama, os "desonrados" querubins da 101ª lutaram bravamente contra centenas de infernais, sendo responsáveis, sozinhos, por manter a segurança da terra por nada menos que quinhentos anos.

HANIAH, O RETORNO

Quando as lutas no paraíso se intensificaram, os legalistas perderam o controle sobre o Castelo da Luz, uma das principais fortalezas celestes, e Miguel não teve opção a não ser reconvocar todos os seus guerreiros, inclusive os "desonrados" da 101ª Legião. Era tarde demais, entretanto. Salvo um ou outro, esses soldados não quiseram voltar, afinal eram discriminados no céu e haviam encontrado, na terra, um novo motivo para continuar existindo.

O Haniah, ou simplesmente o Retorno, não surtiu efeito, e o Príncipe dos Anjos, sem agentes para caçar esses guerreiros, achou mais proveitoso firmar um acordo com eles. Segundo esse pacto, era garantido à 101ª o exílio legítimo, sem perseguições, mas na teoria a legião continuaria a trabalhar para Miguel, atuando como seus olhos e ouvidos na Haled. Na prática, os "exilados" tornaram-se agentes livres, até que o século XX raiasse e uma nova missão lhes fosse delegada (ver adiante, neste capítulo).

1914 d.C. Criado o esquadrão dos anjos da morte.

1940 d.C. A lança de Nod é encontrada pelo bruxo Gutaska Razda, membro da sociedade Thule, sob os desertos do Líbano, nas ruínas da cidade de Egnias.

GUERRA DE LIBERTAÇÃO

Não só o céu vivia em chamas. No Sheol, os duques, barões e senhores não paravam de guerrear, buscando obter mais servos, territórios e influência política. Entre todos os líderes infernais, o único que se mantinha incólume era Lúcifer, não só por ser a mais poderosa das criaturas satânicas, mas também graças à vigilância dos lilins.

Desde a queda, todavia, a posição intocável — e arrogante — de Lúcifer incomodava os caídos. Um deles, Azazel, o Obscuro, inspirou-se nas atitudes de Jezebeth e tramou uma conspiração para derrubá-lo, mas antes seria preciso convencer os lilins a trair seu mestre.

Azazel conseguiu o apoio de Lilith, ex-amante de Lúcifer, a qual persuadiu sua filha, Inanna, a chefe dos lilins, a voltar-se contra o Arcanjo Sombrio. Deflagrou-se uma grande batalha, que terminaria com a morte de Azazel e a captura de Inanna. Em vez de enfraquecer, o confronto só fortaleceu a Estrela da Manhã, que executou alguns barões sheonitas e designou Apollyon, o Exterminador, como um de seus capangas, para substituir Azazel.

1945 d.C. Gutaska Razda é morto, e a lança de Nod é entregue aos Sete, conjunto de sete malakins que fundaram o esquadrão dos anjos da morte.

1978 d.C. Sólon, líder dos Sete, é morto, e a lança de Nod é subtraída do Sexto Céu.

OS DUQUES DO INFERNO (ATUALMENTE)

Após a Guerra de Libertação, Lúcifer reorganizou a hierarquia satânica como permanece até hoje. Os nove duques do Sheol são, desde a Idade Média até a presente data:

- **Asmodeus, o Príncipe Esquecido:** é agora o chefe do primeiro círculo do inferno.
- **Orion, o Rei Caído de Atlântida:** assumiu o controle sobre o segundo círculo.
- **Molloch, o Carrasco:** ainda guarda o terceiro círculo.
- **Baalzebul, o Senhor das Moscas:** mantém seu trono no quarto círculo.
- **Bael, o Infeliz:** continua reinando no quinto círculo.
- **Mammon, o Avarento:** permanece no sexto círculo.
- **Alastor, o Odioso:** ainda comanda o sétimo círculo.
- **Mephistopheles, Aquele que Não Ama a Luz:** segue como o senhor do oitavo círculo.
- **Apollyon, o Exterminador:** é atualmente o senhor do nono círculo.

QUINTO DESPERTAR E OS ANJOS DA MORTE

Ao longo da história, sobretudo após o dilúvio, o tecido da realidade vem engrossando progressivamente. No fim do século XIX, o imperialismo, o materialismo, as grandes invenções, a superpopulação e o período industrial viriam a provocar o último grande adensamento da membrana. Com isso, tornou-se impossível enxergar a Haled do Sexto Céu, o que preocupou os malakins, empenhados em estudar o universo e registrar seu avanço.

Surgiu então a ideia de reunir alguns anjos para atuar no plano físico como emissários, anotando cada passo da evolução humana e enviando relatórios ao paraíso. Interessado em manter boas relações com a casta — os malakins se conservavam neutros desde o princípio da guerra civil —, Miguel ofereceu-lhes o serviço dos exilados, que, teoricamente, ainda estavam ligados a ele por meio do pacto que os mantinha na terra.

Um esquadrão — cujos membros logo seriam apelidados de anjos da morte — formou-se com a reunião dos veteranos da 101ª Legião, sob ordens diretas dos malakins. Esses soldados celestes, disfarçados de homens comuns, participaram de todos os conflitos modernos, desde a Primeira Guerra Mundial até a queda do muro de Berlim, sendo enfim dispensados com o colapso da União Soviética.

A FUGA DE METATRON E A MORTE DE UZIEL

O isolamento de Metatron — após a era do gelo e até sua captura — teria sido motivado por um projeto megalômano, segundo o qual ele usaria os nódulos místicos e as linhas telúricas (ver capítulo 5: Sopro de Deus) para "selar" o planeta e impedir que os arcanjos o invadissem. O impacto do segundo cataclismo, porém, viria a deslocar o eixo da Terra, forçosamente adiando seus planos.

1989 d.C. — O esquadrão dos anjos da morte é desfeito. Miguel ordena que os seis malakins sobreviventes, que antes controlavam o esquadrão, continuem seus estudos na terra.

2007 d.C. — Uziel é morto pelo arcanjo Miguel, em Tsafon, o Monte da Congregação, no Sétimo Céu.

Só muito recentemente, na aurora do século XXI, o globo voltou à posição original, e Metatron fugiu do cárcere para completar sua demanda. Logo que soube do episódio, Miguel enviou Uziel em seu encalço, mas com o real objetivo de se livrar do irmão. Ao escapar da Gehenna, o Rei dos Homens sobre a Terra dirigiu-se ao Hades, o mundo interior, localizado no plano etéreo profundo, o único lugar onde não poderia ser derrotado.

Em vez de matar Uziel, porém, Metatron — que era invencível no Hades — o convenceu de que o Príncipe dos Anjos era de natureza tirânica e o despachou de volta ao paraíso. Contaminado por esse discurso, o Marechal Dourado subiu ao Sétimo Céu para tirar satisfações com o irmão, sendo morto com uma espadada nas costas.

A ÚLTIMA ALIANÇA

O perigo que Metatron representava era tanto que, pela primeira vez desde o início da guerra civil, Miguel e Gabriel se reuniram em segredo e firmaram uma aliança. Sem que suas legiões soubessem, os dois arcanjos enviaram à batalha um coro misto (composto por rebeldes e legalistas), liderado por uma das "sentinelas adormecidas": Kaira, Centelha Divina, que tivera a memória apagada pelo próprio Rei dos Homens, de modo que não fosse descoberta. Sem conhecer sua verdadeira origem, Kaira aceitou os comandos de Gabriel e perseguiu Metatron até as sombras do Hades, matando-o e incinerando-o nas chamas de Hélios.

Desde então, o tecido da realidade, já muito denso, começou a se fragmentar, e esse seria, de acordo com homens e anjos, um sinal de que o fim do mundo está próximo.

ENSAIOS PARA O APOCALIPSE

Para a maioria dos celestiais, o Apocalipse, evento previsto tanto pelos gigantes quanto pelos malakins, marca o fim do sétimo dia e o despertar de Yahweh — e cada facção luta para preservar sua causa. De um lado, os partidários de Miguel defendem a autoridade do príncipe, o arcanjo empossado legitimamente por Deus; de outro, os rebeldes batalham em prol das almas humanas, a maior de todas as obras do Criador. Enquanto o Apocalipse não chega, a guerra prossegue, sem perspectiva de trégua.

OS SETE

Durante quase todo o século XX (de 1914 a 1989), os anjos da morte foram comandados não por outros querubins, mas por um coro de malakins que se autodenominava Os Sete. Sólon, o Primeiro dos Sete, era o líder do grupo, seguido por Duma, o Príncipe do Silêncio; Teth, o Terceiro dos Sete; Aralim, o Cintilante; Ydrish, de Sabedoria Perpétua; Renyel, o Claro; e Ubelah, o Sétimo no Paraíso.

2012 d.C. — Muito concentrado e denso, o tecido da realidade começa seu lento processo de desintegração.

Século XXI — Apocalipse.

CENÁRIO
A REALIDADE E ALÉM

Totó, algo me diz que não estamos mais no Kansas.

Dorothy, em ***O Mágico de Oz***

Conta-se que, antes da luz, a realidade era una. O estouro do fulgiston teria provocado (ou forçado) a expansão do universo, causando distorções na matéria e dando origem — no segundo dia da criação — às dimensões paralelas (ver capítulo 1: Cronologia).

O plano material primário (um conceito que só viria a fazer sentido anos depois) continuou, entretanto, a ser a matriz para as outras esferas. Para compreender a natureza dessas realidades, é preciso começar pelo final, isto é, pelos seres humanos, e entender como eles influenciaram — e ainda influenciam — a dinâmica do cosmo.

O TECIDO DA REALIDADE

Muitos anjos — serafins, especialmente — insistem que o tecido da realidade surgiu no exato momento em que Adão, o primeiro homem, se esclareceu. Os malakins, todavia, e sobretudo os elohins acreditam que o tecido nasceu de forma gradual, à medida que não só Adão como toda a raça humana foram se esclarecendo e tomando conhecimento do mundo à sua volta.

Quando a mente navega por águas desconhecidas, a consciência — quase sempre — sucumbe à loucura. O ser humano aprendeu, então, ao longo das eras, a velejar por mares seguros, a aceitar apenas a realidade concreta, aquela que ele pode entender e tocar. Essa capacidade de "desacreditar" certos fenômenos sobrenaturais, de encontrar uma explicação lógica para tudo, é tão forte que pode, em alguns casos, impedir a manifestação de certos efeitos místicos. Quase que simultaneamente ao despertar da razão, ergueu-se uma "barreira" entre os dois universos — o concreto e o transcendente —, e a essa membrana deu-se o nome de tecido da realidade.

Quanto mais os terrenos deixam de acreditar no sublime, mais essa cortina engrossa. O tecido é formado, assim, pela consciência coletiva da humanidade. É uma defesa construída pelos mortais de modo inconsciente (o que é irônico), para se protegerem de situações que poderiam desestabilizá-los ou de monstros, entidades ou criaturas que poderiam ameaçá-los — até fisicamente.

No princípio, o tecido era muito frágil, e os anjos não encontravam dificuldade em descer à terra e conjurar seus poderes. Com o passar do tempo, entretanto, a membrana foi se adensando de tal forma que o processo de materialização se tornou cansativo, afastando os celestes da realidade comum.

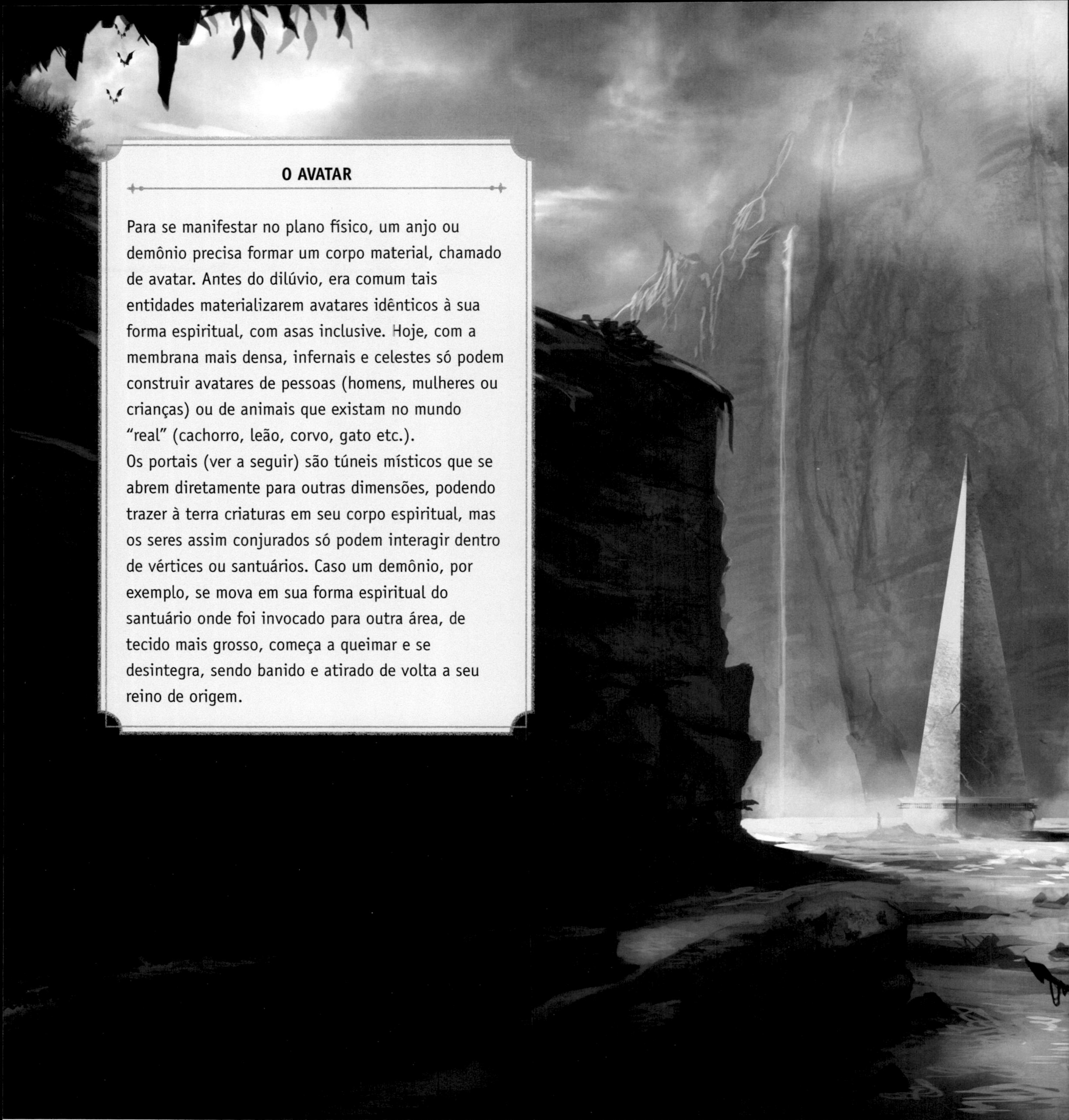

O AVATAR

Para se manifestar no plano físico, um anjo ou demônio precisa formar um corpo material, chamado de avatar. Antes do dilúvio, era comum tais entidades materializarem avatares idênticos à sua forma espiritual, com asas inclusive. Hoje, com a membrana mais densa, infernais e celestes só podem construir avatares de pessoas (homens, mulheres ou crianças) ou de animais que existam no mundo "real" (cachorro, leão, corvo, gato etc.).

Os portais (ver a seguir) são túneis místicos que se abrem diretamente para outras dimensões, podendo trazer à terra criaturas em seu corpo espiritual, mas os seres assim conjurados só podem interagir dentro de vértices ou santuários. Caso um demônio, por exemplo, se mova em sua forma espiritual do santuário onde foi invocado para outra área, de tecido mais grosso, começa a queimar e se desintegra, sendo banido e atirado de volta a seu reino de origem.

A HALED

Os celestiais têm um termo para designar o mundo físico: Haled. Houve um tempo, antes do despertar da consciência, em que não havia distinção entre os planos. Os anjos são imortais, mas, quando destruídos, seu espírito se dispersa, diferentemente dos homens, que têm a alma perpétua e continuam ativos após a morte física. Antes do surgimento da raça humana, portanto, essa fronteira entre a vida e a morte não existia — pelo menos, não como a conhecemos hoje.

Com o avanço dos séculos, quanto mais o tecido da realidade se avolumava, mais a Haled se tornava um ambiente desconfortável para os celestes. Os elohins são os

únicos que se sentem à vontade no mundo dos homens — até os ofanins preferem, sempre que possível, ajudar os mortais através da película, aconselhando-os como guias espirituais ou coisa que o valha.

Nos dias atuais, cada grupo (e cada indivíduo) observa o plano físico à luz de sua própria ideologia. Os novos rebeldes têm esperança na humanidade, e os ofanins trabalham por sua redenção. Os legalistas, atentos à degradação dos governos, estão a cada dia mais convictos de que o arcanjo Miguel estivera certo desde o princípio, de que os terrenos sempre foram uma espécie degenerada, que tudo corrompe e tudo destrói.

Nenhum deles está totalmente certo nem totalmente errado.

ATÉ ONDE SE ESTENDE O TECIDO?

O tecido da realidade se estende a todos os cantos a que o ser humano já chegou. Hoje ele cobre o planeta Terra, acrescido de uma considerável distância no espaço, que engloba a Lua e algumas milhas além.

Os seres humanos, quando se projetam astralmente, encontram dificuldade em visitar outros planetas do sistema solar, relatando que se deparam com uma "barreira" que os empurra de volta. Isso acontece porque eles chegaram ao limite do tecido da realidade. Caso essa fronteira seja forçada e transposta (como alguns já fizeram), a alma se separa definitivamente do corpo, o que tem por consequência a morte física do viajante.

O MUNDO ESPIRITUAL

O mundo espiritual é o que existe imediatamente após o tecido da realidade. Considerando que o mundo físico é a base, os planos espirituais são reflexos dele, alguns quase iguais, outros semelhantes e outros ainda perigosamente distorcidos.

Para alcançar o mundo espiritual, anjos e demônios precisam se desmaterializar, isto é, desfazer o avatar. Uma vez transposta a película, as entidades podem usar seus poderes livremente, mas são percebidas em sua forma original, o que significa que também podem ser destruídas de modo permanente.

O PLANO ASTRAL

Cruzando a membrana, chega-se ao plano astral, a primeira e mais rasa camada do mundo espiritual.

O plano astral é um simulacro do mundo dos vivos, em tonalidades incolores, difusas e nebulosas. Os objetos e os habitantes do plano físico podem ser enxergados do astral, mas são percebidos como manchas translúcidas e inconsistentes. Contudo, os seres que vagam pelo astral, suas armas e seus instrumentos, além dos artigos exclusivamente espirituais, podem ser tocados e sentidos, como qualquer utensílio concreto.

O plano astral tem leis físicas próprias. Não existe gravidade, por isso a sensação é a de estar, sempre, caminhando no vácuo. Na prática, os nativos e forasteiros, com ou sem asas, podem flutuar em todas as direções, atravessando portas, pisos e muros. Todavia, propriedades particulares nem sempre são facilmente penetradas — a mesma "consciência inconsciente" que forma o tecido da realidade também pode servir para lacrar uma casa, mesmo que o proprietário não tenha se esforçado para isso. Essa "cerca espiritual" pode ainda ser construída propositalmente, por anjos, demônios, deuses, magos ou místicos, com o objetivo de impedir que uma fortaleza seja invadida ou manter prisioneiros cativos em determinada masmorra. Essa técnica que sela o tecido é chamada de Cortina de Aço, muito usada por elohins e hashmalins.

O plano astral é para onde vão os seres humanos (vivos) quando se projetam astralmente e, por ser a camada mais próxima do mundo físico, é também o lar dos fantasmas, criaturas ligadas à terra por pendências vitais. Os anjos e demônios em seus avatares (e alguns médiuns) são capazes de perceber o astral e avistam fantasmas constantemente, tendo aprendido a ignorá-los. Os celestes às vezes os chamam de "mendigos cósmicos", em alusão aos pedintes com os quais a maioria dos habitantes das grandes cidades convive, mas finge não enxergar.

ECTOPLASMA

Os avatares não são construídos do nada. Para formá-los, anjos e demônios usam a porção material do tecido da realidade (a face externa), chamada por alguns de ectoplasma. Os celestes são mestres da materialização e não desperdiçam uma gota sequer desse fluido ao moldar seus invólucros. Outras entidades, porém, menos acostumadas ao processo, acabam utilizando mais ectoplasma que o necessário e precisam jogar o excesso fora, deixando, com isso, vestígios concretos de sua passagem.

O ectoplasma residual, encontrado em santuários e em propriedades assombradas, parece uma espécie de muco, uma gosma incolor e geralmente — mas não sempre — inodora.

ASSOMBRAÇÕES

Em regiões em que o tecido da realidade é flexível, não raro os fantasmas podem ser avistados por não médiuns. O que se vê, todavia, não é a entidade, mas sua imagem projetada no véu. Da mesma forma, é possível a alguns fantasmas mais raivosos causarem agitações no tecido, como gotas tremulantes num lago, tendo como resultado sussurros ou tremores no plano físico, fenômeno conhecido como poltergeist. Para que uma aparição tenha efeito, é necessário provocar uma "semimaterialização", o que normalmente deixa resíduos na forma de ectoplasma.

O PLANO ETÉREO

O plano etéreo é a camada mais profunda do mundo espiritual. É separado do plano astral por uma membrana denominada barreira etérea, algo semelhante ao tecido da realidade, porém de consistência elástica, que só pode ser ultrapassado em pontos em que haja "rasgos" ou "fendas". Através dessas fendas, o viajante chegará a um ambiente que se parece com o mundo dos vivos, com as mesmas características geográficas, mas povoado por espíritos nativos, muitos dos quais foram deuses de civilizações antepassadas.

Essa camada é habitada, majoritariamente, pelos deuses etéreos (ou deuses pagãos; ver capítulo 1: Cronologia), criaturas poderosíssimas que ainda vivem sobre os tronos de suas fortalezas quiméricas. As divindades egípcias, os heróis gregos, as fadas germânicas, os dragões japoneses e ainda os "novos deuses", oriundos da adoração popular (King Kong, Marilyn Monroe, Elvis Presley), além de conceitos personificados (a mídia, a televisão, a ordem, o caos, o delírio), todos podem gerar duplicatas etéreas.

Os domínios etéreos respeitam limites geográficos muito parecidos com aqueles do mundo "real". Os deuses helênicos, por exemplo, ainda vivem no topo do monte Olimpo — não o Olimpo físico ou astral, mas o etéreo. Nas profundezas da floresta Amazônica, só o que um explorador humano encontra são plantas e animais, contudo o plano etéreo sob a selva é repleto de seres fantásticos, deuses indígenas e altas torres de pedra.

Muitas dessas entidades atravessam a fronteira de tempos em tempos, rumo ao plano astral. O objetivo, quase

sempre, é se comunicar com seus seguidores, sussurrando-lhes conselhos ao pé do ouvido ou tomando o corpo de médiuns que aceitem recebê-las.

Para os anjos, o plano etéreo é um lugar desconhecido e perigoso, uma zona de reunião dos velhos deuses que ainda os detestam, que nunca realmente esqueceram a antiga contenda das Guerras Etéreas (ver capítulo 1: Cronologia).

INCORPORANDO UM ESPÍRITO

Diferentemente do que se acredita, a possessão involuntária é um fenômeno relativamente raro. Mesmo os seres humanos mais fracos são dotados de força de vontade o bastante para resistir ao assalto de uma criatura estrangeira.
Quando um médium incorpora um espírito, ele próprio o convida a tomar seu corpo. Na maioria das vezes, as entidades recusam o chamado e precisam ser convencidas (o sacerdote reza e pede ajuda, em nome de terceiros) ou "seduzidas" (o médium atrai o espírito com bebida, fumo e prazeres carnais há muito esquecidos).

O ETÉREO PROFUNDO

Embora não seja tão fácil chegar ao plano etéreo, os celestiais conseguem alcançá-lo encontrando fendas na barreira etérea ou as produzindo. Existem áreas, contudo, ainda mais afastadas, que se encontram em camadas mais obscuras e só podem ser penetradas através de trilhas muito específicas. Essas áreas estão situadas no chamado "etéreo profundo" e são regiões tão herméticas, tão longínquas que, a exemplo das dimensões paralelas, também contam com regras próprias e leis "físicas" particulares.

Os reinos do etéreo profundo se espelham na terra, em sua maioria. Para acessá-los, normalmente é preciso chegar ao plano etéreo raso e de lá tomar uma entrada ou um transporte que leve ao domínio remoto. O Hades, por exemplo, como os helênicos o nomearam, fica no plano etéreo profundo, sob o centro geográfico da Terra. Para entrar ali, é necessário navegar o rio Styx (uma das estradas cósmicas; ver adiante).

OS REINOS DO ETÉREO PROFUNDO

O etéreo profundo conta com centenas de milhares de reinos, sendo impossível descrevê-los na totalidade. Alguns dos mais conhecidos pelas culturas humanas são estes:

- **Hades:** para os gregos, o mundo interior, usado como cárcere de deuses e semideuses que desafiaram Zeus durante a era mítica. Muitos dos braços do rio Styx terminam no Hades, que é por isso chamado também de Estígia.
- **Campos Elísios:** fica algures sob o polo norte. No passado, era para onde iam as almas dos justos, que posteriormente viriam a se encaminhar para o Terceiro Céu, o Éden Celestial. Aqueles que visitaram os Campos Elísios já nos tempos mitológicos o descreveram como uma região muito bela, mas completamente abandonada, com ruínas lindíssimas e construções magníficas.
- **010101:** reporta-se que o reino binário cobre uma imensa região, correspondente ao Vale do Silício, sob a barreira etérea. Para ingressar nesse lugar, é preciso ter códigos específicos.
- **Lemúria:** navegantes que conheçam as direções exatas podem — ainda hoje — chegar ao continente perdido da Lemúria. Os lemurianos foram dizimados pelo dilúvio, mas seus espíritos, já na época muito elevados, construíram uma duplicata do antigo reino no oceano Índico, duas camadas além do tecido da realidade.
- **Utopia:** esse é o reino da tranquilidade e da harmonia, idealizado pelos povos helênicos. Fica sob as ilhas gregas e só pode ser acessado por alguém de coração puro.
- **Mecânica:** nas profundezas etéreas sob o Vale do Ruhr, na Alemanha, surgiu nos idos de 1890 esse reino mecanizado. Aqueles que já visitaram Mecânica afirmam que ela parece uma máquina de proporções colossais. Suas avenidas são como esteiras quilométricas, e as praças copiam o formato de engrenagens, em movimento constante.
- **Shamballa:** antes do dilúvio, Shamballa foi uma cidade física, que ficava sobre as montanhas entre Arya e K'un Lung (ver capítulo 1: Cronologia). O lugar regrediu ao plano etéreo após a inundação e a seguir fechou suas fronteiras, afundando-se no etéreo profundo. Shamballa é hoje o ponto de encontro da Fraternidade Branca, um conselho que reúne as principais divindades etéreas.
- **Érebo:** o reino da escuridão e das trevas localiza-se na face oculta da Lua. É governado por Nix, a deusa da noite perpétua.
- **Reino Cibernético:** quem observa as impressionantes torres da cidade de Xangai, na China, não imagina que em algum lugar sob a barreira etérea se encontra o Reino Cibernético, habitado por ginoides, robôs e ciborgues.
- **Efêmera:** o reino dos prazeres transitórios fica sob a cidade física de Las Vegas, em Nevada, Estados Unidos. Quem já o acessou diz que Efêmera lembra um grande cassino, com jogos, bebidas, profissionais do sexo, drogas e outros objetos e substâncias inebriantes.
- **Jângala:** esse reino é povoado pelo espírito das plantas e árvores ancestrais, que sucumbiram à poluição e às queimadas perpetradas pela raça humana. Fica nas bordas da floresta Amazônica.

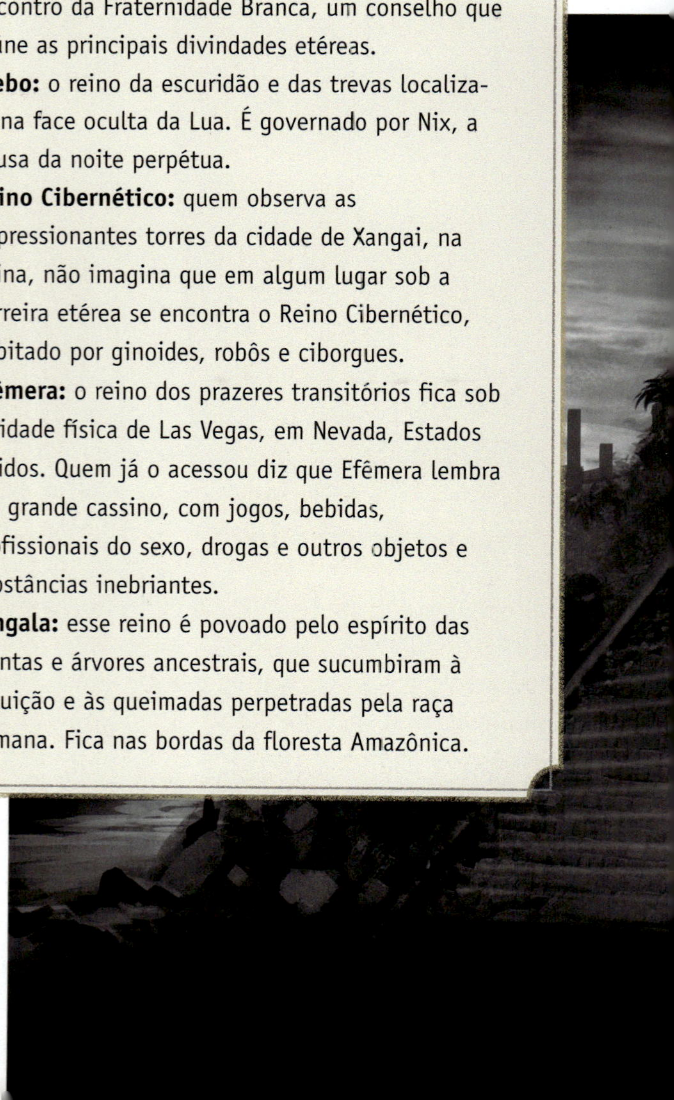

O PLANO DAS SOMBRAS

Entre o astral e o etéreo, existem dezenas de planos intermediários, o mais conhecido dos quais é o plano das sombras. Trata-se de uma cópia umbrosa do mundo físico, em que a paisagem se manifesta em ruínas, com árvores murchas, nuvens negras e céu obscuro. O nevoeiro costuma ser denso, os sons agudos, e o ar, sufocante.

Essa camada é célebre, no entanto, não pelas características externas, mas pelos residentes: os espectros, fantasmas que foram totalmente consumidos pelo ódio, engolidos pela angústia, transformando-se em criaturas raivosas, famintas, que se alimentam da energia de outrem. A exemplo de algumas entidades etéreas, eles também fazem visitas regulares ao plano astral, para de lá sugar a força dos vivos ou caçar e devorar outros fantasmas.

Os espectros se tornam maiores e mais perigosos quanto mais energia consomem. No estágio final, convertem-se no que os ofanins chamam de "devoradores", bestas imensas, de corpo esférico, com três, quatro ou mais tentáculos rematados por bocas gigantes.

O MUNDO DOS SONHOS

De todas as camadas espirituais, o mundo dos sonhos é a menos estudada, talvez por sua natureza inconstante. Sabe-se, contudo, que, da mesma forma que o plano das sombras está intimamente ligado ao astral, o mundo dos sonhos fica colado ao plano etéreo e é separado dos demais por uma fronteira denominada zona onírica.

O mundo dos sonhos parece ter surgido das flutuações psíquicas dos seres humanos. Como todos os seus equivalentes, é um reflexo do plano físico, com adições geradas por estímulos do inconsciente. A contraparte onírica da casa de um escritor, por exemplo, pode ser povoada por seus personagens, enquanto a de um hospital psiquiátrico deve incluir entidades nascidas de pesadelos, surtos psicóticos e delírios subconscientes. Essas manifestações aparecem como criaturas, paisagens, objetos ou sentimentos apenas.

O mundo dos sonhos costuma ser visitado pelos mortais durante o sono, mas os anjos podem acessá-lo caso consigam atravessar a zona onírica — façanha que geralmente começa com a perseguição a um espírito humano.

Os habitantes oníricos podem interagir com os viajantes ou mesmo atacá-los, embora raramente um celestial seja morto ou ferido nessas regiões ilusórias. No caso de um combate, o mais comum é o anjo ser catapultado para fora, de volta ao plano astral, ao passo que os humanos costumam acordar nesse estágio.

A natureza instável do mundo dos sonhos faz dele o refúgio perfeito para entidades e espíritos que não desejam ser localizados. Muitas fadas — originárias do plano etéreo — sentem-se confortáveis nessas plagas, sendo as únicas que conhecem a verdadeira natureza da substância quimérica — secretamente, os malakins as invejam por isso.

A DIMENSÃO DOS ESPELHOS

O nome dessa região é enganoso. A dimensão dos espelhos não é uma dimensão, mas um plano de existência, semelhante aos anteriormente descritos.

A dimensão dos espelhos — ou o "plano" dos espelhos — é um espaço que existe por trás (ou dentro) das superfícies reflexivas. Suas proporções são limitadas, sendo encurtadas, ampliadas ou destruídas conforme o espelho se modifica. Se o objeto é quebrado, por exemplo, o ambiente se perde, vitimando seus ocupantes. Por isso, esse plano é quase sempre usado como rota de passagem, não como moradia permanente. Com a ciência dos poderes corretos, um viajante pode mergulhar em um reflexo e despontar em outro, em qualquer parte do mundo.

O plano é utilizado pelo povo das fadas como prisão, um cárcere destinado a reter certas deidades por demais perigosas.

DIMENSÕES PARALELAS

As dimensões paralelas se formaram após o estouro do fulgiston, no segundo dia da criação, muito antes de o tecido da realidade existir. Como explicado anteriormente (ver capítulo 1: Cronologia), à medida que o universo se expandia, a matéria se enrugava, gerando "ondas" no espaço-tempo, e quando essas ondas se fechavam nasciam bolsões, alguns com uma camada, outros com várias. A esses bolsões, alheios ao contínuo do universo, chamamos dimensões paralelas, ou esferas cósmicas.

Diferentemente dos planos de existência, as dimensões paralelas são zonas afastadas do cosmo, territórios isolados que contornam o universo como pétalas ao redor de um núcleo. Existe um número incalculável de esferas do tipo, cada qual com um conjunto próprio de leis, mas suas bordas são finitas, de extensão limitada, muito embora possam ser grandes (como galáxias) ou pequenas (do tamanho de cidades).

Duas são as dimensões mais conhecidas, por servir aos interesses da terra: o Sheol (ou inferno) e os Sete Céus (ou céu, simplesmente, ou ainda paraíso). Afora essas, os nove reinos nórdicos (genericamente referidos como Asgard), a fabulosa Arcádia (terra das fadas), a desolada vastidão do limbo e os túneis macabros de Pandemônio são todos exemplos de dimensões alheias à nossa esfera universal.

OS SETE CÉUS

Os Sete Céus surgiram no segundo dia da criação, com as demais esferas que se formaram graças à expansão da matéria. Só no terceiro dia, porém, os sete níveis foram descobertos pelos arcanjos, que passaram a explorá-los e depois a ocupá-los. Cada camada foi prometida a uma casta, à exceção dos elohins, que — segundo se idealizava no início — permaneceriam no universo comum para garantir seu funcionamento.

Primeiro Céu, o Tártaro: foi entregue aos ishins e modificado por eles, desde o terceiro dia da criação. O primeiro nível do paraíso contém celeiros de neve e granizo, reservatórios de orvalho e chuva, câmaras de tempestade e cavernas de nevoeiro. É dividido em quatro domínios, cada qual regido por uma província elemental, e em seu centro encontram-se construções magníficas: a Cidadela do Fogo, capital da província do fogo; o Templo do Trovão, da província do ar; o Castelo das Ondas, da província da água; e o Palácio de Areia, núcleo da província da terra.

Desde o começo da guerra civil (ver capítulo 1: Cronologia), o Tártaro é o quartel-general dos novos rebeldes, governado pelo próprio arcanjo Gabriel, que é assistido por Varna, sua lugar-tenente, e por Aziel, soberano da Cidadela do Fogo.

O Tártaro é cortado pelo rio Phlegethon (ver a seguir, neste capítulo), com suas águas flamejantes, e pelo rio Acheron.

Segundo Céu, a Gehenna: reina a completa escuridão sobre os criminosos ali acorrentados, à espera do Juízo Final. Nessa camada, os maus são punidos, e cabe aos hashmalins torturá-los.

Por milhares de gerações, antes da queda de Lúcifer, a Gehenna foi governada pelo próprio Arcanjo Sombrio. Naquela época, era para lá que seguiam as almas perversas, daqueles que viveram em corrupção e precisavam pagar seus pecados. Após a queda de Lúcifer, esse nível deixou de ser um calabouço para os mortos e tornou-se um purgatório, um lugar de julgamento. Na Gehenna também está o Cárcere do Medo, prisão destinada aos anjos fora da lei e aos demônios mais perigosos.

Grande parte dos hashmalins aderiu aos ideais legalistas, mas a Gehenna é campo neutro. Independentemente das divergências políticas, a casta permanece unida no Segundo Céu, trabalhando sempre por um propósito comum.

A Gehenna é cortada pelo rio Lethe, o Rio do Esquecimento (não confundir com o abismo de Lethe, no Hades), que a conecta a Gerython, o terceiro círculo do inferno. É através do Lethe que os hashmalins despacham para o Sheol as almas condenadas no purgatório ou que não foram capazes de se redimir durante o período de expiação.

Terceiro Céu, o Éden Celestial: trata-se de uma terra de maravilhosas árvores frutíferas, colinas, montanhas, vales, planícies e florestas de copiosa beleza, onde reina a completa harmonia. É o destino final dos justos, que viveram em nome da honra e da bondade. Inúmeras colônias espirituais — verdadeiras cidades, onde impera a lei da caridade — estão espalhadas por toda essa camada, guiadas por almas evoluídas, como os espíritos dos santos, mártires e profetas. Essa é a camada mais elevada permitida aos desencarnados, isto é, aos humanos já mortos.

O portão de entrada do Terceiro Céu é chamado de Elísio, guardado pelo próprio arcanjo Rafael, a Cura de Deus, que impede o ingresso de qualquer entidade celeste (inclusive ele próprio) no domínio dos santos.

A dinâmica da guerra civil é profundamente afetada pelo isolamento do Éden Celestial: os novos rebeldes, estacionados no Primeiro Céu, não podem se deslocar satisfatoriamente através das camadas rumo ao Quinto Céu, quartel-general dos legalistas. Isso impede o confronto massivo que, profetiza-se, acontecerá no plano etéreo, quando chegar o Apocalipse.

O Éden Celestial é cortado pelo rio Oceanus. O arcanjo Miguel já tentou invadi-lo usando essa rota, sem sucesso absolutamente nenhum.

Quarto Céu, Acheron: no terceiro dia da criação, os arcanjos tomaram o Quinto Céu como morada. Na condição de guerreiros, os querubins foram, então, alocados no Quarto Céu, para que pudessem conter invasões, garantir a integridade do paraíso e salvaguardar o trono de Deus.

Repleto de fortalezas, castelos e baluartes, Acheron é hoje o principal campo de batalha da guerra civil. Com o deslocamento entre as camadas bloqueado pela natureza do Terceiro Céu, as legiões se transportam muito lentamente, facilitando emboscadas e dificultando combates diretos.

É no Quarto Céu que nasce o rio Acheron, o qual desce até o Primeiro Céu e segue através das dimensões. Suas águas são a rota de chegada mais comum dos anjos rebeldes, que sobem até essa camada desde o Tártaro, e muitos dos combates (os principais, na verdade) acontecem às suas margens.

Quinto Céu, Celestia: há muito tempo, o Quinto Céu era a capital dos alados, com suas cidades douradas, catedrais brilhantes, torres altíssimas e palácios de inigualável beleza. Era, antes de tudo, um símbolo da união dos primogênitos e da supremacia da raça angélica sobre todas as outras.

Celestia abriga, ainda hoje, o Vale de Yahweh e o Palácio Celestial, onde, antes da cisão dos arcanjos, os príncipes e seus arautos se reuniam para escutar as ordens dos primicérios. Atualmente, o único a habitar o complexo é o próprio arcanjo Miguel, que divide seu tempo entre o Quinto Céu e o Sétimo, fazendo constantes visitas ao espírito de Deus.

Quem administra o Quinto Céu são os serafins, ao passo que os comodoros (serafins militaristas; ver capítulo 3: Luz e Trevas) são responsáveis por sua segurança.

Sexto Céu, Raqui'a: nessa camada fica a Casa da Glória, a grande biblioteca de onde os malakins observam e estudam os avanços do universo e da humanidade. É também pontilhada por centenas de milhares de cidadelas flutuantes, cada uma delas uma dimensão particular, governada por um malakim e ocupada por seus servos e ajudantes.

O Sexto Céu é um lugar grandioso, de luz e sabedoria, de onde Kamael, o príncipe da casta, comandou seus discípulos por milênios. Em Raqui'a havia a Bancada da Paz, em que trezentos anjos cantavam louvores ao Altíssimo. Agora, todavia, o pavilhão está em silêncio, à espera do Apocalipse.

Sétimo Céu, Tsafon: é onde o próprio Deus descansa, no topo do Monte da Congregação. Apenas aos arcanjos é concedida a dádiva de visitar essa camada, e sabe-se muito pouco sobre ela.

SHEOL

Popularmente chamado de inferno, o Sheol surgiu no segundo dia, como todas as outras dimensões, mas só viria a ser habitado no sétimo dia, após a derrota dos anjos caídos (ver capítulo 1: Cronologia). Antes, o Sheol era um ambiente de completa escuridão, até Lúcifer acender suas fornalhas, sendo por isso denominado Portador da Luz, entre outros títulos solenes.

O Sheol — em contraste com os Sete Céus — tem somente uma camada. Os nove "círculos" são na realidade domínios, reinos fronteiriços, uma geografia que facilita e estimula o conflito entre duques, condes, barões e outros lordes satânicos. Essa batalha constante tem um nome — Guerra da Fúria — e serve, entre outras coisas, para eliminar os fracos e premiar os fortes, que tentam desesperadamente galgar a hierarquia infernal.

O sistema político do Sheol traz algo de feudal em seu bojo. Dentro dos círculos, mais frequentemente chamados de reinos, há condados, baronatos, comarcas e feudos — sendo Lúcifer o "imperador" desse território macabro.

Primeiro círculo, Jahannam: o primeiro círculo do inferno é governado por Asmodeus, o Príncipe Esquecido, um antigo serafim famoso pela inteligência, elegância e carisma — mas também por suas perversões sexuais. Lúcifer tem certa confiança nele, justamente pela perspicácia do duque, apoiando-se no fato de que só um "idiota" o trairia — como fizeram Jezebeth e Azazel, no passado —, e Asmodeus não é nenhum idiota.

Jahannam é o mais sofisticado dos nove reinos, sendo Asmodeus um amante das artes e da boa comida. Seus demônios procuram seduzir artistas ambiciosos, em busca de fama, dinheiro e reconhecimento.

De todos os reinos, esse é o que mais se parece com a terra medieval. Os satanis (ordem satânica; ver capítulo 3: Luz e Trevas) atuam como senhores feudais, alguns se apoiando, inclusive, em códigos de honra retrógrados.

Segundo círculo, Avernus: Orion, o Rei Caído de Atlântida, antes um elohim, assumiu o controle desse reino, que já pertenceu a Asmodeus. Desde então, Avernus é um domínio em ruínas, cujas construções se parecem muito com os palácios da antiga Atlântida, porém de aspecto sujo, escuro e abandonado.

Orion mantém (ou tenta manter) algumas bibliotecas, que são visitadas pelos satanis. Nessas câmaras há tomos e tratados de magia negra, pergaminhos contendo feitiços ancestrais e manuscritos roubados dos malakins.

Terceiro círculo, Gerython: Molloch, o Carrasco, é o senhor de Gerython. Os que aqui chegam através do rio Lethe são escravizados e torturados. No passado, Molloch foi um hashmalim, um dos que guardavam as portas do Cárcere do Medo, na Gehenna, o Segundo Céu. Hoje, seu domínio infernal é ocupado principalmente pelos baals (ordem satânica; ver capítulo 3: Luz e Trevas), que também organizam seu exército e defendem suas fronteiras.

Em Gerython estão situados os calabouços de Zandrak, um complexo subterrâneo usado como prisão e masmorra.

Quarto círculo, Dis: Baalzebul, o Senhor das Moscas, é o soberano do quarto círculo. Nas planícies do leste, fica uma extensa cidade de pedra, ferro e concreto chamada Cidade de Dis. Ali, os pecadores trabalham dia e noite, sendo obrigados mesmo assim a viver na miséria.

Os belials (ordem satânica; ver capítulo 3: Luz e Trevas) costumam morar nos complexos de apartamentos de Dis. Nos feriados e dias santos, as praças da cidade se enchem de demônios ávidos por negociar almas, discutir contratos e relatar suas aventuras terrenas.

Quinto círculo, Duzakh: esse reino é governado por Bael, o Infeliz, um dos poucos ofanins que aderiram à rebelião de Lúcifer. Em Duzakh ficam os Campos da Morte, para onde são enviados os suicidas, e o abismo de Nimbye, com sua passagem para o limbo, o supremo vazio entre as dimensões. No quinto círculo corre também o Cocytus,

o Rio das Lamentações, que segue através de Pandemônio (ver a seguir) e deságua no limbo.

Os daimoniuns (ordem satânica; ver capítulo 3: Luz e Trevas) vagam por essas plagas, incentivando as almas a se atirarem no abismo, só as largando no último momento.

Sexto círculo, Caina: o sexto círculo do inferno é o lar do duque Mammon, o Avarento, uma figura repulsiva, com corpo de hipopótamo, cabeça de porco e chifres imensos. A fome de Mammon é legendária, sendo ele um glutão, devorando tudo e todos que vê pelo caminho. Os espíritos enviados para Caina são condenados a comer por toda a eternidade, sem nunca saciar seus desejos.

O rio Styx serpenteia pelo sexto círculo, cruzando o vale dos Condenados e passando em frente à caverna de Lúcifer.

Sétimo círculo, Malbolge: esse domínio é controlado por Alastor, o Odioso, e está repleto de lagos e poças de fogo, onde os espíritos são mergulhados. Malbolge contém o Castelo de Lux, centro político do Sheol, controlado por Lúcifer em pessoa.

O Tribunal das Correntes, nas terras do norte, é usado como bancada de julgamento pelos inquisidores satânicos (ver capítulo 3: Luz e Trevas).

Oitavo círculo, Mephasta: Mephistopheles, Aquele que Não Ama a Luz, chamado também de Mephisto, é o senhor do oitavo círculo infernal. Esse é um reino de fogo e escuridão, muito diferente dos demais.

Duque belicista, Mephisto tem copiosas hostes de demônios sob seu comando direto, além de outros exércitos que ele manipula através de seus barões e condes mais próximos.

O Eridanus, o Rio da Escuridão, começa aqui, percorre algumas dimensões e cruza com o Styx, próximo à cidade de Tyia.

Nono círculo, Zaqqum: os territórios de Zaqqum estão atualmente nas mãos de Apollyon, o Exterminador, o mais fiel dos capangas de Lúcifer. Na prática, quem comanda esse reino é um grupo de quatro malikis (ordem satânica; ver capítulo 3: Luz e Trevas), chamado de A Tetrarquia, cujas tropas vivem se digladiando em batalha. Um desses malikis é Nergal, de Mãos Negras, antigo duque do inferno.

Se no Sheol vale a lei do mais forte, em Zaqqum vale a lei do mais forte e mais violento. Não há espaço para estratégia, inteligência ou conluios. Governa quem tem o punho mais duro, os músculos mais possantes e as garras mais afiadas.

ASGARD

O plano etéreo é tido como o lar dos deuses pagãos. O monte Olimpo, a mitológica ilha de Avalon, Diyu (o inferno chinês) e Orun (o paraíso dos orixás) se localizam, todos eles, em regiões geográficas do etéreo raso ou profundo. Mas há exceções.

Em algum momento após o dilúvio, o deus Wotan encontrou um vórtice de acesso a uma outra dimensão, até então desconhecida. Chamou esse vórtice de Ginnungagap e construiu um mecanismo de entrada e saída: uma "ponte", então nomeada de Bifrost. O lugar, inicialmente batizado de Asgard, viria a revelar outras oito camadas, e cada uma delas abrigaria uma raça de deuses nórdicos (ver a seguir).

Os nove reinos nórdicos são, por isso, frequentemente referidos como Asgard, embora essa seja apenas uma das muitas terras sagradas, a primeira a ser descoberta. É através de Asgard que se abrem o Ginnungagap e a Ponte Bifrost, portanto quem governa esse território tem o domínio sobre todos os pontos de acesso que chegam e que partem para Midgard, isto é, a terra.

Os nove níveis são conectados por pontes, que parecem os galhos de uma árvore. Essa "árvore" cósmica é referenciada como Yggdrasil.

Asgard: é o reino dos aesires, os deuses nórdicos da guerra, que têm como chefe Wotan, renomeado de Odin depois do dilúvio. Odin, o Pai de Todos, e sua esposa, Frigga, tiveram vários filhos e filhas em Asgard, que também se tornaram deuses. Nesse domínio ficam o palácio de Valhala, a fortaleza de Iðavöllr e o pontão de Hlidskjalf. Por aqui também serpenteiam os rios Gjöll, Ífingr e Oceanus.

Álfheim: os elfos nórdicos, chamados de álfar, ou elfos da luz, têm a mesma origem das fadas terrenas. Eles vieram do plano etéreo com Odin e montaram seu reino sobre os galhos da Yggdrasil. Hoje, muitos retrocederam à Arcádia, e a maior porção de Álfheim está tomada pelos dragões. Nesse local ficavam a torre de Vídbláin, que defendia a entrada do reino, o Bosque de Ferro, o monte Andlangr, a capital élfica de Válurd, com suas imensas torres de quartzo, e mais a leste o castelo Gneggjuð, centro militar onde eram treinados os soldados.

Vanaheimr: os vanires são os deuses nórdicos da agricultura. De suas fazendas provêm os víveres que alimentam

os outros deuses, por isso os vanires são tão importantes quanto os aesires, ou mais. Vanaheimr é um domínio pacífico, reservado à plantação e à pecuária. Odin já o defendeu muitas vezes contra o ataque dos gigantes e dos trasgos.

Niðavellir: é a pátria dos anões, outra raça mitológica cujas origens são controversas: alguns afirmam que eles pertencem ao povo das fadas, e outros, que são descendentes dos gigantes. Os anões (ou dvergar) estabeleceram um reino dentro das montanhas, em Niðavellir, e lá se consideram seguros, sempre procurando ouro e pedras preciosas. Embora não gostem dos aesires, costumavam ser seus aliados nas guerras contra os gigantes.

Jötunheimr: quando Ymir, o gigante do gelo, chegou aos nove reinos para perseguir Odin, ele se instalou em Jötunheimr, cercando-se de ogros e trolls. Começariam assim as disputas que agitariam a dimensão por muitos séculos, e que seriam vencidas pelos aesires, terminando com a morte de Ymir. Thrymr, seu filho mais velho, assumiria a liderança dos jötnar, como essas feras são também conhecidas.

Múspellsheimr: o reino de fogo foi durante séculos governado pelo gigante Surtr, o filho caçula de Ymir. Seus habitantes mais célebres, todavia, são os dragões, seres maléficos que não têm nada em mente além de consumir e matar. O dragão Fafnir já foi um dos regentes dessas plagas, seguido por Níðhöggr, seu rebento, e depois por Zir, a serpente de fogo, sua neta.

Niflheimr: é o reino do frio e do inverno eternos. Thrymr, filho mais velho de Ymir, regeu essa camada por muitos anos. Ele era assistido pelo maior dos lobos, Fenris, que, por sua vez, comandava numerosas alcateias, além de centenas de bandos de lobisomens, os hamhleypa.

Svartálfaheimr: um dos domínios "raízes", que ficam abaixo dos galhos da Yggdrasil, Svartálfaheimr é a terra dos elfos negros, os svartálfr, os quais se corromperam a partir de uma determinada linhagem élfica, expulsa de Álfheim por sua crueldade. Esse é um reino de noite perpétua, cheio de árvores distorcidas e bosques de trevas. Os servos dos svartálfr são aranhas gigantescas e lacraias enormes.

Helheim: sob as raízes da Yggdrasil — um pouco abaixo de Svartálfaheimr — fica Helheim, o reino dos náir, como os nórdicos se referem aos mortos. A deusa Hela controla essa camada de seu palácio, Helgardh, a Casa das Névoas. Segundo a profecia, os zumbis (gengånger) e os espectros (gasts) de Hela invadirão Asgard durante a grande batalha do Ragnarök, que marca o fim do mundo para as raças sagradas.

ARCÁDIA

É de conhecimento comum que muitas fadas — assim como os deuses etéreos — surgiram da adoração humana. Mas poucos sabem que elas têm uma dimensão de origem, e que algumas — as mais velhas — migraram para a terra muito tempo atrás, antes da era do gelo.

Os elfos, as ninfas e os dragões (reconhecidamente as mais antigas das fadas) foram atraídos ao mundo dos homens atrás do chamado glamour, a energia criativa que emana dos seres humanos. Com o adensamento do tecido da realidade, porém, muitos desses seres, já reclusos no plano etéreo desde o fim da Idade Média, decidiram voltar à sua pátria natal.

LIMBO

O limbo não é propriamente uma dimensão, é o espaço vazio que existe (ou que não existe) entre elas. Não se conhece quase nada a respeito do limbo, porque não há meios seguros de visitá-lo e garantir o regresso — os poucos que tentaram, falharam. O estudo desse local, portanto, é puramente teórico.

Sabe-se, contudo, que são enviados para o limbo as almas dos suicidas, os objetos desintegrados e tudo aquilo que se perdeu para sempre.

PANDEMÔNIO

Os túneis macabros de Pandemônio são agitados por ventos e gritos constantes, servindo muitas vezes como passagem para outras dimensões. O rio Styx corta esse bolsão em diversos pontos, conduzindo a muitos lugares, inclusive ao inferno.

Os sons de Pandemônio têm a propriedade de levar qualquer um à loucura, inclusive os celestes. Essa esfera contém alguns sub-reinos cavernosos, governados pelos rastejadores, criaturas nefastas que percorrem os canais, atormentando seus viajantes.

ZONA SECRETA

Os elohins foram originalmente gerados para assegurar o funcionamento do cosmo. Fazendo uma comparação livre, os serafins seriam arquitetos, os ishins, artesãos, e os elohins, engenheiros. Como tal, eles vivem pensando em sistemas que facilitem seu trabalho e aprenderam desde o princípio a construir passagens dimensionais, túneis cósmicos que lhes permitem viajar de um ponto a outro do espaço. Como consequência, também se tornaram capazes de construir pequenas dimensões particulares, refúgios seguros onde suas próprias leis prevalecem.

Quando os elohins foram "traídos" (segundo a palavra deles) pelo arcanjo Miguel, que enviou o dilúvio sobre a terra sem avisá-los, muitos conseguiram escapar da inundação abrigando-se nessas esferas, para a seguir declararem-se "independentes". Como não podiam voltar para os Sete Céus, e a Haled nunca seria um lugar totalmente confiável, eles precisaram criar um ambiente exclusivo. Assim, os líderes da ordem conectaram seus bolsões particulares, dando forma a uma dimensão artificial, a qual chamam de zona secreta.

Hoje, nem todas as esferas da zona secreta são pessoais — muitas foram criadas coletivamente e estão abertas a todos os membros da casta. Como os elohins são os anjos mais próximos da humanidade, essas regiões, por via de regra, seguem padrões terrenos. No centro da zona secreta, por exemplo, existe uma metrópole quase completamente vazia, apelidada de Cidadela, erigida para abrigar todos os elohins caso uma nova catástrofe se abata sobre o planeta.

A zona secreta tem uma série de entradas e saídas para o plano físico, que geralmente ficam em estações de metrô, pontos de ônibus ou aeroportos. Uma vez dentro dela, o elohim está seguro e pode recorrer à assistência da casta.

OS NÓDULOS DA ZONA SECRETA

Se fosse possível enxergar a zona secreta de longe, o observador veria algo semelhante à estrutura de uma molécula, com centenas de esferas ligadas por hastes (ou tubos). Há esferas grandes e pequenas, chamadas de nódulos ou distritos. Os nódulos maiores são comunitários e estão abertos a qualquer elohim.

- **Cidadela:** essa metrópole fica no centro da zona secreta e foi construída com o objetivo de receber os elohins caso um novo cataclismo, ou mesmo o Apocalipse, ameace a Haled. Como isso (ainda) não aconteceu, a Cidadela é, hoje, uma cidade fantasma, onde tudo funciona, mas não há quase ninguém para desfrutar dos benefícios. A prefeitura tem uma equipe de funcionários, apelidados de toupeiras, que lavam os prédios, consertam o calçamento e trocam as lâmpadas de tempos em tempos.
- **Hotel Stardust:** essa estância turística parece um antigo resort. Os elohins vêm para cá com o intuito de compartilhar suas memórias, a fim de emular os trejeitos humanos, algo essencial para seres que não tiveram pais, irmãos e nunca foram crianças. Uma temporada no Hotel Stardust proporciona aos membros da casta essas emoções, que, de outra forma, seriam exclusivas dos homens comuns.
- **Torre Skyline:** complexo de entretenimento, tem cinemas, teatros, um museu dedicado à casta e um restaurante rotatório no último andar, onde é possível jantar observando o espaço sideral e suas constelações.
- **Polígono:** além de regras próprias, a zona secreta também possui tropas de elohins militares para ajudar na segurança. Nesse distrito, comumente chamado de Polígono, fica o quartel-general, onde oficiais e soldados testam armas e munições e praticam treinamentos diários.
- **Ferro-Velho:** são enviados para esse campo de sucatas os materiais antigos e o lixo das outras partes da zona secreta. Apesar do nome, um tanto depreciativo, o Ferro-Velho esconde relíquias e objetos que, se bem estudados, podem ajudar a contar um pouco melhor a história da casta.
- **Estação Central:** nesse nódulo se entrelaçam as linhas de trem e de metrô que cortam a zona secreta. Os trens levam aos outros distritos, enquanto o metrô geralmente (mas não sempre) conduz a pontos de saída para o mundo físico.
- **Aeroporto Internacional Carfax:** os voos conectam o Aeroporto Carfax aos nódulos distantes da zona secreta ou às dimensões exteriores.
- **Interior:** embora os elohins sejam anjos e não precisem comer nem beber, só por precaução um dos nódulos da zona secreta abriga uma extensa zonal rural, com capacidade para alimentar todos os membros da casta, caso um dia venha a ser necessário.
- **Hospital Charles Darwin:** as instalações do Charles Darwin estão de portas abertas para receber elohins feridos, gravemente ou não.
- **Jardim Botânico:** semelhante ao zoológico (ver a seguir), esse parque se destina a armazenar plantas e insetos, muitos dos quais não existem mais no planeta Terra. Contém ainda belos jardins e um centro de exposições, que recebe feiras de caráter informativo.
- **Centro de Recuperação:** mistura de casa de repouso e clínica psiquiátrica, é para lá que vão os espíritos dos elohins que tiveram seu avatar destruído. O processo de recuperação pode levar meses, anos ou séculos.
- **Asilo Le Chiffe:** esse asilo é na verdade uma prisão, para onde são enviados os raros elohins rebeldes e outros seres que ameacem ou tentem invadir a zona secreta. É também usado como posto de quarentena para qualquer um que precise ser vigiado ou interrogado antes de acessar um dos outros distritos.
- **Rádio 7 FM:** o prédio da emissora contém uma gama de mecanismos que permitem enviar sinais através do universo. Os aparelhos servem não só para difusão, mas principalmente para o monitoramento da zona secreta e para o disfarce de entradas e saídas, caso algum mortal (ou qualquer não elohim) encontre um meio de acessar o lugar.

- **Zoo:** como o nome diz, nesse distrito fica um imenso jardim zoológico, feito para proteger e estudar as principais espécies de animais existentes na terra, inclusive algumas já extintas.
- **Refinaria El-Canco:** o parque industrial de El-Canco foi criado para destilar a matéria negra do espaço e transformá-la em uma substância preta e oleosa chamada de carborina. Esse material é usado para alimentar os reatores, os quais geram a energia que abastece toda a zona secreta. O parque tem chaminés expelindo fumaça dia e noite — daí seu nome tão sugestivo.
- **Capitólio:** os elohins se reúnem aqui para tomar as decisões políticas relativas à zona secreta. Às vezes deliberam sobre questões terrenas, mas só quando essas pautas são confidenciais. Caso contrário, preferem discutir tais assuntos na própria Haled, em salões de hotéis ou à mesa de restaurantes.

CONEXÕES DIMENSIONAIS E ANOMALIAS PLANARES

Para que um celeste atue no plano físico, basta cruzar o tecido da realidade e se manifestar na Haled. Mas como se produzem as viagens entre as dimensões? Como um anjo, partindo do Quinto Céu, chega ao plano astral? Algumas dessas passagens — bem como certas anomalias cósmicas — são descritas a seguir.

Atalhos: trata-se de passagens dimensionais. São, como o nome diz, trilhas que encurtam a distância entre um ponto e outro no mesmo plano de existência. Os elohins constroem atalhos para viajar de Londres a Paris, por exemplo, em uma fração de segundo. O Tártaro (Primeiro Céu) e a Gehenna (Segundo Céu) também são interligados por atalhos, nesse caso chamados de entradas ou pórticos.

Vórtices: são o tipo mais comum de ligação cósmica. Conectam o mundo espiritual (plano astral, plano das sombras, plano etéreo etc.) a alguma dimensão paralela. Para os anjos, os vórtices funcionam como pontos de ascensão aos Sete Céus, "escadas" através das quais eles regressam ao paraíso.

Podem ser permanentes ou circunstanciais. O vórtice circunstancial mais conhecido é provavelmente o túnel da morte, que aparece apenas para os seres humanos justos no instante do falecimento, permitindo que a alma suba para o Terceiro Céu, o Éden Celestial. De modo semelhante, podem ser de mão dupla ou de mão única; esses últimos só permitem a entrada ou a saída.

Os vórtices costumam ser encontrados em localizações fixas do mundo espiritual, mas alguns são móveis, enquanto outros, menos comuns, são de atividade efêmera, instalados pelos próprios anjos (serafins ou hashmalins, quase sempre) ou por demônios para transportar um grupo específico de indivíduos de sua dimensão de origem ao plano astral (na necessidade de uma missão, por exemplo).

Portais: são raros e muito visados. Ligam o plano físico ao plano etéreo ou a alguma dimensão paralela, possibilitando que a entidade ingresse no mundo dos homens sem gasto de energia ou necessidade de materialização — a criatura surge na Haled em sua forma original, técnica muito usada por feiticeiros para conjurar demônios ou bestas extraplanares. De igual maneira, um mortal pode, ainda vivo e carregando seu corpo, cruzar um portal e chegar ao inferno, ao céu, a Asgard ou a qualquer outra esfera do gênero.

Por suas propriedades tão delicadas, os portais são geralmente de ação temporária, limitados pelo alinhamento dos astros, por atividades climáticas ou pelo esgotamento de material de sacrifício.

Santuários: regiões no plano físico onde o tecido da realidade é extremamente fino, permitindo que anjos e demônios materializem seus avatares e usem suas divindades, ou que magos (humanos) lancem feitiços, sem dificuldades ou complicações.

Um santuário pode ser criado artificialmente ou surgir de forma espontânea, em áreas em que haja atividade mística intensa. Zonas rurais afastadas, florestas, desertos, cavernas, as ruínas de uma cidade ou até um banheiro abandonado podem ser santuários.

Vértices: se os santuários são regiões onde o tecido é suave, os vértices são áreas (muito mais raras) em que a película não existe. Nelas, ocorre uma interseção entre os planos físico e etéreo. Os primeiros vértices surgiram organicamente e eram considerados anomalias planares, mas também podem ser gerados pela ação do homem ou de determinado deus ou entidade.

Muitos vértices foram criados no passado para que os sacerdotes primitivos interagissem com os deuses etéreos. Os heróis e as heroínas, bem como os semideuses, foram concebidos dentro de vértices.

Eixos: anomalias ainda mais estranhas. Trata-se de pequenos bolsões que guardam características do protouniverso, isto é, da época em que o tempo e o espaço não existiam. Os malakins afirmam que, de um eixo, é possível vislumbrar os ciclos universais como um todo: passado, presente e futuro.

Cortina de Aço: chama-se de Cortina de Aço a técnica que sela o tecido da realidade, impedindo que um celestial se materialize ou desmaterialize. Os hashmalins costumam utilizar a Cortina de Aço em seus calabouços no plano astral, e alguns bruxos humanos faziam o mesmo em seus castelos, para impedir que um demônio fugisse desfazendo o avatar.

RIOS CÓSMICOS

Caso o viajante não seja capaz de encontrar um portal ou de acessar um vórtice, poderá ainda recorrer a um dos rios que cortam as dimensões. Não há registros, tampouco hipóteses, sobre a origem desses canais, tão usados por anjos e deuses na antiguidade remota. Os rios atravessam plagas sublimes e obscuras, podendo levar o navegante a praticamente qualquer parte do cosmo, contanto que se conheçam suas trilhas.

Styx: dá acesso às dimensões ditas "inferiores" e é povoado pelos enigmáticos barqueiros, entidades que fazem o transporte de passageiros através das esferas cósmicas, mediante o pagamento de energia vital. O Styx dá uma volta completa na parte baixa do cosmo, atravessa as planícies do Hades e deságua no abismo de Lethe, localizado no etéreo profundo.

Oceanus: cruza as dimensões chamadas "superiores", dando uma volta completa na parte alta do cosmo. Pode ser percorrido sem o auxílio de marinheiros, mas guarda um traço peculiar: suas águas suprimem as radiações místicas, deixando vulneráveis, durante certo período de tempo, mesmo os espíritos mais poderosos. Isso não seria um problema se não houvesse a ameaça dos ecaloths, seres feitos de plasma que percorrem os canais e afluentes consumindo tudo o que veem pelo caminho.

Acheron: o Rio do Infortúnio nasce no Quarto Céu, desce até o Tártaro e segue através das dimensões.

Phlegethon: o Rio Flamejante corta o Primeiro Céu.

Cocytus: o Rio das Lamentações percorre o quinto círculo infernal, segue através de Pandemônio e deságua no limbo.

Lethe: o Rio do Esquecimento serpenteia pela Gehenna e desce até Gerython, o terceiro círculo do inferno.

Eridanus: o Rio da Escuridão começa em Mephasta, o oitavo círculo do Sheol, percorre uma dezena de dimensões e cruza com o Styx próximo à cidade de Tyia.

OUTRAS ROTAS

Os rios cósmicos não são as únicas rotas transdimensionais fixas. Existem outras, construídas artificialmente. Os reis-deuses yamas mandaram pavimentar a Estrada de Ébano, que liga as dez cortes de Diyu, o inferno chinês, e as conecta a Tian, o paraíso desse povo. De lá parte o Corredor Escarlate, que se abre a centenas de vértices existentes na Terra (muitos dos quais abandonados).

Nos anos 1950, os elohins iniciaram a construção da Rodovia 310, que ligaria o planeta a outras regiões do plano etéreo (raso e profundo), mas abandonaram o projeto ao se darem conta de que o uso de atalhos e da zona secreta era não só bastante, como mais eficiente. Trechos da rodovia, no entanto, continuam ativos em diversas partes do mundo.

CIDADES CÓSMICAS

Nos pontos onde os rios Styx e Oceanus se cruzam, existem três "cidades" cósmicas. Uma delas é Nysa, a Cidade do Ocidente, suposto lar dos ecaloths, e a outra é Tyia, a Cidade do Oriente, onde viveriam os barqueiros. No meio delas está Xandra, a Cidade no Centro do Cosmo, habitada por outra raça, de que os malakins não sabem sequer o nome. Os três ambientes são completamente alienígenas a demônios e anjos.

LUZ E TREVAS

CASTAS ANGÉLICAS E ORDENS SATÂNICAS

Os anjos, benéficos e maléficos, isolam-nos da divindade mas igualmente do insuportável esplendor do mal absoluto; para nossa desgraça — ou para o nosso consolo —, somos o seu campo de batalha.

ALBERTO COUSTÉ, ***Biografia do Diabo***

Anjos e demônios estão presentes em todas as culturas do mundo. Chineses, israelitas, ameríndios, celtas, indianos... Não há povo na Terra que não tenha escrito sobre eles em determinado momento. Muitos procuram observá-los — e compreendê-los — à luz de suas crenças religiosas; outros os veem como metáforas para o bem e o mal intrínsecos a qualquer ser humano.

Nenhuma dessas visões está completamente certa nem totalmente errada. Os terrenos convivem com essas forças, mas, por via de regra, não as enxergam com clareza, então precisam interpretá-las. O que só piora a confusão é o fato — indiscutível — de que tais entidades (profanas e sagradas) não representam uma massa homogênea. Infernais e celestes estão organizados em castas (ou ordens), dentro das quais há grupos ainda mais específicos, chamados de estirpes. Como se não bastasse, ambos são classificados por ciclos, que determinam o grau de poder e influência de cada um dentro da casta. Os anjos de primeiro ciclo são soldados, os de segundo são decanos, os de terceiro arcontes, os de quarto centuriões, os de quinto generais, os de sexto são príncipes e arautos, e somente Metatron e os arcanjos alcançaram o sétimo ciclo.

Diferentemente dos demônios, os anjos, sempre retos em sua natureza, raramente ascendem ou avançam de ciclo, já que isso desestabilizaria o equilíbrio de forças no céu. Mas há exceções. A experiência na terra e entre os seres humanos pode ser muito instrutiva aos alados, em todos os níveis, ajudando-os a aprender coisas novas e a evoluir gradativamente.

CASTAS ANGÉLICAS

Originalmente, as sete castas angélicas foram criadas para ajudar Deus e os primogênitos na feitura do cosmo (ver capítulo 1: Cronologia). Quem determinou suas funções foi o próprio Yahweh, e no princípio os membros de cada casta eram muito parecidos entre si, até fisicamente. Com o tempo, porém, eles foram se especializando em determinadas tarefas, e daí surgiram as estirpes, com cada grupo se adaptando às demandas que lhe eram exigidas.

HIERARQUIA CELESTE (ANTES DA QUEDA DE LÚCIFER)

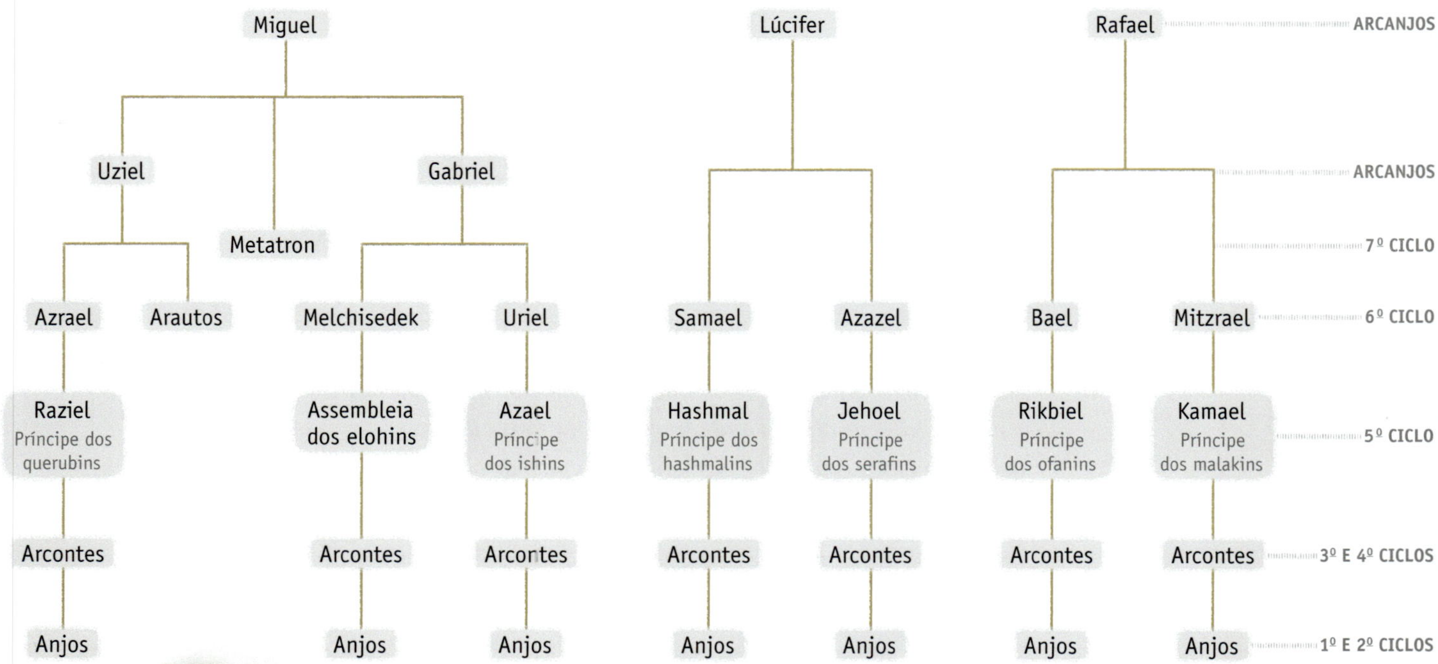

HIERARQUIA CELESTE (ATUALMENTE)

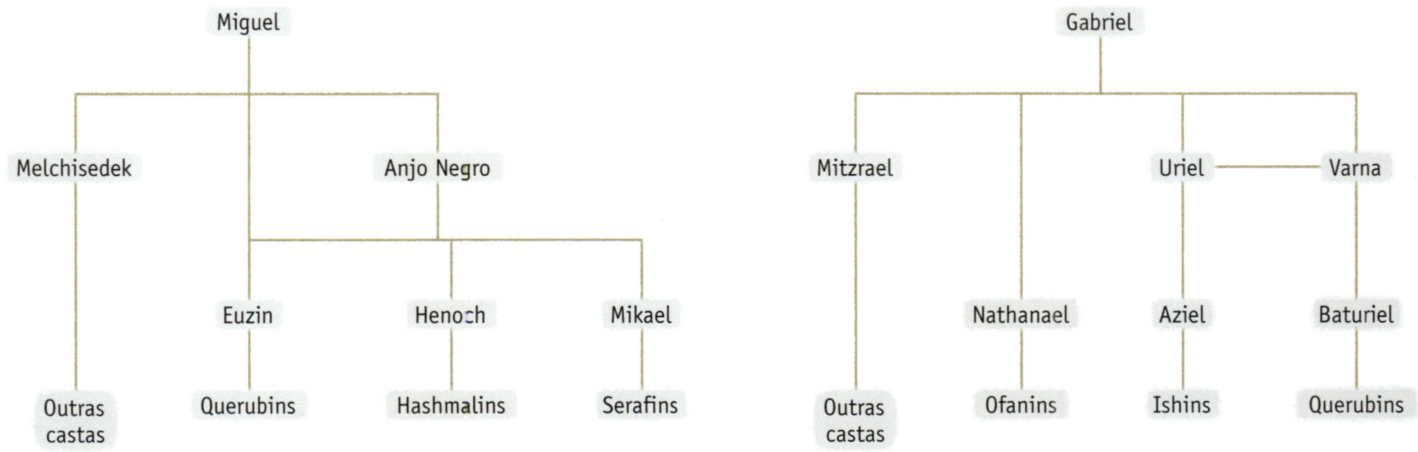

QUERUBINS
OS GUARDIÕES

Nenhuma missão é demais para um querubim.
Ashi'Irin, querubim, quarto ciclo

Os querubins são guerreiros, vigias, caçadores e, quando necessário, assassinos. Sua inclinação para o combate deve-se ao fato de que foram concebidos com o propósito de vigiar as outras castas e mantê-las coesas, garantindo também a supremacia dos arcanjos e o cumprimento da palavra de Deus. Tornaram-se, portanto, soldados, no exato sentido do termo, organizando-se em legiões, regimentos, companhias e unidades de segurança, perseguição e ataque.

Natureza: os querubins vivem sob um rígido código de honra, que varia segundo a legião à qual pertencem, mas que geralmente os obriga a seguir certas regras em combate, como não atacar um oponente desarmado. O que os une, porém, é sua natureza combativa, o amor pelo confronto físico e pelas artes marciais. Um querubim jamais recuará perante um desafio, nem que isso lhe custe a vida.

Apelido: soldados.

Base de operações: o Quarto Céu era antigamente o lar de todos os querubins, mas com o início da guerra civil a casta se separou. Hoje, os combatentes rebeldes estão estacionados no Primeiro Céu, e os legalistas se refugiaram na quinta camada. O Quarto Céu, Acheron, tornou-se um campo de batalha, com fortalezas que caem e são reconquistadas dia após dia.

Príncipe: Balberith é o comandante supremo dos querubins. O antigo príncipe da casta, Raziel, é hoje um dos anjos caídos.

ESTATÍSTICAS DE RPG

Habilidades

- Ajuste inicial: acrescente 2 à sua pontuação de Constituição e mais 2 em Força *ou* Destreza (escolha uma).
- Ajustes nos ciclos mais altos: de acordo com o ciclo (ver capítulo 8).

Pontos de vida

- Dados de vida: 1d12
- Pontos de vida no primeiro ciclo: 12 + bônus de Constituição
- Pontos de vida nos ciclos mais altos: + 4d12 *ou* 28 + (bônus de Constituição x 4)

Proficiências

- Armaduras: todas as armaduras e escudos.
- Armas: simples e marciais.
- Ferramenta: uma, à sua escolha.
- Testes de resistência: os querubins são proficientes nos testes de resistência de Força e Constituição.
- Perícias: Percepção (*Perception*), Vigor (*Athletics*) e mais duas à sua escolha.

Outros benefícios

- Um ataque extra no segundo ciclo, outro no quarto e mais um no sexto ciclo.
- Ataque desarmado: mesmo desarmados, o soco de um erelim, o chute de um legionário e a mordida de um shedu são ataques perigosos e causam 1d6 pontos de dano.

Divindades

- Primeiro nível: Arma Dedicada, Controle Gravitacional, Reflexos Rápidos, Sentidos Aguçados, Trilha do Caçador, Último Suspiro;
- Segundo nível: Ataque Fulminante, Controle de Adrenalina, Presa Fácil, Projetar Golpe, Senso de Perigo;
- Terceiro nível: Armadura Celestial, Detectar Presença, Efeito Camaleão, Rastro do Trovão;
- Quarto nível: Ira de Deus, Pureza do Corpo, Regeneração;
- Quinto nível: Ponto Fraco, Ressurgimento Heroico;
- Sexto nível: Furor de Batalha.

Os **legionários** estão sempre na linha de frente de todas as batalhas. São disciplinados, obedientes e extremamente fiéis a seus líderes. Costumam portar armas em combate, vestir armaduras e às vezes fazem uso do escudo.

Os **shedus** são entidades ferozes, conhecidas por seguir primeiro os instintos e depois a sensatez. Sua forma animalesca é reflexo disso. São caçadores perspicazes e têm os cinco sentidos bastante apurados.

Os **erelins** são os guardiões dos palácios celestes. São famosos pela frieza, podendo ficar séculos parados, sem mover um músculo nem sequer piscar. Não se envolvem em lutas desnecessárias.

SERAFINS
OS TRONOS

Sirva ao Senhor — com temor.
MARIAH, serafim, primeiro ciclo

Criados para ajudar no planejamento do trabalho de Deus, os serafins até hoje se consideram os anjos mais elevados e evitam sempre que possível se relacionar com seres humanos ou descer à Haled. Depois do adormecimento de Yahweh, eles continuaram no paraíso, organizando a política celeste, traçando planos de batalha, manipulando (ou tentando manipular) as outras castas, nunca se envolvendo em lutas diretas.

Natureza: os serafins são insensíveis, porém justos. Dotados de raciocínio veloz e oratória invejável, sabem melhor que ninguém manter a ordem e tomar decisões em momentos de crise. Autoconfiantes, nutrem opiniões inabaláveis acerca dos próprios valores. Preferem assumir o controle da situação, comandando suas marionetes a distância.

Apelido: burocratas.

Base de operações: o Quinto Céu, com suas cidades de ouro, torres de prata e templos de mármore, sempre foi o ponto de reunião dos serafins. Com a agitação provocada pela guerra civil, entretanto, a camada foi ocupada pelas legiões do príncipe Miguel, que só permite o acesso de anjos leais à sua vontade. Aqueles que decidiram seguir o arcanjo Gabriel foram forçados a se refugiar na Cidadela do Fogo.

Príncipe: o príncipe dos serafins é o anjo Jehoel.

Os **oradores** são os políticos celestes. Por anos controlaram o conselho dos anjos — que não existe mais — e a assembleia dos arautos. São os secretários dos arcanjos e os administradores das cidades angélicas.

Os **militaristas** são uma estirpe de serafins que usa de sua capacidade de planejamento e estratégia para traçar planos de conquista. Os generais serafins são chamados de comodoros e raramente entram em combate.

Os **suryas** são arquitetos. No passado trabalharam com os ishins, supervisionando a construção das galáxias. Quando os elohins se deslocaram para a Terra, os suryas foram enviados para o espaço sideral com a tarefa de garantir o funcionamento do cosmo.

ESTATÍSTICAS DE RPG

Habilidades

- Ajuste inicial: acrescente 2 à sua pontuação de Carisma, 1 em Inteligência e 1 em Sabedoria.
- Ajustes nos ciclos mais altos: de acordo com o ciclo (ver capítulo 8).

Pontos de vida

- Dados de vida: 1d10
- Pontos de vida no primeiro ciclo: 10 + bônus de Constituição
- Pontos de vida nos ciclos mais altos: 4d10 *ou* 24 + (bônus de Constituição x 4)

Proficiências

- Armaduras: todas as armaduras e escudos.
- Armas: adaga (*dagger*), cajado (*quarterstaff*), martelo leve (*light hammer*), maça (*mace*), lança (*spear*), mangual (*flail*), glaive, alabarda (*halberd*), lança montada (*lance*), espada longa (*longsword*), rapieira (*rapier*), cimitarra (*scimitar*), espada curta (*shortsword*) e tridente (*trident*).
- Ferramenta: uma, à sua escolha.
- Testes de resistência: os serafins são proficientes nos testes de resistência de Carisma e Sabedoria.
- Perícias: Persuasão (*Persuasion*), Perspicácia (*Insight*) e mais duas à sua escolha.

Outros benefícios

- Líder nato: os serafins são líderes natos e sabem organizar o grupo em situações de crise. No início de cada rodada de combate, role 1d4 e acrescente o resultado às tiradas de ataque, aos testes de perícia e aos testes de resistência de seus aliados (o personagem não se beneficia desse ajuste, só os amigos). Enquanto estiver comandando a equipe, o serafim precisa se concentrar no panorama geral e não pode tomar nenhuma ação ativa (ações ativas incluem atacar, abrir portas, desarmar armadilhas, vasculhar bolsos, acudir um companheiro ferido ou qualquer outra coisa que o desconcentre), mas pode se defender e efetuar testes de resistência. Apenas um serafim pode liderar o grupo por vez. Os benefícios se mantêm até o fim do combate, não importa quanto dure. O dado de liderança (1d4) sobe para 1d6 no segundo ciclo, 1d8 no quarto ciclo e 1d10 no sexto ciclo. Essa habilidade pode ser usada uma quantidade de vezes igual a seu modificador de Carisma. Para utilizá-la novamente, o celeste deve esperar o próximo nascer do sol, quando todas as suas energias são recarregadas.

Divindades

- Primeiro nível: Controlar o Tecido, Ler Emoções, Mente Fechada, Miragem, Rasgo na Psique, Telepatia;
- Segundo nível: Bons Amigos, Confessionário, Discurso da Vitória, Ler Mentes, Voz de Comando;
- Terceiro nível: Alucinação Coletiva, Choque Mental, Clarividência, Controlar Mentes;
- Quarto nível: Controlar Massas, Ilusão Permanente, Muralha Telecinética;
- Quinto nível: Mente em Branco, Teleporte;
- Sexto nível: Soberania.

ELOHINS
OS PRINCIPADOS

Cara, eu já disse uma centena de vezes que o seu plano não vai funcionar. Agora você faz o que quiser. Só pare de me encher o saco.

Lucas, elohim, segundo ciclo

Originalmente concebidos com o propósito de assegurar o bom funcionamento das órbitas estelares, das galáxias e dos sistemas planetários, os elohins tiveram de se adaptar quando foram enviados à terra com a missão de assumir os postos deixados pelos sentinelas, após a era do gelo. No passado, chegaram a governar grandes nações, mas hoje atuam nos bastidores, até para se manter na clandestinidade e se esconder dos arcanjos, com os quais mantêm, desde o dilúvio, uma relação de ojeriza e desprezo (ver capítulo 1: Cronologia).

Natureza: no céu e na terra, os elohins respeitam uma regra básica: não interferir. Em vez de criar novas constelações, por exemplo, eles trabalhavam para mantê-las girando. Da mesma forma, os elohins nunca intervêm no livre-arbítrio dos homens.

Apelido: bastardos.

Base de operações: a terra. Os elohins são a única casta à qual são garantidos o livre acesso à Haled e a permanência indefinida no plano físico.

Príncipe: os elohins não têm um chefe ou comandante. Dentro da zona secreta, eles se organizam em assembleias e se reúnem no Capitólio (ver capítulo 2: Cenário). Na Haled, porém, cada um age individualmente.

Os **terrestres** são a estirpe mais clássica de elohins. Eles se misturam à raça humana e às vezes têm filhos com os mortais. Alguns assumem posições de destaque, mas a maioria está interessada apenas em viver a experiência terrena, então age como pessoas normais.

Os **zangões** mantiveram o propósito original de assegurar o funcionamento das coisas. Eles vagam pelas regiões exteriores da zona secreta, margeiam as bordas do limbo, consertando avarias e cavando túneis.

Os **militares** são responsáveis por garantir a segurança da casta. Esses elohins treinam com armas de fogo e armamento pesado, desenvolvendo táticas de invasão e resgate.

ESTATÍSTICAS DE RPG

Habilidades
- Ajuste inicial: acrescente 2 à sua pontuação de Sabedoria, 1 em Inteligência e 1 em Carisma.
- Ajustes nos ciclos mais altos: de acordo com o ciclo (ver capítulo 8).

Pontos de vida
- Dados de vida: 1d10
- Pontos de vida no primeiro ciclo: 10 + bônus de Constituição
- Pontos de vida nos ciclos mais altos: 4d10 *ou* 24 + (bônus de Constituição x 4)

Proficiências
- Armaduras: todas.
- Armas: simples, armas de fogo.
- Ferramentas: três, à sua escolha.
- Testes de resistência: os elohins são proficientes nos testes de resistência de Sabedoria e Inteligência.
- Perícias: Ludibriar (*Deception*), História (*History*) e mais duas à sua escolha.

Outros benefícios
- Mascarar a aura: os elohins sabem se disfarçar muito bem. Não apenas ocultam sua aura, mas são capazes de mascará-la para que ela se pareça com a alma humana, enganando todos, até mesmo outros anjos. Nesse caso, é impossível distinguir um elohim de um mortal comum, a não ser, claro, que ele se revele ou seja flagrado ativando divindades ou conjurando efeitos místicos.
- Recursos: todos os elohins (a não ser que se diga o contrário) têm identidades humanas e recursos na sociedade mortal. Isso deve ser tratado sempre como benefício. A natureza das posses e a quantidade de dinheiro disponível dependem do julgamento do mestre e dos propósitos da campanha. Como regra geral, considere que o personagem goza de uma vida confortável, possui uma casa grande *ou* dois apartamentos, dois automóveis populares *ou* um carro de luxo e uma moto, e um rendimento mensal que lhe permite viajar à vontade, sem precisar trabalhar.
- Contatos: convivendo com os seres humanos, os elohins acabam fazendo amigos. Alguns têm até família. O personagem pode recorrer a essas pessoas para conseguir informações privilegiadas ou refúgio em momentos de crise. Policiais, jornalistas, políticos e marginais são contatos típicos. Em todos os casos, esses aliados não devem ser usados como força de ataque e sempre se recusam a acompanhar o anjo em atividades perigosas. Nenhum deles conhece sua verdadeira origem celeste.

Divindades
- Primeiro nível: Abracadabra, Duas Caras, Chumbo Grosso, Desatino, Ler Emoções, Saco Sem Fundo;
- Segundo nível: Controle Remoto, Cortina de Aço, Cruzar Paredes, Fascínio, Gadget;
- Terceiro nível: Atalho, Bolsão Dimensional, Escudo Humano, Sorte Grande;
- Quarto nível: Cárcere, Casulo, Pureza do Corpo;
- Quinto nível: Portal, Clone;
- Sexto nível: Senhorio.

Os **missionários** se sentem mais à vontade trabalhando no plano físico. Percorrem o mundo como pessoas comuns, ajudando causas humanitárias. Outros se manifestam como animais (cães, principalmente), oferecendo companhia e conforto.

OFANINS
OS VIRTUDES

Os mortais são como irmãos mais novos
que perderam os pais. É nosso dever,
como irmãos mais velhos, guiá-los à luz.

Marabah, ofanim, sexto ciclo

Os ofanins amam os seres humanos, e de certa forma sempre amaram. Muito antes de a humanidade existir, eles foram designados por Deus para acender as microfornalhas de luz, agitar os átomos e colocá-los em movimento. Em outras palavras, sua primeira tarefa foi gerar energia, e dela surgiria a vida. Portanto, os ofanins respeitam todas as criaturas e louvam cada pedaço da criação. Sabem que os mortais são parte essencial do trabalho divino, então se aproximaram deles ao longo dos séculos, passando a influenciá-los de maneira positiva, diferentemente dos elohins, que jamais intervêm no arbítrio dos homens.

Natureza: os ofanins são bem-humorados, prestativos e possuem um formidável senso de honestidade e justiça. Tendem a ser agradáveis e carismáticos até diante dos mais rudes. Os mortais em geral se sentem acolhidos na presença — física ou espiritual — de um ofanim. Esses anjos são incapazes de cometer violência, mesmo que seu inimigo seja um demônio sanguinário ou um espírito maléfico, preferindo entregar a própria vida a tirar a de outrem.

Apelido: pirilampos.

Base de operações: o Terceiro Céu pertencia aos ofanins, que abriram mão dele para que os espíritos dos homens e mulheres benévolos tivessem um refúgio seguro após a morte. Hoje, seu campo de atuação é a terra. Eles ajudam os seres humanos através do plano astral ou se materializando no mundo físico.

Príncipe: o príncipe dos ofanins é Rikbiel, que, no entanto, não age como soberano, e sim como conselheiro.

Os **shenzais**, apelidados de "ofanins negros", deslocam-se através do plano espiritual com a missão de redimir os fantasmas — um trabalho muito mais arriscado que proteger os seres humanos vivos.

ESTATÍSTICAS DE RPG

Habilidades

- Ajuste inicial: acrescente 2 à sua pontuação de Carisma e 2 à de Sabedoria.
- Ajustes nos ciclos mais altos: de acordo com o ciclo (ver capítulo 8).

Pontos de vida

- Dados de vida: 1d8
- Pontos de vida no primeiro ciclo: 8 + bônus de Constituição
- Pontos de vida nos ciclos mais altos: 4d8 *ou* 20 + (bônus de Constituição x 4)

Proficiências

- Armadura: nenhuma.
- Arma: cajado.
- Ferramenta: uma, à sua escolha.
- Testes de resistência: os ofanins são proficientes nos testes de resistência de Carisma e Sabedoria.
- Perícias: Persuasão, Medicina (*Medicine*) e mais duas à sua escolha.

Outros benefícios

- Santuário: os ofanins repudiam a violência e, quando uma briga estoura, preferem se afastar da zona de combate para, de longe, abençoar os amigos e acudir aqueles que tombam em batalha. Sempre que um ofanim decide ser discreto a esse ponto, consegue criar à sua volta um círculo de proteção invisível. Os inimigos, a partir de então, passam a ignorá-lo e agem como se ele não existisse. Caso um adversário esteja procurando especificamente pelo ofanim, precisará ser bem-sucedido em um teste de resistência de Sabedoria (dificuldade é 8 + modificador de Carisma do ofanim + bônus de proficiência do ofanim). Se falhar, será forçado a procurar outro alvo. Durante esse tempo, o ofanim não pode executar nenhuma ação ofensiva (se ele entrar no combate, os efeitos do santuário se perdem), mas pode (e deve) conjurar divindades de proteção e ajudar os amigos caídos. Essa habilidade não protege o anjo de ataques que afetam uma área, apenas daqueles direcionados exclusivamente a ele. O santuário pode ser usado uma quantidade de vezes igual a seu modificador de Carisma. Para utilizá-lo novamente, o celeste deve esperar o próximo nascer do sol, quando todas as suas energias são recarregadas.
- Redenção: os ofanins têm vantagem nos testes de Persuasão para convencer fantasmas a se desapegarem do mundo físico e para persuadir pessoas desesperadas de que a vida vale a pena.

Divindades

- Primeiro nível: Companheiro Animal, Ler Emoções, Luz, Quebrar o Pão, Refúgio Seguro, Telepatia;
- Segundo nível: Bênção, Bons Amigos, Cura pelas Mãos, Escudo de Fé, Exorcismo;
- Terceiro nível: Dispersar Energia, Pazes, Pressentimento, Sorte Grande;
- Quarto nível: Círculo de Cura, Forma de Luz, Redoma de Luz;
- Quinto nível: Restauração Molecular, Zona Neutra;
- Sexto nível: Ressurreição.

Os **anjos da guarda** são guias espirituais. Eles vigiam os seres humanos sem que estes os enxerguem, sussurrando bons conselhos através da película ou simplesmente os protegendo de demônios e espíritos obsessores.

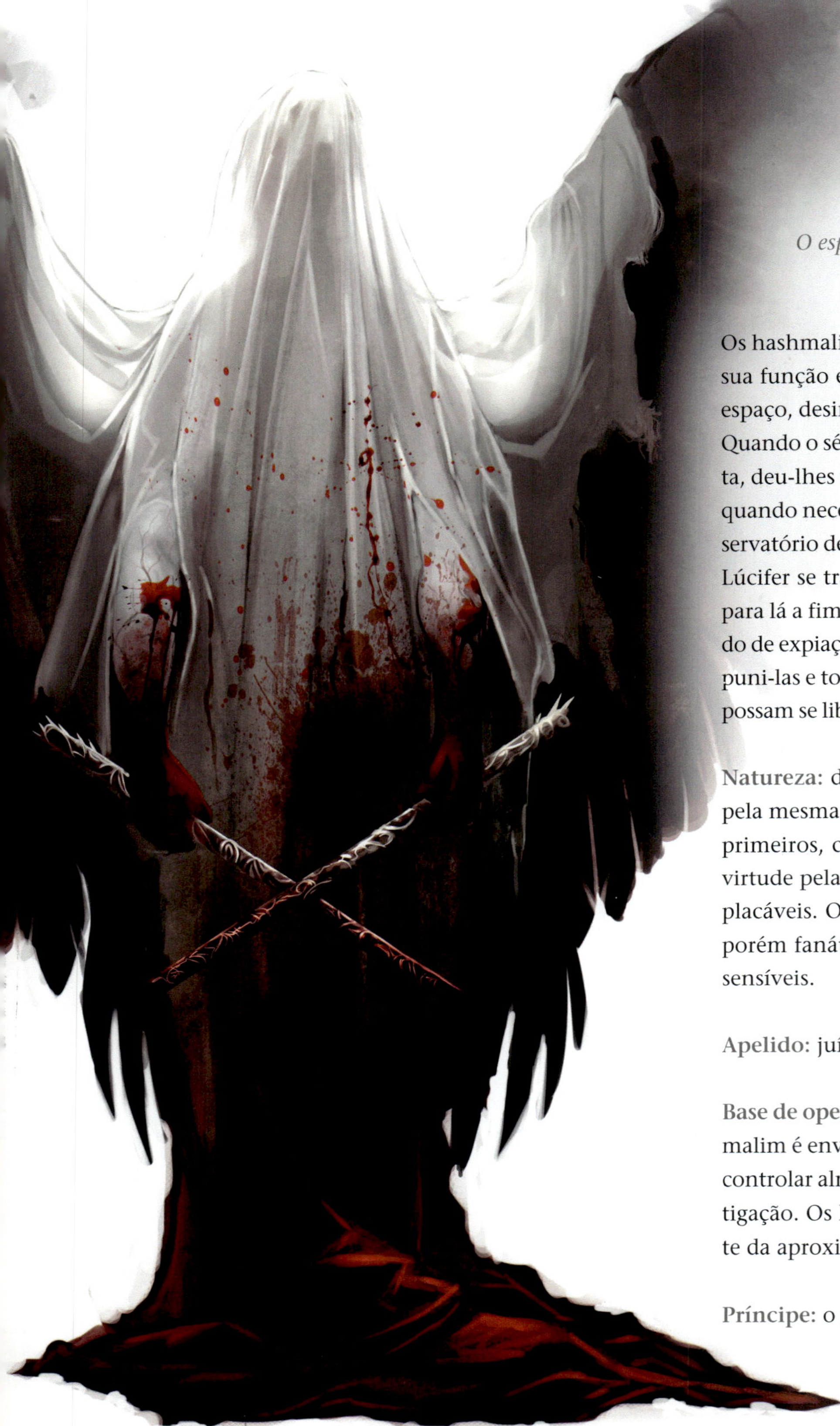

HASHMALINS
OS DOMINAÇÕES

O espírito só aprenderá com a dor da carne.

HEQUIEL, hashmalim, terceiro ciclo

Os hashmalins são sombrios por natureza. No princípio, sua função era controlar a entropia, a matéria negra do espaço, desintegrando o que não servisse mais à criação. Quando o sétimo dia raiou, Lúcifer, então patrono da casta, deu-lhes uma nova tarefa: julgar os mortos e puni-los quando necessário. A Gehenna era naquela época um reservatório de espíritos maléficos, para depois da queda de Lúcifer se transformar em um purgatório. As almas vão para lá a fim de serem julgadas e passarem por um período de expiação. Os hashmalins fazem todo o possível para puni-las e torturá-las satisfatoriamente, de modo que elas possam se libertar de seus pecados e atingir o Terceiro Céu.

Natureza: de certa forma, hashmalins e ofanins lutam pela mesma causa: a redenção da alma humana. Para os primeiros, contudo, o espírito só aprende a verdadeira virtude pela dor e pelo sofrimento, por isso eles são implacáveis. Os membros dessa casta tendem a ser justos, porém fanáticos em seus objetivos, calculistas e até insensíveis.

Apelido: juízes.

Base de operações: o Segundo Céu. Raramente um hashmalim é enviado à Haled, mas às vezes sua habilidade de controlar almas é necessária em missões de busca e investigação. Os humanos sentem repulsa inexplicável diante da aproximação dos hashmalins.

Príncipe: o príncipe dos hashmalins é Hashmal.

Os **algozes** têm a função de torturar e redimir os espíritos por meio da dor e do sofrimento. Um bom carrasco anseia e trabalha pela salvação da alma, não por sua condenação.

Os **magistrados** recebem a alma perante os tribunais do purgatório e determinam a sentença. Algumas são imediatamente jogadas no inferno, outras são condenadas a cumprir penitências.

ESTATÍSTICAS DE RPG

Habilidades

- Ajuste inicial: acrescente 2 à sua pontuação de Carisma e 2 à de Sabedoria.
- Ajustes nos ciclos mais altos: de acordo com o ciclo (ver capítulo 8).

Pontos de vida

- Dados de vida: 1d8
- Pontos de vida no primeiro ciclo: 8 + bônus de Constituição
- Pontos de vida nos ciclos mais altos: 4d8 *ou* 20 + (bônus de Constituição x 4)

Proficiências

- Armaduras: leves.
- Armas: simples, cimitarra, espada curta.
- Ferramenta: uma, à sua escolha.
- Testes de resistência: os hashmalins são proficientes nos testes de resistência de Constituição e Sabedoria.
- Perícias: Arcana (*Arcana*), Intimidação (*Intimidation*) e mais duas à sua escolha.

Outros benefícios

- Provocar medo: os hashmalins são figuras sinistras. Sua simples presença já é suficiente para causar repulsa nos mortais que os cercam. Conscientemente, o hashmalim pode conjurar uma aura de medo, que afeta todos em seu campo de visão. Os mortais que desejam se aproximar do personagem ou atacá-lo devem superar um teste de resistência de Sabedoria (dificuldade é 8 + bônus de proficiência do hashmalim + bônus de Carisma do hashmalim) ou fugir assustados. Os imortais não sentem medo ao avistar o celeste, mas são tomados de receio e devem superar o mesmo teste de resistência. Uma falha significa que o inimigo age na próxima rodada com desvantagem nos ataques e testes de habilidade feitos contra o hashmalim. Essa habilidade não funciona em anjos e demônios de ciclo maior ou com mais dados de vida. Você pode usar essa característica uma quantidade de vezes igual a seu modificador de Carisma. Para utilizá-la novamente, o celeste deve esperar o próximo nascer do sol, quando todas as suas energias são recarregadas.
- Visão das trevas: os hashmalins enxergam claramente na escuridão normal e na escuridão mística criada por eles.

Divindades

- Primeiro nível: Controlar o Tecido, Escuridão, Psicometria, Servo Invisível, Sussurro dos Mortos, Visão do Além;
- Segundo nível: Confessionário, Cortina de Aço, Exorcismo, Serpentes do Abismo, Transferência Espiritual;
- Terceiro nível: Conjurar Espectros, Forma de Sombras, Sopro da Morte, Sugar Energia;
- Quarto nível: Caminho das Sombras, Despertar os Mortos, Vórtice;
- Quinto nível: Extermínio, Travessia Espiritual;
- Sexto nível: Entropia.

Os **hashins** são enviados ao plano astral ou ao mundo das sombras para capturar espíritos foragidos. Atuam também como guardiões da Gehenna.

ISHINS
OS POTESTADES

Por sermos imparciais, somos incompreendidos por nossos irmãos, que não entendem que representamos a força da natureza e, por isso, temos o direito divino de interferir no mundo dos homens.

EVERETM, ishim, primeiro ciclo

Os ishins são a casta incumbida por Deus de governar as forças elementais. Foram eles que deram forma às estrelas, aos planetas e às galáxias. Depois, a ordem se submeteu aos arcanjos, ajudando-os a arquitetar e executar as grandes catástrofes de outrora, tais como o dilúvio e a era do gelo. A organização dos ishins é fraca, mas seu poder é grande. Por isso, são invejados pelos outros alados, especialmente pelos serafins, que se consideram superiores aos celestes das demais castas.

Natureza: por representarem as forças elementais, a maioria dos ishins detesta a tecnologia e acredita que o progresso da humanidade atingiu um ponto crítico, com as armas humanas desafiando as potências da natureza. São alérgicos a produtos industrializados e, quando em seus avatares, podem ser envenenados se consumirem alimentos com excesso de hormônios ou pesticidas.

Apelido: elementais.

Base de operações: o Primeiro Céu.

Príncipe: o príncipe dos ishins é o anjo Azael.

Os **patrulheiros** são defensores da natureza, menos ligados aos elementos e mais às plantas e aos animais. São também excelentes caçadores, perseguindo aqueles que ameaçam os recursos ambientais do planeta.

Os **djinns** incorporam o espírito criador dos ishins. São artesãos habilidosos e usam esse talento para construir objetos e edifícios celestes.

Os **elementalistas** são a estirpe de ishins mais conhecida e numerosa. Estão divididos em quatro províncias: fogo, terra, água e ar. Eles aprenderam a manipular essas forças e a modelá-las segundo seus propósitos.

ESTATÍSTICAS DE RPG

Habilidades

- Ajuste inicial: acrescente 2 à sua pontuação de Destreza, 1 à de Sabedoria e 1 à de Constituição.
- Ajustes nos ciclos mais altos: de acordo com o ciclo (ver capítulo 8).

Pontos de vida

- Dados de vida: 1d10
- Pontos de vida no primeiro ciclo: 10 + bônus de Constituição
- Pontos de vida nos ciclos mais altos: 4d10 *ou* 24 + (bônus de Constituição x 4)

Proficiências

- Armaduras: todas.
- Armas: simples, marciais.
- Ferramentas: duas, à sua escolha.
- Testes de resistência: os ishins são proficientes nos testes de resistência de Destreza e Constituição.
- Perícias: Sobrevivência (*Survival*), Natureza (*Nature*) e mais duas à sua escolha.

Outros benefícios

- Controle de temperatura (província do fogo): os ishins do fogo são imunes a ferimentos causados por calor, fogo ou magma naturais ou químicos e resistentes ao fogo místico ou mágico, sofrendo apenas metade do dano. Podem, também, controlar a temperatura do próprio corpo, tornando-se imunes aos efeitos do calor e do frio naturais.
- Corpo deslizante (província da água): os ishins da água respiram normalmente em ambientes aquáticos e se movem mais rapidamente nadando (índice de deslocamento: dezoito metros por rodada). Podem inclusive falar, ouvir, enxergar e usar qualquer um dos sentidos, como se estivessem em terra. Além disso, são capazes de umedecer a pele a fim de deixá-la escorregadia, tornando-se resistentes não só ao fogo e ao calor naturais e químicos, como também aos danos provocados por armas de impacto. Fogo e calor místicos, assim como armas místicas, provocam dano normal.
- Afinidade com a terra (província da terra): os ishins da terra são caçadores naturais e nunca se perdem. Tocando o solo com a ponta dos dedos, sabem imediatamente onde conseguir água e comida, bem como a posição e a quantidade de indivíduos (inimigos ou aliados) em um raio de até trinta metros por ciclo. Em áreas rurais ou selvagens, caminham sem deixar rastros e ganham vantagem nos testes de Furtividade, Sobrevivência e Investigação.
- Atmosfera particular (província do ar): o celestial mantém controle básico sobre o ar, podendo manipular sua densidade. O ishim é imune a todos os tipos de gases tóxicos ou venenosos e a danos provocados pela eletricidade natural. É também resistente à eletricidade mística.

Divindades

- Primeiro nível: Companheiro Animal, Conjurar Elementos, Controle Gravitacional, Gravitação, Infravisão, Neblina;
- Segundo nível: Comunicação com a Natureza, Couraça Elemental, Debilitar, Fusão com os Elementos, Pane;
- Terceiro nível: Convocar Animais, Flagelo na Natureza, Magnetismo, Muralha Elemental;
- Quarto nível: Conjurar Elementais, Elementalista, Forma Elemental;
- Quinto nível: Caminho Natural, Plasma;
- Sexto nível: Catástrofe.

MALAKINS
OS VIGILANTES

Passado, presente e futuro são unos. Entenda isso e compreenderá sua verdadeira função neste universo.

URASHIN, malakim, quarto ciclo

No início dos tempos, quando as dimensões paralelas se formaram a partir de "vincos" cósmicos, Deus criou uma enorme biblioteca na camada mais alta acessível aos anjos — o Sexto Céu — e a batizou de Casa da Glória. Incumbiu os malakins de observar os passos da humanidade, arquivar suas descobertas e estudar cada evento da civilização mortal, da criação aos últimos dias, tarefa que eles cumprem até hoje, religiosamente.

Natureza: os malakins são obcecados por conhecimento. Raramente se associam a outras castas e quase nunca deixam o Sexto Céu — muito menos o exercício de suas funções. Embora detenham o poder de enxergar as várias linhas do tempo, não entram em conflito com as outras castas, por seu caráter imparcial e reservado. Os malakins têm sempre motivações superiores, que os afastam da política e das guerras.

Apelido: carecas.

Base de operações: o Sexto Céu, Raqui'a. A Casa da Glória é a grande biblioteca na qual os malakins observam o curso da humanidade, profetizam eventos futuros e arquivam seus manuscritos.

Príncipe: o príncipe dos malakins é o anjo Kamael.

Os **eruditos** estão sempre estudando o universo, a terra e a espécie humana, de suas câmaras e bibliotecas sagradas. São introspectivos e perfeccionistas.

Os **escribas** pegam as anotações feitas pelos eruditos e as traduzem em belas palavras, eternizando-as em tomos e pergaminhos. Tais anjos se preocupam menos com os fatos e mais com a forma como são contados.

ESTATÍSTICAS DE RPG

Habilidades

- Ajuste inicial: acrescente 2 à sua pontuação de Inteligência e 2 à de Sabedoria.
- Ajustes nos ciclos mais altos: de acordo com o ciclo (ver capítulo 8).

Pontos de vida

- Dados de vida: 1d8
- Pontos de vida no primeiro ciclo: 8 + bônus de Constituição
- Pontos de vida nos ciclos mais altos: 4d8 *ou* 20 + (bônus de Constituição x 4)

Proficiências

- Armaduras: leves.
- Armas: cajado, adaga.
- Ferramentas: três, à sua escolha.
- Testes de resistência: Os malakins são proficientes nos testes de resistência de Inteligência e Sabedoria.
- Perícias: Religião (*Religion*), Arcana e mais duas à sua escolha.

Outros benefícios

- Especialização: escolha duas perícias ou ferramentas. Seu bônus de proficiência é dobrado para cada teste de habilidade envolvendo essa perícia ou ferramenta. Escolha mais duas perícias no terceiro ciclo e mais duas no sexto ciclo.
- Noção do tempo: os malakins sempre sabem exatamente que horas são, mesmo quando estão em um ambiente fechado. Podem ainda cronometrar um acontecimento sem errar um segundo sequer.

Divindades

- Primeiro nível: Levitar, Mente Fechada, Psicometria, Remendo, Telepatia, Visão do Além;
- Segundo nível: Ler Objetos, Memória Eidética, Quimera, Sopro do Tempo, Voz de Comando;
- Terceiro nível: Bolsão Dimensional, Clarividência, Furacão Temporal, Pressentimento;
- Quarto nível: Bolha de Estase, Onisciência, Visão do Tempo;
- Quinto nível: Portal, Profecia;
- Sexto nível: Linha de Cronos.

Se os eruditos são historiadores, os **kālas** são arqueólogos. Vagam pelo cosmo recolhendo informações sobre o tempo e o espaço e ocasionalmente visitam a Casa da Glória, para compartilhar esses dados com os outros malakins.

ORDENS SATÂNICAS

Os anjos que tomaram o partido de Lúcifer não só decaíram ao Sheol como foram permanentemente afastados da graça. Suas funções originais não eram mais requeridas, então eles se adaptaram à natureza do inferno. As ordens satânicas se formaram, portanto, a partir da corrupção das sete castas celestes.

O Sheol é um ambiente muito mais competitivo que o paraíso. Para os celestiais, o respeito à hierarquia é algo sagrado: arcontes, príncipes e arautos detêm posições inabaláveis. Já para os sheonitas, o avanço de ciclo é uma questão de sobrevivência: quem não consegue galgar postos de comando acaba eliminado por um oponente mais forte.

LARVAS, ESCRAVOS E RAPTORES

Quando um ser humano morre, três coisas podem acontecer. Se ele tiver espírito benevolente, sua alma sobe ao Terceiro Céu, sem escalas. Caso tenha cometido atos duvidosos, é julgado na Gehenna, podendo ou não se redimir. Os que não conseguem se libertar de seus pecados e os perversos, que não carregam nenhum peso na consciência, são atirados ao inferno. Condenados a passar a eternidade no Sheol, chegam lá sem forma definida: lembram minhocas gorduchas, chamados por isso de larvas. As larvas que — por pura sorte — escapam dos predadores crescem e se tornam espíritos-escravos, podendo oferecer seus serviços a um demônio mais velho. Outra possibilidade é o novato se alistar entre os raptores, diabretes oportunistas cuja função é denunciar e capturar anjos perdidos — na Haled e fora dela.

Um raptor que tenha conseguido capturar um celeste, ou um espírito-escravo que tenha servido bem a seu amo, pode — ou não — ser aceito em uma das ordens satânicas.

HIERARQUIA INFERNAL

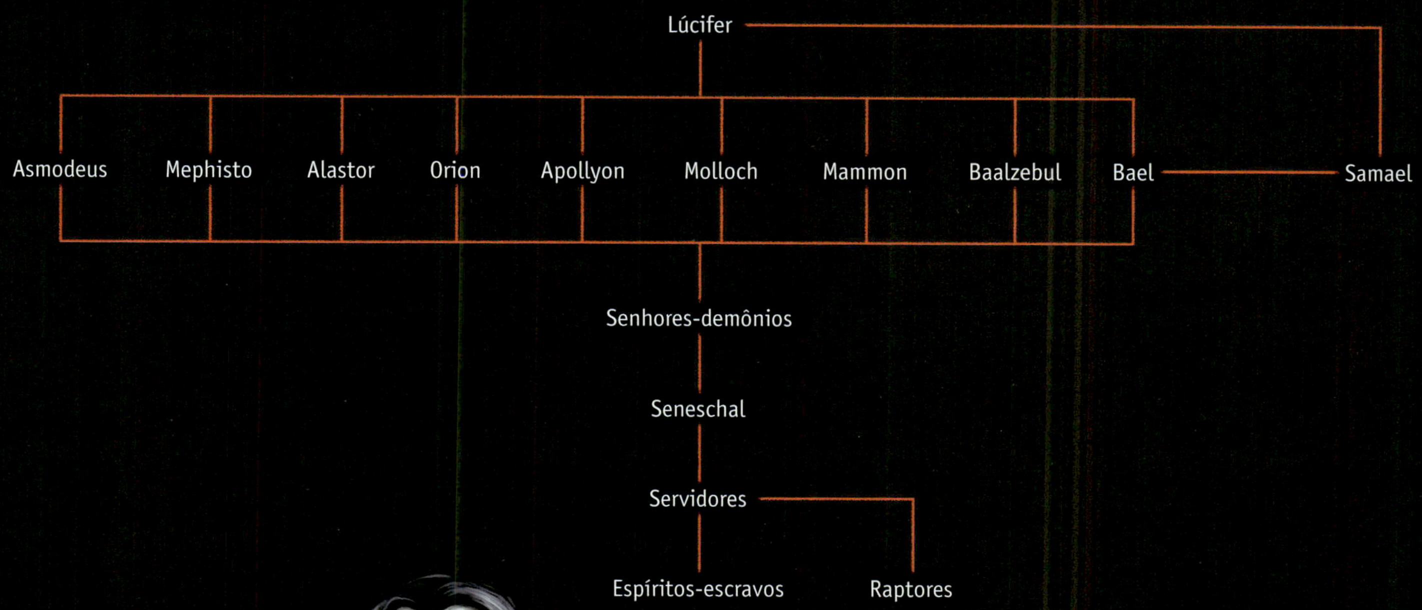

13

MALIKIS

OS SELVAGENS

Grrrrr...

Ruronar, malikis, segundo ciclo

De todas as ordens satânicas, nenhuma representa tão bem quanto os malikis a distorção dos valores celestes. Muitos deles foram querubins, que de leais passaram a caóticos, de civilizados se tornaram bárbaros. Talvez a única semelhança entre querubins e malikis seja o amor pela batalha. São lutadores sanguinários, desprovidos de qualquer senso de justiça. Atuam como as máquinas de guerra de Lúcifer; são os temíveis guardiões do inferno.

Natureza: os malikis não dispensam uma boa luta — na verdade, não dispensam nenhuma luta — e costumam ser os primeiros a entrar em combate. Não gostam de acatar ordens e é certo que apenas o fazem por medo da punição. Os malikis tentam, na medida do possível, instaurar o caos sobre todas as coisas, o que é ao mesmo tempo uma vantagem e uma fraqueza. Frequentemente, o ódio e a raiva afetam suas decisões e os colocam em posições delicadas.

Apelido: monstros.

Base de operações: os malikis estão espalhados desordenadamente pelo inferno, porém as hostes mais copiosas estão estacionadas no nono círculo, Zaqqum.

Organização: Apollyon, o Exterminador, duque do nono círculo, é provavelmente o malikis mais famoso. Contudo, os membros da Tetrarquia (grupo de quatro malikis que governa Zaqqum, composto por Nergal, de Mãos Negras; Ammon, o Lobo Sangrento; Flauro, o Inimigo; e Halfas, o Destruidor de Cidades) são os únicos que conseguem se impor e comandar essas feras.

Os **azus** são guerreiros insanos, sempre agitando porretes e clavas, ávidos por esmagar e matar. Lutadores indisciplinados, possuem resistência sobre-humana e força física invejável.

As **eríneas** são arqueiras talentosas, que sobrevoam o campo de batalha disparando flechas e exterminando suas presas. Estão organizadas em hostes e regimentos, o que não indica polidez: as eríneas têm fama de cruéis e até sádicas.

ESTATÍSTICAS DE RPG

Habilidades

- Ajuste inicial: acrescente 2 à sua pontuação de Constituição e mais 2 em Força *ou* Destreza (escolha uma).
- Ajustes nos ciclos mais altos: de acordo com o ciclo (ver capítulo 8).

Pontos de vida

- Dados de vida: 1d12
- Pontos de vida no primeiro ciclo: 12 + bônus de Constituição
- Pontos de vida nos ciclos mais altos: + 4d12 *ou* 28 + (bônus de Constituição x 4)

Proficiências

- Armaduras: todas as armaduras e escudos.
- Armas: simples e marciais.
- Ferramenta: uma, à sua escolha.
- Testes de resistência: os malikis são proficientes nos testes de resistência de Força e Constituição.
- Perícias: Intimidação, Vigor e mais duas à sua escolha.

Outros benefícios

- Um ataque extra no segundo ciclo, outro no quarto e mais um no sexto ciclo.
- Ataque desarmado: mesmo desarmados, o soco de um azu, o chute de uma erínea e a mordida de um shaitan são ataques perigosos e causam 1d6 pontos de dano.

Profanações

- Primeiro nível: Arma Dedicada, Controle Gravitacional, Reflexos Rápidos, Sentidos Aguçados, Trilha do Caçador, Último Suspiro;
- Segundo nível: Ataque Fulminante, Controle de Adrenalina, Presa Fácil, Projetar Golpe, Senso de Perigo;
- Terceiro nível: Armadura Celestial, Detectar Presença, Efeito Camaleão, Rastro do Trovão;
- Quarto nível: Ira de Deus, Pureza do Corpo, Regeneração;
- Quinto nível: Ponto Fraco, Ressurgimento Heroico;
- Sexto nível: Furor de Batalha.

Alguns malikis se tornaram tão ferozes que assumiram corpos animalescos. Os **shaitans** são devoradores de almas, que vasculham as trincheiras mastigando e engolindo oponentes feridos.

SATANIS
OS ARISTOCRATAS

Tenha calma, está tudo sob controle.
Vamos deixar que os malikis sujem as mãos.
Eu cuido de todo o resto.
SIGNON, satanis, terceiro ciclo

Antes da guerra no céu, a maioria dos satanis eram serafins — e uns poucos, elohins. Quando Lúcifer chegou ao inferno, precisou de indivíduos perspicazes, que o ajudassem a organizar as funções burocráticas, a controlar ideologicamente as outras castas, e assim nasceram os satanis. Hoje, eles se consideram os mais "civilizados" dos sheonitas, chegando a tecer um código de honra. Muitos satanis ainda se apresentam como serafins, alegando que foram afastados da graça simplesmente por "pensar diferente".

Natureza: os satanis gostam de dar ordens e sempre tentarão assumir o controle. São autoconfiantes ao extremo, embora nem todos sejam arrogantes. Nutrem opiniões inabaláveis acerca dos próprios valores e não hesitam em confiar (demasiadamente) em suas habilidades. Essa determinação exagerada já levou mais de um satanis à ruína.

Apelido: fidalgos.

Base de operações: os satanis se concentram no primeiro círculo, Jahannam. Ocupam-se da política e da burocracia infernais e quase nunca se manifestam na terra.

Organização: os satanis têm seus próprios domínios e feudos. Quando lhes é ordenada uma missão, a maioria responde a Asmodeus, o duque do primeiro círculo.

Os **copistas** são — literalmente — os burocratas do inferno. Organizam papéis, escrevem autos e ajudam seus senhores como secretários e escrivães. Podem ser encontrados não só nos tribunais sheonitas como nas grandes bibliotecas infernais.

Os **cavalarianos** são os satanis belicistas, alguns descendentes dos comodoros (ver "Serafins", anteriormente). Agem como cavaleiros feudais, participam de justas e entram montados em batalha. Seguem rígidos códigos de conduta.

Os **séraphs** são aqueles que conservaram, mais que todos, a natureza aristocrática dos serafins. Ocupam posições de liderança política, detestam sujar as mãos, adoram governar, amam a intriga, a retórica e a diplomacia.

ESTATÍSTICAS DE RPG

Habilidades

- Ajuste inicial: acrescente 2 à sua pontuação de Carisma, 1 em Inteligência e 1 em Sabedoria.
- Ajustes nos ciclos mais altos: de acordo com o ciclo (ver capítulo 8).

Pontos de vida

- Dados de vida: 1d10
- Pontos de vida no primeiro ciclo: 10 + bônus de Constituição
- Pontos de vida nos ciclos mais altos: 4d10 *ou* 24 + (bônus de Constituição x 4)

Proficiências

- Armaduras: todas as armaduras e escudos.
- Armas: adaga, cajado, martelo leve, maça, lança, mangual, glaive, alabarda, lança montada, espada longa, rapieira, cimitarra, espada curta e tridente.
- Ferramenta: uma, à sua escolha.
- Testes de resistência: os satanis são proficientes nos testes de resistência de Carisma e Sabedoria.
- Perícias: Persuasão, Perspicácia e mais duas à sua escolha.

Outros benefícios

- Líder nato: assim como os serafins, os satanis são líderes natos e sabem organizar o grupo em situações de crise. No início de cada rodada de combate, role 1d4 e acrescente o resultado às tiradas de ataque, aos testes de perícia e aos testes de resistência de seus aliados (o personagem não se beneficia desse ajuste, só os amigos). Enquanto estiver comandando a equipe, o satanis precisa se concentrar no panorama geral e não pode tomar nenhuma ação ativa (ações ativas incluem atacar, abrir portas, desarmar armadilhas, vasculhar bolsos, acudir um companheiro ferido ou qualquer outra coisa que o desconcentre), mas pode se defender e efetuar testes de resistência. Apenas um satanis pode liderar o grupo por vez. Os benefícios se mantêm até o fim do combate, não importa quanto dure. O dado de liderança (1d4) sobe para 1d6 no segundo ciclo, 1d8 no quarto ciclo e 1d10 no sexto ciclo. Essa habilidade pode ser usada uma quantidade de vezes igual a seu modificador de Carisma. Para utilizá-la novamente, o infernal deve esperar o próximo pôr do sol, quando todas as suas energias são recarregadas.

Profanações

- Primeiro nível: Arma Dedicada, Controlar o Tecido, Ler Emoções, Mente Fechada, Telepatia, Servo Invisível;
- Segundo nível: Controle Remoto, Discurso da Vitória, Fascínio, Ler Mentes, Voz de Comando;
- Terceiro nível: Clarividência, Controlar Mentes, Escudo Humano, Pressentimento;
- Quarto nível: Controlar Massas, Muralha Telecinética, Onisciência;
- Quinto nível: Clone, Teleporte;
- Sexto nível: Soberania.

Os **gallus** vigiam os cofres do inferno e a residência dos magnatas satânicos. Guardam as entradas e bloqueiam as saídas, impedindo que bens sejam roubados ou que determinado território seja invadido.

BELIALS
OS MERCADORES

Você está achando caro? Agora é tarde, eu já cumpri a minha parte do contrato. Ah, não comece... Eu odeio quando começam a chorar! Anda, vamos, meu tempo aqui é curto; e tempo perdido é alma a menos para um sujeito como eu.

Stravos, belial, terceiro ciclo

Com uma ou outra exceção, os poucos elohins que caíram se reorganizaram no inferno sob a casta dos belials. Inteligentes, astutos e carismáticos, são os demônios que, ao lado dos daimoniuns e das succubus (ver a seguir), mais se relacionam com o mundo físico e a humanidade. São negociadores hábeis e com frequência viajam ao plano material no intuito de firmar acordos com homens e mulheres gananciosos, oferecendo dinheiro, fama e prestígio em troca de um pagamento — que geralmente é a própria alma do contratante.

Natureza: apesar de sua natureza maléfica, os belials têm um excepcional senso de justiça. Podem manipular uma pessoa e contar mentiras, mas jamais quebrarão um pacto estabelecido ou mesmo uma promessa verbal. Essa é, ao mesmo tempo, sua grande força e sua maior fraqueza. Muitos belials novatos já foram enganados por seres humanos, sendo obrigados a servir-lhes por décadas.

Apelido: comerciantes.

Base de operações: os membros dessa casta são apegados aos bens materiais e gostam de viver na Haled. Alguns chegam a trabalhar como profissionais liberais em firmas de advocacia, assumem cargos políticos ou se destacam como empresários. Quando estão no inferno, preferem habitar os centros urbanos, como a Cidade de Dis, no quarto círculo. Lá, gerenciam a Casa das Almas, uma instituição destinada a transformar energia vital em espécie, o chamado côndice, moeda usada no Sheol e fora dele.

Organização: Belial, o Príncipe da Mentira, é tido como o patriarca da ordem. Esse famoso diabo, apesar de ostentar o título de príncipe, é oficialmente um dos barões do inferno, uma figura quase tão poderosa quanto os duques. Ele governa seu domínio como quem comanda uma grande empresa, oferecendo cargos de direção e chefia aos funcionários mais esforçados. Kobal, Sorriso de Ferro, é outro importante membro da casta, padroeiro dos advogados.

Os **negociantes** têm como função vir à terra e abordar seres humanos, oferecendo-lhes vantagens — de todos os tipos — em troca de pagamento. Possuem a habilidade de "oficializar" um contrato. Uma vez assinado com sangue, os termos devem ser cumpridos por ambas as partes.

Os **sicários** são os incansáveis capangas dos negociantes. Esses demônios horrendos são enviados para recolher o pagamento, conforme os termos estabelecidos no pacto.

ESTATÍSTICAS DE RPG

Habilidades

- Ajuste inicial: acrescente 2 à sua pontuação de Carisma, 1 em Inteligência e 1 em Sabedoria.
- Ajustes nos ciclos mais altos: de acordo com o ciclo (ver capítulo 8).

Pontos de vida

- Dados de vida: 1d8
- Pontos de vida no primeiro ciclo: 8 + bônus de Constituição
- Pontos de vida nos ciclos mais altos: 4d8 *ou* 20 + (bônus de Constituição x 4)

Proficiências

- Armaduras: leves.
- Armas: simples, marciais e armas de fogo.
- Ferramentas: três, à sua escolha.
- Testes de resistência: os belials são proficientes nos testes de resistência de Carisma e Inteligência.
- Perícias: Ludibriar, Arcana e mais duas à sua escolha.

Outros benefícios

- Contrato: os belials têm a habilidade inata de oficializar contratos. O documento precisa ser assinado com sangue pelas duas partes e aceito de livre e espontânea vontade. O demônio não pode usar divindades ou poderes místicos para convencer o contratante, mas pode fazer uso de suas perícias sociais. Uma vez consentidos, os termos não podem ser alterados, e os envolvidos devem cumprir as cláusulas ou enfrentar as consequências (que também precisam estar explícitas, desde o começo). O contrato é um recurso místico, e a assinatura com sangue representa uma falha voluntária no teste de resistência. Portanto, as duas (ou mais) partes honrarão as disposições, quer queiram, quer não. Mesmo entidades poderosas estão presas a isso, caso aceitem entrar no jogo. Conta-se que Lúcifer nunca chegou a matar sua filha, Inanna, após ela tê-lo traído e se aliado a Azazel durante a Guerra de Libertação (ver capítulo 1: Cronologia), graças a um contrato exigido pelos lilins, que foram empregados como guardas de elite quando da chegada dos anjos caídos ao inferno.
- Recursos: os belials passam muito tempo materializados na Haled, com o justo objetivo de arrecadar almas e firmar contratos. Vários têm dinheiro, posses e recursos, exatamente como os elohins. O tamanho de sua conta bancária depende unicamente do julgamento do mestre e do propósito da campanha.
- Contatos: convivendo com os seres humanos, os belials acabam tecendo relações de interesse. O personagem pode recorrer a essas pessoas para conseguir informações privilegiadas ou refúgio em momentos de crise. Policiais, jornalistas, políticos e marginais são contatos típicos. Em todos os casos, esses aliados não devem ser usados como força de ataque e sempre se recusam a acompanhar o demônio em atividades perigosas. Nenhum deles conhece sua verdadeira origem satânica.

Profanações

- Primeiro nível: Abracadabra, Desatino, Duas Caras, Ler Emoções, Psicometria, Remendo;
- Segundo nível: Bênção, Cura pelas Mãos, Fascínio, Sopro do Tempo, Transferência Espiritual;
- Terceiro nível: Alucinação Coletiva, Atalho, Pazes, Sorte Grande;
- Quarto nível: Caminho das Sombras, Casulo, Ilusão Permanente;
- Quinto nível: Restauração Molecular, Travessia Espiritual;
- Sexto nível: Ressurreição.

DAIMONIUNS
OS OBSESSORES

Bah, os humanos sabem muito bem
o que é certo e errado. Eles têm livre-arbítrio.
O máximo que fazemos é dar um empurrão.
BALTAZAR, daimonium, terceiro ciclo

É difícil imaginar que um ofanim se juntaria a Lúcifer em sua rebelião, mas a verdade é que alguns o fizeram, não por ódio ou raiva, mas por achar — genuinamente — que estariam ajudando a acabar com a tirania do arcanjo Miguel, que já vitimara milhões de seres humanos. Esses ofanins tiveram de se adaptar ao Sheol, e o único jeito de fazer isso foi retorcer por completo sua natureza celeste. Enquanto os ofanins lutam pela salvação da alma humana, os daimoniuns têm por objetivo corromper os mortais. São os únicos diabos que não têm a capacidade de se materializar, atuando no plano físico através da possessão.

Natureza: os daimoniuns são corruptores terríveis, que se apoiam em uma ou outra fraqueza da vítima para levá-la à loucura. Sentem o impulso irresistível de atiçar todos à sua volta (não só os seres humanos) e praticar ações perigosas e até suicidas.

Apelido: encostos.

Base de operações: o plano astral. Quando estão no inferno, costumam se reunir no quinto círculo, Duzakh.

Organização: Bael, o Infeliz, senhor do quinto círculo, é uma figura de respeito. Abissus, o Desesperado, trabalha como porta-voz da ordem entre os comissários de Lúcifer.

Os **nikibis** vagam pelo plano astral sussurrando aos humanos conselhos ruins e tentações irresistíveis, semeando a discórdia, a intriga e todo tipo de sentimentos nefastos.

Os **degenerados** estudam a pessoa até encontrar um tipo de vício (latente ou adormecido), acentuando a dependência e tornando a vítima submissa ao narcótico — e ao demônio, por consequência.

Os **montadores** desenvolveram o talento de quebrar a força de vontade dos seres humanos e tomar-lhes o corpo. Sem a ação de um exorcista, podem habitar a carcaça por anos.

ESTATÍSTICAS DE RPG

Habilidades

- Ajuste inicial: acrescente 2 à sua pontuação de Carisma e 2 em Sabedoria.
- Ajustes nos ciclos mais altos: de acordo com o ciclo (ver capítulo 8).

Pontos de vida

- Dados de vida: 1d8
- Pontos de vida no primeiro ciclo: 8 + bônus de Constituição
- Pontos de vida nos ciclos mais altos: 4d8 *ou* 20 + (bônus de Constituição x 4)

Proficiências

- Armadura: nenhuma.
- Armas: simples.
- Ferramentas: duas, à sua escolha.
- Testes de resistência: os daimoniuns são proficientes nos testes de resistência de Carisma e Sabedoria.
- Perícias: Ludibriar, Intimidação e mais duas à sua escolha.

Outros benefícios

- Possessão: os daimoniuns são os únicos, entre anjos e demônios, que não têm a capacidade de se materializar. Para atuar no plano físico, possuem corpos de seres humanos. A mecânica é muito simples: o diabo anuncia que tentará controlar um certo indivíduo e a vítima faz um teste de resistência de Sabedoria (dificuldade é 8 + modificador de Carisma do daimonium + bônus de proficiência do daimonium). Se falhar, o corpo é possuído. Se for bem-sucedida, a vítima fica imune às investidas do demônio até o próximo ciclo lunar (um mês). Perceba que esse é um controle físico, não mental. O infernal não ganha acesso a nenhuma das perícias do alvo nem a seus bônus de proficiência. Tampouco pode ler seus pensamentos. Mas pode usar seus valores de Força, Destreza e Constituição, caso sejam maiores que os dele. Os pontos de vida perdidos em combate são os da vítima. Caso o "veículo" chegue a zero ponto de vida, o corpo morre, e o daimonium é obrigado a deixar a carcaça. Um ser humano típico tem 10 de Sabedoria e 6 pontos de vida. A possessão dura até o próximo nascer do sol, quando a pessoa tem o direito de tentar outro teste de resistência.
- Maus conselhos: os daimoniuns têm vantagem, nos testes de Ludibriar, para convencer os seres humanos a praticar ações impulsivas. Para que a vantagem seja usada nesse caso, a vítima deve ter alguma inclinação àquela atitude. Por exemplo, uma pessoa que esteja sendo humilhada tem vontade de esfaquear alguém, mas não possui a coragem necessária — e a entidade dá o empurrão. Essa característica não funciona, por exemplo, para sugerir que um guarda de segurança perfeitamente disciplinado deixe o posto a fim de conversar com uma mulher, ou para incentivar uma pessoa honesta a praticar um furto.
- Corpo de trevas: alguns daimoniuns têm o corpo (espiritual) escuro e fumegante. Outros são deformados e não possuem pontos vitais. É muito difícil acertá-los e feri-los satisfatoriamente. Os membros dessa casta têm resistência a danos provocados por armas de corte, impacto e perfuração. Armas místicas produzem efeitos normais. Essa resistência não se aplica às carcaças possuídas.

Profanações

- Primeiro nível: Escuridão, Gravitação, Sentidos Aguçados, Sussurros dos Mortos, Telepatia, Visão do Além;
- Segundo nível: Ler Mentes, Pane, Transferência Espiritual, Serpentes do Abismo, Sopro do Tempo;
- Terceiro nível: Conjurar Espectros, Controlar Mentes, Sopro da Morte, Sugar Energia;
- Quarto nível: Caminho das Sombras, Ilusão Permanente, Vórtice;
- Quinto nível: Éter, Travessia Espiritual;
- Sexto nível: Mestre dos Fantoches.

BAALS
OS TORTURADORES

Belo direto, cara! Quebrou meu nariz...
Só espero que esteja me fazendo sangrar, porque
senão... isso vai doer mais em você do que em mim.
Lorezeth, baal, segundo ciclo

Os hashmalins que acompanharam Lúcifer em sua revolta — e foram muitos — se restabeleceram no inferno sob a liderança de Baal, o Senhor das Masmorras. Os hashmalins têm, até hoje, a função de torturar almas humanas na esperança de torná-las mais dóceis, fazendo-as enxergar seus pecados. Os baals, por outro lado, flagelam os prisioneiros com o objetivo de destruir-lhes a humanidade, despedaçar-lhes a alma, quebrar o último vínculo que eles têm com a terra, transformando-os assim em demônios.

Natureza: como a maioria dos demônios, os baals lutam pela corrupção dos terrenos, infligindo a eles todo tipo de dor — física, mental e espiritual. São de personalidade sádica e às vezes até masoquista, sentindo verdadeiro prazer em causar dano a terceiros. Em certos momentos, isso chega a ser uma fraqueza: um baal não se satisfaz em matar um inimigo; precisa capturá-lo e aplicar-lhe um castigo à altura.

Apelido: carrascos.

Base de operações: os baals estão em praticamente todas as masmorras do inferno, mas seu ponto de encontro são os calabouços de Zandrak, no terceiro círculo. Quem governava esses túneis era o demônio Balor, executado por trair a confiança de Lúcifer. Hoje, a regente da prisão é Anazareth, a Condessa dos Vermes.

Organização: Baal, o Senhor das Masmorras, é o líder supremo dos baals. Anazareth gerencia os calabouços de Zandrak sob suas ordens.

O grosso dos baals são **verdugos**. Sua demanda é infligir o máximo de dor, sofrimento e angústia aos prisioneiros que caem em suas mãos, sejam espíritos recém-chegados ao inferno, sejam outras entidades aprisionadas.

Os **inquisidores** têm uma função muito peculiar. Sua tarefa é fiscalizar os outros demônios, para saber se estão agindo segundo os princípios da casta. Os contraventores são denunciados e levados ao Tribunal das Correntes, no quarto círculo infernal.

ESTATÍSTICAS DE RPG

Habilidades

- Ajuste inicial: acrescente 2 à sua pontuação de Carisma e 2 em Constituição.
- Ajustes nos ciclos mais altos: de acordo com o ciclo (ver capítulo 8).

Pontos de vida

- Dados de vida: 1d10
- Pontos de vida no primeiro ciclo: 10 + bônus de Constituição
- Pontos de vida nos ciclos mais altos: 4d10 *ou* 24 + (bônus de Constituição x 4)

Proficiências

- Armaduras: leves e médias.
- Armas: simples, mangual, chicote (*whip*), rede.
- Ferramentas: duas, à sua escolha.
- Testes de resistência: os baals são proficientes nos testes de resistência de Carisma e Constituição.
- Perícias: Intimidação, Perspicácia e mais duas à sua escolha.

Outros benefícios

- Causar dor: os baals podem causar dor em um indivíduo apenas ao olhar para ele. Para evitar esse efeito, é preciso superar um teste de resistência de Constituição (dificuldade é 8 + bônus de proficiência do baal + bônus de Carisma do baal). Um sucesso significa que nenhuma dor é sentida. Os mortais que falham ficam paralisados por tantos minutos quanto o ciclo do baal. Os imortais afetados agem com desvantagem em todos os testes (ataque, testes de resistência e habilidade) no seu próximo turno. Apenas um alvo pode ser afetado por vez. Essa habilidade pode ser usada uma quantidade de vezes igual a seu modificador de Carisma. Para utilizá-la novamente, o infernal deve esperar o próximo pôr do sol, quando todas as suas energias são recarregadas.
- Visão das trevas: os baals podem enxergar claramente na escuridão normal e na escuridão mística criada por eles.

Profanações

- Primeiro nível: Arma Dedicada, Controlar o Tecido, Escuridão, Infravisão, Servo Invisível, Sussurro dos Mortos;
- Segundo nível: Confessionário, Cortina de Aço, Exorcismo, Presa Fácil, Transferência Espiritual;
- Terceiro nível: Conjurar Espectros, Efeito Camaleão, Magnetismo (Fogo), Sugar Energia;
- Quarto nível: Caminho das Sombras, Despertar os Mortos, Regeneração;
- Quinto nível: Extermínio, Portal;
- Sexto nível: Entropia.

Os **carcereiros** são encarregados de fazer a segurança das câmaras de tortura, guardar os corredores e os portões das cadeias.

ZANATHUS
OS IMPUROS

Eles fazem a chuva para apagar o fogo; nós pegamos as águas e fazemos as enchentes. Eles abrem espaço para as águas correrem; nós atiçamos o fogo das entranhas da terra. Eles podem espernear, chiar quanto quiserem, mas tudo é um ciclo.
Baroron, zanathus, segundo ciclo

Os **reguladores** controlam o clima dos nove círculos, esquentando vulcões, criando tempestades, cavando rios e congelando lagos. São os responsáveis por tornar o inferno habitável, por isso se consideram superiores.

Na maior parte oriundos dos ishins, os zanathus são os demônios que governam as forças elementais. Não só ajudaram Lúcifer a acender as fornalhas do inferno como também o auxiliaram a estabelecer os limites físicos dos territórios satânicos, considerando que os zanathus (assim como os ishins) são construtores, aptos a erguer fortalezas, projetar muralhas e mover montanhas inteiras. Estão divididos em quatro províncias: fogo, terra, água e ar. Os zanathus mais novos, porém, tendem a se especializar nas substâncias paraelementais (gelo, fumaça, magma, plasma, vapor, lama, poeira, rocha e eletricidade) e nas semielementais (vácuo, petróleo, carvão, fuligem e borracha, entre outras).

Natureza: os ishins trabalham para preservar a natureza, e os zanathus de tudo fazem para deteriorá-la. Para eles, nada se perde, tudo se transforma. Os quatro elementos vão continuar existindo, independentemente dos seres humanos. Assim, a poluição das cidades, no fim das contas, é benéfica aos demônios, pois, segundo eles, acelera o processo de degradação social. Os zanathus, portanto, estão sempre inclinados a estragar tudo o que existe, maculando um belo canteiro de flores ou enegrecendo os corações mais sensíveis.

Apelido: imundos.

Base de operações: os zanathus estão espalhados por todo o Sheol, mas muitos fixaram seus castelos no sétimo círculo infernal.

Organização: cada província tem um comandante, chamado pela casta de príncipe ou princesa. Bel, o Senhor do Fogo, é o príncipe do fogo; Glasya, Coração de Cristal, é a princesa da água; Zagan, o Mestre das Transmutações, é o príncipe da terra; e Hékate, a Mãe Primordial, é a princesa do ar.

Os **khurāgas** são figuras atrozes que incorporaram apenas o lado macabro de determinadas forças animais. Surgem na forma de aranhas, lobos, panteras e outras bestas de igual selvageria.

Os **efreets** são os demônios artesãos, que constroem os castelos e as fortalezas satânicas, bem como os objetos místicos usados pelos duques, barões e outros diabos de hierarquia elevada.

ESTATÍSTICAS DE RPG

Habilidades

- Ajuste inicial: acrescente 2 à sua pontuação de Destreza, 1 à de Sabedoria e 1 à de Constituição.
- Ajustes nos ciclos mais altos: de acordo com o ciclo (ver capítulo 8).

Pontos de vida

- Dados de vida: 1d10
- Pontos de vida no primeiro ciclo: 10 + bônus de Constituição
- Pontos de vida nos ciclos mais altos: 4d10 *ou* 24 + (bônus de Constituição x 4)

Proficiências

- Armaduras: todas.
- Armas: simples, marciais.
- Ferramentas: duas, à sua escolha.
- Testes de resistência: os zanathus são proficientes nos testes de resistência de Destreza e Constituição.
- Perícias: Sobrevivência, Natureza e mais duas à sua escolha.

Outros benefícios

- Controle de temperatura (província do fogo): os zanathus do fogo são imunes a ferimentos causados por calor, fogo ou magma naturais ou químicos e resistentes ao fogo místico ou mágico, sofrendo apenas metade do dano. Podem, também, controlar a temperatura do próprio corpo, tornando-se imunes aos efeitos do calor e do frio naturais. O infernal ainda pode produzir pequeninas quantidades de fogo ou extingui-las. Apagar velas e criar chamas do tamanho da de um isqueiro são exemplos de suas habilidades.
- Corpo deslizante (província da água): os zanathus da água respiram normalmente em ambientes aquáticos e se movem mais rapidamente nadando (índice de deslocamento: dezoito metros por rodada). Podem inclusive falar, ouvir, enxergar e usar qualquer um dos sentidos, como se estivessem em terra. Além disso, são capazes de umedecer a pele a fim de deixá-la escorregadia, tornando-se resistentes não só ao fogo e ao calor naturais e químicos, como também aos danos provocados por armas de impacto. Fogo e calor místicos, assim como armas místicas, provocam dano normal.
- Afinidade com a terra (província da terra): os zanathus da terra são caçadores naturais e nunca se perdem. Tocando o solo com a ponta dos dedos, sabem imediatamente onde conseguir água e comida, bem como a posição e a quantidade de indivíduos (inimigos ou aliados) em um raio de até trinta metros por ciclo. Em áreas rurais ou selvagens, caminham sem deixar rastros e ganham vantagem nos testes de Furtividade, Sobrevivência e Investigação.
- Atmosfera particular (província do ar): o infernal mantém controle básico sobre o ar, podendo manipular sua densidade. Isso significa que o zanathus é imune a todos os tipos de gases tóxicos ou venenosos. É, ainda, imune a danos provocados pela eletricidade natural e resistente à eletricidade mística.

Profanações

- Primeiro nível: Companheiro Animal, Conjurar Elementos, Controle Gravitacional, Gravitação, Infravisão, Neblina;
- Segundo nível: Comunicação com a Natureza, Couraça Elemental, Debilitar, Fusão com os Elementos, Pane;
- Terceiro nível: Convocar Animais, Flagelo na Natureza, Magnetismo, Muralha Elemental;
- Quarto nível: Conjurar Elementais, Elementalista, Forma Elemental;
- Quinto nível: Caminho Natural, Éter;
- Sexto nível: Catástrofe.

SUCCUBUS E INCUBUS
OS SEDUTORES

Venha aqui, rapaz! Não tenha medo.
É a sua primeira vez, não? Deite-se ao meu lado.
Venha me possuir. Vamos... isso!
Eu prometo que não vou mordê-lo... muito.
Ghaila, succubus, primeiro ciclo

As succubus (fêmeas) e os incubus (machos) podem traçar sua ascendência até Lilith, a primeira mulher de Adão, que foi expulsa do Jardim do Éden (ver capítulo 1: Cronologia). Em troca de informações privilegiadas sobre Metatron, Lúcifer prometeu a ela um reino no inferno; não cumpriu a promessa, mas a tornou líder de casta. Sob a tutela de Lilith, reúnem-se os demônios que se especializaram em tentar homens e mulheres por meio da sedução — não necessariamente sexual. Trata-se de uma casta nova, composta quase inteiramente por antigos seres humanos que decaíram ao Sheol. A fim de provar seu valor, muitos succubus e incubus se destacaram durante a Idade Média e ainda se destacam, seduzindo e corrompendo mortais de princípios fortes. Para esses pervertidos, quanto mais complexo o desafio, melhor.

Natureza: as succubus e os incubus são, a exemplo dos daimoniuns e dos belials, demônios ligados à terra e aos seres humanos. Procuram corromper a alma dos entes terrenos seduzindo-os. São galantes e charmosos, mas sempre escondem intenções perversas. Os membros dessa casta são de personalidade anarquista: recusam-se a obedecer a ordens e amam a liberdade acima de tudo.

Apelido: libertinos.

Base de operações: as succubus e os incubus residem no primeiro círculo infernal, mas com frequência visitam a Cidade de Dis, no quarto círculo. Lúcifer e os duques, bem como barões e baronesas, mantêm haréns de succubus e incubus.

Organização: Lilith era a rainha das succubus e dos incubus, até ser morta por Apollyon, acusada de traição contra Lúcifer. Nahama, sua principal cortesã, é agora quem inspira e organiza a casta.

Os **rabashas** são sedutores que se materializam na terra sob a forma de mulheres e homens belíssimos, copulando com os mortais e sugando sua energia.

Os **yakshas** são também sedutores, mas não necessariamente sexuais: incitam as pessoas ao delírio, desregulando as emoções, aumentando a libido e a euforia criativa.

ESTATÍSTICAS DE RPG

Habilidades

- Ajuste inicial: acrescente 2 à sua pontuação de Carisma, 1 à de Sabedoria e 1 à de Constituição.
- Ajustes nos ciclos mais altos: de acordo com o ciclo (ver capítulo 8).

Pontos de vida

- Dados de vida: 1d8
- Pontos de vida no primeiro ciclo: 8 + bônus de Constituição
- Pontos de vida nos ciclos mais altos: 4d8 *ou* 20 + (bônus de Constituição x 4)

Proficiências

- Armaduras: leves.
- Armas: simples.
- Ferramentas: duas, à sua escolha.
- Testes de resistência: os incubus e as succubus são proficientes nos testes de resistência de Carisma e Constituição.
- Perícias: Ludibriar, Performance e mais duas à sua escolha.

Outros benefícios

- Sedução: as succubus e os incubus têm vantagem nos testes de Blefar contra indivíduos do sexo oposto (ou do mesmo sexo, caso o alvo tenha orientação homossexual).
- Beijo da morte: uma vez seduzida, a pessoa torna-se uma vítima passiva da entidade. Ao toque de um beijo na boca, a succubus ou o incubus pode sugar os pontos de vida do alvo e com eles regenerar seus próprios pontos de vida ou seus pontos de aura, na razão de 1 para 1. O demônio suga 1d6 pontos de vida por rodada. Esse número acelera para 1d8 no segundo ciclo, 1d10 no quarto ciclo e 1d12 no sexto ciclo. A vítima precisa ser um homem ou uma mulher vivos. Fantasmas, anjos, demônios e outras entidades são imunes a esse efeito. O alvo pode fazer um teste de resistência de Sabedoria (dificuldade é 8 + bônus de proficiência da succubus/incubus + bônus de Carisma da succubus/incubus) a cada rodada para tentar despertar.

Profanações

- Primeiro nível: Abracadabra, Conjurar Elemento (Fogo), Ler Emoções, Sentidos Aguçados, Servo Invisível, Telepatia;
- Segundo nível: Bons Amigos, Controle Remoto, Debilitar, Exorcismo, Fascínio;
- Terceiro nível: Detectar Presença, Escudo Humano, Sorte Grande, Sugar Energia;
- Quarto nível: Cárcere, Controlar Massas, Pureza do Corpo;
- Quinto nível: Clone, Travessia Espiritual;
- Sexto nível: Soberania.

As **lâmias** são demônios que vagam pelo primeiro círculo do inferno. Seu apetite é tão grande que o sexo já não as satisfaz: em vez disso, preferem devorar — literalmente — os órgãos sexuais masculinos.

REIS E PEÕES
PERSONAGENS

— Se é para se curvar a alguém, por que não ficar do lado dos vencedores?
— Porque é errado. Já pensou nisso?
— Denyel, você é uma piada. Os mortais inventaram o maniqueísmo, não nós.

Sophia e Denyel, em ***Filhos do Éden: Paraíso Perdido***

Certa vez, um malakim — ou um elohim, as informações são contraditórias — comparou nosso universo a um imenso tabuleiro de xadrez. Há peças fracas e fortes, pequenas e grandes, mas, dependendo do jogador, até um peão pode derrubar a rainha. *Xeque-mate!* O mesmo acontece com o cosmo, cheio de figuras emblemáticas — umas terríveis, outras heroicas, algumas sábias e antiquíssimas, mas nenhuma realmente invencível.

No topo da pirâmide estão os arcanjos, onipotentes sobre seus tronos de luz. Logo abaixo vêm os anjos comuns, cujo grau de poder varia bastante. O mesmo pode ser dito dos sentinelas — alguns, incluindo Metatron, podem esmagar legiões inteiras, enquanto outros seriam facilmente vencidos se encurralados por dois ou três querubins. Os demônios são ainda mais versáteis: o chefe supremo deles, Lúcifer, um ex-arcanjo, foi criado antes da luz, porém a grande maioria dos infernais é de espíritos-escravos, não muito mais fortes que um espectro faminto. Os seres humanos, por sua vez, embora frágeis no plano físico, têm o livre-arbítrio e a alma imortal, sendo esse o grande trunfo da espécie. Finalmente, há os espíritos etéreos, chamados também de deuses pagãos, que, apesar de possantes, não têm a capacidade de se materializar.

Os personagens principais dessa trama estão descritos nas páginas seguintes.

ARCANJOS

MIGUEL
O PRÍNCIPE DOS ANJOS

Você me chama de assassino, mas não vê o que sua espécie fez ao planeta. Guerras, morte, fome, destruição. Agora, as armas terrenas são tão potentes quanto a força divina, e o conflito dos homens acabará com o mundo. Os humanos roubaram o poder de Deus, e o usarão contra eles mesmos. Desde sua criação, os mortais vêm cultivando o ódio, o egoísmo e a violência.

MIGUEL, em *A Batalha do Apocalipse*

Dos gigantes, Miguel é considerado o mais antigo, mas, como em tudo o que se refere aos arcanjos, há muita névoa pelo caminho. Há quem afirme que Rafael foi o primeiro e que o título de Quinto Arcanjo atribuído a ele seria um misto de humildade e ironia. Seja como for, em algum momento Miguel se destacou entre os irmãos e assumiu o cargo de líder supremo, de Príncipe dos Anjos, sendo rivalizado, depois, apenas por Lúcifer, a Estrela da Manhã.

Conta-se que o maior desafio de Miguel se deu durante as Batalhas Primevas (ver capítulo 1: Cronologia), quando ele combateu à direita de Yahweh. Em seguida, no segundo dia da criação, exterminou sozinho alguns dos netos de Tehom, destacando-se como o maior guerreiro de Deus. Com o raiar do sétimo dia, ele, que deveria reger (e não governar) o universo, tomou muitas decisões erradas, a princípio por ingenuidade e depois por insegurança, o que, acredita-se, acabou por corrompê-lo. Lúcifer se aproveitaria dessa impulsividade para manipulá-lo, envolvendo-o em uma trama que culminaria com a derrota (e a imediata queda) das hostes luciferianas.

Entre os anjos, Miguel é conhecido sobretudo pelo caráter duro, o ódio aos seres humanos e por ter promovido catástrofes que em outros tempos varreram o planeta. Ele é célebre ainda pela arrogância e pelo fanatismo, tanto quanto Lúcifer o é pela vaidade e pela luxúria.

Outras alcunhas: Miguel é geralmente referenciado como Príncipe dos Anjos. Alguns malakins especulam que, antes do terceiro dia da criação, ele carregava o codinome Igual a Deus ou À Direita de Deus. Os humanos devotos a ele o reconhecem como são Miguel Arcanjo.

Arma: Chama da Morte.

Técnicas notáveis: poucos escaparam com vida de um desafio contra o arcanjo Miguel, portanto a maioria de suas técnicas é de natureza secreta.

ESTATÍSTICAS DE RPG

A Chama da Morte é a relíquia sagrada do arcanjo Miguel. Essa espada de duas mãos garante +3 nas tiradas de ataque, causando, simultaneamente, 2d6 + 3 de dano por corte (+ seu modificador de Força ou qualquer outro bônus aplicável), 10d8 pontos de dano por fogo e 3d10 pontos de dano radiante.

GABRIEL
O MESTRE DO FOGO

Eu vi o meu filho ser flagelado, humilhado, eu estava lá quando lhe puseram uma coroa de espinhos, eu o observava quando o pregaram na cruz. E não pude fazer nada, porque era a vontade dele. O livre-arbítrio. É por ele que devemos lutar.

Gabriel, em ***Filhos do Éden: Paraíso Perdido***

Gabriel é conhecido como o mensageiro dos arcanjos na terra. Talvez por sua habilidade de manipular as forças elementais — o fogo, principalmente —, desde o começo ele cultivou certa afinidade com o planeta, tendo se apaixonado pela Terra e passado a odiar os seres humanos, que derrubavam florestas, queimavam bosques, poluíam rios e escravizavam animais.

Gabriel planejou as grandes catástrofes de outrora e as executou na companhia de Miguel, Lúcifer e Uziel, convencido de estar fazendo a coisa certa. Perseguiu os sentinelas e tentou sem sucesso capturar Metatron, antes da era do gelo. Sua última missão ordenada pelo Príncipe dos Anjos foi na realidade um engodo. Miguel o enviou à Haled com a suposta tarefa de arquitetar um novo cataclismo e fechou as portas do Quinto Céu para ele. O tiro, porém, saiu pela culatra. Nessa incursão, Gabriel se encantou por uma humana, teve um filho com ela e passou a enxergar o mundo por outro prisma.

Quando Miguel ameaçou exterminar a criança, Gabriel se voltou contra ele, abraçou ideais humanistas, trouxe para seu lado metade das legiões celestes e assim começou a guerra civil. Hoje, o Mestre do Fogo vive com seus rebeldes no Primeiro Céu, o Tártaro.

O arcanjo Gabriel é um indivíduo calmo, controlado e reflexivo, personalidade herdada de seu irmão Rafael — esse temperamento, ao que parece, viria ajudá-lo, e muito, a compreender a partida do filho e a aceitar sua morte.

Outras alcunhas: Mensageiro, Força de Deus, Anjo da Revelação.

Arma: Flagelo de Fogo.

Técnicas notáveis: a Telecinese é a técnica secreta de Gabriel. Seus poderes elementais são extremamente apurados.

ESTATÍSTICAS DE RPG

A Flagelo de Fogo é a relíquia sagrada do arcanjo Gabriel. Essa espada de duas mãos garante +3 nas tiradas de ataque, causando, simultaneamente, 2d6 + 3 de dano por corte (+ seu modificador de Força ou qualquer outro bônus aplicável), 10d8 pontos de dano por fogo e 3d10 pontos de dano radiante.

RAFAEL

A CURA DE DEUS

A eternidade não é algo que dure para sempre. Ela existe aqui e agora, quando nossa percepção temporal é desligada. Esses momentos são perpétuos e sobrevivem à vulgaridade do tempo.

RAFAEL, em ***Filhos do Éden: Herdeiros de Atlântida***

Para alguns, o único e verdadeiro arcanjo; para outros, o legítimo herdeiro de Deus. Recluso e misterioso, Rafael raramente visita os irmãos, mesmo antes da queda de Lúcifer. Supõe-se que ele nunca aceitou o extermínio dos seres humanos e jamais aprovou a cisão dos primogênitos, tendo se distanciado de tudo e de todos desde muito cedo.

Rafael é avesso à violência e à política. Dedicou — e ainda dedica — sua vida à preservação da raça humana, conforme era o desejo de Yahweh. Foi ele quem, há muito tempo, criou os Campos Elísios no plano etéreo, um refúgio seguro para as almas dos homens e mulheres justos após a morte. Depois, transferiu essas mesmas almas para o Terceiro Céu, selando a camada contra a invasão dos arcanjos. Hoje, é ele quem guarda os portões do Éden Celestial e recebe os bons espíritos desencarnados, sendo por isso chamado também de Anjo da Morte.

Pacifista por natureza, Rafael acredita que nada existe de modo permanente, que o universo é uma ilusão, todas as coisas são transitórias e, portanto, não há sentido em ter medo ou em seguir ordens desnecessárias. Todos os momentos devem ser vividos e aproveitados como se fossem únicos, porque o são, realmente.

Outras alcunhas: Quinto Arcanjo, Anjo da Morte.

Arma: Redentora.

Técnicas notáveis: Rafael é conhecido pela capacidade de ressuscitar até mesmo um anjo, que em tese não poderia ser ressuscitado, pelo fato de não ter alma. Na realidade, esse poder não é seu, mas de sua espada, a Redentora, um presente que ele ganhou de Deus para ajudar os irmãos nas Batalhas Primevas. O Quinto Arcanjo tem, ainda, a habilidade de reenviar certos espíritos humanos de volta para a terra, fazendo-os reencarnar.

UZIEL

O MARECHAL DOURADO

Imagino que já tenha ouvido falar desta arma. Chamo-a de Piedade Fatal, pois proporciona uma morte sem aflição, até prazerosa, e certeira. Usei-a para derrotar os deuses primevos, foi com ela que matei a criatura Enuma, e desde então nunca perdi uma luta. Considere isso um privilégio, pois a sua queda se igualará à dos grandes antigos.

UZIEL, em ***Filhos do Éden: Paraíso Perdido***

Às vezes chamado de "caçula dos arcanjos", Uziel, o Marechal Dourado, é o patrono dos querubins. Mais que seus irmãos, ele se dedica ao controle da casta, coordenando pessoalmente as legiões que compõem o exército celeste.

Honrado e extremamente fiel a seus líderes, Uziel entregou sua lealdade ao arcanjo Miguel, cujos comandos segue à risca — ficou ao lado dele durante a rebelião de Lúcifer e continuou seguindo-o após a revolução de Gabriel, que deu início à guerra civil.

Uziel está muito longe de ser uma figura perversa, mas sua personalidade austera e digna acabou por conectá-lo a um tirano. Amante da ação e dos grandes combates, o marechal teve participação direta e contínua em todos os conflitos dos quais participou, não apenas como estrategista, mas também como guerreiro, na linha de frente. Tais atividades o mantiveram afastado do Palácio Celestial e da política, e alguns especulam que ele nunca soube o que realmente acontecia entre os gigantes, não tendo, por isso, enxergado a gradual corrupção dos irmãos.

Outras alcunhas: Braço de Deus, Guerreiro de Ébano.

Arma: Piedade Fatal.

Técnicas notáveis: como para a maior parte dos arcanjos, as técnicas de Uziel são, na maioria, secretas. Sua espada, entretanto, é conhecida por provocar uma morte indolor em todos que são tocados por ela.

ESTATÍSTICAS DE RPG

A Piedade Fatal é a relíquia sagrada do arcanjo Uziel. Essa espada longa garante +3 nas tiradas de ataque, causando, simultaneamente, 1d10 + 3 de dano por corte (+ seu modificador de Força ou qualquer outro bônus aplicável), 8d8 pontos de dano por fogo e 4d10 pontos de dano radiante.

LÚCIFER

A ESTRELA DA MANHÃ

Nós, os infernais, não temos devaneios de pureza. Veja o caso daqueles que morrem em bondade. Seus espíritos seguem ao céu e lá permanecem por toda a eternidade, enfiados naquelas chatíssimas colônias celestes. Os arcanjos nunca permitiriam que se tornassem alados. Mas nós... ah, conosco é diferente. Toda alma corrompida que vem para cá tem sua chance de crescer, de prosperar e de vir a comandar hordas inteiras. Não é um caminho fácil, é claro, mas com isso nossas forças estão se multiplicando.

LÚCIFER, em ***A Batalha do Apocalipse***

Figura polêmica, Lúcifer é o mais ciumento, inteligente e egoísta dos arcanjos, tendo manipulado todos os irmãos, à exceção de Rafael, a quem se refere como "o bonzinho". Foi ele — e não Miguel — quem primeiro sentiu inveja da humanidade e incitou os primogênitos a destruí-la, mudando de postura depois, conforme lhe era conveniente.

Quando percebeu o descontentamento dos anjos em relação à política das grandes catástrofes, Lúcifer abraçou os ideais humanistas. Fez belos sermões e desafiou Miguel, acusando-o de tirania e conseguindo, com isso, trazer um terço do céu para seu lado. Derrotados, os anjos caídos foram relegados ao inferno, e de sua base nas profundezas a Estrela da Manhã iniciou uma maciça campanha contra o paraíso, utilizando-se de seus demônios para influenciar a humanidade e assumir o controle da terra. Depois, com o início da guerra civil, a batalha se estendeu em três frentes: rebeldes contra legalistas, estes contra infernais e os mesmos infernais contra os rebeldes.

Hoje, Lúcifer é o senhor supremo do Sheol e o arcanjo (ou ex-arcanjo) que talvez esteja mais próximo da raça humana. Nada mudou em sua personalidade: ele continua a ser uma criatura esperta e carismática, mas também oportunista e perversa.

Outras alcunhas: Arcanjo Sombrio, Filho do Alvorecer, Portador da Luz, Diabo, Demônio, Príncipe das Trevas, Senhor do Sheol.

Arma: Raio da Aurora.

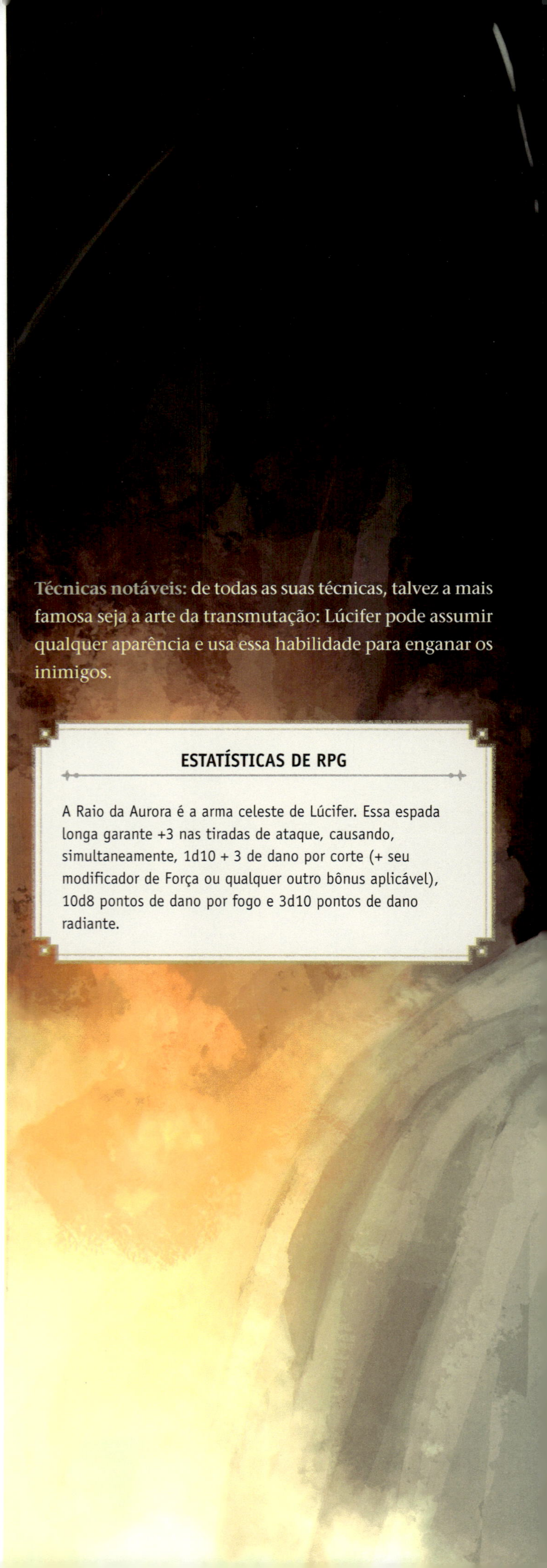

Técnicas notáveis: de todas as suas técnicas, talvez a mais famosa seja a arte da transmutação: Lúcifer pode assumir qualquer aparência e usa essa habilidade para enganar os inimigos.

ESTATÍSTICAS DE RPG

A Raio da Aurora é a arma celeste de Lúcifer. Essa espada longa garante +3 nas tiradas de ataque, causando, simultaneamente, 1d10 + 3 de dano por corte (+ seu modificador de Força ou qualquer outro bônus aplicável), 10d8 pontos de dano por fogo e 3d10 pontos de dano radiante.

ANJOS

ABLON
O ANJO RENEGADO

O ódio nos transformou em monstros, meu amigo.
E a verdade é que, por mais que eu decida participar
de uma guerra, já me cansei dessas matanças
intermináveis. Cansei de fugir.
Minha maldição não é ser um renegado,
mas ter sido obrigado a me tornar um assassino.
Estou farto de matar para me manter vivo.
ABLON, em *A Batalha do Apocalipse*

Mesmo antes da guerra civil, nem todas as legiões estavam subordinadas a Uziel. A 2ª Legião, por exemplo, apelidada de Legião das Espadas, era controlada por Ablon, o Vingador, e recebia ordens diretas do arcanjo Miguel, assim como a 7ª, chamada de Sétima Invicta, encabeçada por Apollyon, estava sob os auspícios de Lúcifer. Mais tarde, durante as Guerras Etéreas, esses dois indivíduos (e mais oito querubins) seriam alçados à categoria de generais supremos, sob o comando do príncipe da casta, Balberith.

Antes do expurgo, Ablon era o maior campeão de Miguel, por isso foi escolhido para descer à terra e capturar Metatron, missão cumprida pouco antes do segundo cataclismo. Só isso já seria suficiente para torná-lo um herói, mas, como se não bastasse, em seguida Ablon participou das Guerras Etéreas, sendo consagrado e passando a ser conhecido pela alcunha Primeiro General. O guerreiro, contudo, não olvidava as coisas que presenciara na terra, como o massacre de cidades inteiras, supostamente conduzido por celestiais a serviço de Miguel. Contaminado pelas ideias revolucionárias de Metatron, ele próprio organizou sua revolta após a destruição de Sodoma e Gomorra, sendo atirado na Haled com outros dezessete querubins, que compunham sua guarda de elite. A Revolta de Sodoma — ou simplesmente "o expurgo" — garantiu fama eterna aos Dezoito Renegados.

Uma vez na terra, os renegados foram caçados e mortos, sendo Ablon o último deles. Conta-se que ele continua vagando pelas sombras do planeta, tendo se tornado o maior lutador angélico de que se tem notícia (à exceção dos arcanjos).

OS DEZ SUPREMOS

As Guerras Etéreas foram um marco para os celestes e provocaram diversas mudanças, tanto políticas quanto militares. Pela primeira vez envoltos em grandes batalhas campais, surgiu a necessidade de criar um comando unificado, responsável por organizar as cento e uma legiões. Os arcanjos selecionaram então dez nomes, cada um dos quais teria dez legiões sob suas asas e estaria subordinado ao príncipe dos querubins, Balberith. Os Dez Supremos, como foram apelidados, acabariam por desaparecer com a rebelião de Lúcifer, que mudaria novamente o balanço de forças no céu.

Os Dez Supremos eram: Ablon, o Vingador; Apollyon, o Anjo Destruidor; Shenial, o Vazio; Eblis, o Falcão; Azrael, o Anjo da Morte; Shasza, Luz do Céu; Fralk-edin, Sol da Fé; Zalbaoth, o Regulador; Varna, a Primeira de Muitos; e Gehoriel, Simpático a Deus.

Outras alcunhas: antes das Guerras Etéreas, Ablon era chamado de Vingador, por ser o braço-direito do arcanjo Miguel. Depois ficou conhecido como Primeiro General e a seguir como Anjo Renegado. Os babilônicos o chamavam de Deus do Deserto.

Casta: querubim.

Arma: Vingadora Sagrada, Flagelo de Fogo.

Técnicas notáveis: Ablon aprendeu com Metatron uma técnica que mais tarde seria chamada de Ira de Deus. Com essa habilidade, transforma os punhos em armas mais letais que as espadas celestes.

DENYEL

Dirija rápido, mantenha-se bêbado
e nunca dispense uma boa briga.

DENYEL, em ***Filhos do Éden: Herdeiros de Atlântida***

Soldado da 87ª Legião, Denyel e vários de seus companheiros foram capturados durante as Guerras Etéreas, após a derrota sofrida para os espíritos yamís — que então controlavam a floresta Amazônica. Para salvar seus confrades (e ele próprio, claro) da execução, Denyel fez um acordo com a deusa Andira, que aceitou libertá-los. A manobra, entretanto, não foi bem recebida por alguns soldados, que preferiam morrer a pactuar com as entidades pagãs. Denyel foi denunciado ao príncipe da casta e expulso, sendo deslocado para a 101ª Legião, unidade destinada a receber elementos "dispensáveis".

Os membros da 101ª executavam missões obscuras, que os querubins tradicionais rejeitavam. Na Idade Média, foram enviados à terra para combater os agentes de Lúcifer, cuja influência entre os homens crescia a cada ano. De volta ao campo de batalha, os legionários da 101ª ganharam um novo propósito e não quiseram voltar ao paraíso, ao serem reconvocados, mais tarde. Miguel permitiu que eles continuassem na Haled como observadores, e a partir de então passaram a ser conhecidos como exilados.

Denyel, um dos anjos exilados, seria chamado ao dever novamente, em 1914, para integrar o esquadrão dos anjos da morte. Usado ostensivamente por seu líder, Sólon, ele o mataria nos anos 70, tornando-se um espírito livre e buscando refúgio em uma cidade praiana na América do Sul. Lá reencontraria Levih, um velho conhecido, e se lançaria em uma nova missão na companhia de Kaira e Urakin (ver adiante, neste capítulo). Juntos, eles destruiriam os planos de Andril, um agente legalista, e mais tarde reuniriam forças para perseguir e exterminar Metatron.

Outras alcunhas: Denyel é informalmente chamado de anjo exilado. Em Asgard ficou conhecido como Böðgæðir, Auxílio em Batalha. Além disso, teve várias identidades secretas ao longo da história, sendo a principal, talvez, a de um cidadão britânico chamado Eric Tate.

Casta: querubim.

Arma: Denyel carrega uma espada mística que preferiu não nomear.

Técnicas notáveis: os querubins repudiam armas de fogo, mas Denyel precisou aprender a usá-las durante seus tempos de anjo da morte. À exceção de Zora, uma querubim que lutou pelos soviéticos, ele é considerado o melhor atirador da casta.

URAKIN
O PUNHO DE DEUS

Não sou e nunca fui sagaz como Denyel, intrépido como Kaira ou inteligente como Yaga. Tudo o que tenho é a minha honra, a minha técnica e absolutamente mais nada. Já que vamos todos morrer, peço-lhes que me deixem cair dignamente, combatendo o líder dos mirmidões, e não os soldados. É a minha vontade, a minha demanda. Não me privem de cumprir o meu propósito.

URAKIN, em *Filhos do Éden: Paraíso Perdido*

Soldado dos exércitos do leste, Urakin é reconhecido até por seus adversários como um guerreiro disciplinado, justo e fiel aos amigos. Lutou nas Guerras Etéreas e batalhou contra Lúcifer, mas decidiu ficar do lado de Gabriel durante a guerra civil, em defesa da humanidade e contra a tirania, tornando-se um rebelde.

Subordinado ao comodoro Astron (um serafim militarista), ele integrava a 3ª Coorte da 17ª Legião, cuja tarefa era perseguir cirurgicamente os agentes inimigos que quebrassem a trégua entre rebeldes e legalistas. Na década de 70, foi ordenado a capturar Denyel, então um anjo da morte. Anos depois ele integraria o coro, liderado por Kaira, cujo objetivo era desmantelar o plano de Andril, um ishim que pretendia encontrar o rio Oceanus e invadir o Terceiro Céu. Desse dia em diante, Urakin passaria a prestar lealdade a Kaira, chegando a renegar Astron, seu antigo comandante. Ele a seguiria até Asgard e depois ao Hades, o mundo interior, finalmente encontrando Metatron e o extinguindo.

Urakin acabaria por pedir dispensa das legiões para viver no palácio de Valhala, onde é conhecido como Þundr, o *ritter* (defensor pessoal) da rainha Sif, dos aesires.

Outras alcunhas: em Asgard ele é chamado de Þundr, ou Trovoada.

Casta: querubim.

Armas: Urakin costumava usar um martelo, que seria destruído durante a batalha contra Denyel, nos anos 70. Isso o obrigou a aprender a lutar com as mãos nuas. Em Asgard, ele se tornaria o portador do Mjölnir, o lendário martelo do deus Thor.

Técnicas notáveis: a principal característica de Urakin não são seus poderes, mas seu coração puro.

LEVIH
O AMIGO DOS HOMENS

Tudo acontece por uma razão. Que a minha partida seja uma centelha. Assim somos nós, ofanins. Uma chama se apaga, a outra se acende. Acredite no plano de Deus. Da morte vem a vida; do sacrifício, a vitória.

LEVIH, em ***Filhos do Éden: Herdeiros de Atlântida***

No passado, Levih pertenceu à estirpe dos celestinos (um grupo que não existe mais), cuja tarefa era permanecer no Terceiro Céu, cuidando de seus campos e construções. Um trabalho inútil e pouco produtivo, na opinião dele, tanto que foi o próprio Levih, associado a outros de sua casta, quem propôs que o Éden Celestial fosse convertido em um refúgio seguro para os seres humanos justos, uma vez desencarnados. Para tal, os ofanins contariam com a liderança do patrono da ordem, o arcanjo Rafael, que já mantinha um santuário semelhante no etéreo profundo.

Os ofanins cederam o Terceiro Céu às almas humanas e passaram a atuar na terra, do plano astral, guiando as pessoas (ainda vivas) ao caminho da redenção. Durante toda a história da humanidade, Levih sempre trabalhou nesse sentido, recebendo a alcunha de Amigo dos Homens. Como a maioria de seus comparsas, tomou o partido do arcanjo Gabriel na guerra civil, mas na maior parte do tempo ele se lançava em missões pessoais, evitando aceitar tarefas que exigissem ações de combate.

Uma de suas primeiras demandas foi resgatar uma arconte desaparecida. Com a ajuda de Urakin, ele encontraria Kaira, Centelha Divina, e se embrenharia em uma empreitada muito mais perigosa e complexa. Levih seguiria com eles até a fortaleza de Athea, sendo morto por Sirith, um dos raptores a serviço de Andril.

Outras alcunhas: alguns ofanins o chamavam de celestino. Denyel gostava de se referir a ele pelo apelido genérico dos ofanins: pirilampo.

Casta: ofanim.

Arma: nenhuma.

Técnicas notáveis: embora, como muitos ofanins, Levih conheça a técnica do Controle Emocional, talvez seu traço mais característico seja o carisma inato.

ISMAEL
O EXECUTOR

O único valor que realmente importa é o cumprimento da palavra de Deus. Servir e guiar a humanidade, sem interferir em seu curso.
ISMAEL, em ***Filhos do Éden: Anjos da Morte***

Antes de a humanidade existir, os hashmalins eram os mestres da entropia. Muitos os veem como criaturas nocivas, mas eles alegam que não há renovação sem destruição. Os hashmalins, portanto, sejam rebeldes, sejam legalistas, tratam tudo e todos como elementos dispensáveis.

Ismael não é diferente. Célebre por ser um dos poucos de sua ordem a repudiar a "tirania" do arcanjo Miguel (em suas próprias palavras), uniu-se aos revoltosos de Gabriel, tendo sido indicado para missões escusas, geralmente destinadas a desmascarar agentes inimigos que quebrassem a trégua na Haled.

O coro de Ismael, comandado por Kaira, Centelha Divina, e completado por Zarion (um querubim) e Mariah (uma serafim), foi responsável por encontrar e derrotar Henoch, um hashmalim que tinha planos de construir um túnel cósmico e invadir o Terceiro Céu. Ismael foi quem salvou o dia e baniu o adversário, para em seguida retornar à Gehenna.

Ismael só voltaria à ativa alguns anos depois, reconvocado por Kaira para uma nova missão: encontrar Denyel e perseguir Metatron.

Outras alcunhas: nenhuma.

Casta: hashmalim.

Arma: nenhuma.

Técnicas notáveis: Transferência Espiritual (uma técnica conhecida dos hashmalins) e Sopro da Morte, habilidade que suga e destrói a energia vital dos inimigos.

TETH
O TERCEIRO DOS SETE

Eu os tenho visto aparecer e desaparecer, ir e vir, surgir e apagar ao longo de eras. Para os indianos, Vishnu é o deus da conservação, que dorme no oceano cósmico. De seu umbigo cresce o lótus, sobre o qual descansa Brahma, o deus criador. Cada vez que Brahma abre os olhos, um universo se cria. Quando ele fecha os olhos, um universo desaparece. Quando ele morre, a flor se desfaz e outro lótus se forma, outro Brahma renasce.

TETH, em ***Filhos do Éden: Anjos da Morte***

Teth foi, durante muitos anos, um dos malakins responsáveis por observar e estudar as diversas eras do tempo e do espaço. Foi ele quem primeiro teceu a ideia de que o universo é cíclico, de que o cosmo se destrói e se refaz a cada vinte bilhões de anos. Graças a suas hipóteses, ele foi cognominado de Chave do Tempo, aclamado por seus parceiros de casta, mas acabou malvisto pelos arcanjos, especialmente por Miguel, que nunca aceitou o fato de que o universo é cíclico — afinal, *ele* deveria ser o único, sempre e em todas as eras. Sob acusação de subversão, Teth foi preso e condenado a passar uma temporada na Gehenna, onde teve contato com Metatron, também aprisionado no Cárcere do Medo. Desde a libertação do malakim, no meio do século XIX, ele veio servindo de marionete ao Rei dos Homens sobre a Terra.

Influenciado por Metatron, Teth propôs a formação de um coro para estudar a terra, e assim nasceram os Sete. Esse grupo — composto por sete arcontes — criou o esquadrão dos anjos da morte, cujos verdadeiros objetivos eram semear a discórdia entre rebeldes e legalistas, encontrar os obeliscos perdidos e selecionar um agente adequado aos futuros planos de Metatron.

Para evitar suspeitas, Teth passou a ser chamado de Terceiro dos Sete, aceitando o terceiro lugar na linha de sucessão — antes dele vinham Sólon, o Primeiro dos Sete, e Duma, o Príncipe do Silêncio.

Com o fracasso do projeto dos anjos da morte, os malakins sobreviventes foram condenados a passar um tempo indefinido na Haled. Teth estabeleceu-se na Índia, onde encontrou a paz e acabou ajudando alguns seres humanos. Metatron viria a procurá-lo anos depois, para que ele servisse de mensageiro e entregasse uma carta a Lúcifer.

Outras alcunhas: Chave do Tempo.

Casta: malakim.

Arma: nenhuma.

Técnicas notáveis: Teth foi concebido com a habilidade de visitar eras futuras. É capaz também de encontrar eixos temporais (ver capítulo 2: Cenário).

ZACARIAS
"ZAC"

Quando eu me sinto triste e cansado, eu me lembro de que, ao longo da história, a verdade e o amor sempre triunfaram sobre as causas perversas. Eu me lembro de como sou pequeno, de como nós, anjos, somos pequenos perante essas frágeis crianças, perante a força dos homens, perante a força de Deus. Tudo neste mundo, todas as coisas entre o céu e a terra acontecem por um motivo, e todo o mal cedo ou tarde se transforma.

ZAC, em ***Filhos do Éden: Anjos da Morte***

Em um passado remoto, havia os ofanins "celestinos", que moravam no céu, e os "terrestres", hoje chamados de missionários. Os terrestres eram aqueles que atuavam na Haled, que desde o começo agiam materializados no mundo dos homens. Zacarias — ou Zac — era um desses anjos.

Para ele, o contato físico é muito importante, por isso optou por assumir corpos de animais, sendo os cães seus principais avatares. Zac manteve, durante muitos anos, o hábito de se infiltrar em famílias desarticuladas e conviver com elas por uma década, aproximadamente. Depois fingia morrer, trocava de avatar, encerrava um ciclo e escolhia outro núcleo para oferecer auxílio.

Desde o início do século XX, Zac mudou sua tática e passou a vagar por hospitais e campos de refugiados, permanecendo apenas alguns meses em cada local. No verão de 1944, ele teve a oportunidade de salvar outro celeste, Denyel, após o combate na cidade francesa de Marie et Louise. Os dois se tornaram amigos, mas apesar disso o anjo exilado viria a matá-lo em uma incursão na África, nos anos 70.

Outras alcunhas: nenhuma.

Casta: ofanim.

Arma: nenhuma.

Técnicas notáveis: Zac aprendeu telepatia básica para se comunicar mentalmente com outros anjos e com pessoas, enquanto materializado no avatar de cachorro.

NATHANAEL
O MAIS PURO

Vi a mãe e a criança iluminada no ventre dela.
Se você também as tivesse visto, entenderia
o que estou falando. Infelizmente, não há como
pôr em palavras esse tipo de sensação.
Você deve prová-la por si mesmo.

NATHANAEL, em *A Batalha do Apocalipse*

Um dos anjos mais notáveis, Nathanael é conhecido, desde eras longínquas, como um grande defensor da raça humana. Subordinado diretamente ao arcanjo Rafael, ele guardava as portas dos Campos Elísios. Quando a Cura de Deus decidiu se afastar dos irmãos, Nathanael voltou à quinta camada celeste com uma nova missão: encontrar, na terra, um ser humano completamente bondoso. Se essa pessoa fosse descoberta, ela e sua família seriam poupadas da grande enchente. Depois de muito procurar, Nathanael encontrou um indivíduo que resistiu às provações: Noé, um dos descendentes de Adão. Conforme constatado muitos anos depois, os esforços de Nathanael, indubitavelmente, contribuíram para a preservação da espécie mortal.

Seguindo as orientações de Rafael, o Mais Puro ofereceu lealdade ao arcanjo Gabriel e passou a servi-lo. Perto do século I, ele se tornaria o guia espiritual da Criança Sagrada (ver capítulo 1: Cronologia) e a seguir assumiria o posto de conselheiro do Mestre do Fogo, ajudando-o a tomar muitas decisões complicadas.

Nathanael é tido como um modelo pelos demais anjos de sua casta, até por ter conhecido intimamente o arcanjo Rafael, que, apesar da ausência, ainda é o patrono da ordem. Hoje ele vive na Cidadela do Fogo, no Primeiro Céu, mas gosta de passear pela terra, ainda ajudando e orientando os seres humanos.

Outras alcunhas: Estrela-Guia.

Casta: ofanim.

Arma: nenhuma.

Técnicas notáveis: Forma de Luz — Nathanael é capaz de se tornar um borrão insubstancial de energia.

ISHTAR
A FÚRIA DOURADA

— Sua tola. Crê realmente que esta espada poderá me matar?
— Não será a espada que o matará. Serei eu.
MUZHDA E ISHTAR, em ***Filhos do Éden: Paraíso Perdido***

Durante milhões de anos, Ishtar foi subcomandante da Legião das Espadas e recebia ordens apenas de Ablon. Outro oficial querubim, Hazai, era o responsável por controlar os esquadrões, enquanto Ishtar se destacava como elemento de ação, uma "flecha", como alguns a chamavam, a primeira a ser enviada à linha de frente, sempre que o general farejava um combate.

Ishtar e Ablon tiveram um breve romance quando desceram à terra, na operação destinada a caçar os sentinelas e capturar Metatron, cerca de 35 mil anos antes de Cristo. Isso os uniu de forma permanente, embora tenham se distanciado ao retornar aos Sete Céus.

Como nutria inabalável confiança no Vingador, Ishtar o acompanhou em sua revolta, tornando-se um dos dezoito anjos renegados. O time viria a se refugiar nas ruínas da cidade de Enoque logo após a expulsão, onde aprenderia praticamente tudo sobre a civilização humana e seus costumes. Quando os renegados decidiram se separar, Ishtar foi para a Núbia (atual Sudão), e Ablon vagou para a Suméria. Anos depois, ela acabaria emboscada por Apollyon, ferida gravemente e capturada pelos babilônios, que a usariam para fins religiosos.

Ishtar morreu com a Babel legendária. Ablon construiria um túmulo para ela no topo da montanha de Mashu.

Outras alcunhas: nenhuma.

Casta: querubim.

Arma: Vontade do Céu.

Técnicas notáveis: Ishtar dominava tão bem o manejo da espada que conseguia que o corte da lâmina se prolongasse metros à frente. O nome dessa técnica é Risco de Prata.

AZIEL
A CHAMA SAGRADA

— Basta de calúnias, Estrela da Manhã.
Suas lamúrias não o absolvem.
— Dê-me mais uma chance!
— Você teve todas as chances.
AZIEL E LÚCIFER, em *A Batalha do Apocalipse*

Influente e poderoso, Aziel era pupilo de Amael, o Senhor dos Vulcões, antigo soberano da Cidadela do Fogo (ver capítulo 2: Cenário). Aziel foi designado para participar de uma série de missões particulares nas Guerras Etéreas, como a célebre invasão de Kernath, a cidade dos deuses antigos, ocasião em que conheceu Ablon, tornando-se seu amigo.

Aziel teve seu momento de fama ao desobedecer a Amael, seu mestre, que recebera ordens diretas dos primogênitos para executar o dilúvio, derretendo as calotas polares. Contrário à hecatombe, Aziel se recusou a colaborar, sem sofrer represálias. Alguns acreditam que o próprio Amael o protegeu, não só por amá-lo, mas porque, no fundo, também era contrário ao cataclismo. Essa teoria se mostraria correta depois, quando o Senhor dos Vulcões se uniu a Lúcifer em sua rebelião, repudiando o arcanjo Miguel.

Com a queda de Amael, Aziel herdou a Cidadela do Fogo, tornando-se seu soberano. Séculos mais tarde ele abraçaria a causa de Gabriel, assumindo o lado dos rebeldes na guerra civil. Hoje, é um dos braços-direitos do Mestre do Fogo, posto que divide com Varna, chefe do regimento das arqueiras, e com Nathanael, o Mais Puro.

Outras alcunhas: nenhuma.

Casta: ishim.

Arma: nenhuma.

Técnicas notáveis: Aziel é um ishim do fogo, podendo criar muralhas, jatos ou redomas de chamas. Suas técnicas são comuns à casta; a diferença é que ele conseguiu amplificá-las a um grau magnífico.

SIEME
A MESTRE DA MENTE

A mente é lógica, general. O coração é irracional.

SIEME, em *A Batalha do Apocalipse*

Os serafins são controladores e gostam de assumir a liderança. Essa é sua maior força e sua grande fraqueza. Um serafim só serve àquele que considera superior, em um ou outro aspecto, então as disputas (geralmente políticas) dentro da casta são constantes.

Os serafins que decidiram seguir o arcanjo Gabriel tiveram que abandonar o Quinto Céu e se reestruturar na primeira camada celeste. Quem seria o chefe desse grupo? Quem seria o príncipe da casta entre os anjos rebeldes?

No princípio, houve uma disputa entre dois serafins, que acabou com a vitória do comodoro Astron sobre Seraphiel, cognominado Glória de Deus. Os derrotados foram presos durante algum tempo e soltos por ordem expressa de Gabriel, para quem todos os rebeldes deveriam ser tratados como iguais. Sieme era partidária de Seraphiel, e muitos dos seguidores de Astron a viam como traidora, o que fez com que ela se esforçasse para provar o contrário, mostrando-se extremamente fiel aos ideais humanistas.

Gabriel sempre teve confiança nela, apesar do que os outros diziam, trazendo-a para junto de si e a indicando para várias missões diplomáticas.

Outras alcunhas: nenhuma.

Casta: serafim.

Arma: nenhuma.

Técnicas notáveis: Sieme é especializada em poderes mentais e psíquicos. O Choque Mental é provavelmente sua técnica mais notável — ela pode nocautear e até matar um inimigo embaralhando suas memórias.

YAGA
SOMBRA DA MORTE

Fiz coisas que vocês julgam desprezíveis, eu sei, mas paguei o preço. Meu avatar foi destruído, e esse é o pior trauma que um anjo pode suportar, ainda mais entre os membros de minha casta, que consideram a derrota tão humilhante. Nem por isso me acovardei. Não guardo mágoas ou busco vingança. O que aconteceu fez parte da guerra.

YAGA, em *Filhos do Éden: Paraíso Perdido*

Seguindo o caminho oposto de Ismael (ver anteriormente, neste capítulo), Yaga é uma hashmalim que escolheu tomar o partido do arcanjo Miguel quando a guerra civil estourou, e acabou sendo designada para trabalhar na terra, executando missões secretas a serviço dos arcontes legalistas. Conhecida pela absoluta frieza e inabalável disciplina, era a agente perfeita, que fazia o que lhe fosse ordenado, sem questionar.

Nos anos 70, Yaga foi escolhida como mensageira dos Sete entre os anjos da morte, estando subordinada diretamente a Sólon, o Primeiro dos Sete. Depois, uniu-se ao coro de Andril com a finalidade de encontrar o rio Oceanus e descobrir uma passagem para o Terceiro Céu, o Éden Celestial, guardado pelo arcanjo Rafael e lacrado às entidades celestes.

Yaga já foi descrita como uma figura perversa, mas rejeita essa ideia, afirmando que faz "apenas o que é necessário", sem pudores. Chegou a ser banida da Haled, após ter seu avatar destruído. Com pouca (ou nenhuma) dor na consciência, ela se recuperaria muito rápido e logo voltaria à ativa.

Outras alcunhas: Intercessora.

Casta: hashmalim.

Arma: nenhuma.

Técnicas notáveis: além da habilidade de controlar almas, Yaga é conhecida pela aptidão para manipular a escuridão, transformando-se em uma figura de trevas.

ANDRIL
O ANJO BRANCO

— Está rezando.
— Odeio quando fazem isso.
E sabe o que é o pior? Não adianta nada.
YAGA E ANDRIL, em ***Filhos do Éden: Herdeiros de Atlântida***

A história de Andril pode ser considerada um exemplo de decadência celeste. Nos primeiros dias da criação, ele trabalhou com outros anjos (inclusive Kaira) para criar estrelas, planetas e galáxias, executando obras belíssimas, elogiadas pelos próprios arcanjos. Encerrada essa etapa, os ishins foram deslocados para outras tarefas, mas Andril nunca se adaptou realmente e passou a detestar o planeta, "uma prisão para aqueles que têm sonhos maiores". Nasceu daí sua rivalidade com os sentinelas, que, para todos os efeitos, eram os defensores do mundo. Não à toa, ele se apresentou como voluntário para caçá-los ao fim da era do gelo, missão que terminaria de modo trágico, com o Anjo Branco quase morto.

Com uma vergonhosa derrota nas costas, Andril acabou desenvolvendo uma personalidade vingativa, repudiando não só os sentinelas como, depois, os novos rebeldes e o exército de Gabriel.

Sua mente criativa, todavia, fez com que se tornasse um perigoso adversário. Um de seus principais planos, que por pouco não funcionou, era encontrar uma entrada para o rio Oceanus, com o objetivo de invadir o Terceiro Céu. Seus movimentos, contudo, acabariam frustrados graças à ação de uma antiga aliada: Kaira, Centelha Divina. O confronto resultaria na morte de Andril e na desintegração de seu coro.

Outras alcunhas: Deus Branco.

Casta: ishim.

Arma: nenhuma digna de nota.

Técnicas notáveis: Andril elaborou uma técnica própria — o Coração de Gelo —, que o tornava invencível. Por azar, ele foi morto dentro do rio Oceanus, que tem a propriedade de anular os poderes místicos.

SÓLON
O PRIMEIRO DOS SETE

O nosso engano foi crer que os mortais eram retos, metódicos como nós, mas não. O livre-arbítrio e a própria natureza humana tornam tudo mais complicado, fazem deles seres fabulosos, mas também imprevisíveis.

SÓLON, em ***Filhos do Éden: Anjos da Morte***

Sólon foi o líder dos Sete, o coro de malakins que controlava os anjos da morte, durante o século XX. Criatura ambiciosa e prepotente, era, apesar disso, bastante eficiente, e suas ações deram resultado até que — por obra do destino — chegasse a suas mãos a célebre lança de Nod.

Reconhecida como a arma mais poderosa do universo, a lança foi encontrada em meio às ruínas de Egnias (uma das colônias atlantes) por um feiticeiro nazista, durante a Segunda Guerra Mundial. Denyel a roubou e a entregou a Sólon, que ficou deslumbrado com o tesouro. Confiante, ele decidiu usar o artefato para atacar um novo grupo, cujas atividades chegaram a seu conhecimento: a "teia", uma organização de elohins que estaria contrabandeando informações secretas para os rebeldes e, portanto, rompendo a trégua na Haled.

Sem consultar os outros malakins, Sólon deslocou alguns dos anjos da morte para atacar a teia, o que acabou por gerar um problema diplomático, complicando as relações entre rebeldes e legalistas. Depois que Sólon foi morto, nos anos 70, Miguel descobriu que ele agira sem seu consentimento e puniu os outros Sete (que agora eram seis), confinando-os na terra.

Outras alcunhas: Sábio Branco.

Casta: malakim.

Arma: nenhuma.

Técnicas notáveis: sua técnica mais notável era a chamada Bolha de Estase, que congelava e/ou retardava o tempo ao seu redor.

FORCAS

Chegue mais perto. Eu não mordo.

FORCAS, em ***Filhos do Éden: Herdeiros de Atlântida***

Um dos soldados do arcanjo Miguel na guerra contra os novos rebeldes, Forcas é um querubim da estirpe dos shedus (ver capítulo 3: Luz e Trevas). De índole combativa e perversa, atuou por muitos anos nas batalhas travadas no Quarto Céu, contra as forças revolucionárias. Depois, foi enviado à terra em missões de ataque, tendo entrado em confronto com Urakin e sendo banido por ele. Nos anos seguintes, Forcas assumiu o avatar de um leão negro e passou a integrar o coro de Andril.

Outras alcunhas: Forcas não tem nenhuma alcunha oficial, mas às vezes o chamam de leão negro.

Casta: querubim.

Armas: dentes e garras.

Técnicas notáveis: nenhuma.

PRISCA RYKE

Seu problema, e o de todos os alados, reside na inabilidade de se encaixar nas regras novas, de aceitar a humanidade como ela é, livre de tabus e preconceitos. Daí as tentativas frustradas do arcanjo Miguel de destruir a espécie mortal: ele simplesmente não consegue entendê-la. Coisa que nós, os elohins, fazemos muitíssimo bem.

Prisca, em *Filhos do Éden: Anjos da Morte*

Como muitos elohins, Prisca já teve um passado de glórias. Nos dias que se seguiram à morte de Kha (ver adiante, neste capítulo), ela assumiria o controle da porção leste do reino de Sakha — Decheret, a Terra Vermelha — e a controlaria até o dilúvio, quando a nação seria devastada pela enchente. Então chamada de Meskhenet, a Senhora dos Partos, Prisca era adorada não só como monarca, mas como deusa. Seus sacerdotes tinham fama de ser indulgentes com os prazeres da carne — o consumo de bebidas e drogas, bem como orgias e a prostituição, eram permitidos e até estimulados.

Depois do dilúvio, os elohins se separaram dos arcanjos e se tornaram espíritos livres. Como resultado, cada um age individualmente. Sentindo-se órfã tanto dos primogênitos quanto dos outros de sua espécie, Prisca estabeleceu uma relação de amor com Nikarath, um dos netos de Tehom. O matrimônio (segundo dizem) a corrompeu inteiramente, e ela passou a ser uma agente das trevas, controlando demônios, estimulando perversões e degenerando os seres humanos.

Prisca era dona de um prostíbulo na cidade de Amsterdã — o Clube do Inferno — quando foi morta e finalmente silenciada, nos anos 70.

Outras alcunhas: Meskhenet, a Senhora dos Partos (antes do dilúvio). Os demônios do Clube do Inferno se referiam a ela como cafetina.

Casta: elohim.

Arma: nenhuma.

Técnicas notáveis: Prisca era profundamente carismática, traço que usava para seduzir demônios e mantê-los ligados a ela.

VARNA
A PRIMEIRA DE MUITOS

Porque, no dia em que eu errar uma seta,
minha demanda estará concluída.
Minha função neste mundo terá terminado.
E esse será o dia em que morrerei.
VARNA, em ***A Batalha do Apocalipse***

Originalmente subordinada a Uziel, Varna, comandante da legião das arqueiras, destacou-se nas Guerras Etéreas e foi eleita um dos Dez Supremos, ao lado de Ablon e Apollyon. Os generais supremos tinham a tarefa de coordenar as legiões e de organizar as tropas no campo de batalha, garantindo sua coesão. Segundo esse novo sistema, todas as legiões ficavam submetidas a Balberith, o príncipe dos querubins. Claro que os arcanjos podiam lançar comandos diretos sempre que quisessem, para quaisquer unidades ou indivíduos.

Durante a rebelião de Lúcifer, Varna foi pessoalmente convocada por Gabriel para integrar sua guarda pessoal. Os dois formaram uma equipe eficiente, e o arcanjo passou a admirá-la em combate. Mais tarde, quando teve início a guerra civil, Gabriel ofereceria a ela o posto de general absoluta entre os novos rebeldes.

Varna é uma excelente guerreira, em todos os aspectos, mas é extremamente desconfiada de tudo e de todos, apesar de sua lealdade ao Mestre do Fogo. Na verdade, é isso o que faz dela uma guardiã tão competente.

Outras alcunhas: Generalíssima.

Casta: querubim.

Arma: arco e flecha. Sua aljava mística, nomeada de Astra, garante a Varna um suprimento infinito de setas.

Técnicas notáveis: Varna é conhecida pela pontaria; ela nunca errou uma flecha.

SENTINELAS

METATRON
O REI DOS HOMENS SOBRE A TERRA

Não fomos nós que começamos esta guerra. Foram os arcanjos, Kaira. Se os gigantes viverem, nós morremos, sabe disso desde o início. Os primogênitos nunca quiseram dividir o mundo conosco, portanto não temos de partilhá-lo com eles.

METATRON, em ***Filhos do Éden: Anjos da Morte***

Primeiro anjo criado por Deus, Metatron ficou conhecido por servir de base para as sete castas que nasceriam depois. Foi chamado de Primeiro Anjo, Anjo Supremo e Espírito Divino, levantando, desde o começo, a desconfiança dos arcanjos, filhos diretos de Yahweh.

Pouco antes da partida de Deus, Metatron recebeu a tarefa de reunir um coro de alados para defender o planeta e salvaguardar os seres humanos. Ganharam de presente a alma e foram — por seu caráter defensivo — chamados de sentinelas. Séculos à frente, quando os arcanjos decidiram exterminar a humanidade, Metatron se insurgiu, e assim começou o conflito entre esses dois grupos de entidades celestes.

A disputa entre arcanjos e sentinelas teria fim às vésperas do segundo cataclismo, quando Ablon conseguiu vencer o Anjo Supremo e aprisioná-lo na Gehenna. Metatron ficou trancado por milênios no Cárcere do Medo, no Segundo Céu, para de lá finalmente escapar, quando achou por bem concretizar seu plano. Conta-se que ele pretendia tomar a terra de assalto, mas acabou detido por Kaira, antiga agente sua, que agora coordenava uma força conjunta, reunindo soldados leais a Gabriel, Lúcifer e Miguel.

Autoconfiante e às vezes sarcástico, Metatron sempre lutou a favor dos seres humanos e é incapaz de causar qualquer tipo de mal a eles. No passado foi considerado um deus por diversas culturas, inclusive por Adão e Eva (os personagens bíblicos), que o viam como o senhor supremo do universo.

Outras alcunhas: Primeiro Anjo, Anjo Supremo, Espírito Divino, Senhor, Pai. Os moradores da cidade antediluviana de Bahr Lut o conheciam como Bahr Shaddai, o Deus Crespo sobre o Jardim.

Arma: lança de Nod.

Técnicas notáveis: Metatron sabe utilizar técnicas de todas as castas.

ESTATÍSTICAS DE RPG

A lança de Nod foi criada pelos homens de Enoque, com o objetivo de exterminar os alados. Causa 10d6 pontos de dano de perfuração a qualquer um que for atingido, podendo matar infernais e celestes (sentinelas inclusive) em seus avatares (corpos físicos), caso eles alcancem 0 ponto de vida e falhem três vezes nos testes de resistência contra a morte. Além do dano, todo anjo ou demônio ferido pela lança de Nod deve ser bem-sucedido em um teste de resistência de Constituição (dificuldade 20) ou morrer imediatamente. Os ferimentos provocados pela lança de Nod (sejam as vítimas anjos, demônios, seres humanos ou quaisquer outras) são curados à razão de 1 ponto por dia.

KAIRA
CENTELHA DIVINA

O que eu quero dizer é que a luta contra as trevas não é exclusiva dos anjos, dos heróis ou dos deuses. Essa batalha é universal, verdadeira e constante. Do mesmo modo que nós, no céu, em Asgard ou no inferno, enfrentamos dragões e demônios, duelamos contra ogros, raptores e ecaloths, os homens também travam seus próprios combates, lutas tão ou mais perigosas, que exigem igual dose de coragem.

KAIRA, em ***Filhos do Éden: Paraíso Perdido***

Muitos dos sentinelas preferiram se esconder quando a perseguição começou. Dois deles — duas — são especialmente importantes porque agiriam sob as ordens de seu líder, Metatron, tornando-se parte de seu plano futuro de dominação mundial. Uma delas era Kaira, a Deusa que Arde, e a outra era Samyaza, a Senhora dos Portais.

Inicialmente uma ishim que ajudou a moldar o universo, Kaira foi escolhida por Metatron para integrar seu coro e, durante a era do gelo, foi um elemento importante para garantir a preservação da espécie mortal, oferecendo-lhe fogo e calor nos dias gelados. Por volta dessa época, ela seria caçada por Andril, seu antigo colega, que acabaria quase morto ao enfrentá-la.

Quando a perseguição aos sentinelas se intensificou, Metatron apagou a memória de Kaira e a infiltrou entre as legiões que respondiam a Gabriel. Nessa época, Gabriel e Miguel eram ainda aliados, então Andril contou a eles sobre Kaira, avisando que era uma "impostora". Miguel pensou em matá-la, mas Gabriel previu que ela seria a única capaz de derrotar Metatron, então a Centelha foi mantida viva, para que pudesse, talvez, ser usada como arma secreta no futuro, caso o Rei dos Homens fugisse do cárcere.

Nos anos seguintes, Kaira atuou como ishim de Gabriel, tendo executado diversas missões durante as Guerras Etéreas. Para que ela não descobrisse sua verdadeira identidade, o Mestre do Fogo a manteve relativamente afastada do céu, designando-a para tarefas na Haled, onde ela se sentia mais à vontade.

Kaira teria a memória novamente embaralhada séculos depois, ao enfrentar Yaga, no curso de uma missão relativa à guerra civil. Desse ponto em diante, ela passou a acreditar ser uma moça comum, sendo trazida de volta à realidade por Levih e Urakin, dois anjos que se tornariam seus comparsas.

Outras alcunhas: Kaira era chamada de Deusa que Arde e depois de Centelha Divina. Em Asgard, é conhecida como Herja, Fogo de Odin.

Armas: em Asgard, Kaira usou por algum tempo o arco mágico Ýdalir e depois a espada mística de Denyel, a qual batizou de Fagulha.

Técnicas notáveis: Kaira possui diversos poderes de fogo, mas sua técnica mais notável é a de sugar a energia da Terra.

SOPHIA

Viver em paz? Será que ouvi direito? Receio que não, soldado. Receio que não. Infelizmente, não é assim que funciona conosco. Somos anjos, eu repito, e a nós nunca foi dada uma escolha. Refugie-se, descanse, afaste-se. Recupere suas forças. Mas esteja certo, assim como o sol nasce todas as manhãs, assim como a lua desabrocha no leste, que um dia os seus instintos o chamarão. E quando esse dia chegar... Bom, quando esse dia chegar você saberá o que fazer.

Sophia, em *Filhos do Éden: Anjos da Morte*

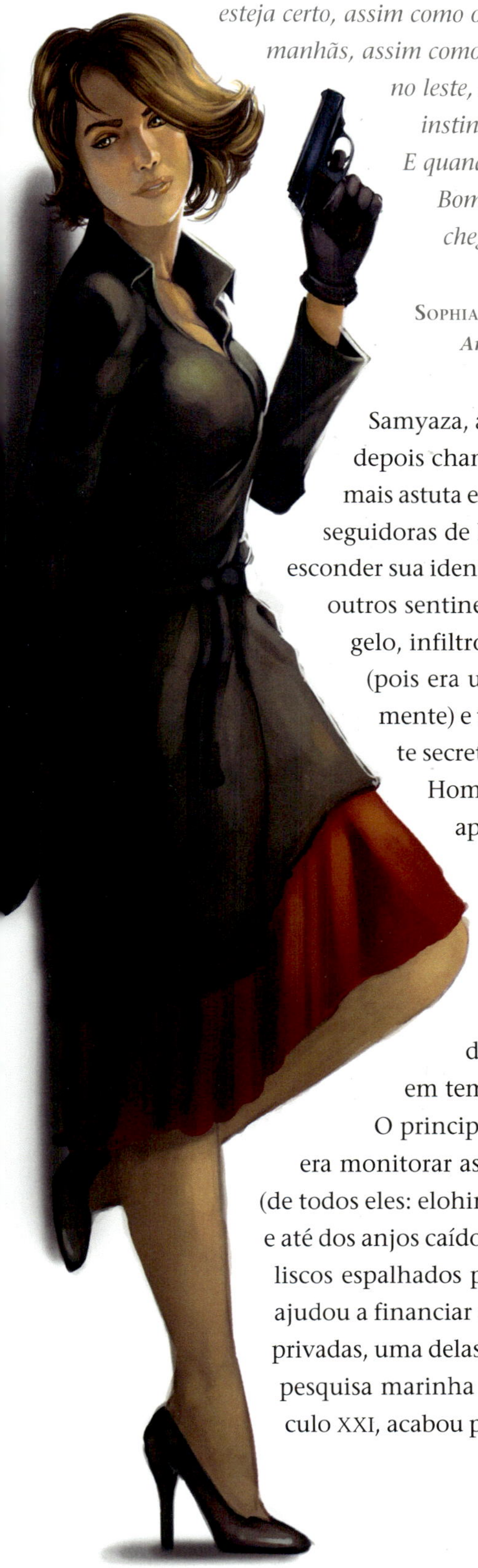

Samyaza, a Senhora dos Portais, depois chamada de Sophia, era a mais astuta e a mais inteligente das seguidoras de Metatron. Conseguiu esconder sua identidade até mesmo dos outros sentinelas. Depois da era do gelo, infiltrou-se entre os elohins (pois era uma elohim, originalmente) e trabalhou como agente secreta a serviço do Rei dos Homens sobre a Terra, que após a prisão continuou se comunicando com ela através de Teth, o malakim que, embora encarcerado, tinha permissão para deixar a cela de tempos em tempos.

O principal objetivo de Sophia era monitorar as atividades dos anjos (de todos eles: elohins, rebeldes, legalistas e até dos anjos caídos) e encontrar os obeliscos espalhados pelo mundo. Para tal, ajudou a financiar diversas organizações privadas, uma delas a Icon, instituição de pesquisa marinha que, no início do século XXI, acabou por finalmente encontrar o último monólito, invisível aos radares graças aos feitiços atlânticos que o protegiam.

Sophia é uma personagem dúbia, o que faz dela uma excelente espiã. Nem Metatron conseguia enxergar suas verdadeiras intenções. Especula-se que exista, em algum lugar do cosmo, uma dimensão em miniatura onde ela teria guardado centenas de documentos com informações valiosas — e secretas — sobre figuras importantes, como os arcanjos, os duques do inferno e os príncipes de casta.

Outras alcunhas: os elohins não têm alcunha, e sim um nome humano — Samyaza, como dito anteriormente, assumiu o nome Sophia.

Armas: Sophia utiliza uma série de armas de fogo, as quais guarda (ou esconde) em suas pequenas dimensões particulares.

Técnicas notáveis: a elohim tem a capacidade de abrir portais para diversas regiões do cosmo, por isso nunca foi pega ou encontrada.

OS TRÊS PILARES

Sou benigno e condescendente. Não vejo utilidade em matá-los. Poderia tê-lo feito assim que adentraram as minhas terras. Mas sou piedoso e dou-lhes a chance de servirem a mim, de me amarem e me adorarem até o fim dos seus dias. E é o que vocês farão, se não quiserem ser destroçados. Curvem-se, ajoelhem-se, depois encostem a testa no chão e implorem por minha clemência.

Kha, em ***Filhos do Éden: Paraíso Perdido***

Quando os arcanjos ordenaram a perseguição aos sentinelas, muitos passaram à clandestinidade, mas alguns eram tão poderosos que se mantiveram inabaláveis, tendo derrotado todos os agentes enviados em seu encalço — até serem finalmente superados por Ablon, Orion e Ishtar, cerca de 35 mil anos antes de Cristo.

Um deles era Kha, o Sol, uma espécie de faraó que controlava o reino de Sakha (que depois daria origem ao Egito); outro era Muzhda, o Colosso de Ferro, que morava em uma aldeia nas altas montanhas Tay-Pin (atualmente entre a Índia e a China); e a terceira era Kali, a Devoradora, que fora aprisionada por sacerdotes do antigo reino de Ophir (costa sul da África) e permanecia presa nas ruínas sagradas.

Com a destruição de Kha, o reino de Sakha, que reconhecia uma só divindade (ele próprio), passaria a adorar uma série de deuses, dando origem aos ídolos famosos da região, como Set, Osíris e Ísis. O Círculo Escarlate, uma confraria de sacerdotisas, assumiria o controle do vilarejo de Muzhda, e as ruínas de Ophir seriam completamente destruídas com o segundo cataclismo.

Outras alcunhas: Kha era chamado também de Faraó Dourado ou Senhor do Universo.

Arma: nenhuma.

Técnicas notáveis: Kha possuía uma divindade notável, a Gigante Vermelha, que produzia literalmente uma explosão termonuclear. Já Muzhda era célebre por sua pele de ferro, que o mantinha quase invulnerável a ataques físicos.

KHA, O SOL

Os sentinelas foram duramente perseguidos após a revolta de Metatron. Os que conseguiram manter seus domínios eram tão fortes que passaram a se considerar deuses, autênticos protetores da humanidade. A mais célebre dessas "divindades" foi Kha, que controlava uma porção imensa de terra, então chamada de Sakha, hoje correspondente ao Egito (ver capítulo 1: Cronologia). Os indivíduos responsáveis por propagar seus dogmas eram chamados de sacerdotes solares. Os mandamentos que todo fiel (isto é, todo habitante de Sakha) deveria seguir eram:

- **Credo:** não há nenhum deus verdadeiro além de Kha, o senhor supremo do universo. Todos os outros deuses são impostores, espíritos pífios à sombra do faraó.
- **Oração:** rezar três vezes por dia (de manhã, à tarde e à noite), demonstrando completa submissão ao faraó e à sua vontade.
- **Caridade:** não negar comida, bebida e abrigo aos pobres e necessitados. Qualquer pessoa que preste adoração a Kha é um irmão.
- **Jejum:** não comer absolutamente nada durante os dois feriados nacionais — o solstício de verão e o de inverno —, do nascer ao pôr do sol.
- **Culto:** comparecer às cerimônias coletivas ao menos uma vez por semana.
- **Peregrinação:** visitar Hut-Kha, a Montanha Solar (a pirâmide de Kha no deserto), ao menos uma vez a cada dez anos.
- **Sacrifício:** estar disposto a dar a própria vida (seja pela guerra, seja pela imolação) sempre que ordenado por Kha ou por seus sacerdotes.

DEMÔNIOS

ORION
O REI CAÍDO DE ATLÂNTIDA

Não sei bem o que você se tornou, general. Não sei o que é realmente, anjo ou homem. Se fosse humano, terreno, andarilho carnal sobre a terra, eu diria que é um herói. E, definitivamente, estou certo de uma só coisa: não é assim que morrem os heróis.

Orion, em *A Batalha do Apocalipse*

Outrora um elohim, obediente e devoto aos celestiais, Orion foi enviado à terra para perseguir os sentinelas e assumir seus postos, após a era do gelo. E foi isso o que fez, guiando um certo grupo de seres humanos (os atlantes) e enfim se estabelecendo na ilha de Mu, de onde ajudou a construir o império de Atlântida, tornando-se o rei desse povo tão refinado.

Ocorreu, porém, que em determinado momento o arcanjo Miguel arquitetou o dilúvio e o executou sem alertar os elohins — a catástrofe destruiria muitas cidades e reinos controlados por eles, inclusive a própria Atlântida. Revoltado, Orion perdeu o avatar na enchente e, quando se recuperou, prometeu se vingar de Miguel. A oportunidade de ouro veio quando Lúcifer se insurgiu contra o irmão: Orion foi um dos anjos que se uniram à Estrela da Manhã em sua revolução, mas acabou vencido e confinado no inferno.

O Rei Caído de Atlântida, como é hoje chamado, guarda muito de seu antigo espírito de elohim. Não é de natureza perversa — o que o prende ao Sheol é a amargura, afinal ele teve seu reino devastado e nunca conseguiu obter vingança.

Mesmo depois da queda, Orion manteve a amizade com Ablon. Os dois se reuniram nas ruínas de Enoque, ocasião em que o monarca contou ao guerreiro sobre a destituição de Lúcifer. Demônio e querubim viriam a se encontrar mais algumas vezes ao longo da história, sendo Orion o responsável pela fuga do inferno por parte do Anjo Renegado, durante os tempos medievais.

Outras alcunhas: quando reinava sobre Atlântida, ele era chamado de Rei Ungido de Atlântida, Senhor dos Mares ou Estrela de Prata.

Casta: satanis (anteriormente, elohim).

Arma: hoje, nenhuma em especial. No passado ele carregava a Saphiro, uma estrela concentrada que ficava presa a seu bidente e tinha propriedades congelantes.

Técnicas notáveis: Orion, quando rei de Atlântida, descobriu como usar os obeliscos negros (ver capítulo 5: Sopro de Deus) para saber praticamente tudo o que acontecia sobre a face da Terra.

SAMAEL
A SERPENTE DO ÉDEN

É por meio dos descendentes que a raça humana propaga o legado, é através deles que se torna imortal. Se insistirem em ficar no jardim, estarão livres do sofrimento e da dor, mas nunca saberão como é o mundo lá fora e jamais conhecerão o amor soberano. Pois, acredite, jovem Eva: é na dificuldade, e não na alegria, que a ternura aparece, as relações são testadas e os laços se fortalecem. O jardim é uma ilusão. O jardim é o útero, e o Senhor, seu cordão.

SAMAEL, em ***Filhos do Éden: Paraíso Perdido***

Em seus tempos angélicos, Samael era um serafim, um dos celestiais mais nobres, confidente e braço-direito de Lúcifer. Ele se tornou especialmente famoso após ter sido mandado à terra com a ingrata missão de seduzir Adão e Eva. O objetivo dessa empreitada, conforme Lúcifer o orientara, era não só corromper o "primeiro casal" como destruir os planos de Metatron, que os protegia na época, mantendo-os isolados no Jardim do Éden.

Bajulador incansável, Samael acompanhou seu mestre quando ele caiu ao inferno e hoje permanece à sua direita. Como Lúcifer não podia deixar o Sheol por muito tempo, Samael liderou pessoalmente a chamada Invasão Satânica, no princípio da Idade Média, incentivando os demônios a agirem massivamente na terra. Comandou dezenas de hostes e ficou tão conhecido entre os seres humanos que eles passaram a considerá-lo o próprio Diabo, batizando-o de Satanás, ou Satã.

Criatura ardilosa, Samael continua a ser o principal secretário de Lúcifer. Muitos o desprezam — e o invejam — por causa disso, mas a verdade é que ele caiu nas graças do Príncipe das Trevas, o que faz dele um personagem intocável.

Outras alcunhas: Satã, Satanás, Diabo (pelos homens).

Casta: belial (anteriormente, serafim).

Arma: nenhuma.

Técnicas notáveis: Samael aprendeu com seu amo a arte da transmutação; até hoje visita a terra na forma de serpente, cachorro e outros animais.

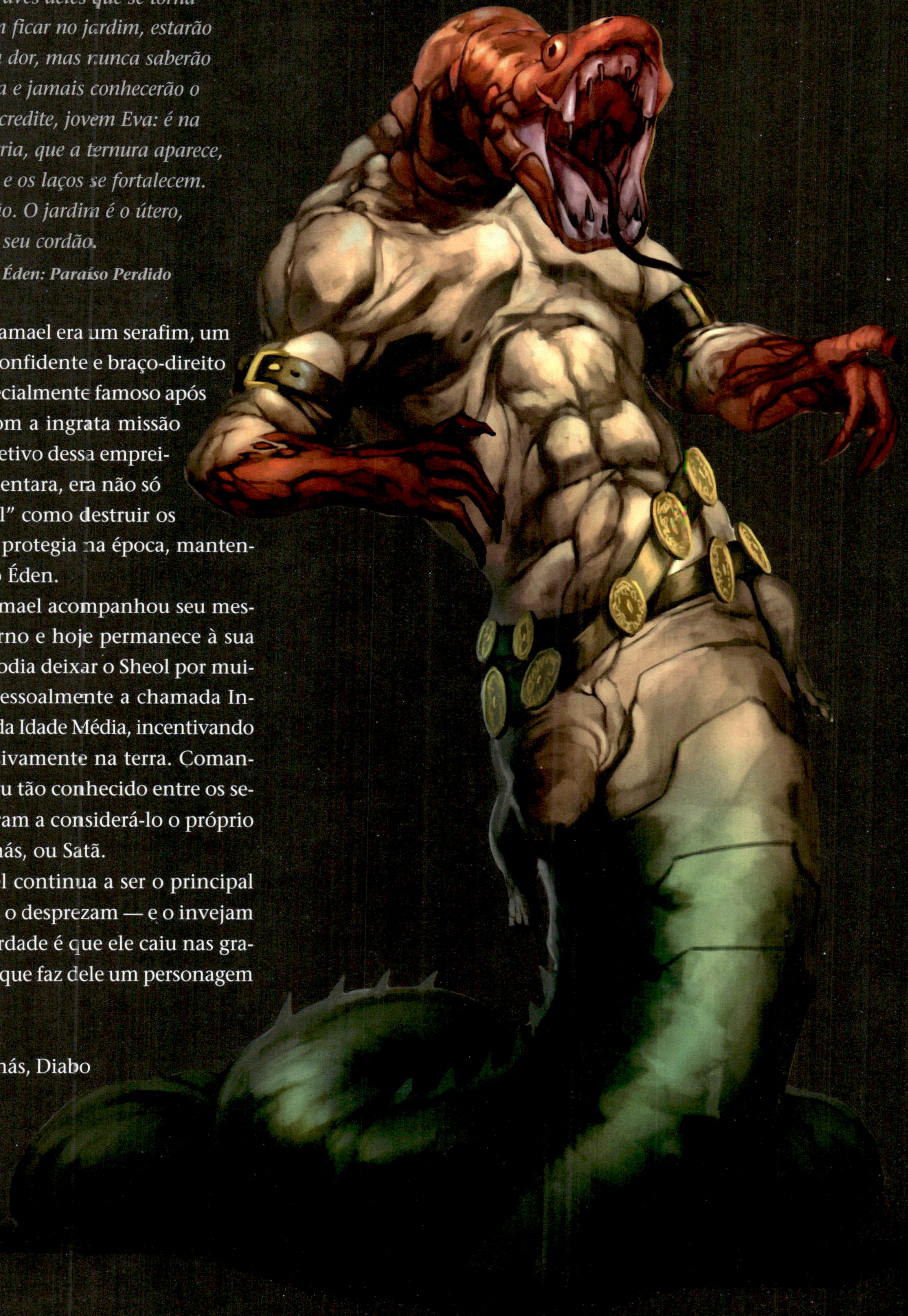

APOLLYON
O EXTERMINADOR

Eu, que já matei homens, anjos e deuses, não conheço a bondade, a justiça, a amizade nem os sentimentos pacíficos. Tudo o que há dentro de mim é fúria, maldade e sede de morte. Portanto, meu espírito não pode ser afetado, não pode ser destruído por seus artifícios psíquicos. Eu sou a personificação do que há de mais terrível e atroz neste mundo. Sou o mal verdadeiro, o injusto e o cruel. Nunca fui derrotado e nunca o serei.
APOLLYON, em ***A Batalha do Apocalipse***

Enquanto Ablon era, num passado remoto, o principal campeão do arcanjo Miguel, Apollyon era o mais notável dos guerreiros de Lúcifer. Sua extrema ferocidade em combate lhe valeu a nomeação para os Dez Supremos, o círculo de generais mais próximos de Balberith, o então príncipe dos querubins.

Durante as Guerras Etéreas, Apollyon, chamado à época de Anjo Destruidor, alcançou inúmeras vitórias, mas foi superado por Ablon, que tomou o castelo do deus Rahab, evento que marcou o fim das hostilidades. Ablon foi nomeado Primeiro General, incitando a inveja do oponente, que se julgava maior e mais poderoso. Ele — Apollyon — era conhecido também por ser um lutador sanguinário, tendo conduzido centenas de matanças de seres humanos, antes e depois do período das grandes catástrofes.

Como era de esperar, Apollyon juntou-se a Lúcifer na rebelião, tornou-se um demônio e depois um duque do inferno. Conhecido no Sheol como Exterminador, foi responsável também por caçar, capturar e matar alguns dos anjos renegados, amigos de Ablon. Ele representa tudo o que há de mais caótico e maligno entre o céu e a terra.

Outras alcunhas: Anjo Destruidor, em seus tempos de querubim.

Casta: malikis (anteriormente, querubim).

Arma: Fogo Negro.

Técnicas notáveis: Destruição Total, técnica que varre uma área muito grande, desintegrando tudo em seu caminho.

AMAEL
O SENHOR DOS VULCÕES

Não, Lúcifer. Foi você quem me traiu, ao inventar aquela maldita revolução. Mentiu, arquitetou a guerra no céu e usou a mim, a Orion e aos outros como cobaias em seu experimento cósmico. Fomentou o ódio pelos renegados e nos obrigou a matar nossos irmãos.
AMAEL, em *A Batalha do Apocalipse*

De modo talvez semelhante a Orion, Amael é também uma figura sombria, amarga e melancólica. Seu grande "crime" (na opinião dele próprio) foi acatar a ordem do arcanjo Miguel para executar o dilúvio. Mesmo não concordando com a hecatombe, o Senhor dos Vulcões submeteu-se, derreteu as calotas polares e a inundação devastou o planeta. Por ter recebido um comando direto dos primogênitos, ele não pôde recusar, mas a morte de milhões de seres humanos o atormenta até hoje. Frustrado, Amael foi outro celeste que aderiu às fileiras luciferianas quando a rebelião estourou. Derrotado, caiu no inferno e lá permanece, na companhia dos anjos caídos.

Uma vez no Sheol, Amael ajudou seu amo a reorganizar a casta dos ishins, que viria a se transformar na ordem satânica dos zanathus. Recusou-se a receber um domínio para governar e permanece enfurnado nas cavernas do vale dos Condenados, surgindo de vez em quando à esquerda de Lúcifer. De lá, observou por anos o curso do rio Styx — que corta o sexto círculo infernal —, tendo conhecido os enigmáticos barqueiros e aprendido algumas coisas com eles.

A melancolia de Amael deriva do fato de que ainda sente saudade do céu, sobretudo de seu pupilo, Aziel, a Chama Sagrada. Nunca quis provocar o dilúvio e jamais desejou se tornar um demônio, por isso vive em meio a lamentos. Seu grande anseio é poder voltar no tempo e consertar os erros que cometeu.

Outras alcunhas: nenhuma.

Casta: zanathus (anteriormente, ishim).

Arma: nenhuma.

Técnicas notáveis: Amael é capaz de gerar calor e magma, controlar vulcões e, quando preciso, trazê-los de volta à atividade.

pássaro, o grandalhão de penas amarelas?
Às vezes ele me dá arrepios.

ABUL, em ***Filhos do Éden: Anjos da Morte***

Abul é outro exemplo de anjo que caiu no inferno não pela perversidade, mas pelas fraquezas. Outrora um ofanim, viveu tanto entre os seres humanos, no plano físico, que acabou por sucumbir a certos vícios carnais. Malvisto pela casta, ele se juntou a Lúcifer em sua revolução, tornando-se um diabo.

Embora seja hoje um infernal, Abul é mais vítima que carrasco. Foi incorporado à ordem satânica dos daimoniuns e passou a visitar a terra, através do plano astral, com certa frequência, tentando assediar seres humanos que compartilhassem do mesmo vício que ele — no caso, o tabaco. Sendo assim, ficou suscetível à influência de outrem, acabou servindo a Prisca (ver anteriormente, neste capítulo) e depois a determinado grupo de feiticeiros.

Orion lhe ofereceu abrigo no segundo círculo do inferno, na esperança de que ele se recuperasse, mas não adiantou. A última notícia que se teve de Abul é de que ele estaria preso em uma casa assombrada em Londres, incapaz de sair ou de voltar ao Sheol por conta de círculos e rituais mágicos.

Outras alcunhas: nenhuma.

Casta: daimonium (anteriormente, ofanim).

Arma: nenhuma.

Técnicas notáveis: o poder que ele mais usa é a técnica básica dos daimoniuns: a capacidade de possuir um corpo humano.

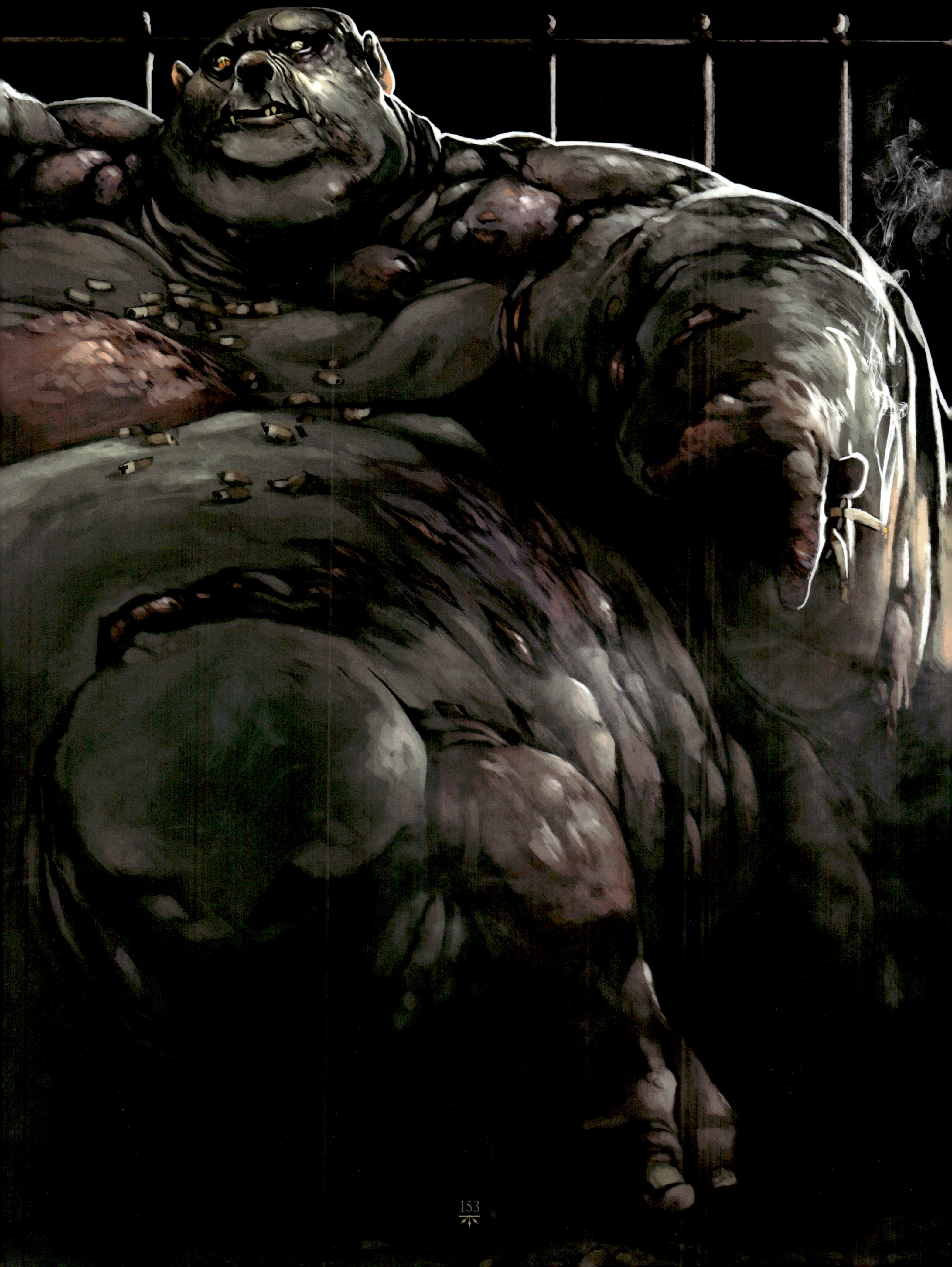

SIRITH

— Largue-me! Largue-me!
— Lembra que atirou na minha moto?
Você vem comigo, seu merda.
Sirith e Denyel, em ***Filhos do Éden: Herdeiros de Atlântida***

Tecnicamente, Sirith ainda não é um demônio, é um raptor, um infernal muito jovem que procura se incorporar a uma das castas satânicas. Os raptores são assim: estagiários do inferno, seres cuja tarefa é (ou deveria ser) capturar anjos perdidos e entregá-los, vivos ou mortos, a um diabo superior, a fim de ascender na hierarquia.

Para vencer no Sheol, vale tudo, e os raptores aprendem isso rapidamente. Sirith, portanto, é um indivíduo sem escrúpulos ou amarras ideológicas, vendendo seus serviços a quem melhor lhe pagar. Associou-se a Andril, ajudando-o a caçar Kaira, Levih e Urakin, perseguindo-os até a fortaleza atlântica de Egnias. Meses adiante, ele se entregaria a Metatron, jurando lealdade ao Rei dos Homens sobre a Terra.

Sirith é um exemplo do que são os demônios em geral, sobretudo os mais ambiciosos: mentirosos, covardes, egoístas e traiçoeiros.

Outras alcunhas: nenhuma.

Casta: nenhuma (ainda).

Arma: como quase todos os raptores, Sirith, quando está no plano físico, apela para as armas de fogo.

Técnicas notáveis: embora sejam criaturas insignificantes, os raptores têm a capacidade de sugar a energia da vítima e assumir sua aparência. Essa habilidade faz deles espiões competentes.

HUMANOS

SHAMIRA
A FEITICEIRA DE EN-DOR

Sou uma necromante, e como mestre na arte dos mortos sei que há uma tênue linha entre o bem e o mal. Se você ultrapassar essa fronteira, talvez não possa voltar. Vingança ou justiça. Qual das duas você vai escolher?

SHAMIRA, em ***A Batalha do Apocalipse***

Shamira é filha de Akto, ex-oficial da corte do rei Minos, antigo monarca de Creta, e Maya, uma escrava de origem celta. Akto desafiou as ordens de seu senhor ao se apaixonar por uma estrangeira, o que o obrigou a abandonar a capital, Cnossos, às pressas. Morto durante a fuga pelo herói (e irmão do rei) Radamanthys, ele salvou sua amada, que embarcou em uma viagem pelo mar até as terras de Canaã, onde conseguiu abrigo.

Ali, poucos meses depois, Maya deu à luz Shamira, instruindo a menina na arte sagrada de seus antepassados: a necromancia. Logo Shamira se tornou uma feiticeira respeitada. Aos 13 anos exorcizou um demônio que possuíra o corpo do chefe do vilarejo; aos 15, expulsou um bando de invasores convocando fantasmas para assustá-los à noite.

Sua fama se alastrou internacionalmente, até que Nimrod, o rei da Babilônia, a trouxe à força à sua corte. Ele queria que Shamira conjurasse o espírito de seu falecido pai, Cush. Nessa mesma época ela conheceu Ablon, o Anjo Renegado, iniciando uma amizade que perduraria por séculos.

Após os eventos — isto é, a queda — da Babilônia, Shamira viajaria ao Egito para estudar com Drakali-Toth, o maior necromante de seu tempo. Ao longo da história, ela aprenderia novos feitiços e, com a morte de seu opositor, Zamir, se tornaria, meio que por acaso, a maior feiticeira do mundo.

Nascimento: En-Dor (atual Galileia), Canaã, a 13 de dezembro de 2354 a.C.

Idade aparente: 25 anos.

Características notáveis: Shamira é famosa por seus poderes necromânticos.

TOM CRAIG

Católicos de merda. O papa é uma bicha, sabia?
São todos um bando de veados.
TOM CRAIG, em ***Filhos do Éden: Anjos da Morte***

Nascido no Texas em 1900, Tom Craig era um típico norte-americano, que cresceu escutando histórias de caubóis contra índios. No outono de 1916, aos 16 anos, tentou falsificar a identidade para se alistar nas fileiras da Primeira Guerra Mundial, mas foi descoberto e preso. Aos 18, enfim, juntou-se ao exército dos Estados Unidos e, aos 43, já como sargento graduado, foi despachado para a África e depois para a Europa, servindo a seu país durante a Segunda Grande Guerra.

Entre 1944 e 1945, e depois em 1968, Craig participou de intervenções militares com Denyel, travando contato com fenômenos estranhos. Extremamente materialista, ele sempre buscava uma explicação lógica para os eventos. Pediu dispensa do exército na década de 50 e, a partir de 1961, passou a integrar uma divisão da CIA (a agência de inteligência norte-americana) para operações escusas e perigosas. Sua última missão consistia em resgatar um piloto que caíra no Camboja, em 1968, e apagar os vestígios do caça que ele comandava. Morreu no Vietnã, aos 68 anos.

Nascimento: Parker, Texas, em 5 de março de 1900.

Idade: 45 anos (na Segunda Guerra Mundial) e 68 (na Guerra do Vietnã).

Características notáveis: Craig era considerado forte por ter a capacidade de desacreditar qualquer fenômeno místico que presenciasse. Sua mente nunca foi afetada por criaturas estranhas ou ocorrências mágicas.

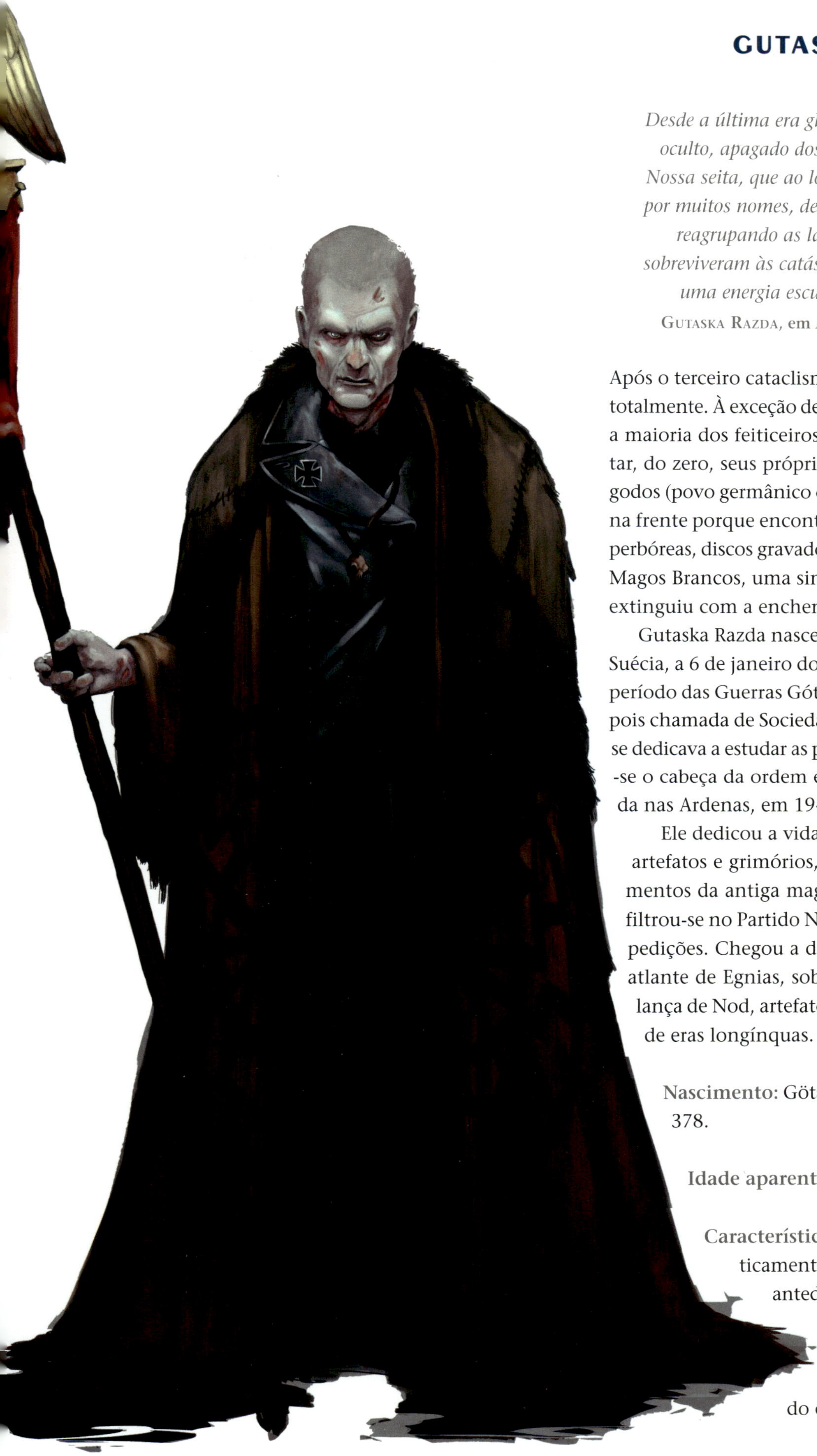

GUTASKA RAZDA

Desde a última era glacial nós veneramos um astro oculto, apagado dos céus pelas forças angélicas. Nossa seita, que ao longo dos séculos foi conhecida por muitos nomes, dedica-se ao estudo da bruxaria, reagrupando as lascas de conhecimento que sobreviveram às catástrofes antigas, e à pesquisa de uma energia escusa que nomeamos de vril.

GUTASKA RAZDA, em ***Filhos do Éden: Anjos da Morte***

Após o terceiro cataclismo, a magia se perdeu quase que totalmente. À exceção de Zamir, Shamira e alguns poucos, a maioria dos feiticeiros pós-diluvianos precisou inventar, do zero, seus próprios sistemas mágicos. Os antigos godos (povo germânico oriundo da Escandinávia) saíram na frente porque encontraram fragmentos das placas hiperbóreas, discos gravados em pedra que pertenceram aos Magos Brancos, uma sinistra confraria de bruxos que se extinguiu com a enchente.

Gutaska Razda nasceu na ilha de Götaland, ao sul da Suécia, a 6 de janeiro do ano 378, durante o conturbado período das Guerras Góticas. Seu clã fundou a Thule, depois chamada de Sociedade Thule, uma seita mágica que se dedicava a estudar as placas hiperbóreas. Razda tornou-se o cabeça da ordem e a dirigiu até sua morte, ocorrida nas Ardenas, em 1945.

Ele dedicou a vida a reunir papiros, pergaminhos, artefatos e grimórios, na tentativa de encontrar fragmentos da antiga magia de Enoque. Nos anos 30, infiltrou-se no Partido Nazista a fim de financiar suas expedições. Chegou a descobrir a entrada para a cidade atlante de Egnias, sob as areias da Líbia, e resgatou a lança de Nod, artefato mágico poderoso, perdido desde eras longínquas.

Nascimento: Götaland, Suécia, em 6 de janeiro de 378.

Idade aparente: 75 anos (ou mais).

Características notáveis: Razda não era praticamente nada comparado aos feiticeiros antediluvianos, mas se destacou como grande mago nos anos que se seguiram ao nascimento de Cristo, aprendendo e executando diversos encantamentos úteis.

ZAMIR
O FEITICEIRO DO DESERTO

Sei que o que vou pedir é meio estranho,
mas rogo-lhe que não me julgue mal.
Não sou má pessoa. Sou apenas produto
da inevitável evolução humana.
Afinal, somos humanos, eu e você,
com a graça do Deus Yahweh.
ZAMIR, em ***A Batalha do Apocalipse***

Zamir foi um cidadão babilônico — talvez o mais célebre deles — que serviu à corte de Nimrod, o último rei da Babilônia legendária. Nascido em Sippar, na baixa Mesopotâmia, mudou-se para a cidade de Babel aos 12 anos para estudar na Academia de Ciências. Destacou-se no campo da arquitetura e, aos 16, quando seus pais morreram vítimas de uma tempestade de areia, foi adotado por um dos buscadores, os conselheiros reais, que o introduziu nas artes mágicas e na política.

Aos 25 anos, Zamir envenenou o pai adotivo, herdou seu patrimônio e conseguiu um lugar entre os buscadores. Aos 35 era o homem forte do rei Cush, depois seria o tutor do filho dele, o futuro rei Nimrod. Com acesso irrestrito ao palácio, teve contato com os antigos grimórios, que continham os encantamentos da velha cidade de Enoque, o que ampliou (e muito) seu conhecimento mágico.

Trabalhando como arquiteto, Zamir reconstruiu a Babilônia, tornando-a a cidade das lendas, abriu canais, ergueu o Zigurate de Prata e a Torre de Babel. Para tal, necessitava de operários, sendo então responsável por legalizar a escravidão em todo o Império Babilônico.

Zamir conteve o envelhecimento após beber o sangue de Ishtar, encontrada por seus homens no deserto, após a batalha contra Apollyon. Imortal, ele planejava ascender à categoria de arquimago, perseguindo e assassinando todos os grandes feiticeiros do mundo, um a um. Mas seus planos deram errado e ele caiu na armadilha de Shamira, que o atraiu para seu santuário e o venceu com a ajuda de alguns velhos fantasmas.

Nascimento: Sippar, Mesopotâmia, em 20 de agosto de 2414 a.C.

Idade aparente: 55 anos.

Características notáveis: Zamir foi o maior feiticeiro do período posterior ao dilúvio, justamente por, com o tempo, dominar diversas escolas de magia — e não só a da invocação.

ENTIDADES ETÉREAS

ANDIRA

Eu me sacrifiquei pelo meu povo.
Esse é o tipo de atitude que se espera de um deus.
ANDIRA, em ***Filhos do Éden: Herdeiros de Atlântida***

Heroína do Império Yamí (uma das nações antediluvianas; ver capítulo 1: Cronologia), Andira é filha de Rupave e Sypave, que por sua vez eram semideuses, crias de Nhanderuvuçu, o grande deus das matas e florestas. Assim como seus pais, Andira nasceu com uma imensa gama de poderes místicos — entre eles a imortalidade. Logo se tornou uma espécie de ídolo para seu povo, construindo uma cidadela mágica no plano etéreo.

Guarnecida por um exército de criaturas exóticas, Andira comandaria a vitória dos espíritos amazônicos contra os anjos durante as Guerras Etéreas e manteria sua fortaleza segura, escondida no mundo espiritual — onde permanece até hoje, resguardada nos confins da floresta. O combate terminou com a captura de dezenas de alados, os quais escaparam da execução graças a Denyel, que usou de diplomacia para soltá-los. Ele e Andira tiveram nessa época um breve caso de amor. Os dois se reencontrariam muitos séculos depois, e ela preveria a morte dele.

Panteão: yamí (o qual precedeu os índios que viriam a habitar a região da floresta Amazônica).

Características notáveis: entre os muitos poderes de Andira, destaca-se a capacidade de manipular os espíritos.

AESIRES

Ninguém sabe o que pode acontecer em uma guerra.
Portanto a maior qualidade de um guerreiro
deve ser a coragem. Um guerreiro corajoso e leal
é um guerreiro pleno, não importa se ganha
ou perde, se vive ou morre.
SIF, em ***Filhos do Éden: Paraíso Perdido***

Os aesires são os deuses nórdicos da guerra — em oposição aos vanires, os deuses da agricultura — e no passado foram inúmeros. Hoje, porém, após a morte de Thor, quem governa o palácio de Valhala é Sif, Cabelos de Trigo, sua esposa. Sif é na realidade uma vanir, mas sua personalidade combativa a aproximou dos aesires desde o início, tornando-a respeitada por eles. Herdeira do trono, é a legítima portadora da lança mágica de Odin, chamada de Gungnir.

Sif é auxiliada por uma série de outras entidades, mas principalmente pelas valquírias, uma tropa de amazonas que protege o reino de Asgard contra qualquer invasão. São três as valquírias originais, filhas de Odin: Hildr, Grito de Batalha, especialista no uso de lanças; Brunhildr, Estrondo de Guerra, que traz consigo uma espada; e Myst, Tempestade da Vitória, a mais nova das irmãs. Anteriormente havia Herja, Fogo de Odin, morta por Thrymr, chefe dos gigantes. Hildr, Brunhildr e Myst comandam o exército real e garantem a segurança de todos os asgardianos.

Panteão: nórdico.

Características notáveis: os aesires são, todos, excelentes guerreiros, conhecedores das armas brancas e exímios cavaleiros.

ANÕES

Sou Dáinn, filho de Andvari, soberano dos anões.
E este é o Nibelungo, anel dos reis
desde o princípio dos tempos.

DÁINN, em ***Filhos do Éden: Paraíso Perdido***

Reunidos sob as montanhas de Niðavellir, um dos nove reinos nórdicos, os anões, ou dvergar, chamados ainda de nibelungos, costumavam ser aliados dos deuses e combateram os gigantes ao lado dos aesires, mais de uma vez. Naturalmente inclinada à cobiça, porém, a raça decaiu a partir do reinado de Andvari, que forjou o Anel dos Nibelungos acreditando que governaria todo o universo, conseguindo, no fim, apenas unificar os anões.

Quando Thor foi morto, os dragões devastaram tanto Niðavellir quanto Álfheim, o reino dos elfos, mas, como os dvergar vivem nas profundezas, sua sociedade quase não foi afetada. As serpentes que invadiram seus túneis foram mortas, contudo ainda paira sobre eles a ameaça dos trolls, criaturas maléficas adaptadas ao subterrâneo, que atacam constantemente suas cidades e cavernas.

O atual rei dos anões é Dáinn, filho de Andvari. Além do Anel dos Nibelungos, ele herdou de seu pai outro objeto mágico, a Tyrfing, machadinha que tem a capacidade de transformar seus inimigos em pedra.

Os indivíduos mais próximos de Dáinn são Fjalar, seu filho, e Brokkr, o grande general dos anões, uma figura já idosa e respeitada.

Panteão: nórdico.

Características notáveis: os anões são criaturas do subterrâneo, podendo enxergar no escuro e se guiar nos túneis mais negros. Lutadores duros, possuem resistência excepcional, aguentando mais facilmente a pressão e a falta de oxigênio das profundezas.

GIGANTES

Nasci do magma, portanto não sou composto
apenas de fogo, mas também de rocha, o que me faz
imune à petrificação. Sua dinastia é muito fraca,
está destinada a sucumbir. O sangue de Bláinn
já afinou. Será com esta espada, a Bági, que eu o
matarei, como outrora matei Andvari.

SURTR, em ***Filhos do Éden: Paraíso Perdido***

Os principais vilões das terras nórdicas, os gigantes, chamados também de jötnar, são seres maléficos que disputam poder com os deuses, desde tempos remotos. São uma raça antiga, forte e poderosa, superada apenas pelos dragões, que, todavia, existem em número menor e se reproduzem mais lentamente. Os trolls, lobos e ogros são seus aliados mais próximos e lutaram sob o comando dos jötnar nas batalhas contra Odin, travadas no período mitológico.

Ymir, antigo soberano dos gigantes, reinava sobre as terras de Jötunheimr, antes de morrer em combate. Seu filho mais velho, Thrymr, assumiu o trono e jurou vingança contra os aesires, depois que Thor lhe roubou a mulher, Sif. Outro rebento de Ymir é Surtr, o gigante do fogo, conhecido pela insanidade e pela aliança com dragões, serpentes e salamandras.

Panteão: nórdico.

Características notáveis: os gigantes, além de muito fortes, são de personalidade machista e dominadora. Às vezes são tomados pela fúria e lutam bravamente até a última gota de sangue.

OLIMPIANOS

Sou o verdadeiro e único rei. Não sirvo a ninguém.
Os outros é que servem a mim.
MINOS, em ***Filhos do Éden: Paraíso Perdido***

Diferentemente dos aesires, os olimpianos, antigos deuses helênicos, estabeleceram seus domínios no plano etéreo da terra (e não em outra dimensão) e, por conta disso, sempre estiveram muito próximos à humanidade. Hermes, o Mensageiro, é um exemplo de divindade que ainda vaga pelas plagas etéreas e conhece muito a respeito dos entes terrenos. Hefesto, seu meio-irmão, o grande ferreiro de Zeus, mora hoje em uma caverna isolada na ilha de Ynys Wydryn, sob a proteção das fadas.

Outro grupo conhecido de olimpianos são os mirmidões, a valorosa tropa que em determinado momento desafiou a soberania de Zeus. Esses lutadores eram chefiados por Minos, antigo rei de Creta, e por seu irmão, Radamanthys, o maior guerreiro humano que já existiu.

Minos, Radamanthys e os mirmidões acabaram aprisionados no Hades, o mundo interior, na companhia de outras feras e personagens que ousaram fazer frente à majestade de Zeus.

Panteão: helênico (grego).

Características notáveis: os olimpianos são muito chegados à humanidade, e cada um deles, até o mais valoroso, possui algum tipo de falha humana.

SOPRO DE DEUS

MAGIA E MISTICISMO

Magia é algo simples de entender. Evocar um espírito é semelhante a atrair um coelho para uma armadilha, basta usar a isca que ele mais aprecia.

ISMAEL, em *Filhos do Éden: Anjos da Morte*

Segundo os malakins, o tecido da realidade (ver capítulo 2: Cenário) é a grande conquista e o maior retrocesso da humanidade. Conquista porque dificulta a ação das entidades místicas na Haled, criaturas mais fortes que os seres humanos e que às vezes os ameaçam. Retrocesso porque, quanto mais densa a película, mais afastados estão os terrenos dos planos além, o que os torna fracos e materialistas.

Existe, porém, certa categoria de pessoas que nasce com o dom de enxergar a película. Por que elas têm essa habilidade, ninguém sabe. Alguns dizem que são descendentes dos sentinelas, outros afirmam que carregam o sangue de Lilith; uns teorizam que seriam crias distantes dos celestiais, dos deuses etéreos, das ninfas e por aí vai. As hipóteses são infindáveis. E há, ainda, quem acredite que tal aptidão é aleatória.

O que se tem certeza é de que o número de sensitivos vem decaindo gradualmente ao longo dos anos. Antes do dilúvio eles eram abundantes; hoje, não passam de cinco por cento da população — e, destes, estima-se que nem dez por cento tiveram interesse ou oportunidade de desenvolver seus poderes. Os homens e as mulheres que aprendem a manipular as forças ocultas são informalmente chamados de místicos.

Existe — sempre existiu — um sem-número de maneiras pelas quais um místico conjura suas técnicas. Os paranormais, por exemplo, são os mestres da meditação e da autodisciplina. Os religiosos operam milagres suplicando ajuda a um certo deus, entidade ou conceito. Os magos utilizam-se de sistemas diversos (fórmulas, rituais, sacrifícios) para canalizar sua força, enquanto os bruxos sugam energia de fontes externas.

É impossível catalogar todos esses métodos, até porque muitos se perderam. Os mais conhecidos, porém, estão destacados a seguir.

MAGIA ATLANTE

Os atlantes eram a mais evoluída das raças humanas. Dotados de força de vontade excepcional, usavam a energia da alma para produzir efeitos incríveis, sem a necessidade de consultar grimórios ou efetuar rituais. Tanto os devas quanto os asuras (clãs atlantes; ver capítulo 1: Cronologia) possuíam aptidão especial para a mágica e algumas técnicas (os feitiços) eram transmitidas oralmente, de forma menos sistemática e mais instintiva. Cada indivíduo, no fim das contas, acabava encontrando a própria trilha de concentração, e assim a feitiçaria atlântica progrediu rapidamente.

Os enoquianos menosprezavam seus rivais, sustentando que eles só conseguiam manipular a magia tão bem porque seus antepassados haviam se miscigenado com as ninfas marinhas e que, portanto, não eram seres humanos completos — essa teoria, vale dizer, nunca foi comprovada.

O "sistema" mágico atlante — entre aspas porque não era bem um sistema, e sim algo completamente instintivo — se perdeu com o dilúvio. De qualquer maneira, seria impossível tentar reproduzi-lo.

PRANA

Para lançar seus feitiços, os atlantes sugavam a essência cósmica, chamada por eles de prana, e a moldavam à sua vontade. Há dois tipos de essência (ou prana): a externa e a interna. A essência interna é a energia da própria alma do conjurador, nomeada de *atman*. A essência externa, ou *shákti*, emana de todas as criaturas, vivas e mortas, e da natureza. Os atlânticos não raro utilizavam os dois métodos simultaneamente. Todavia, aqueles especializados em manipular a essência interna eram conhecidos como *krytos*, e os mais inclinados à essência externa, como *rajas*.

Os krytos seriam equivalentes aos magos, e os rajas, aos sacerdotes. Esses últimos, por sua vez, eram responsáveis por ministrar cultos e organizar cerimônias eclesiásticas. O deus mais venerado era Darsha, nome atlântico de Yahweh, aqui reconhecido como uma presença energética. As seitas de adoração aos ídolos nacionais se tornaram também bastante populares após as Guerras Mediterrâneas. Tétis, a grande heroína da nação, ajudava a inspirar todos, homens e mulheres, asuras e devas.

CHACRAS

No caso dos atlantes, o prana se manifestava como uma fumaça brilhante de cor azul que envolvia o conjurador sempre que ele se concentrava. Para que o feitiço entrasse em ação, precisava ser canalizado através de um dos centros energéticos do corpo, os chacras. Os atlânticos reconheciam sete chacras, cada um dos quais produzia um tipo de efeito mágico.

- **Primeiro chacra:** localizado na base da barriga, regia as forças mais primitivas e os instintos animais. Encantos de ataque (raios, fogo, gelo) ou climáticos provinham dele.
- **Segundo chacra:** ficava logo abaixo do umbigo e era responsável pela energia sexual. Magias de sedução ou que tinham o objetivo de alterar emoções eram regidas por esse chacra.
- **Terceiro chacra:** situado pouco acima do umbigo, representava a vontade de devorar e digerir. Efeitos entrópicos e necromânticos eram oriundos do terceiro chacra.
- **Quarto chacra:** o famoso chacra do coração controlava as emoções mais ternas, especialmente o amor. Os feitiços de proteção e de cura eram canalizados a partir desse ponto.
- **Quinto chacra:** ficava na garganta e estava relacionado com a capacidade de comunicação. Regia as magias de controle psíquico.
- **Sexto chacra:** localizado na testa, era o chacra da mente, dos olhos e do intelecto. Os feitiços de ilusão e de adivinhação eram canalizados através desse centro.
- **Sétimo chacra:** esse ponto energético ficava no topo da cabeça e conectava os atlantes ao tempo e ao espaço. Encantos de movimento, como teleporte, ou aqueles que abriam portais eram produzidos no sétimo chacra.

MAGIA ARIANA

Os arianos eram um povo antediluviano cuja civilização viria a gerar a cultura védica (indiana). Eram filhos dos asuras (atlantes) com os homens comuns. Seu sistema mágico usava os mesmos preceitos de prana e chacras, mas os arianos, como os enoquianos, precisavam de símbolos externos para canalizar sua força.

Para executar um feitiço, os arianos utilizavam mantras, fórmulas que precisavam ser declamadas para facilitar a concentração e a ativação dos chacras. Alguns também faziam uso de objetos, como rosários, colares e talismãs, mas os mantras eram essenciais.

A magia ariana sobreviveria ao dilúvio e seria transmitida aos futuros povos da Índia, que acabariam mais tarde por misturá-la a fragmentos do sistema enoquiano.

MAGIA ENOQUIANA

O sistema mágico que se tornaria padrão nas culturas humanas, antes e depois do dilúvio, foi desenvolvido pelos buscadores, os grão-feiticeiros da cidade de Enoque — *como* isso aconteceu é até hoje um mistério. Existem muitas lendas a esse respeito. Há quem diga que o conhecimento lhes foi ensinado pelos sentinelas, mas os enoquianos insistiam em afirmar que todas as fórmulas, rituais e cerimônias foram criados por eles — sozinhos.

Talvez seja verdade. Sabe-se que a maior característica dos homens é a capacidade de adaptação. Como não podiam competir com os atlantes, que tinham a alma mais poderosa, os rebentos de Adão encontraram métodos para potencializar sua essência e produzir efeitos mais fortes.

A magia enoquiana, chamada por eles de alta magia e vulgarmente apelidada de "magia suja", fazia uso de objetos (cetros, caldeirões, varinhas, cálices) e ingredientes (sangue, ervas, cinzas, terra). Não bastasse, para os homens, mesmo para os sensitivos, a mágica não era instintiva: eles precisavam de anos de estudos para conhecer os encantos mais básicos. Só com muita experiência um mago era capaz de inventar um feitiço próprio, que era adicionado ao grimório e podia ser compartilhado (ou não) com outros estudiosos.

A grande vantagem do sistema enoquiano, em oposição à magia atlante, era que ele podia ser registrado. Alguns desses registros sobreviveram à grande inundação e orientaram os feiticeiros no período após a enchente, passando de geração a geração até os dias de hoje. Acredita-se, porém, que apenas quinze por cento da sabedoria de Enoque resistiu, daí a incapacidade dos místicos modernos de reproduzir os encantos de outrora.

ESCOLAS DE MAGIA

Com o objetivo de estudar melhor os diversos ramos da mágica, os buscadores a dividiram em oito categorias, chamadas de escolas. Os críticos desse sistema afirmavam que a verdadeira intenção dos grão-feiticeiros era monopolizar o conhecimento místico, uma vez que um necromante, por exemplo, ficava restrito aos feitiços necromânticos — aprender outra escola era tão difícil quanto assimilar um novo idioma. Os poucos que conseguiam essa façanha passaram a ser conhecidos como arquimagos.

Restringir a feitiçaria tinha, na velha Enoque, um propósito político: um homem com tanto poder seria capaz de desafiar a corte e derrubar o rei. Isso acarretou a existência de muitos feiticeiros renegados, que deixavam a cidade na esperança de ascender. Os buscadores os perseguiram, e a maioria acabou presa ou morta.

Estas eram as oito escolas de magia, segundo os padrões enoquianos:

- **Abjuração:** enquadravam-se nessa categoria os feitiços de proteção. Serviam para anular efeitos mágicos ou não mágicos.
- **Adivinhação:** prever o futuro, descobrir segredos e encontrar itens ocultos em uma masmorra são exemplos de efeitos mágicos que podiam ser obtidos com a escola de adivinhação.
- **Conjuração:** servia para conjurar criaturas, objetos ou partículas de energia ao plano físico. Os bruxos (ver bruxaria, mais adiante) geralmente eram especializados nesta escola.
- **Encantamento:** os feitiços destinados a influenciar e alterar emoções eram próprios da escola de encantamento.
- **Ilusão:** feitiços utilizados para produzir ilusões visuais, sonoras, táteis, olfativas e gustativas, a fim de enganar o adversário.
- **Invocação:** esses encantos tinham a propriedade de alterar as forças elementais, transformando-as em bolas de fogo, golpes de raio e chuvas de gelo, por exemplo.
- **Necromancia:** manipulava a energia da vida e da morte. Os necromantes eram capazes de falar com espíritos e às vezes trazer os mortos de volta.
- **Transmutação:** utilizada para operar mudanças significativas no corpo do feiticeiro ou da vítima, como se converter em um falcão ou transformar alguém em sapo.

BRUXARIA

Informalmente, magia, feitiçaria e bruxaria são a mesma coisa. Os enoquianos, porém, chamavam de bruxo todo aquele que buscava fontes externas para potencializar seus encantos. Sempre que um mago conjurava uma criatura extraplanar (um demônio, por exemplo) e pegava emprestada a energia dessa entidade para fortalecer suas técnicas, ele estava praticando bruxaria.

Nos tempos de Mehujael, o quarto rei de Enoque, surgiu o debate sobre se sacerdotes de outras religiões — que não a religião estatal enoquiana — estariam praticando bruxaria ao suplicar milagres a suas divindades. O monarca decidiu que sim, iniciando uma sangrenta perseguição às religiões estrangeiras, que só terminou séculos depois, com a ascensão ao trono por parte de Cainan, neto de Seth e bisneto de Adão (ver capítulo 1: Cronologia).

Aqueles que se valiam de bruxaria, mesmo os cidadãos respeitáveis, eram malvistos pelos buscadores, os quais temiam que, ao conjurar entidades poderosas, eles se tornassem também poderosos, ameaçando a supremacia do Estado. Mesmo em outras culturas, a bruxaria sempre foi encarada como "jogo sujo", utilizada por místicos de alma fraca ou por feiticeiros gananciosos.

LINGUAGEM MÁGICA

Para anotar suas fórmulas, os buscadores desenvolveram um código próprio, tão complexo que apenas os magos o conheciam. Essa escrita, que se modificou e evoluiu com o tempo, era composta de caracteres, notas e *ge'ehz*.

Os caracteres são como as letras de um alfabeto e serviam para descrever a "receita" do encanto: os ingredientes, os movimentos necessários, como preparar o ritual, a que hora do dia, em quais circunstâncias, materiais a serem utilizados etc.

As notas são símbolos parecidos com aqueles empregados, hoje, nas partituras musicais. São fragmentos silábicos acrescidos de entonações específicas, indicando as palavras que deveriam ser declamadas, em que ritmo e inflexão.

Finalmente, os *ge'ehz* são diagramas que indicam padrões mentais de concentração. Por incrível que pareça, essa é a parte mais difícil de compreender, talvez por ser algo exclusivo da linguagem mágica. Certas preparações mentais precisavam ser concluídas antes que o feitiço fosse conjurado, de modo que o feiticeiro se harmonizasse com sua própria essência, e os *ge'ehz* mostravam o caminho para isso.

SISTEMA RÚNICO

Os magos dedicam (ou deveriam dedicar) a maior parte de seu dia à leitura e à meditação. Para ser um bom feiticeiro, é preciso "viver" a mágica e praticá-la constantemente. Os grandes magos, mesmo na época de Enoque, não tinham tempo para exercitar o corpo ou treinar com espadas, sendo a maioria deles lutadores medíocres. Aprenderam então que, para combater um ladrão que espreita nas sombras ou um guerreiro com uma lança na mão, eles tinham de ser precavidos.

O sistema rúnico foi criado, inicialmente, como um método de proteção. As runas enoquianas são símbolos associados a determinado feitiço. Em vez de lançar o encanto em uma pessoa, o mago descarregava a energia no símbolo, que passava a "guardar" aquele feitiço, mantendo-o inativo até que certos parâmetros fossem cumpridos. Por exemplo, um invocador que sabia conjurar bolas de fogo lançava o feitiço em uma runa gravada sobre a porta de sua fortaleza, determinando que a explosão fosse acionada apenas se alguém tocasse a maçaneta, à exceção dele e de seu aprendiz, digamos. Os grão-feiticeiros de Enoque (outro exemplo) costumavam gravar dezenas de runas no corpo ou sobre seu manto (proteção contra o fogo, contra lâminas, contra o frio etc.), assim não precisavam gastar energia caso alguém viesse atacá-los.

As runas mais conhecidas são as de proteção, mas há aquelas que reagem, causando explosões, provocando náuseas ou lançando maldições.

O tempo durante o qual a runa permanece ativa varia, mas acredita-se que há câmaras babilônicas até hoje enterradas e protegidas por runas. Supõe-se que o famoso sarcófago de Tutancâmon, descoberto em 1922 no vale dos Reis, no Egito, continha um desses selos mágicos. Poucos meses após a violação do túmulo, mais de dez pessoas que participaram da expedição tinham morrido, inclusive Lord Carnarvon, que financiara o empreendimento. No momento em que ele faleceu, todas as luzes do Cairo se apagaram, numa falha elétrica jamais vista. O episódio nunca foi esclarecido.

RUNAS

CORPO

MENTE

ESPÍRITO

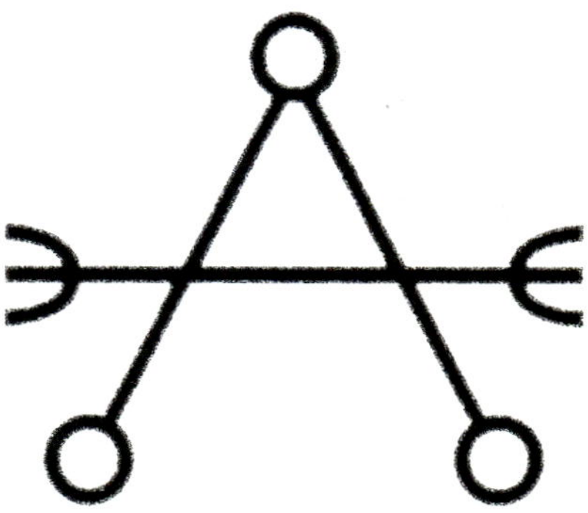
FOGO/CALOR

SONO/CONFUSÃO

AFUGENTAMENTO

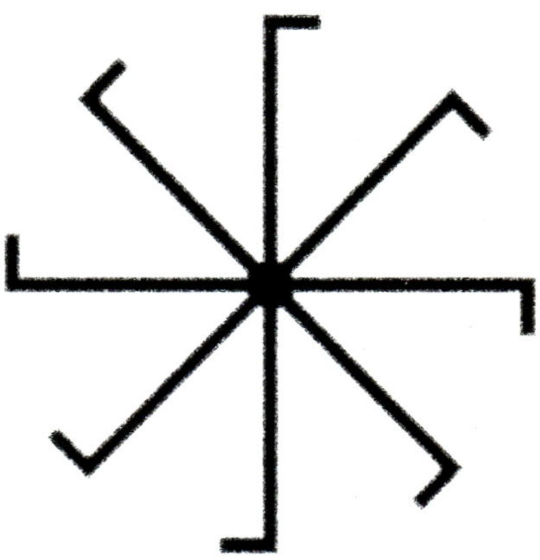
LÂMINAS

FEBRE

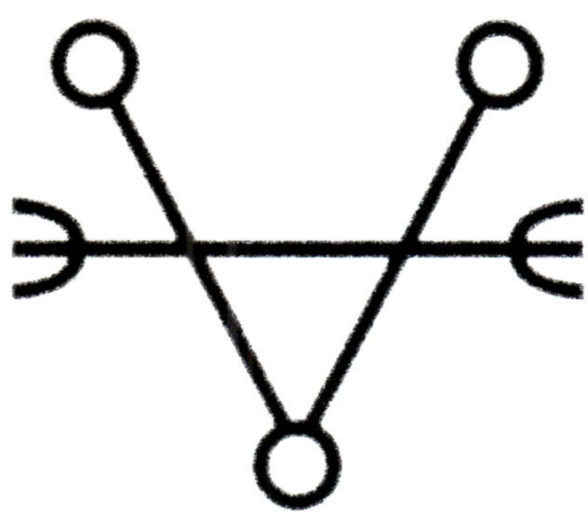
FRIO/GELO

MAGIA TELÚRICA

Como dito anteriormente, os místicos (e não só os magos) conjuram seus poderes buscando energia em fontes internas (a própria alma) ou externas (deuses, espíritos, criaturas extraplanares). Os hiperbóreos descobririam, no período anterior ao dilúvio, uma terceira fonte energética: a chamada força telúrica, ou vril.

Os hiperbóreos eram um povo que morava no extremo norte do planeta, região hoje correspondente à Sibéria e à Islândia. Durante a era do gelo, eles se esconderam no interior das montanhas (onde atualmente se situam os montes Urais) e lá se resguardaram do frio e da neve. Sua aparência se modificou: eles se tornaram altos e muito brancos, sendo até considerados por alguns uma espécie diferente de seres humanos.

Os hiperbóreos construíram uma sociedade muito peculiar e completamente fechada a estrangeiros. Quando começou o degelo, saíram para a luz do dia e encontraram uma série de obeliscos que haviam surgido misteriosamente em diversos cantos da Hiperbórea. Eram os famosos obeliscos negros, erguidos por Metatron e pelos sentinelas para marcar os nódulos de poder sobre a Terra.

Assim como os homens, os anjos, os animais e até as plantas, o planeta também possui um campo energético. Essas forças correm o mundo por meio de tramas invisíveis, e nos pontos em que esses fios se encontram ocorrem nódulos de poder. Sobre os nódulos mais fortes, os sentinelas posicionaram obeliscos, que seriam necessários para os planos futuros de Metatron.

Desses obeliscos emanavam vários tipos de energia, como a força gravitacional, o eletromagnetismo e a energia telúrica, um tipo de força espiritual da terra. Os hiperbóreos aprenderam a utilizar essa potência para executar seus encantos e, com isso, se transformaram em feiticeiros poderosíssimos.

MAGOS BRANCOS

Os hiperbóreos eram também chamados de thulianos, pois viviam não só na Hiperbórea (Sibéria), como na ilha de Thule (Islândia). Quase todos eram feiticeiros, e a seita que comandavam era chamada de Magos Brancos.

Os membros dessa confraria eram temidos pela força, mas tinham uma limitação: raramente deixavam suas terras. Como sua energia vinha dos obeliscos, eram muito eficientes perto desses nódulos e relativamente fracos quando estavam longe deles. Nos tempos antediluvianos, empregavam muitos espiões e desenvolveram técnicas que lhes permitiam enxergar (e até controlar) os inimigos a distância.

SOCIEDADE THULE

Os hiperbóreos foram dizimados pelo dilúvio, mas deixaram algumas de suas fórmulas escritas em pedra. Esses fragmentos foram encontrados muitos séculos depois, no começo da Idade Média, pelos godos, que fundaram uma confraria de magos, a Thule, a qual daria origem à sociedade Thule.

A sociedade Thule era uma seita moderna que perseguia os mesmos objetivos dos hiperbóreos originais: controlar o mundo através das sombras. Sua coleção de feitiços, todavia, era extremamente limitada, nada que se comparasse aos thulianos de outrora.

A confraria desapareceu misteriosamente no fim da Segunda Guerra Mundial.

PODERES PSIÔNICOS

Os moradores da antiga Lemúria eram crias dos devas (clã atlante; ver capítulo 1: Cronologia) com os seres humanos. Diferentemente dos arianos, eles desenvolveram um tipo tão singular de misticismo que alguns resistem a chamá-lo de magia.

Como seus tios atlantes, os lemurianos reconheciam a existência de sete chacras, mas preferiam se concentrar em um apenas: o sexto, o chacra da mente. Quando esse ponto se encontrava satisfatoriamente desenvolvido, o místico era capaz de enxergar o mundo através dele, sem a necessidade do sentido tradicional da visão. Abria-se, assim, o "terceiro olho", o olho da mente, nomeado de *ajna*.

Através de ajna, os lemurianos alcançavam uma espécie de percepção extrassensorial, podendo não apenas projetar a audição (clariaudiência) e a visão (clarividência), como a voz (telepatia) e o tato (telecinese). Mais tarde, ainda aprenderiam a provocar mudanças no corpo (psicometabolismo), prever o futuro (prognóstico), ler mentes (telepatia avançada), levitar (telecinese avançada) e até se teleportar.

Os poderes derivados de ajna em nada se comparavam à "magia suja" enoquiana e também não estavam exatamente de acordo com a mágica atlante. Oriundos da psique, isto é, da mente, foram considerados um ramo novo do misticismo, chamado na época de poderes psiônicos e, mais tarde, de paranormalidade.

Os psiônicos não lançavam feitiços, manipulavam "disciplinas". Segundo o sistema tradicional lemuriano, existem seis disciplinas psiônicas:

- **Clarividência:** disciplina ligada à percepção extrassensorial. Com ela, o psiônico é capaz de ouvir, enxergar e sentir lugares distantes e inacessíveis.
- **Prognóstico:** capacidade de prever o futuro. Disciplina muito complexa e traiçoeira, pois nenhum destino está traçado.
- **Projeção:** serve para transportar o espírito do místico através do plano astral. Os mestres dessa disciplina conseguem projetar o corpo físico também, ação chamada de teleporte.
- **Psicometabolismo:** faz mudanças significativas no organismo de uma pessoa. Os lemurianos usavam essa disciplina para fins medicinais.
- **Telecinese:** solidifica a força do pensamento. Com a telecinese, o psiônico pode mover objetos sem tocá-los ou levitar. Pode ainda agitar as moléculas e produzir calor e fogo (pirocinese).
- **Telepatia:** faz a conexão entre duas ou mais mentes. O místico pode usar isso para projetar pensamentos, ler memórias e emoções ou controlar determinado indivíduo remotamente.

OS PARANORMAIS MODERNOS

O estudo dos poderes psiônicos ganhou força a partir da segunda metade do século XX, após ser redescoberto por alguns cientistas alemães, durante uma série de experimentos macabros levados a termo em campos de concentração nazistas. Os chamados "médicos da morte" eram quase todos membros da SS, a guarda de elite de Adolf Hitler, e submeteram homens, mulheres e crianças a testes de comunicação telepática, levando-os ao extremo e conseguindo, com isso, obter resultados impressionantes.

Quase cem por cento desses cientistas passaram a viver na União Soviética após o fim da Segunda Guerra e continuaram suas pesquisas. Josef Stálin, então líder da nação comunista, os teria incentivado, esperando utilizar os paranormais como espiões no contexto da Guerra Fria.

Por meio desses psiônicos, os soviéticos, nessa época, tomaram conhecimento dos obeliscos negros e montaram comissões para analisá-los, chegando a construir uma câmara de teletransporte psíquico, que funcionou algumas vezes, mas era perigosamente instável, então o projeto foi abandonado.

Os agentes da KGB (serviço secreto russo) destruíram todos esses planos quando o bloco socialista entrou em colapso, em 1989, e os arquivos se perderam para sempre.

MAGIA ETÉREA

É verdade que muitos sacerdotes fazem preces aos deuses etéreos na esperança de que estes lhes forneçam encantos e milagres, mas de onde vem a força dessas entidades?

Os deuses etéreos são, na maioria, espíritos de antigos heróis falecidos. Tais ídolos retêm sua alma após a morte e podem, através dela, não só lançar feitiços como fornecer energia para seus seguidores.

Claro, há também os deuses etéreos que nunca foram humanos, como o sol, a lua, o fogo e os demais conceitos personificados. Nesse caso, tais divindades servem aos sacerdotes como símbolos de concentração, imagens que os ajudam a focar sua energia e potencializá-la, mas a força em si provém da alma do operador.

MAGIA DAS FADAS

As fadas são criaturas etéreas que nunca foram humanas. As mais antigas, conta-se, vieram da Arcádia (ver capítulo 2: Cenário), e as mais novas nasceram — e ainda nascem — dos sonhos terrenos. O curioso é que tais seres, diferentemente dos deuses, não fornecem energia aos homens: eles a *sugam* dos homens.

O artifício pode parecer desonesto à primeira vista, mas o que acontece, na realidade, é uma simbiose. As fadas fornecem inspiração para os seres humanos e depois se alimentam dessa mesma energia criativa, o chamado glamour.

Homens e fadas possuem uma ligação antiga e transcendental — não à toa, elas são mencionadas em todas as culturas planetárias. Em contraste com muitas divindades etéreas, que ficaram paradas no tempo e não são mais adoradas, as fadas se adaptaram ao novo mundo e continuam, de uma forma ou de outra, presentes na vida dos seres humanos, agora mais que nunca.

FOGOS MÁGICOS

O fogo vermelho, que arde no plano físico como resultado da combustão de material inflamável, não é o único existente. Os anjos, os demônios e os feiticeiros conhecem outros tipos de labaredas, com propriedades muito distintas. As categorias mais conhecidas estão destacadas a seguir:

- **Fogo azul ou fogo das fadas:** não produz calor, apenas luminosidade.
- **Fogo dourado:** são chamas curativas, usadas no passado por sacerdotes para acelerar o processo de regeneração física e para acalmar o espírito.
- **Fogo negro:** consome inclusive materiais não inflamáveis, como rocha e metal.
- **Fogo púrpura:** as chamas púrpura não afetam a carne, mas secam os fluidos corporais, como o sangue, causando espasmos, paralisia e finalmente a morte. Geralmente são produzidas por bruxaria.
- **Fogo verde ou fogo de Xahra:** queima tão somente no plano astral, afetando o espírito, não a carne.
- **Fogo violeta:** chama usada essencialmente para marcar runas ou fórmulas mágicas no espírito de um indivíduo.

MAGIA PÓS-DILUVIANA

Cerca de oitenta por cento de todo o conhecimento mágico se perdeu com o dilúvio, mas certos fragmentos resistiram não só nas cidades colonizadas por Enoque, mas também em outros sítios, como na Hiperbórea, em Sakha e em K'un Lung.

Os grandes descendentes dos enoquianos no campo da mágica foram os babilônios, que restauraram muitos pergaminhos antigos. Os minoicos, que ocuparam a ilha de Creta entre os séculos XXX e XV antes de Cristo, herdaram os grimórios dos magos negros das ilhas Themiscyra. Os egípcios se especializaram na arte da necromancia, e, no subcontinente indiano, a civilização védica conseguiu reunir muitos textos deixados pelos arianos, sendo capaz de reproduzir quase que perfeitamente suas técnicas.

Num período mais recente, os persas se destacariam como os primeiros "magos modernos". O termo é aplicável à categoria de feiticeiros que, por conta do engrossamento do tecido da realidade, só consegue realizar seus encantos com longas cerimônias e em ambientes controlados (santuários; ver capítulo 2: Cenário), onde a membrana é delgada.

O adensamento da película transformou muitos magos em especialistas no oculto. Surgiu então, entre tais bruxos, a necessidade de rastrear essa sabedoria perdida. O termo "ocultista" teria nascido mais ou menos nessa época, entre os persas, por volta do século V antes de Cristo. Séculos depois, o estudo da filosofia mágica seria associado a escritos atribuídos aos deuses Tot (egípcio) e Hermes (grego) e caracterizados como "herméticos" (fechados, obscuros).

BESTIÁRIO

MONSTROS, ENTIDADES E CRIATURAS

Os Antigos eram, os Antigos são e os Antigos serão. Não nos espaços como nós conhecemos, mas entre eles. Eles caminham serenos e primitivos, unidimensionais e invisíveis para nós. Yog-Sothoth conhece o portão. Yog-Sothoth é o portão. Yog-Sothoth é a chave e o guardião do portão. Passado, presente, futuro são todos um em Yog-Sothoth.

H. P. Lovecraft, *O Horror de Dunwich*

Anjos, demônios e seres humanos não são as únicas criaturas a povoar o universo. Há outras, muitas outras, que habitam o plano etéreo (raso e profundo), o plano astral, o plano das sombras e as dimensões paralelas. Não bastasse, existem também aquelas que vagam, apenas, e não pertencem a nenhuma realidade palpável. Os malakins desistiram de tentar entendê-las, mas ainda se esforçam para catalogá-las.

Nas próximas páginas, o que o leitor vai encontrar é uma pequena amostra dessas entidades, algumas observadas pelos kālas nas regiões longínquas do espaço, outras que podem ser observadas frequentemente por qualquer infernal ou celeste.

GRANDES ANTIGOS

Quando o sol atingiu o zênite, com Kothar rouco, novamente fadigado, alguma coisa despontou do buraco. O que inicialmente parecia ser a antena de uma lesma gigante acabou por se expandir em um tentáculo, como aquele que o bruxo invocara no pátio. O bico era escuro, viscoso e se empinou feito uma cobra no cesto, alongando-se terrivelmente até chegar a uns trinta ou quarenta metros de altura. Outro membro brotou do redemoinho, e outro, perfazendo três apêndices titânicos, como línguas enormes, oriundos das vastidões estelares.

Filhos do Éden: Paraíso Perdido

Os netos de Tehom (ver capítulo 1: Cronologia) são chamados pelos celestes de "grandes antigos", embora os feiticeiros antediluvianos gostassem de se referir a eles como "demônios da noite antiga". Em sua maioria, são filhos de Enuma, o Destruidor, o único deus do caos a escapar com vida das Batalhas Primevas. Os mais velhos foram concebidos no primeiro dia da criação; outros nasceram no segundo, terceiro, quarto, quinto e sexto dias, portanto seu nível de poder, inteligência e tamanho varia bastante.

Em termos gerais, quanto mais nova, mais adaptada a criatura está aos padrões do nosso universo. Os nascidos no primeiro dia são disformes; já os concebidos no sexto costumam ter o corpo sólido e membros semelhantes aos dos seres humanos.

Tehom era inimiga de Yahweh, e é de imaginar que seus descendentes odeiem os celestes. De fato, muitos dos grandes antigos ficaram conhecidos por perseguir, caçar e devorar os alados. Contudo, apesar de elevada inteligência, sua mente é um enigma, e sua moralidade, indecifrável. Isso significa que são, portanto, imprevisíveis. Há relatos de grandes antigos que chegaram a ajudar certos anjos e até a se relacionar afetivamente com eles.

Os netos de Tehom mais conhecidos são aqueles que, em algum ponto da história, se manifestaram na esfera terrena. Vários, aliás, se apresentaram aos homens como deuses, sendo cultuados por seitas — modernas e antigas. Uma lista elaborada no Sexto Céu contém nomes como:

- **Þşāð**: descrito como "uma mancha escura, de odor pútrido e consistência oleosa", parece habitar as margens dos buracos negros, alimentando-se dos objetos sugados por ele. Teria a capacidade de cessar todo tipo de luz, natural ou celeste.
- **Chync'eyya**: essa criatura se assemelha a uma imensa esfera flamejante, composta por labaredas vermelhas. Especula-se que o fogo seja usado como camuflagem predatória — Chync'eyya se faz passar por uma estrela de aspecto rubro, aproximando-se com velocidade estrondosa e explodindo em chamas sobre seus inimigos.
- **Ereshki Ghal**: observado mais de uma vez no planeta Terra, esse monstro tem o corpo similar ao de um caranguejo, com muitas bocas, garras e pinças. Supõe-se que exista um portal aberto à sua dimensão nas profundezas de alguma fossa marinha, embora nada tenha sido encontrado até hoje.
- **N'glalek**: gigantesca entidade repleta de tentáculos e olhos, lembra vagamente um polvo demoníaco. Foi adorado como deus no período anterior ao dilúvio por uma seita de bruxos, que o chamavam de O Rastejante.
- **Gabu**: na contramão de seus parentes, Gabu era reconhecido pelos arianos (ver capítulo 1: Cronologia) como uma divindade bondosa, com corpo humano e cabeça de elefante. Talvez, como seus irmãos, ele também odeie os celestes, e uma forma de antagonizá-los seja preservar a raça humana, que o arcanjo Miguel tanto detesta.
- **Nayra**: nascida no sexto dia da criação, Nayra escapou do assédio dos anjos se refugiando no centro da Terra. Na escuridão das cavernas, ela travou contato com os homens primitivos, caçando-os e devorando-os. Textos antigos a descrevem como uma aranha gigante, "com o ventre dilatado, entulhado de esqueletos".
- **Nikarath**: esse monstro brotou de um dos "ovos" que Behemot lançou no universo, antes de ser morto nas Batalhas Primevas. Nos grimórios mágicos ele é descrito como "um demônio dotado de grande furor sexual". Chamado ainda de Senhor dos Poços, foi venerado por diversas culturas, antes e depois do dilúvio.
- **Onhg**: criatura humanoide, Onhg é uma entidade bípede com a cabeça cinzenta e os olhos grandes. Aparece vestindo uma túnica preta e já foi tomado como alienígena por alguns seres humanos. Outros, como os magos negros das ilhas Themiscyra, o chamavam de Utu, o Pai dos Demônios, e chegaram a pactuar com ele, em troca de poder e conhecimento.

N'GLALEK, O RASTEJANTE

ABERRAÇÃO GIGANTESCA, CAÓTICO E MALIGNO

- Classe de armadura: 25 (armadura natural)
- Pontos de vida: 890 (33d20 + 330)
- Velocidade: 12 metros, voando 6 metros, cavando 12 metros

Habilidades

- Força 30 (+10), Destreza 10 (0), Constituição 30 (+10), Inteligência 20 (+5), Sabedoria 20 (+5), Carisma 20 (+5)
- Testes de resistência: Força + 19, Constituição + 19, Sabedoria + 14
- Imunidades: N'glalek é imune à exaustão e ao veneno comuns. Não pode ser amedrontado (*frightened*), encantado (*charmed*), jogado no chão (*prone*), paralisado (*paralyzed*), petrificado (*petrified*), preso (*grappled*), retido (*restrained*) ou envenenado (*poisoned*).
- Resistências: é resistente aos ataques de corte, impacto, perfuração, frio e ao dano psíquico.
- Perícias: Natureza + 14
- Sentidos: visão cega (*blindsight*) 120 metros, percepção sísmica (*tremorsense*) 1.500 metros, Percepção passiva (*passive Perception*) 15
- Desafio: 30 (155.000 XP)

Características

- Vulnerabilidade: N'glalek é vulnerável a ataques radiantes, sofrendo o dobro de dano por essas fontes.
- Imunidade Mágica: é imune à magia humana. Contudo, um mago, bruxo ou feiticeiro pode afetá-lo se souber pronunciar e escrever seu nome completo.
- Monstro de cerco: causa dano duplo em objetos e estruturas.
- Controlar o Clima: pode usar a habilidade de Controlar o Clima (igual ao feitiço *Control Weather*, de oitavo nível) uma vez a cada 24 horas.

Ações

- Múltiplos ataques: N'glalek pode usar sua presença assustadora. Em seguida, faz três ataques com seus tentáculos.
- Tentáculos: corpo a corpo + 19, alcance 20 metros, um alvo, dano 36 (4d12 + 10) por impacto (os tentáculos são considerados armas místicas). Se acertar, a criatura está retida pelas ventosas, dificuldade 20 para escapar.
- Presença Assustadora: todos os mortais a até trezentos metros de distância de N'glalek devem ser bem-sucedidos em um teste de resistência de Sabedoria (dificuldade 18) ou ficar amedrontados enquanto estiverem na presença do monstro. Os imortais, nephilins e cambions são imunes a esses efeitos.
- Engolir: N'glalek pode usar um de seus ataques para tentar engolir qualquer criatura de tamanho grande ou menor que já esteja presa em suas ventosas (ver Tentáculos, anteriormente). Se acertar, a vítima sofre 4d12 + 10 pontos de dano de perfuração (não pelos tentáculos, mas pela mordida) e é engolida. Uma vez na garganta de N'glalek, a vítima está cega (*blinded*) e retida, tem cobertura total contra os ataques que acontecem do lado de fora e sofre 56 (16d6) pontos de dano por ácido no começo de cada rodada. Se a criatura engolida infligir 50 pontos de dano em N'glalek, consegue abrir uma fresta na parede interna da garganta e saltar para o mundo exterior, libertando-se da ingestão.

Ações legendárias

- N'glalek pode usar três ações legendárias, escolhendo uma das opções a seguir. Apenas uma ação legendária pode ser usada por vez e somente no fim do turno da outra criatura. N'glalek recupera as ações legendárias no começo de seu próximo turno.
- Ataque em área: baixa um de seus tentáculos e golpeia o solo. Todos que estiverem junto, em uma área de até trinta metros, sofrem 4d12 + 10 pontos de dano de impacto.
- Descarga Psíquica: o grito de N'glalek causa 5d8 pontos de dano psíquico a todos que falharem em um teste de resistência de Sabedoria (dificuldade 15).

- **Sgorцatyhm:** invisível, insubstancial e inodoro, Sgorцatyhm é perceptível apenas através de estímulos sonoros. Os anjos que tiveram contato com ele o classificam como "um barulho ensurdecedor", capaz de enlouquecer qualquer um com suas "trombetas da morte".
- **Tƕho'ga:** há quem diga que Tƕho'ga é um "respingo" de Þṣāð (ver anteriormente) que tomou vida própria. Descrito como "uma poça de óleo negro", engole criaturas que cruzam seu caminho, liquefazendo-as.
- **Yina-Dorath:** o Destruidor de Mundos talvez seja um dos seres mais poderosos que ainda vagam pela sombra do espaço. De tempos em tempos, essa "coluna de luz" surge do nada para obliterar planetas inteiros em questão de segundos. Boatos dão conta de que seu objetivo é destruir o Éden, isto é, a Terra, mas é cego e ainda não localizou seu alvo.
- **ȝ:** esse verme colossal teria o tamanho aproximado de um sistema solar e "cavaria" buracos no tecido do espaço, transitando entre a realidade física e as dimensões paralelas. Seu propósito talvez seja destroçar o universo, mas alguns malakins dizem que ȝ cria vórtices, abre passagens e, portanto, sua existência é benéfica para o ecossistema galáctico.

NIKARATH, O SENHOR DOS POÇOS

ABERRAÇÃO GRANDE, CAÓTICO E MALIGNO

- Classe de armadura: 18 (armadura natural)
- Pontos de vida: 201 (16d10 + 75)
- Velocidade: 10 metros

Habilidades

- Força 20 (+5), Destreza 12 (+1), Constituição 20 (+5), Inteligência 18 (+4), Sabedoria 18 (+4), Carisma 22 (+6)
- Testes de resistência: Constituição + 10, Sabedoria + 9
- Imunidades: Nikarath é imune à exaustão e aos venenos comuns. Não pode ser amedrontado ou envenenado.
- Resistências: é resistente aos ataques de corte, impacto, perfuração e ao frio.
- Perícias: Religião + 9, Natureza + 9
- Sentidos: visão cega 100 metros, Percepção passiva 14
- Desafio: 8 (3.900 XP)

Características

- Vulnerabilidade: Nikarath é vulnerável a ataques radiantes, sofrendo o dobro de dano por essas fontes.
- Sensibilidade à luz: sofre desvantagem nos ataques e nos testes de Sabedoria à luz do sol ou em ambientes muito claros.
- Telepatia: é capaz de se comunicar mentalmente com qualquer criatura a até trinta metros de distância.

Ações

- Múltiplos ataques: Nikarath pode usar sua presença assustadora. Em seguida, faz três ataques, um com sua mordida e dois com seus tentáculos.
- Mordida: corpo a corpo + 10, alcance 3 metros, um alvo, dano 16 (2d10 + 5) de perfuração.
- Tentáculos: corpo a corpo + 10, alcance 3 metros, um alvo, dano 12 (2d6 + 5) de impacto. Se acertar, o alvo está retido, dificuldade 15 para escapar.
- Presença Assustadora: todos os mortais a até sessenta metros de distância de Nikarath devem ser bem-sucedidos em um teste de resistência de Sabedoria (dificuldade 15) ou ficar amedrontados por até uma hora. Os imortais, nephilins e cambions são imunes a esses efeitos.
- Engolir: Nikarath faz um ataque de mordida contra um alvo de tamanho médio ou menor que já esteja preso por seus tentáculos. Se acertar, a vítima sofre 2d10 + 5 pontos de dano de perfuração e é engolida. Uma vez na garganta de Nikarath, o indivíduo está cego e retido, tem cobertura total contra os ataques que acontecem do lado de fora e sofre 20 (5d6) pontos de dano por ácido no começo de cada rodada. Se a criatura engolida infligir 25 pontos de dano em Nikarath, consegue abrir uma fresta na parede interna da garganta e saltar para o mundo exterior, libertando-se da ingestão.

MONSTROS CÓSMICOS

O veículo, propriamente, não impressionava.
O que a todos perturbou foram seus condutores,
os barqueiros, seres cobertos de túnicas e capuzes,
que não projetavam um só traço de energia vital. Se
estavam mortos, vivos ou nenhuma das duas coisas,
era uma questão que ainda intrigava os malakins,
que por anos se dedicaram a estudá-los.

Filhos do Éden: Paraíso Perdido

Além dos grandes antigos, há outra categoria de entidades que os celestes não compreendem inteiramente. O nome "monstros cósmicos" é uma classificação genérica e bastante abrangente. Na realidade, cada raça tem características únicas, o que torna seu entendimento ainda mais complicado.

Os **barqueiros**, por exemplo, são figuras que percorrem o rio Styx (ver capítulo 2: Cenário), controlando flutuadores e transportando passageiros em troca de energia vital. Ninguém sabe de onde vêm ou o que são, de fato. Já se especulou que pertenceriam a um universo anterior ao nosso e teriam escapado da entropia dispersando toda sua força interna. O ponto de reunião dos barqueiros é Tyia, a Cidade do Oriente, um dos maiores portos do Styx.

À primeira vista, os **ecaloths** parecem ser o oposto dos barqueiros. Nativos do rio Oceanus, são compostos de plasma, energia sólida e abundante. Consomem tudo por onde passam, desintegrando qualquer material, orgânico e inorgânico. São perspicazes, mas indiferentes ao bem e ao mal. Se a teoria em relação aos barqueiros for verdadeira, os ecaloths podem ter escapado da entropia acumulando o poder destrutivo do universo, e agora teriam que dispersá-lo.

Os barqueiros não são uma ameaça, mas as margens do Styx são perigosas para os forasteiros que navegam sozinhos. Os **rastejadores** são criaturas bípedes, de pele áspera e escura, que caminham pelos rochedos e pelas praias, atacando os viajantes. Os satanis afirmam que eles são barqueiros que optaram pela violência; já os malakins acham que são ecaloths "esgotados", que perderam a energia e precisam sugar a de outrem.

O leito do Styx abriga ainda monstros semelhantes a crocodilos, os **górgons**, além dos **insetos de Shan**, uma raça de mosquitos fluorescentes que teve sua dimensão destruída e agora vive entre canais e ilhotas.

BARQUEIROS

ABERRAÇÕES MÉDIAS, NEUTROS

- Classe de armadura: 10
- Pontos de vida: 80 (10d8 + 20)
- Velocidade: 10 metros

Habilidades

- Força 14 (+2), Destreza 10 (0), Constituição 14 (+2), Inteligência 28 (+9), Sabedoria 28 (+9), Carisma 18 (+4)
- Imunidades: os barqueiros são imunes à exaustão, à cegueira e ao ensurdecimento. Não podem ser aturdidos (*stunned*), amedrontados, encantados, paralisados, petrificados ou envenenados.
- Testes de resistência: Inteligência + 13, Sabedoria + 13
- Perícias: Arcana + 13, História + 12, Intimidação + 8, Natureza + 13, Percepção + 13
- Ferramentas: Navegação + 13, Veículos (aquáticos) + 13
- Sentidos: visão cega 300 metros, visão verdadeira (*truesight*) 300 metros, Percepção passiva 23
- Desafio: 10 (5.900 XP)

Características

- Presença Forte: qualquer um que deseje agredir um barqueiro (até verbalmente) precisa antes ser bem-sucedido em um teste de resistência de Sabedoria (dificuldade 25). Uma falha significa que o alvo fica completamente intimidado por 1d6 horas, não pode atacar o barqueiro e procura evitar chegar muito próximo (menos de um metro) dele. Essa habilidade está sempre ativa, isto é, o barqueiro não precisa gastar ações para acioná-la.
- Transferência de Dano: todo ataque (não importa a fonte ou o tipo) que acerte o barqueiro e provoque dano desaparece automaticamente e é transferido para o agressor, na forma de dano necrótico. Nenhum teste de resistência é permitido.

Ações

- Cajado: corpo a corpo + 6, alcance 3 metros, um alvo, dano 6 (1d6 + 2) de impacto.

Os observadores são as entidades nativas de Xandra, a Cidade no Centro do Cosmo, uma das metrópoles cósmicas. Os celestiais os descrevem como "seres pequenos, redondos, de casca metálica, desprovidos de membros, que flutuam no ar". Seriam dotados de um tipo sinistro de imparcialidade, "como se não possuíssem espírito nem emoções, boas ou más".

Outro grupo que desafia a compreensão dos celestes são os yogoths. De corpo humanoide, grandes olhos pretos e pele cinzenta, sabem se deslocar rapidamente através do espaço e entre as dimensões paralelas. Quando são localizados, desaparecem, tornando a aparecer em outro ponto do universo. Pela semelhança com Onhg (ver anteriormente, neste capítulo), alguns já sugeriram que são uma raça criada por ele, para servir a seus propósitos.

ECALOTHS
ABERRAÇÕES MÉDIAS, CAÓTICOS E NEUTROS

- Classe de armadura: 15
- Pontos de vida: 80 (10d8 + 20)
- Velocidade: 10 metros, voando 36 metros, nadando 36 metros

Habilidades
- Força 16 (+3), Destreza 20 (+5), Constituição 14 (+2), Inteligência 12 (+1), Sabedoria 26 (+8), Carisma 20 (+5)
- Imunidades: os ecaloths são imunes à exaustão, à cegueira, ao ensurdecimento e ao dano necrótico. Não podem ser aturdidos, amedrontados, encantados, paralisados, petrificados ou envenenados.
- Resistências: são resistentes a danos por ácido, fogo, frio, corte, impacto e perfuração.
- Testes de resistência: Destreza + 9, Sabedoria + 12
- Perícias: Arcana + 13, Vigor + 7, Natureza + 12, Percepção + 12
- Sentidos: enxergar no escuro (*darkvision*) 60 metros, Percepção passiva 22
- Desafio: 10 (5.900 XP)

Características
- Gerar Luz: o plasma dos ecaloths ilumina uma área esférica de até trinta metros de raio. O monstro pode inibir essa luz se quiser.
- Corpo de Plasma: a criatura que tocar em um ecaloth ou entrar em combate corpo a corpo com ele sofre automaticamente 14 (2d12) pontos de dano radiante.

Ações
- Múltiplos ataques: os ecaloths podem disparar até duas rajadas de plasma por rodada.
- Rajada de Plasma: distância + 9, alcance 120 metros, um alvo, dano 70 (10d12) radiante.

FANTASMAS

O exilado se ergueu, o rifle cheio de terra,
e reparou com seus olhos de anjo que muitos
espíritos já mortos continuavam a marchar.
Por isso, ele entendeu, a presença dos ofanins
era tão necessária, para que essas almas
não se transformassem em fantasmas,
seres amargurados, eternamente presos à terra.
Filhos do Éden: Anjos da Morte

Quando um ser humano morre, muitas coisas podem acontecer. Caso ele (ou ela) tenha sido justo em vida, a alma sobe sem escalas para o Terceiro Céu, o Éden Celestial. Se a consciência pesa, o espírito encalha nas proximidades do Segundo Céu, a Gehenna. Os hashmalins o capturam e o levam para o purgatório. Já aqueles que praticaram atos perversos e não se arrependem de absolutamente nada naufragam e caem direto no inferno.

Existem, também, almas que não sobem nem descem, por estarem, ainda, muito apegadas à matéria. O que as prende à esfera terrena são, geralmente, angústias e questões não resolvidas, tarefas não completadas, objetivos ou metas não cumpridos. Tais entidades, os **fantasmas**, permanecem vagando no plano astral após a morte, atuando como mendigos cósmicos, observando o cotidiano dos vivos.

Há inúmeras classificações de fantasmas. O fantasma clássico é aquele que patrulha determinado local (uma fazenda, um prédio, um navio, um trem), seguindo a mesma rotina que tinha em vida. A maioria nem sequer sabe que morreu, mas alguns têm consciência da situação e são ciumentos com suas posses (sua antiga casa, por exemplo), fazendo de tudo para abalar a película e perturbar quem entra ali.

Pessoas que se sentiam perdidas e obcecadas no instante da morte não raro se transformam em **sombras**, fantasmas que enlouqueceram, sucumbindo à catatonia. As sombras são criaturas que passam a eternidade no mesmo lugar, repetindo as mesmas ações. É inútil tentar falar com elas e muito difícil interrompê-las.

Os **avejões** são fantasmas que, por alguma razão, permanecem apegados ao defunto. São incapazes de se afastar do próprio cadáver por muito tempo, mesmo quando só resta o esqueleto. Os avejões são encontrados em cemitérios ou na proximidade dos túmulos.

Inflados de amargura, os fantasmas tendem a ser criaturas passivas, apáticas e desiludidas. O oposto, porém, acontece com os **banshees**, espíritos insanos e extremamente agressivos. Os banshees são célebres por seus brados de agonia, tão altos que provocam oscilações no tecido da realidade, causando náuseas ocasionais nas pessoas que invadem seus domínios.

BANSHEES

MORTOS-VIVOS MÉDIOS, CAÓTICOS E NEUTROS

- Classe de armadura: 12
- Pontos de vida: 58 (13d8)
- Velocidade: voando 13 metros

Habilidades

- Força 10 (0), Destreza 14 (+2), Constituição 10 (+0), Inteligência 11 (+1), Sabedoria 11 (+0), Carisma 17 (+3)
- Testes de resistência: Sabedoria + 2, Carisma + 4
- Imunidades: os banshees são imunes à exaustão e não podem ser encantados, amedrontados, envenenados, retidos, presos, paralisados, petrificados ou jogados no chão. São imunes também ao frio, aos venenos e ao dano necrótico.
- Resistência: são resistentes ao ácido, ao fogo, à eletricidade, ao dano sônico e a armas de corte, perfuração e impacto não mágicas ou místicas.
- Sentidos: enxergar no escuro 18 metros, Percepção passiva 10
- Desafio: 4 (1.100 XP)

Características

- Detectar Vida: um banshee pode detectar a presença de qualquer criatura viva em um raio de até oito quilômetros, seja no plano físico, seja no astral.

Ações

- Toque do Apodrecimento: corpo a corpo + 4, alcance 1,5 metro, um alvo, 12 (3d6 + 2) de dano necrótico. O banshee só pode usar o toque do apodrecimento em oponentes que estejam no mesmo plano de existência que ele (geralmente o plano astral).
- Fisionomia Horrível: o banshee pode projetar sua imagem no tecido da realidade, caso esteja em um santuário. Todos os seres que não forem mortos-vivos devem ser bem-sucedidos em um teste de Sabedoria (dificuldade 13) ou ficar amedrontados por um minuto. Quem passar no teste fica imune a esse efeito por 24 horas. Oponentes no mesmo plano de existência (não só no mundo físico) também estão suscetíveis a ser aterrorizados pela Fisionomia Horrível do banshee.
- Grito: o banshee solta um berro estridente sempre que alguém invade seus domínios. Todos em um raio de sessenta metros sofrem 8d6 pontos de dano sônico. Um teste de resistência de Constituição (dificuldade 13) bem-sucedido reduz o dano à metade. O grito atravessa o tecido e pode afetar criaturas no plano físico também. Nesse caso, o dano é 4d6, ou metade, se o alvo for bem-sucedido no teste de resistência.

ESPECTROS

Da pilha de crânios infantis ouviu-se alguma coisa — ou coisas — a borbulhar, e desse ninho flutuaram seis imensas esferas de carne, as quais Urakin (felizmente ou infelizmente) já conhecia. Faziam lembrar cânceres vivos, cada qual com quatro tentáculos, rematados por gigantescas bocarras. Os devoradores, como os ofanins os batizaram, eram espectros antigos, tão ou mais fortes que certos demônios.

Filhos do Éden: Paraíso Perdido

Os fantasmas que são consumidos pelo ódio acabam deixando o plano astral e passando ao mundo das sombras, tornando-se **espectros**. Os shenzais, ofanins que se dedicam à redenção dos espíritos (ver capítulo 3: Luz e Trevas), reconhecem que, a partir desse ponto, é quase impossível recuperá-los, tão afundados estão no desespero.

Os espectros se refugiam nas áreas sombrias, viajando ao plano astral com frequência para caçar outras entidades ou assediar os seres humanos através da película. O que fazem, basicamente, é sugar a energia dessas almas (vivas ou mortas), tornando-as fracas.

Nos primeiros estágios, os espectros são chamados de **andarilhos**, criaturas molengas que vagam sem rumo. Quanto mais eles se nutrem, maiores ficam. Seu corpo vai se contorcendo e se modificando, até que, no último estágio, se transmutam em esferas de carne, cheias de bocas: são conhecidos, então, como **devoradores**.

Existem, ainda, espécies nativas do plano das sombras que nunca foram completamente humanas. Os **vultos**, por exemplo, nascem da concretização de sentimentos agressivos, tais como raiva, ódio, ira e vingança, dando forma a feras irracionais, guiadas por instinto, como animais selvagens. Sua aparência varia, mas geralmente se assemelham a hienas negras, sem olhos, com patas de cabra e mãos de macaco. Sempre famintos, os vultos são facilmente condicionados. Foram usados como cães de guarda por bruxos e feiticeiros no período anterior ao dilúvio. O encantamento que os convoca ao plano físico, todavia, perdeu-se com a inundação.

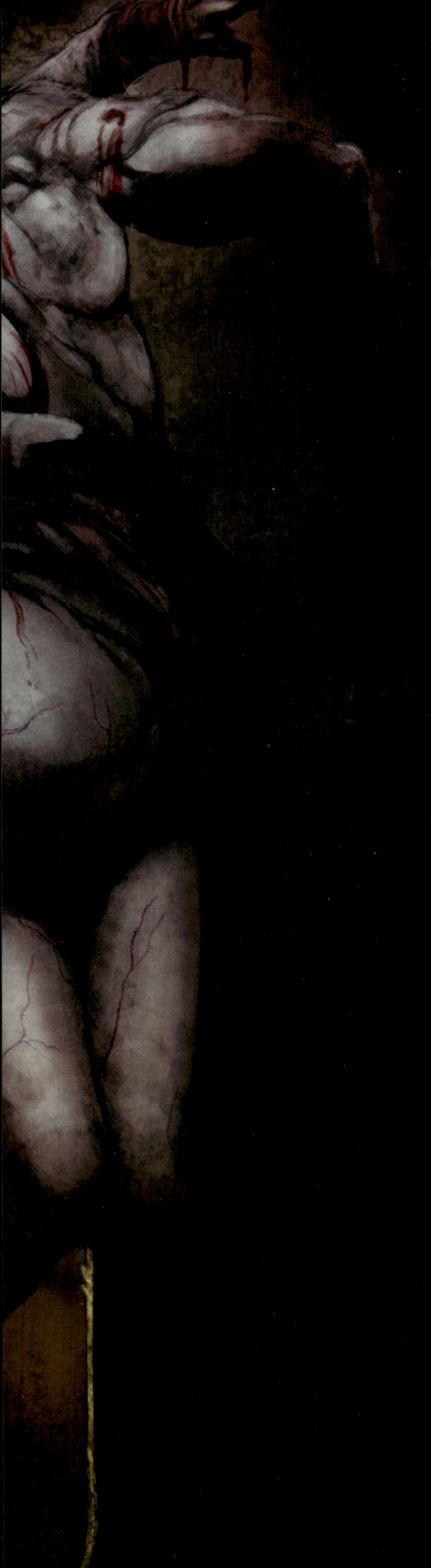

ANDARILHOS

MORTOS-VIVOS MÉDIOS, CAÓTICOS E NEUTROS

- Classe de armadura: 12
- Pontos de vida: 22 (5d8)
- Velocidade: 6 metros

Habilidades

- Força 10 (0), Destreza 10 (0), Constituição 10 (0), Inteligência 8 (-1), Sabedoria 8 (-1), Carisma 3 (-4)
- Imunidades: os andarilhos são imunes à exaustão, ao dano necrótico, à cegueira e à surdez. Não podem ser aturdidos nem amedrontados.
- Perícias: Percepção + 1
- Sentidos: visão cega 30 metros, Percepção passiva 11
- Desafio: ½ (100 XP)

Características

- Vulnerabilidade: os andarilhos são vulneráveis a ataques radiantes, sofrendo o dobro de dano por essas fontes.
- Sensibilidade à luz: os andarilhos (assim como todos os espectros) sofrem desvantagem nos ataques e nos testes de Sabedoria à luz do sol ou em ambientes muito claros.

Ações

- Mordida: corpo a corpo + 4, alcance 1,5 metro, uma criatura, 8 (2d6) pontos de dano por perfuração. O alvo, se for atingido, deve ser bem-sucedido em um teste de resistência de Sabedoria (dificuldade 14) ou perder 1 ponto em cada uma de suas habilidades (Força, Destreza, Constituição, Inteligência, Sabedoria e Carisma). O andarilho pode usar essa característica através do tecido da realidade, em seres humanos no plano físico, mas o ataque se produz de forma diferente: a vítima faz um teste de resistência de Sabedoria (dificuldade 14). Se falhar, suas habilidades são drenadas (ela não sofre nenhum tipo de dano necrótico). O espectro só pode sugar, nesse caso, 1 ponto de cada uma das habilidades, apenas uma vez a cada oito horas.

VULTOS

MORTOS-VIVOS PEQUENOS, CAÓTICOS E MALIGNOS

- Classe de armadura: 13
- Pontos de vida: 16 (3d6 + 4)
- Velocidade: 12 metros

Habilidades

- Força 12 (+1), Destreza 16 (+3), Constituição 14 (+2), Inteligência 5 (-3), Sabedoria 14 (+2), Carisma 5 (-3)
- Testes de resistência: Destreza + 5, Constituição + 4
- Imunidades: os vultos são imunes à exaustão, ao dano necrótico, à cegueira e à surdez. Não podem ser aturdidos nem amedrontados.
- Perícias: Vigor + 3, Furtividade + 5, Percepção + 4, Sobrevivência + 4
- Sentidos: visão cega 50 metros, Percepção passiva 14
- Desafio: 1 (200 XP)

Características

- Vulnerabilidade: os vultos são vulneráveis a ataques radiantes, sofrendo o dobro de dano por essas fontes.
- Sensibilidade à luz: os vultos (assim como todos os espectros) sofrem desvantagem nos ataques e nos testes de Sabedoria à luz do sol ou em ambientes muito claros.

Ações

- Mordida: corpo a corpo + 3, alcance 1,5 metro, uma criatura, 11 (2d8 + 1) pontos de dano por perfuração. O alvo, se for atingido, deve ser bem-sucedido em um teste de resistência de Constituição (dificuldade 13) ou perder 1d6 pontos de Constituição. Esses pontos regressam à ordem de 1 ponto de Constituição por dia.

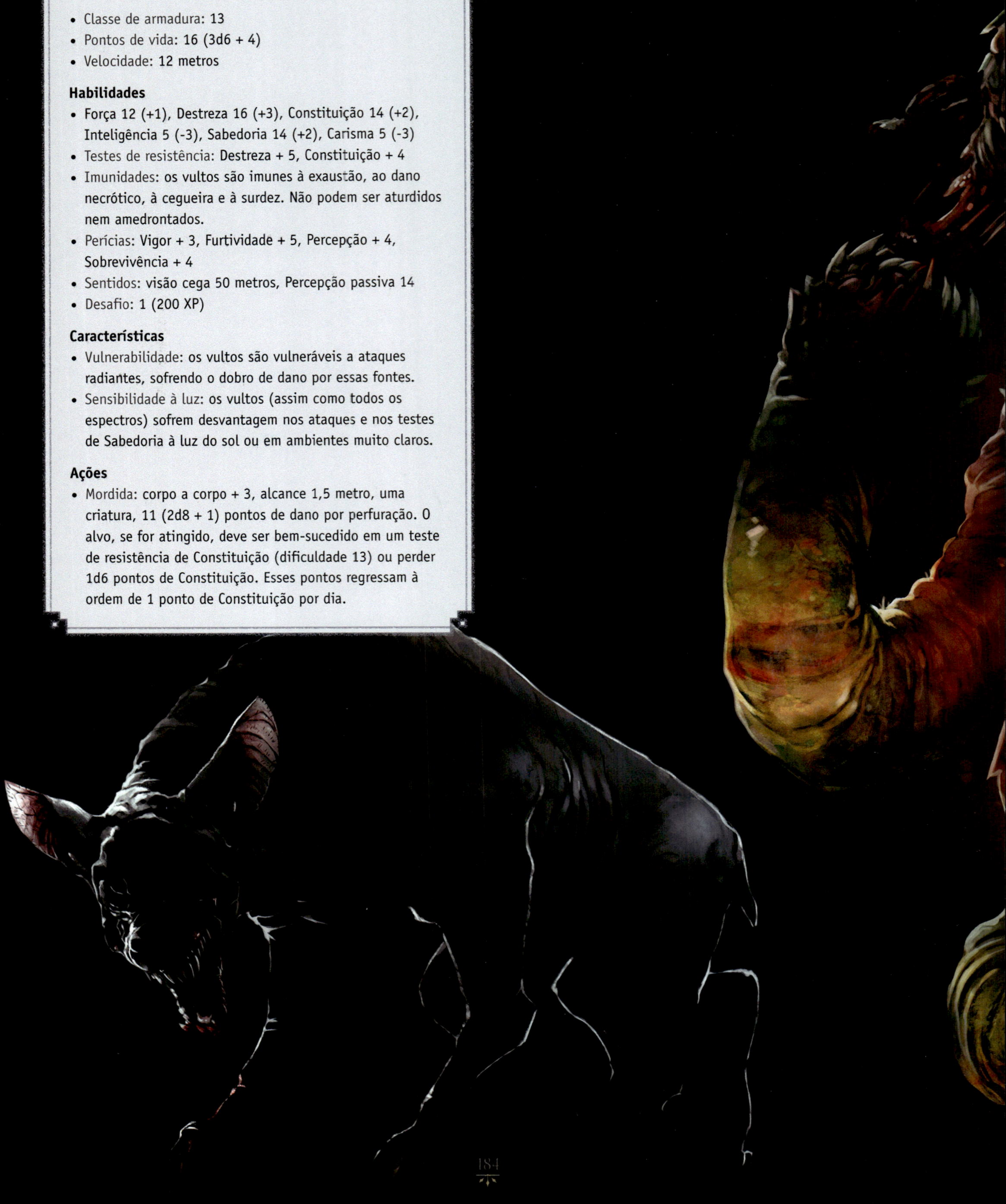

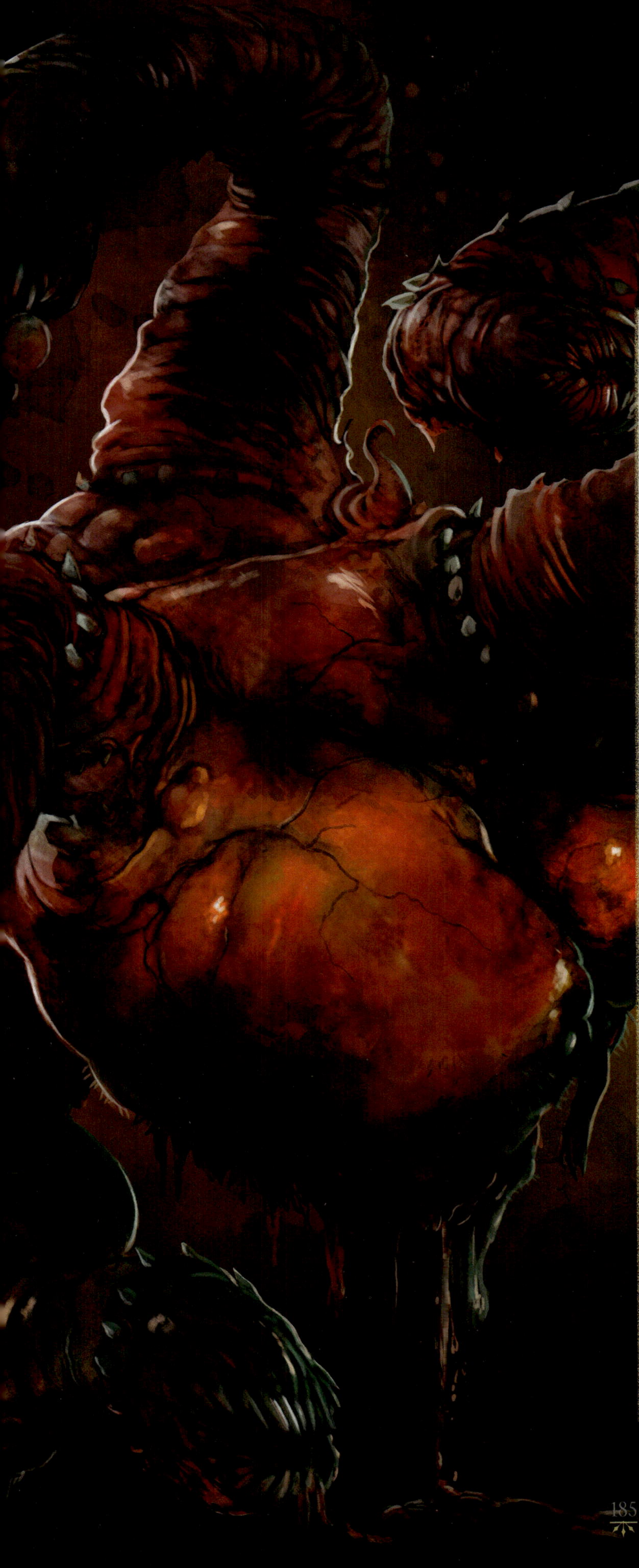

DEVORADORES

MORTOS-VIVOS GRANDES, CAÓTICOS E MALIGNOS

- Classe de armadura: 15 (armadura natural)
- Pontos de vida: 88 (8d10 + 40)
- Velocidade: voando 10 metros

Habilidades

- Força 20 (+5), Destreza 15 (+2), Constituição 20 (+5), Inteligência 8 (-1), Sabedoria 10 (0), Carisma 12 (+1)
- Testes de resistência: Força + 8, Constituição + 8
- Imunidades: os devoradores são imunes à exaustão, ao dano necrótico, à cegueira e à surdez. Não podem ser presos, jogados no chão, aturdidos ou amedrontados.
- Resistência: são resistentes a armas de impacto.
- Perícias: Vigor + 8, Furtividade + 5, Percepção + 3, Sobrevivência + 3
- Sentidos: visão cega 50 metros, Percepção passiva 13
- Desafio: 5 (1.800 XP)

Características

- Vulnerabilidade: os devoradores são vulneráveis a ataques radiantes, sofrendo o dobro de dano por essas fontes.
- Sensibilidade à luz: os devoradores (assim como todos os espectros) sofrem desvantagem nos ataques e nos testes de Sabedoria à luz do sol ou em ambientes muito claros.

Ações

- Múltiplos ataques: os devoradores podem atacar duas vezes com as bocarras que possuem nas extremidades dos tentáculos.
- Bocarra Tentacular: corpo a corpo + 8, alcance 3 metros, uma criatura, 15 (2d8 + 5) pontos de dano por perfuração. Sempre que o devorador tirar um 20 natural no dado, a vítima deve (além de sofrer o dano crítico normal pelo ataque) fazer um teste de resistência de Constituição (dificuldade 15). Se falhar, um de seus braços é decepado. Como consequência, o alvo perde 1d6 pontos de Constituição pela perda de sangue. Esses pontos regressam à ordem de 1 ponto de Constituição por dia — mas o membro só pode ser regenerado pela divindade Restauração Molecular ou por alguma técnica semelhante. Se a vítima for um anjo ou demônio em seu avatar, o braço torna a aparecer na próxima materialização, ao custo de 3 pontos de aura extra.

RAPTORES

Sirith sobrevoava a cidade grande, esquadrinhando as ruas e prédios através do plano astral. Era um dos raptores, um demônio inferior, pertencente à mais baixa hierarquia do inferno. Em sua forma espiritual, fazia lembrar um abutre depenado, com as pelancas saltadas e o pescoço muito longo, áspero e careca. As asas saíam atrofiadas das costas, o que complicaria suas manobras em voo não fossem as leis físicas do mundo astral, onde a gravidade não existia.

Filhos do Éden: Herdeiros de Atlântida

Conforme dito anteriormente, os seres humanos perversos, por via de regra, decaem ao inferno após a morte física. Lá, têm a alma destruída, convertendo-se em demônios.

Os primeiros anos no Sheol não são nada fáceis. Para galgar posições de comando, o novato precisa, antes de tudo, submeter-se a diabos mais velhos e empreender todo tipo de tarefas constrangedoras. São, portanto, chamados de **espíritos-escravos**.

Os espíritos-escravos podem exercer atividades diversas: os de constituição avantajada são direcionados a ações militares; os mais espertos viram escribas, secretários, mensageiros, bobos da corte etc. Para aqueles que desejam a liberdade imediata, há a opção de se alistar entre os raptores.

Embora a perspectiva de não servir a ninguém seja fascinante, os raptores se expõem ao perigo e apenas 5% sobrevivem às missões. Sua demanda é atuar na terra, capturando anjos e os oferecendo a demônios de hierarquia mais alta. O raptor que realiza essa façanha é quase sempre aceito em uma das ordens satânicas.

RAPTORES

DEMÔNIOS MÉDIOS, NEUTROS E MALIGNOS

- Classe de armadura: 15 (Destreza + couraça peitoral *ou* colete à prova de balas)
- Pontos de vida: 12 (2d8 + 2)
- Velocidade: 9 metros

Habilidades

- Força 12 (+1), Destreza 12 (+1), Constituição 12 (+1), Inteligência 12 (+1), Sabedoria 10 (0), Carisma 10 (0)
- Testes de resistência: Destreza + 3, Sabedoria + 3
- Perícias: Furtividade + 3, Investigação + 3, Ludibriar + 2, Percepção + 2
- Sentidos: Percepção passiva 12
- Desafio: ½ (100 XP)

Características

- Doppelgänger: os raptores são capazes de copiar perfeitamente a forma e o tom de voz de todos que eles matam. O demônio precisa examinar o cadáver por uma hora para copiá-lo.

Ações

- Faca: corpo a corpo + 3, alcance 1,5 metro, uma criatura, 4 (1d4 + 1) pontos de dano por corte.
- Pistola automática: a distância, alcance 45 metros, uma criatura, 11 (2d6 + 1) pontos de dano por perfuração.
- Submetralhadora: a distância, alcance 45 metros, uma criatura, 11 (2d6 + 1) pontos de dano por perfuração. Com essa arma, é possível também disparar rajadas. Os indivíduos-alvo devem fazer um teste de resistência de Destreza (dificuldade 15) ou ser atingidos. Uma rajada consome dez balas.

FADAS

Em todo carvalho mora uma fada.
Sempre que uma árvore morre, a fada morre também.
Por isso estamos indo embora deste mundo.
MERCURION, em ***A Batalha do Apocalipse***

As fadas são entidades etéreas que convivem com os homens desde tempos imemoriais. As mais antigas vieram da Arcádia, uma dimensão paralela, e se autodenominam sidhe. As mais novas nasceram — e ainda nascem — dos desejos humanos.

As fadas se alimentam do glamour, a energia dos sonhos. Ao mesmo tempo, inspiram os terrenos, para que eles, justamente, produzam esse glamour. O que ocorre, portanto, é uma simbiose criativa, algo que faz dos sidhe seres únicos, indivíduos que estão sempre se adaptando às mudanças e aos avanços da sociedade — diferentemente de certos deuses etéreos, que continuaram presos a antigos padrões e acabaram esquecidos por seus seguidores.

Acredita-se que os primeiros sidhe a chegar à terra foram os **elfos** e as **ninfas**. Os elfos são altivos, esguios, têm orelhas pontudas e são dotados de grande agilidade. As ninfas são elfos aquáticos, que moram em rios, lagos ou no fundo dos oceanos. Elas são célebres pelo apetite sexual — e pela capacidade de sedução.

Os **sátiros** são criaturas híbridas, que apresentam características tanto dos animais quanto dos homens. Alguns têm patas de cabra; outros, chifres, rosto de bode, focinho e pelos. Já as **noturnas** são seres oriundos dos pesadelos, entes sombrios que — dependendo da situação — podem ser perigosos. Os **duendes**, por sua vez, são pequeninos e gostam de pregar peças.

Os **fomorianos** são horrendos e deformados. Sua missão é assustar os mortais e tornar o mundo um lugar menos lógico. Os **sluagh** são obscuros e melancólicos, ao passo que os **oníricos** são as fadas mais novas, concebidas pelos sonhos recentes, as quais podem ter qualquer forma, desde um urso de pelúcia gigante até uma princesa em armadura de aço.

Há pelo menos cem tipos de fadas. Os malakins desistiram de escrever sobre elas quando os anjos enviados para estudá-las, muito rígidos e compenetrados, foram alvo de brincadeiras e gozações, capazes de tirá-los do sério.

ELFOS
FADAS MÉDIAS, LEAIS E BONS

- Classe de armadura: 16 (Destreza + armadura de escamas metálicas)
- Pontos de vida: 24 (4d8)
- Velocidade: 9 metros

Habilidades
- Força 14 (+2), Destreza 16 (+3), Constituição 12 (+1), Inteligência 14 (+2), Sabedoria 14 (+2), Carisma 14 (+2)
- Testes de resistência: Destreza + 5, Sabedoria + 4
- Perícias: Agilidade + 5, Percepção + 4, Furtividade + 5, Natureza + 4, Sobrevivência + 4
- Sentidos: enxergar no escuro 18 metros, Percepção passiva 14
- Desafio: ½ (100 XP)

Características
- Sangue das Fadas: os elfos têm vantagem nos testes de resistência contra feitiços da escola de encantamento. São, além disso, imunes ao sono mágico.
- Magia das Fadas: os elfos podem lançar os feitiços Luzes Dançantes (*Dancing Lights*), Golpe Verdadeiro (*True Strike*) e Ilusão Menor (*Minor Illusion*) à vontade, além de Falar com Animais (*Speak with Animals*) e Emaranhar (*Entangle*) uma vez ao dia. A habilidade relevante para o uso desses feitiços é a Inteligência.

Ações
- Espada longa: corpo a corpo + 4, alcance 1,5 metro, uma criatura, 8 (1d10 + 2) pontos de dano por corte.
- Arco longo: a distância + 5, alcance 45 metros, uma criatura, 8 (1d8 + 3) pontos de dano por perfuração.

FOMORIANOS

FADAS GRANDES, CAÓTICOS E NEUTROS

- Classe de armadura: 14 (Destreza + armadura de couro + escudo)
- Pontos de vida: 45 (5d10 + 15)
- Velocidade: 9 metros

Habilidades

- Força 16 (+3), Destreza 10 (0), Constituição 16 (+3), Inteligência 10 (0), Sabedoria 10 (0), Carisma 5 (-3)
- Testes de resistência: Força + 6, Constituição + 5
- Perícias: Vigor + 6
- Sentidos: enxergar no escuro 18 metros, Percepção passiva 10
- Desafio: 2 (450 XP)

Características

- Sangue das Fadas: os fomorianos têm vantagem nos testes de resistência contra feitiços da escola de encantamento. São, além disso, imunes ao sono mágico.
- Presença Assustadora: todos a até trinta metros de distância de um fomoriano devem ser bem-sucedidos em um teste de resistência de Sabedoria (dificuldade 12) ou ficar amedrontados por um minuto. Os imortais, nephilins e cambions são imunes a esses efeitos.

Ações

- Múltiplos ataques: os fomorianos em geral têm quatro braços. Usam um deles para segurar o escudo e os outros três para atacar, geralmente com clavas.
- Clava grande: corpo a corpo + 6, alcance 1,5 metro, uma criatura, 8 (1d8 + 3) pontos de dano por impacto.

DRAGÕES

— Gorigath foi designado como meu guardião durante o tempo em que estou no reino das fadas. Ele também é o último de sua raça, é a cria caçula de Margath, um dos dragões anciãos, que morava nesta região antes da chegada dos usurpadores romanos.
— Ele não me parece muito ameaçador, apesar de suas presas e garras.
— Os dragões são como as fadas. São seres da natureza, de essência etérea. Alguns conseguem se materializar onde o tecido é muito fino, mas tais lugares são uma raridade hoje em dia.

SHAMIRA E ABLON, em *A Batalha do Apocalipse*

Do mesmo modo que os sidhe, os **dragões** são criaturas espirituais, que se manifestam no plano etéreo ou dentro de vértices (ver capítulo 2: Cenário). Uns especulam que são oníricos poderosos, outros creem que surgiram das fadas mais velhas, e há quem acredite que têm uma origem particular, completamente independente.

Diferentemente do que se supõe, nem todos os dragões são maus. Na realidade, eles se alimentam de um tipo de sentimento humano, assim como os sidhe, que consomem o glamour. Os dragões ficaram conhecidos por guardar virgens e tesouros em seus covis, coisas que nunca poderiam usar efetivamente — estes, típicos do Ocidente, representam a cobiça e se alimentam do medo. Entre os dragões maléficos, destacam-se o sumério **Zu** o acádio **Mušḫuššu** a serpente Jörmungandr, os nórdicos **Fafnir** e **Níðhöggr** a **Hidra de Lerna** o réptil alado **Wyvern** o eslavo **Zmey Gorynych** entre outros.

Contudo, mesmo no Ocidente, há dragões cuja função é proteger e servir. É o caso de **Margath** e seu filho, **Gorigath**. No Oriente, essas criaturas agem como professores e se fortalecem da sabedoria e da inteligência humanas. **Long Ren** é um desses seres, supostamente a mais velha das serpentes sagradas. Entre os povos americanos, **Cóatl** atuava como um deus, punindo e recompensando seus seguidores, e, para os rodinianos (atuais japoneses), o dragão **Ryujin** controlava os mares e a flutuação das marés.

NÍÐHÖGGR

DRAGÃO IMENSO, CAÓTICO E MALIGNO

- Classe de armadura: 19 (armadura natural)
- Pontos de vida: 256 (19d12 + 133)
- Velocidade: 12 metros, escalando 12 metros, voando 24 metros

Habilidades

- Força 27 (+8), Destreza 10 (0), Constituição 25 (+7), Inteligência 16 (+3), Sabedoria 13 (+1), Carisma 21 (+5)
- Testes de resistência: Destreza + 6, Constituição + 13, Sabedoria + 7, Carisma + 11
- Imunidades: fogo
- Perícias: Percepção + 13, Furtividade + 6
- Sentidos: visão cega 18 metros, enxergar no escuro 36 metros, Percepção passiva 23
- Desafio: 17 (18.000 XP)

Características

- Resistência Legendária (três vezes ao dia): se Níðhöggr falhar em um teste de resistência, pode escolher ser bem-sucedido.

Ações

- Múltiplos ataques: Níðhöggr pode usar sua presença assustadora. Depois, faz três ataques, um com sua mordida e dois com suas garras.
- Mordida: corpo a corpo + 14, alcance 1,5 metro, um alvo, 19 (2d10 + 8) pontos de dano por perfuração e mais 7 (2d6) pontos de dano por fogo.
- Garra: corpo a corpo + 14, alcance 1,5 metro, um alvo, 15 (2d6 + 8) pontos de dano por corte.
- Presença Assustadora: todos a até quarenta metros de distância de Níðhöggr devem ser bem-sucedidos em um teste de resistência de Sabedoria (dificuldade 19) ou ficar amedrontados por um minuto. Os imortais, nephilins e cambions são imunes a esses efeitos.
- Hálito de Fogo (recarga 5-6): Níðhöggr exala um cone de fogo de dezoito metros. Cada criatura na área deve fazer um teste de resistência de Destreza (dificuldade 21), sofrendo 63 (18d6) pontos de dano por fogo se falhar ou metade disso se for bem-sucedido.

Ações legendárias

Níðhöggr pode usar três ações legendárias, escolhendo uma das opções a seguir. Apenas uma ação legendária pode ser usada por vez e somente no fim do turno da outra criatura. Recupera as ações legendárias no começo de seu próximo turno.

- Detectar: Níðhöggr faz um teste de Percepção (Sabedoria).
- Ataque com a cauda: pode fazer um ataque com a cauda.
- Ataque com a asa (custa 2 ações): bate as asas. Cada criatura a até três metros dele deve ser bem-sucedida em um teste de resistência de Destreza (dificuldade 22) ou sofrer 15 (2d6 + 8) pontos de dano por impacto e ser jogada no chão. O dragão pode, então, voar à metade de sua velocidade.

FANFICTION

ESCREVA SUAS PRÓPRIAS HISTÓRIAS

Um brinde aos amigos ausentes, aos amores perdidos, aos velhos deuses e à estação das brumas; e que cada um de nós sempre dê ao diabo o que lhe é de direito.

Neil Gaiman, ***Sandman: Estação das Brumas***

Fanfiction, ou apenas fanfic, é um termo em inglês que significa, literalmente, ficção de fã, ou seja, escrita por fã. São narrativas ficcionais ambientadas em um universo já existente (*Star Trek*, *Harry Potter*, *Crepúsculo*, *Star Wars* etc.), produzidas por entusiastas e distribuídas gratuitamente na internet.

O primeiro mandamento das fanfics é que não tenham fins lucrativos, uma vez que isso feriria os direitos intelectuais da obra original e do autor que a escreveu. Por outro lado, são oportunidades incríveis para que os leitores se aventurem pelos mares da escrita, treinem suas habilidades literárias e compartilhem essas histórias, escutando críticas e aprendendo com elas.

Se você é um entusiasta da tetralogia angélica, pode usar esse cenário para exercitar seus dons literários. Quando julgar já ter praticado o suficiente, talvez seja a hora de inventar um universo próprio e — quem sabe — arriscar a publicação. Ficaríamos honestamente felizes se conseguíssemos incentivar o surgimento de novos autores nacionais.

DICAS BREVES

Existem fanfics dos mais diversos tamanhos, até romances inteiros escritos por fãs. Sugerimos que você comece por pequenos contos, narrativas de até 7.500 palavras (o equivalente a cerca de vinte páginas de Word, com fonte corpo 12). O exercício do conto ajuda a desenvolver a capacidade de síntese e, como se trata de um texto curto, é mais fácil terminar, dando ao escritor a valiosa sensação de dever cumprido.

Se possível, divida a história em cenas, organizando-a em pequenos capítulos. Esboce o que acontece em cada cena, da primeira à última, elaborando um roteiro antes de pôr a mão na massa. Conhecer cada etapa evita que você tenha bloqueios criativos — a trama já está descrita no roteiro, agora só falta escrever!

Outra técnica útil: escreva um pouco a cada dia. Uma hora de trabalho já basta. Se não estiver inspirado, procure referências, revise o que fez no dia anterior e, quem sabe, escreva um parágrafo ou dois. Esse contato diário com o texto fará você se conectar ao enredo, impedindo que perca o fio da meada.

PERSONAGENS

Como as fanfics não infringem direitos autorais, em tese você pode escrever sobre qualquer coisa, inclusive sobre os protagonistas dos quatro livros (Ablon, Shamira, Kaira e Denyel). Contudo, ao fazer isso, você estaria se restringindo àquele personagem específico. O que nós sugerimos é, justamente, que você expanda esse universo, inventando personagens próprios, o que lhe daria, também, mais liberdade criativa.

A melhor maneira de começar a bolar uma história é imaginar um protagonista *seu*. Quem é ele (ou ela)? É um anjo, um demônio, um sentinela, um ser humano? A que casta pertence? Quais são suas armas e seus poderes?

Outra coisa importante é decidir em que período a trama acontece. Em um mundo antigo, anterior ao dilúvio? Nos tempos medievais? No período moderno ou em um futuro próximo? O ambiente é a terra, o plano astral, o etéreo ou alguma dimensão paralela?

CRIAÇÃO RANDÔMICA DE PERSONAGEM

Let's play! Se você ainda não tem ideia de como será seu protagonista, tentemos a sorte. Use uma quantidade sugerida de dados de seis faces (2d6, por exemplo, lançando dois dados e somando o resultado) para determinar a natureza, a casta, ordem ou característica especial de seu herói.

Qual é a espécie do personagem? Jogue 1d6.
1 — Um anjo legalista, a serviço de Miguel
2 — Um anjo rebelde, a serviço de Gabriel
3 — Um anjo exilado, agindo por conta própria
4 — Um sentinela, um dos últimos ainda vivos
5 — Um demônio
6 — Um mortal

Qual é o gênero? Jogue 1d6.
1 ou 2 — Homem
3 ou 4 — Mulher
5 — Assexuado
6 — Hermafrodita

Se for um anjo ou um sentinela, qual é sua casta? Jogue 2d6.
2 ou 3 — Querubim
4 ou 5 — Serafim
6 — Elohim
7 ou 8 — Ofanim
9 — Hashmalim
10 ou 11 — Ishim
12 — Malakim

Se for um demônio, qual é sua ordem? Jogue 2d6.
2 ou 3 — Malikis
4 — Satanis
5 ou 6 — Belial
7 — Daimonium
8 ou 9 — Baal
10 ou 11 — Zanathus
12 — Succubus ou incubus

Se for um mortal, qual é sua característica especial? Jogue 1d6.
1 — Feiticeiro
2 — Psiônico
3 — Nephilim
4 — Cambion
5 — Lilin
6 — Uma pessoa comum

Pronto! Agora só falta escolher o nome e a alcunha do personagem.

COMO ESCREVER?

Em todos os casos, não esqueça que não existe história sem conflito. O conflito não é, necessariamente, um embate físico, mas as dificuldades que o protagonista deve superar para alcançar seu objetivo. Por mais forte que seja o herói, é preciso haver uma ameaça maior, para que se crie tensão. É essa tensão — esse *conflito* — que vai captar o interesse do leitor, fazendo-o seguir adiante.

Tendo isso em mente, você já pode começar a rascunhar o roteiro. Caso esteja completamente perdido, uma sugestão é utilizar os passos da jornada do herói, apresentados pelo acadêmico Joseph Campbell no clássico *O Herói de Mil Faces* e sintetizados pelo roteirista americano Christopher Vogler em seu livro *A Jornada do Escritor*.

1º passo — mundo comum: É a hora de apresentar o protagonista, o mundo que o cerca, o período em que a história se passa e como ele se sente em relação a tudo isso. É o momento em que o autor começa a fazer a identificação do herói com o público. Kaira é apresentada com questões humanas em *Herdeiros de Atlântida*, expondo suas inseguranças a respeito dos pais e do namorado.

2º passo — chamado à aventura: O protagonista é convocado para uma missão que promete mudar sua vida. No primeiro capítulo de *A Batalha do Apocalipse*, Orion aparece para recrutar Ablon, mas esse chamado nem sempre precisa vir de outro personagem. Um determinado evento ou mesmo o destino pode lançar o herói nessa grande aventura, às vezes contra sua vontade.

3º passo — recusa do chamado: A perspectiva de que sua vida pode se transformar faz o personagem ser tomado por algum tipo de receio, e a princípio ele recusa o chamado. Protagonistas veteranos — como Ablon — nem sempre sentem medo do que vão enfrentar, mas recusam o chamado por já estarem frustrados ou desiludidos com o sistema. Outros, como Denyel, temem vivenciar novamente experiências traumáticas.

4º passo — encontro com o mentor: Nesse ponto, alguma coisa dá um impulso extra ao herói, lançando-o à aventura. Pode ser o conselho de um amigo, o recebimento de uma arma, um argumento convincente do próprio indivíduo que o convocou ou um evento dramático (o rapto de Shamira, no caso de Ablon). Em termos técnicos, representa o momento em que o protagonista se compromete a embarcar e seguir viagem.

5º passo — travessia do primeiro limiar: Agora que o personagem já tem a motivação, precisa dar o primeiro passo rumo ao território desconhecido. Aqui, o herói tem contato com situações novas, sem saber, ainda, lidar com elas. É o que Kaira sente ao acordar no porão de Denyel, em *Herdeiros de Atlântida*, depois de sobreviver ao tiro disparado pelo próprio namorado. Ela enfim aceita que não é uma mulher comum, mas um anjo com poderes extraordinários.

6º passo — testes, aliados e inimigos: Consciente de sua nova condição, o herói começa a tatear esse mundo e a aprender suas regras. Conhece alguns aliados (que podem seguir com ele ou não) e é apresentado aos antagonistas, bem como aos rivais (aliados competitivos). Nessa parte, ele é testado e se envolve em suas primeiras disputas, não contra o vilão, ainda, mas contra os capangas deste.

7º passo — aproximação da caverna oculta: Agora que o protagonista já conhece as regras do jogo, está apto a penetrar (sozinho ou acompanhado) nas terras obscuras de seu principal oponente. No fim dessa etapa, após explorar o mundo inferior, ele fica cara a cara com o grande vilão.

8º passo — provação (a crise): O herói não resiste a esse primeiro embate e é lançado às trevas pelo inimigo (ou por alguma força superior), ficando entre a vida e a morte. É salvo por seus companheiros ou por um golpe do destino. Em resumo, ele perde essa primeira batalha, mas ainda está vivo.

9º passo — recompensa: A derrota não foi completamente em vão. Embora muito ferido, o herói sobreviveu e agora sabe ao menos *como* vencer o inimigo. Em *A Batalha do Apocalipse*, Ablon é superado por Gabriel e por Lúcifer, combates que, apesar de fracassados, lhe dão o conhecimento necessário para que ele enfrente o arcanjo Miguel.

10º passo — caminho de volta: Munido da experiência que acumulou ao confrontar o vilão, o protagonista se sente apto a voltar ao coração da fortaleza inimiga e completar o serviço. Esta é a batalha final. Aqui o herói fica, de novo, frente a frente com seu adversário.

11º passo — ressurreição (o clímax): No combate final, o inimigo reconhece a evolução do herói e o enfrenta com todas as forças, ferindo-o gravemente. Quando todos acham que o protagonista vai morrer, ele usa uma arma, um golpe, um conhecimento ou uma técnica que aprendeu durante a provação (ou no curso da aventura) e desfere um ataque fulminante contra as forças do mal. Em *Anjos da Morte*, Denyel utiliza a imprevisibilidade humana, que aprendeu com seus colegas mortais, para surpreender Sólon, que em tese podia prever "todos os seus movimentos".

12º passo — retorno com o elixir: O personagem consegue, finalmente, o que veio buscar, destrói a fortaleza das trevas e volta para casa com uma recompensa que vai beneficiá-lo ou o grupo por quem ele luta. Mas nada será como antes. O herói experimentou coisas novas, provou sensações diferentes e nunca mais verá o universo do mesmo jeito.

Duas coisinhas, antes de prosseguir. Primeiro: lembre-se de que a jornada do herói é uma ferramenta, apenas, e não tem a capacidade de construir *nada* sozinha. Quem faz a história é o autor, não a fórmula. Portanto, não se apegue à estrutura. Modifique-a, subverta-a ou ignore-a, se achar mais proveitoso.

Segundo: perceba que, embora a estrutura descrita pareça se referir a histórias de ação e fantasia, pode ser usada em *qualquer* gênero literário (e até em gêneros não literários). O vilão não precisa ser uma criatura; pode ser um grande trauma ou uma dificuldade extrema. As provações não precisam ser físicas; podem ser mentais ou psicológicas. A caverna oculta não é, necessariamente, uma fortaleza cercada por tropas; pode ser uma zona de perigo, uma escola nova cheia de valentões, uma empresa adversária ou mesmo partes obscuras da própria psique do protagonista.

IDEIAS LIVRES

Antes de pensar em técnicas ou personagens, o autor deve escolher o assunto que quer abordar. O universo de *A Batalha do Apocalipse* e *Filhos do Éden* permite a criação de histórias dos mais diversos gêneros e nas mais diversas épocas, desde aventuras épicas até narrativas curtas focadas em dramas pessoais. A seguir há alguns exemplos de ganchos e estilos. Você pode desenvolver alguns destes temas ou inventar outros.

Terror alado. Durante o legendário confronto contra os deuses pagãos, um exército celeste é enviado para combater o dragão Shaz-Uh, que mora sob uma imensa montanha no plano etéreo, repleta de homens-lagartos. O protagonista é um dos capitães angélicos, que tem a missão de formular estratégias e comandar tropas.

Dois cafés. Quando as sirenes de bombardeio começam, todos os cidadãos são deslocados para abrigos antiaéreos e a cidade fica completamente vazia. Numa dessas noites, um elohim e um malakim se encontram em uma cafeteria deserta e travam um embate de ideias. Para o malakim, Deus é sagrado e místico; para o elohim, Yahweh não passa de uma força metafísica.

O tapete de Akh-Bar. Bruxos modernos encontraram sob o deserto da Líbia um artefato antiquíssimo, o tapete de Akh-Bar, que funciona como portal a alguma dimensão paralela. Os magos estão escravizando criaturas extraplanares e se tornando muito poderosos. Os personagens precisam encontrar o ponto de reunião do culto, destruir a seita, capturar o tapete e deter essa ameaça.

Melhor amigo. Um ofanim em forma de cachorro percorre o mundo ajudando as pessoas. Desta vez, ele se aproxima de uma família disfuncional com o objetivo de refazer os laços afetivos que se partiram desde a morte do menino caçula.

Profeta do inferno. Com a queda do Império Romano, a supressão das cidades e a perseguição às religiões pagãs na Europa, os agentes de Lúcifer expandem sua influência. Nesta história, o protagonista é um demônio (macho ou fêmea, você escolhe) que tem a missão de encontrar e matar uma divindade celta menor, assumindo seu lugar diante dos antigos fiéis e propagando assim os mandamentos satânicos.

Olho da mente. Uma mulher fica cega após sofrer um acidente de carro. Sem a visão, desenvolve habilidades psíquicas e agora consegue enxergar através do tecido da realidade. Claro que nem os médicos, nem os familiares acreditam nela.

Um dia após o outro. Um malakim enlouquecido foge do céu, e uma dupla de personagens é enviada para capturá-lo. Já no primeiro confronto, os protagonistas são alvos de uma técnica da casta que os "prende" a um determinado dia, fazendo-os reviver aquelas 24 horas infinitamente e impedindo-os de prosseguir com a missão. Como os heróis farão para escapar desse *loop* temporal?

Batalha espiritual. Demônios assumem o controle de uma pequena cidade, assediando do plano astral os moradores, perturbando suas vidas. O protagonista e seu coro têm a missão de limpar o mundo espiritual e trazer a paz de volta à região.

CERN. Um elohim que trabalhava como cientista, investigando a origem dos buracos negros, é assassinado e seu espírito não retorna ao Centro de Recuperação, na zona secreta, para onde volta a essência de todos os elohins quando seu avatar é destruído. Um time de celestiais é enviado para desvendar o mistério.

Orador dos Sóis. Um serafim desejou a vida inteira ser eleito Orador dos Sóis, o burocrata que administra as cidades do Quinto Céu. Mas agora que ele (ou ela) conseguiu galgar até esse posto, percebe que as coisas não são tão fáceis. É necessário lidar com as intrigas políticas e com o descontentamento dos querubins, que guardam as entradas do paraíso, mas preferiam estar lutando a guerra contra os anjos rebeldes.

Sem saída. Esta história, escrita em primeira pessoa, revela o dia a dia de um espírito-escravo, recém-chegado ao inferno, o qual tem que se submeter aos caprichos de seu amo. Será que, no fim das contas, o novato conseguirá se vingar? Lembre-se de que o Sheol é um lugar de tragédias... Não há espaço para heroísmos.

O anticristo. Assim como Gabriel teve seu filho, Lúcifer também se arriscou nessa seara. Um deles promete se destacar: um indivíduo inteligente e perverso que ajudará a trazer o Apocalipse sobre a terra. Quem é essa figura e quais são seus planos?

Guerra santa. Yamisha é uma querubim exilada. Ela atuava como observadora no mundo árabe quando foi convocada a integrar o esquadrão dos anjos da morte, no começo do século XX. Atuando como guerrilheira, participou da Revolta Árabe, durante a Primeira Guerra Mundial, e ajudou a derrubar o Império Turco-Otomano. Nos anos 60, viria a integrar milícias palestinas, efetuando uma série de atentados contra alvos ocidentais.

Fraternidade Branca. Um diplomata celeste é designado para ir até a cidade etérea de Shamballa com o objetivo de propor a paz aos deuses pagãos. Ele se encontrará com a Fraternidade Branca, conselho que reúne entidades antigas que não nutrem o menor apreço pelos anjos.

Fora dos trilhos. Durante as obras de expansão do metrô, os engenheiros descobrem um estranho monólito de basalto negro. Os instrumentos não funcionam nas proximidades da pedra, e os sinais de rádio ficam esquisitos. Sem saber, eles encontraram um dos famosos obeliscos de Metatron.

Vivo ou morto. Um hashmalim se apaixona por uma humana e larga o céu para viver com ela na terra. Mas os membros de sua casta não vão aceitar essa "traição" e de tudo farão para encontrá-los — e puni-los.

Fogo e trevas. Uma menina criada em um orfanato conjura, sem saber como, uma nuvem de chamas ao ser atacada por uma das funcionárias, que tentava espancá-la. O que parecia uma bênção se torna uma maldição quando a garota começa a ser visitada por criaturas estranhas durante a noite.

Anjos do inferno. Um grupo de demônios materializados em seus avatares se diverte rodando o país em motocicletas e praticando todo tipo de crimes, especialmente os mais violentos. Até o dia em que matam um ofanim. Um coro de celestiais é enviado atrás dos motoqueiros, que de caçadores se tornam presas.

Memórias do passado. O protagonista é um querubim que vigia as catedrais do Quinto Céu. Depois que a guerra civil começou, a capital dos alados ficou praticamente vazia. É um lugar belíssimo, porém melancólico, que guarda as lembranças de uma era perdida. O ócio traz de volta todo tipo de memórias e recordações.

Jogo sujo. Os barões sheonitas estão sempre em guerra. Neste conto, o protagonista e seus aliados são ordenados a invadir sorrateiramente o castelo de um inimigo e raptar a succubus que o adversário tanto ama, para usá-la como refém.

Invasores de corpos. Um vórtice aberto acidentalmente nas praias do Styx tem trazido os insetos de Shan para a terra. Agora, eles estão controlando a mente das pessoas e influenciando-as com ideias malignas.

Príncipe das trevas. Nas altas montanhas dos Cárpatos, durante o período medieval, um demônio constrói um castelo. O tecido da realidade na região é muito fino, permitindo que ele traga ao plano físico seus cães do inferno e outras criaturas satânicas.

Reflexões de um zumbi. Um assassino em série é punido por um hashmalim, que retira sua alma do corpo original e a prende a um cadáver em processo de decomposição. O criminoso tem tempo de sobra para repensar os terríveis atos que cometeu, à medida que sua carne apodrece.

Obra rara. Um malakim precisa desesperadamente de um livro para completar seus estudos e elaborar sua teoria. O problema é que a única cópia conhecida está guardada em uma biblioteca no segundo círculo infernal.

Caça-fantasmas. Uma dupla de anjos — um ofanim e um hashmalim — percorre o mundo procurando locais mal-assombrados e "limpando" o terreno. Em uma dessas construções, descobrem um inimigo muito mais poderoso e acabam caindo em suas garras.

Santo Graal. Cerca de duzentos anos após a crucificação do Salvador, durante o reinado do imperador romano Marco Aurélio, corre em meio às comunidades cristãs o boato de que foi encontrado o cálice usado na Última Ceia e que o artefato possui poderes incríveis. Anjos e demônios se digladiam para obter a relíquia.

Quieto demais. No Quarto Céu, uma tropa de querubins rebeldes invade uma fortaleza supostamente controlada pelos legalistas, mas a encontra vazia. Será uma armadilha, ou a guarnição inimiga foi destroçada por entidades desconhecidas?

Onde nenhum anjo jamais esteve. Este conto descreve a rotina de um kāla, a estirpe de malakins que se dedica a explorar as regiões mais longínquas do universo. Sozinho, o herói observa formas de vida estranhíssimas e vislumbra cores e formas nunca vistas anteriormente.

Culpado ou inocente. Um baal que tinha a função de recolher impostos para seu duque é acusado de corrupção. Ele é conduzido ao Tribunal das Correntes, no sétimo círculo infernal, onde será julgado por outros demônios que desejam assumir seu posto.

Sagrado e profano. Esta história se passa entre o primeiro e o segundo cataclismos, no mundo antediluviano. Os heróis podem ser celestes enviados pelo arcanjo Miguel para caçar os sentinelas, ou podem ser eles próprios sentinelas, lutando para preservar seus domínios.

RPG
JOGO DE INTERPRETAÇÃO DE PAPÉIS

Deus não joga dados com o universo.

Albert Einstein

Uma excelente ferramenta para a criação coletiva de histórias é o RPG (siga para *role-playing game*, ou jogo de interpretação de papéis).

Neste capítulo, apresentamos um conjunto de diretrizes compatíveis com a quinta edição de *Dungeons & Dragons* (*D&D*), propondo modificações e acréscimos para que você e seu grupo construam personagens e aventuras no universo da tetralogia angélica. Importante destacar que este capítulo não tem a pretensão de ser um manual completo de RPG. O que você lerá nas páginas seguintes são apenas *sugestões* de regras, que podem (e devem) ser melhoradas e ampliadas para se adequar a cada grupo de jogo.

As diretrizes fundamentais da quinta edição de *Dungeons & Dragons* estão contidas nos livros: *Player's Handbook* (Livro do Jogador), *Dungeon Master Guide* (Guia do Dungeon Master) e *Monster Manual* (Manual dos Monstros). Caso você não tenha acesso a esses livros, a Wizards of the Coast disponibiliza, em seu website, um arquivo pdf gratuito com as regras básicas. Com esse documento em mãos, você consegue jogar, sem problemas. Basta digitar em qualquer sistema de busca "D&D 5e System Reference Document", ou inserir em seu navegador o seguinte endereço: http://media.wizards.com/2016/downloads/DND/SRD-OGL_V5.1.pdf.

EM QUE ÉPOCA SE PASSA A CAMPANHA?

Antes de criar o personagem, é preciso decidir em que época o jogo se passa. Se a aventura transcorre nos dias atuais, atlantes e neandertais (ver a seguir) não são elegíveis, considerando que estão extintos. Os infernais e os cambions, conforme apresentados neste capítulo, só passaram a existir após a queda de Lúcifer, a partir de 3500 a.C. (ver capítulo 1: Cronologia).

No fim desta seção, você vai encontrar uma ficha de personagem ligeiramente adaptada para o cenário angélico. Esperamos que você e seu grupo se divirtam!

MORTAIS

No universo da tetralogia angélica, há sete espécies de personagens mortais: homens, atlantes, lemurianos, hiperbóreos, neandertais, nephilins e cambions.

Os atlantes estão separados em duas linhagens (ou sub-raças): asuras e devas, ambas extintas com o dilúvio, em cerca de 11.500 a.C. Os lemurianos são descendentes dos homens e dos devas, enquanto os hiperbóreos são uma etnia humana, que desenvolveu características próprias por conta de seu isolamento. Já os neandertais encontraram seu fim em 40.000 a.C., embora alguns indivíduos tenham resistido até 25.000 a.C., o período das grandes catástrofes. Finalmente, os nephilins (filhos de homens com anjos) e os cambions (crias de infernais com humanos) são considerados um gênero à parte.

Todas as espécies aqui apresentadas são de tamanho médio e têm um índice básico de deslocamento igual a nove metros por rodada.

HOMENS

Os homens constituem a espécie mortal mais numerosa, tanto que são frequentemente chamados de "seres humanos", embora, tecnicamente, os neandertais e os atlantes sejam humanos também.

Desde a aurora dos tempos, os homens se espalham pelo globo terrestre. Sua característica mais marcante é a capacidade de adaptação. Desse jeito, eles se multiplicaram e sobreviveram a todos os cataclismos que os arcanjos enviaram à terra. São, também, muitíssimo versáteis, física e psicologicamente. Há homens fortes e fracos, bons e maus, atrasados e inteligentes. É a única espécie que pode ser usada em qualquer período de jogo, a partir do início do sétimo dia.

As estatísticas dos homens são exatamente as mesmas aplicadas aos personagens humanos nos livros básicos de *Dungeons & Dragons*.

ATLANTES

Os atlantes são a raça antediluviana mais evoluída. Sofisticados, puros e honrados, estão divididos em dois clãs: os devas, que compõem a casta guerreira, de pele azul-clara e fios brancos; e os asuras, de cútis azul-escura, cabelos castanhos ou pretos. Enquanto os devas são obcecados pela perfeição, os asuras se orgulham de sua natureza nômade e gostam de viajar, sendo excelentes mercadores. Foram os asuras que fundaram a maioria das colônias ultramarinas, inclusive na Lemúria e em Arya, tendo gerado até filhos com os homens, os chamados arianos.

Estatísticas de jogo: os atlantes têm sua pontuação de Sabedoria acrescida em 2. Os devas aumentam em mais 1 sua pontuação de Inteligência. Já os asuras aumentam em mais 1 sua pontuação de Carisma. Além disso, os atlantes (asuras e devas) ganham os seguintes benefícios extras:

- *Magia inata*: não precisam de componentes materiais para lançar seus feitiços.
- *Vontade de ferro*: têm vantagem em todos os testes de resistência de Sabedoria.
- *Aptidão para a mágica*: os atlantes aprendem um cantrip à sua escolha da lista de mago (*wizard*). Para os asuras, o Carisma é usado como habilidade fundamental no lançamento de feitiços. No caso dos devas, é a Inteligência.

Estatísticas vitais: os atlantes têm entre 1,50 e 1,90 metro de altura, pesam entre 50 e 90 quilos e vivem em média 350 anos.

Alinhamento: os atlantes são praticamente todos leais e bons. Muitos asuras são neutros e bons, e alguns, caóticos e bons. Os devas mais sisudos são leais e neutros. Quase não existem atlantes malignos — pelo menos, nunca se teve notícia.

Nomes: os asuras têm nomes como Chandra, Kishan, Mukesh, Ananda, Gita e Soma. Os devas levam nomes como Agna, Eartha, Mercurion, Tabor, Kael e Zaan.

Classes sugeridas: dentro da sociedade atlântica, os devas são guerreiros (*fighters*), paladinos (*paladins*), feiticeiros (*sorcerers*) e clérigos (*clerics*). Os asuras gostam de viajar, têm espírito mais livre e se enquadram melhor em classes como ladino (*rogue*), bardo (*bard*) e patrulheiro (*ranger*).

LEMURIANOS

Os lemurianos são descendentes dos homens e da casta atlântica dos devas. Oriundos da Lemúria, uma enorme ilha que desapareceria com o dilúvio, os lemurianos são paranormais natos, tendo desenvolvido suas capacidades mágicas a partir do estudo de padrões metafísicos. Embora a Lemúria fosse próxima ao continente e às demais nações antediluvianas, os lemurianos eram considerados um povo recluso e misterioso, embora pacífico. De pele clara, cabelos louros ou brancos e aparência andrógina, os lemurianos são facilmente confundidos com homens sofisticados, de hábitos refinados e constituição delicada.

Estatísticas de jogo: os lemurianos têm sua pontuação de Sabedoria acrescida em 2 e sua pontuação de Destreza acrescida em 1. Além disso, ganham os seguintes benefícios extras:

- *Vontade de ferro*: os lemurianos têm vantagem em todos os testes de resistência de Sabedoria.
- *Mente fechada*: têm resistência contra danos psíquicos.
- *Ligação mental*: têm acesso ao cantrip Mensagem (*Message*) e podem lançá-lo sem componentes materiais.
- *Transe*: em vez de dormir por oito horas, os lemurianos podem efetuar um descanso longo (*long rest*) e recuperar suas forças meditando por apenas quatro horas.

Estatísticas vitais: têm entre 1,50 e 1,90 metro de altura, pesam entre 40 e 80 quilos e vivem em média 200 anos.

Alinhamento: assim como os devas, seus ascendentes, os lemurianos são praticamente todos leais e bons. Os mais antigos tendem a se isolar, às vezes se tornando leais e neutros.

Nomes: têm nomes como Charya, Mekara, Akra, Sros, Rathana e Darany.

Classes sugeridas: o típico lemuriano pode ser enquadrado na classe dos monges (*monks*). Os Peregrinos da Luz, um conselho de sábios que governa a Lemúria, são quase todos clérigos, que, entretanto, não rezam para nenhum deus: seus poderes vêm da força da mente. Há, ainda, muitos patrulheiros e bardos.

HIPERBÓREOS

Os hiperbóreos pertencem a uma etnia humana que se isolou no extremo norte do planeta, na região da Hiperbórea (atual Sibéria) e na ilha de Thule (hoje, Islândia). Conta-se que eles aprenderam a manipular a energia telúrica, também chamada de vril, tornando-se magos poderosos. Os hiperbóreos são um povo alto e muito magro, de aparência frágil, com poucos pelos no corpo e cútis branca, quase albina. Uns acreditam que foram extintos com o dilúvio; outros insistem que eles ainda estão vivos, escondidos em seus complexos subterrâneos.

Estatísticas de jogo: os hiperbóreos têm sua pontuação de Carisma acrescida em 2 e sua pontuação de Sabedoria acrescida em 1. Além disso, ganham os seguintes benefícios extras:

- *Enxergar no escuro*: são capazes de enxergar na escuridão, até 20 metros.
- *Resistência ao frio*: têm resistência contra danos por frio.
- *Estudiosos do oculto*: são obcecados por ocultismo, ganhando a perícia Arcana gratuitamente.
- *Raio Gélido*: têm acesso ao cantrip Raio Gélido (*Ray of Frost*). A habilidade essencial para lançar o feitiço é Carisma.

Estatísticas vitais: os hiperbóreos têm entre 1,90 e 2,20 metros de altura, pesam entre 50 e 100 quilos e vivem em média 150 anos.

Alinhamento: tendem a ser leais e malignos ou neutros e malignos. Os indivíduos de boa índole são geralmente subjugados e enviados às minas para encontrar metais preciosos e cavar túneis entre as cidades subterrâneas.

Nomes: os hiperbóreos têm nomes como Agafar, B'lon, Isidor, Marfa, Tasha, Tikon e Yeva.

Classes sugeridas: fala-se muito sobre a confraria dos Magos Brancos, que dominava a Hiperbórea no período anterior ao dilúvio. Apesar do nome, esses "magos" eram na verdade bruxos (*warlocks*), que sugavam a energia da terra — para eles, a energia vril. Em termos de jogo, você pode considerar que eles têm como patrono um grande antigo (*great old one*), mas isso é apenas uma comparação estatística. O poder dos magos (bruxos) brancos vem dos obeliscos espalhados pela Terra. Os hiperbóreos são, portanto, bruxos, na maioria. Os indivíduos que não se enquadram na sociedade sofrem às vezes um tipo de lobotomia, sendo depois treinados como guerreiros. Os bardos são também muito valorizados na Hiperbórea, sendo esse povo obcecado pelo conhecimento e pela magia.

NEANDERTAIS

Mais primitivos que as demais espécies humanas, os neandertais se extinguiriam por volta de 40.000 a.C., embora alguns indivíduos tenham resistido, só desaparecendo completamente entre o segundo e o terceiro cataclismos. É possível que alguns tenham sobrevivido e até gerado descendentes, mas não foram capazes de propagar a espécie. Eles viviam principalmente nas terras de Ys, Telúria e Hiwatha (ver capítulo 1: Cronologia), organizados em aldeias e pequenas tribos. São os seres humanos menos sofisticados, de natureza selvagem, porém muito fortes, robustos e resistentes às intempéries. Ligeiramente curvos, possuem o corpo peludo e a pele áspera.

Estatísticas de jogo: acrescente 2 à sua pontuação de Força e 2 à sua pontuação de Constituição. Além disso, os neandertais ganham os seguintes benefícios extras:

- *Autossuficiência*: são proficientes na perícia Sobrevivência (*Survival*).
- *Organismo forte*: levam vantagem nos testes de resistência contra venenos e possuem resistência aos danos causados por tais substâncias.
- *Treino com armas*: todos os neandertais são proficientes no uso de clavas (*clubs*), azagaias (*javalins*) e adagas (*daggers*).

Estatísticas vitais: têm entre 1,50 e 1,75 metro de altura, pesam entre 70 e 120 quilos e vivem em média 80 anos.

Alinhamento: por viverem afastados da civilização, os neandertais tendem a ser caóticos, embora essa não seja uma regra para todos os indivíduos da espécie. O alinhamento padrão dos neandertais é caótico e neutro. Muitos são caóticos e bons.

Nomes: têm nomes como Granar, Karnak, Krush, Groll, Baga, Rusk, Grammal e Razir.

Classes sugeridas: os neandertais não chegaram a dominar a agricultura, vivendo de caça, pesca e coleta de víveres. Os caçadores são muito importantes nessa sociedade primitiva, e muitos neandertais são patrulheiros. Os combatentes que protegem a tribo são bárbaros (*barbarians*), lutadores vorazes que não conhecem a disciplina, apenas a força bruta. Os sacerdotes neandertais veneram as forças da natureza, sendo, portanto, druidas (*druids*). Os feiticeiros existem, mas são poucos.

NEPHILINS

Os nephilins são filhos de anjos com seres humanos. Podem ter mãe humana e pai celeste ou vice-versa. Seja como for, tanto nos tempos modernos quanto no período anterior ao dilúvio, sempre foram bastardos. Não existe uma sociedade nephilim, portanto tais seres podem ser encontrados em qualquer cultura ou comunidade terrestre.

Na maioria das vezes, os nephilins não conhecem sua origem. Quando descobrem seus poderes, são vistos com desconfiança pelas pessoas que os cercam, o que os leva, quase sempre, a se tornarem andarilhos, lobos solitários. Não bastasse, seu sangue angélico faz com que sejam presas saborosas para magos e bruxos, ávidos por usar suas entranhas em rituais profanos, motivo pelo qual os nephilins preferem esconder sua verdadeira identidade.

Estatísticas de jogo: o acréscimo na pontuação de habilidade depende da casta do progenitor celeste, segundo esta indicação: querubim (1 ponto de Força e 2 de Constituição), serafim (2 pontos de Carisma e 1 de Inteligência), elohim (2 pontos de Sabedoria e 1 de Carisma), ofanim (2 pontos de Carisma e 1 de Sabedoria), hashmalim (2 pontos de Sabedoria e 1 de Inteligência), ishim (2 pontos de Destreza e 1 de Constituição), malakim (2 pontos de Inteligência e 1 de Sabedoria). Além disso, os nephilins ganham os seguintes benefícios extras:

- *Visão espiritual*: todos os nephilins são capazes de enxergar o plano astral. Podem avistar entidades (as mais comuns são os fantasmas) através do tecido da realidade e perceber quando uma pessoa ou um objeto está possuído. Isso permite, também, que eles notem a essência espiritual de um indivíduo, descobrindo se é humano, anjo, demônio, nephilim, cambion ou uma criatura de natureza etérea. Além disso, conseguem avaliar a espessura da película (sabendo se estão em uma região de tecido grosso, delgado ou em um santuário) e pressentir a aproximação de anjos e demônios, caso eles não

estejam ocultando sua aura voluntariamente. Não é possível enxergar camadas mais profundas do mundo espiritual (etéreo, plano das sombras, mundo dos sonhos) com essa habilidade.

- *Saúde (quase) perfeita*: os nephilins não precisam comer, beber ou dormir, a não ser quando estão feridos. Os feitiços lançados durante o dia e qualquer outra habilidade que exija descanso longo são imediatamente recuperados ao nascer do sol do próximo dia. Os nephilins são, ainda, imunes a todo tipo de doenças.
- *Espírito celeste*: são imunes às escolas de encantamento, necromancia e transmutação, quando tais magias são lançadas por seres humanos. A imunidade perde o efeito se o feiticeiro possuir algum objeto pessoal (acessório, pedaço de roupa, peça de armadura) ou parte do corpo (cabelo, pena, sangue, lágrima) do nephilim. Nesse caso, a situação se inverte, e o alvo deve rolar todas as tiradas de resistência com desvantagem nos dados.

Estatísticas vitais: têm entre 1,50 e 2,10 metros de altura, pesam entre 50 e 160 quilos e vivem em média 150 anos.

Alinhamento: os nephilins tendem ao bem, mas podem ter qualquer alinhamento, afinal mesmo entre os anjos existem aqueles maléficos.

Nomes: variam segundo a nação de origem.

Classes sugeridas: os nephilins podem pertencer a qualquer classe de personagens.

CAMBIONS

Os cambions são filhos de demônios com seres humanos. Diferentemente dos nephilins, que eram abundantes antes do dilúvio e raros depois, os cambions só passaram a existir após a queda de Lúcifer. Alguns chegaram a assumir posições de destaque no período romano, mas se tornaram realmente numerosos no começo da Idade Média, quando agentes do inferno foram enviados para assediar os homens na Haled (ver capítulo 1: Cronologia).

Os cambions não são rejeitados por seus progenitores, como em geral acontece com os nephilins. Na maioria das vezes, o demônio se apresenta ao filho e tenta usá-lo para cumprir seu propósito. Quase sempre, os líderes de seitas satânicas — tanto antigamente quanto hoje em dia — são crias de entidades infernais.

Estatísticas de jogo: o acréscimo na pontuação de habilidade depende da ordem do progenitor infernal, segundo esta indicação: malikis (2 pontos de Força e 1 de Constituição), satanis (1 ponto de Carisma e 2 de Inteligência), belial (2 pontos de Carisma e 1 de Sabedoria), daimonium (1 ponto de Sabedoria e 2 de Carisma), baal (1 ponto de Sabedoria, 1 de Carisma e 1 de Inteligência), zanathus (2 pontos de Destreza e 1 de Constituição), succubus/incubus (2 pontos de Carisma e 1 de Sabedoria). Além disso, os cambions ganham os seguintes benefícios extras:

- *Visão espiritual*: todos os cambions são capazes de enxergar o plano astral. Podem avistar entidades (as mais comuns são os fantasmas) através do tecido da realidade e perceber quando uma pessoa ou um objeto está possuído. Isso permite, também, que eles notem a essência espiritual de um indivíduo, descobrindo se é humano, anjo, demônio, nephilim, cambion ou uma criatura de natureza etérea. Além disso, conseguem avaliar a espessura da película (sabendo se estão em uma região de tecido grosso, delgado ou em um santuário) e pressentir a aproximação de anjos e demônios, caso eles não estejam ocultando sua aura voluntariamente. Não é possível enxergar camadas mais profundas do mundo espiritual (etéreo, plano das sombras, mundo dos sonhos) com essa habilidade.

- *Saúde (quase) perfeita*: os cambions não precisam comer, beber ou dormir, a não ser quando estão feridos. Os feitiços lançados durante o dia e qualquer outra habilidade que exija descanso longo são imediatamente recuperados ao pôr do sol do próximo dia. Os cambions são, ainda, imunes a todo tipo de doenças.
- *Espírito infernal*: são imunes às escolas de encantamento, necromancia e transmutação, quando tais magias são lançadas por seres humanos. A imunidade perde o efeito se o feiticeiro possuir algum objeto pessoal (acessório, pedaço de roupa, peça de armadura) ou parte do corpo (cabelo, pena, sangue, lágrima) do cambion. Nesse caso, a situação se inverte, e o alvo deve rolar todas as tiradas de resistência com desvantagem nos dados.

Estatísticas vitais: os cambions têm entre 1,50 e 2,10 metros de altura, pesam entre 50 e 160 quilos e vivem em média 150 anos.

Alinhamento: tendem ao mal, mas podem ter qualquer alinhamento.

Nomes: variam segundo a nação de origem.

Classes sugeridas: os cambions podem pertencer a qualquer classe de personagens. Durante a Idade Média, muitos se tornaram bruxos.

IMORTAIS

Há duas espécies de personagens imortais disponíveis neste capítulo: anjos e demônios. Os seres humanos são versáteis, têm livre-arbítrio e suas características são definidas, na quinta edição de *Dungeons & Dragons*, pela mistura de classe, raça e antecedente (*background*). Infernais e celestes, todavia, não têm livre-arbítrio e não são assim tão ecléticos. Suas características são definidas pela combinação de casta e ciclo. As diretrizes referentes às castas são apresentadas nas caixas de texto do capítulo 3: Luz e Trevas. As demais estão destacadas a seguir.

CICLO

As regras de criação e evolução dos imortais são completamente diferentes das dos mortais. Seu grau de poder não é medido em vinte níveis, mas em sete ciclos. Somente os arcanjos (incluindo Lúcifer) e Metatron alcançaram o sétimo ciclo, portanto os demais personagens só podem ascender até o sexto ciclo. Mesmo os heróis da tetralogia (Ablon, Orion e Apollyon, por exemplo) pertencem ao sexto ciclo.

A maioria dos jogos começa com os personagens no primeiro ciclo, a fim de permitir seu gradual crescimento. Contudo, o mestre pode preferir iniciar a campanha em ciclos mais avançados ou optar por um tipo de evo-

lução estática, sem o avanço de ciclos, premiando os jogadores apenas com pontos de Inspiração (*Inspiration*). Tudo depende da proposta da história que se deseja contar. Tenha em mente que anjos ou demônios de primeiro ciclo são pouco mais que seres humanos com algumas habilidades especiais, enquanto entidades de sexto ciclo são criaturas poderosíssimas, praticamente super-heróis.

Pontos de experiência (PE): os imortais evoluem lentamente. Contudo, tornam-se muito poderosos à medida

que vão progredindo. A tabela a seguir mostra quantos pontos de experiência são necessários para atingir o segundo, o terceiro, o quarto, o quinto e o sexto ciclos, os bônus de proficiência (*proficiency bonus*) e os dados de vida relativos a cada ciclo.

TABELA 1

Ciclo	Título	PE	Bônus de proficiência	Total de dados de vida*
1º	Infante	0	+2	1 + (bônus de Constituição)
2º	Decano	6.500	+3	5 + (bônus de Constituição x 5)
3º	Arconte	48.000	+4	9 + (bônus de Constituição x 9)
4º	Legado	120.000	+5	13 + (bônus de Constituição x 13)
5º	Tribuno	225.000	+6	17 + (bônus de Constituição x 17)
6º	Arauto	400.000	+7	21 + (bônus de Constituição x 21)

* O número de faces do dado de vida é definido segundo a casta, conforme explicado nas caixas de texto do capítulo 3: Luz e Trevas. Querubins e malikis usam d12; serafins, elohins, ishins, satanis, baals e zanathus usam d10; ofanins, hashmalins, malakins, belials, daimoniuns e succubus/incubus usam d8.

Perícias e habilidades: os anjos e demônios ganham acesso a mais uma perícia a cada ciclo além do primeiro. Como opção, você pode usar esse ponto de perícia para comprar uma ferramenta, proficiência em uma arma ou uma categoria de armadura ou escudo. Além disso, os infernais e celestes ganham também pontos extras, que podem ser distribuídos por qualquer uma das seis habilidades (Força, Destreza, Constituição, Inteligência, Sabedoria e Carisma). Contudo, há valores máximos de habilidade por ciclo (consulte a tabela a seguir). Alternativamente, você pode comprar Façanhas (*Feats*), ao custo de uma Façanha a cada 2 pontos de habilidade.

TABELA 2

Ciclo	Perícias extras	Pontos extras de habilidade	Valor máximo de habilidade
1º	+0 (total 4)	0	20
2º	+1 (total 5)	+2 (total 2)	22
3º	+1 (total 6)	+4 (total 6)	24
4º	+1 (total 7)	+4 (total 10)	26
5º	+1 (total 8)	+6 (total 16)	28
6º	+1 (total 9)	+8 (total 24)	30

Divindades e pontos de aura: os poderes especiais dos anjos e demônios são conhecidos como divindades ou técnicas, embora alguns infernais prefiram chamá-los de profanações. A progressão de divindades e a quantidade de pontos de aura sobem de acordo com o ciclo, independentemente da casta. As divindades são divididas em seis níveis. Quanto maior o nível, mais poderosa ela é. Os pontos de aura são usados (entre outras coisas) para ativar as divindades (de nível 2 ou superior), então, mesmo que a técnica falhe ou a vítima resista, esses pontos são perdidos. Como regra geral, as divindades de primeiro ciclo não gastam pontos de aura. Os custos (em pontos de aura) das divindades de segundo, terceiro, quarto, quinto e sexto ciclos são indicados na descrição de cada uma, mais adiante neste capítulo.

TABELA 3

Ciclo do personagem	Nível da divindade					
	1º	2º	3º	4º	5º	6º
1º	3	0	0	0	0	0
2º	3	1	0	0	0	0
3º	3	2	1	0	0	0
4º	4	3	2	1	0	0
5º	5	4	3	2	1	0
6º	6	5	4	3	2	1

TABELA 4

Pontos de aura						
Casta	Ciclo do personagem					
	1º	2º	3º	4º	5º	6º
Querubins	2	4	10	15	40	80
Serafins, elohins e ishins	3	5	15	18	50	90
Ofanins, hashmalins e malakins	4	6	18	22	60	100
Malikis	2	4	10	15	40	80
Satanis, baals e zanathus	3	5	15	18	50	90
Belials, daimoniuns e succubus/incubus	4	6	18	22	60	100

Entendendo as tabelas: só para usar um exemplo, um querubim de primeiro ciclo tem 3 divindades de primeiro nível e 2 pontos de aura. Uma succubus de quarto ciclo tem 4 divindades de primeiro nível, 3 de segundo nível, 2 de terceiro nível e 1 de quarto nível, além de 22 pontos de aura.

Testes de resistência: os imortais aprendem tanto ao longo dos séculos que isso se reflete, também, nos testes de resistência. No quarto ciclo, um anjo ou demônio pode adicionar seu bônus de proficiência a mais um teste de resistência, além dos dois garantidos pela casta. No sexto ciclo, ganha acesso a mais um, totalizando quatro.

CARACTERÍSTICAS DOS IMORTAIS

Independentemente da casta, todos os anjos e demônios são beneficiados com as seguintes características, que os diferenciam das pessoas comuns:

- *Avatar*: celestes e infernais são capazes de materializar um avatar no mundo físico. O avatar precisa ter a forma de um ser humano ou de um animal do mundo real, tão pequeno quanto um gato ou tão grande quanto um leão — use sempre as estatísticas do personagem, nunca as dos animais (mesmo para as habilidades físicas). O anjo ou demônio só pode ter um avatar por vez. O custo para transpor a película (se materializar ou se desmaterializar) é 2 pontos de aura + nível do tecido (ver tabela 8, adiante, neste capítulo).
- *Saúde perfeita*: os imortais não precisam comer, beber ou dormir, a não ser quando estão feridos. São imunes a todo tipo de doenças e maldições (*curses*), aos efeitos da exposição prolongada à radiação e aos venenos comuns (naturais ou químicos). Contudo, venenos místicos ou produzidos por criaturas espirituais podem afetá-los.
- *Suporte de vida*: os anjos e demônios não são afetados pelas condições adversas do vácuo. Isso não significa que sejam particularmente resistentes ao frio ou imunes ao sufocamento/estrangulamento, apenas que seus corpos (espirituais e físicos) estão adaptados ao ambiente inóspito do espaço sideral.
- *Asas*: o avatar dos anjos e demônios pode manifestar suas asas, mas apenas em vértices e santuários (confira a tabela 8, adiante). O custo de materializá-las é 1 ponto de aura (sem custo para desmaterializá-las). Se o alado se mover para uma região de tecido delgado ou espesso, os membros se incendeiam, causando 1d6 pontos de dano por fogo.
- *Imunidade à magia humana*: infernais e celestes são imunes às escolas de magia de abjuração, encantamento, ilusão, necromancia e transmutação. São também imu-

nes aos feitiços da escola de conjuração que os afetem diretamente. Por exemplo, um elemental do fogo trazido à terra pelo encanto de Conjurar Elemental (*Conjure Elemental*) poderá atacar o anjo ou o demônio normalmente, assim como os tentáculos produzidos por Tentáculos Negros de Evard (*Evard's Black Tentacles*) poderão feri-lo ou capturá-lo, mas os imortais são em princípio imunes às magias de conjuração que tentem atraí-los forçadamente ao plano físico, prendê-los ou comandá-los, como Aliado Planar (*Planar Ally*) e Labirinto (*Maze*). A imunidade perde o efeito se o feiticeiro possuir algum objeto pessoal (acessório, pedaço de roupa, peça de armadura) ou parte do corpo (cabelo, pena, sangue, lágrima) do infernal ou celeste. Nesse caso, a situação se inverte, e o alvo deve rolar todas as tiradas de resistência com desvantagem nos dados. Os mesmos feitiços, quando lançados por criaturas astrais ou etéreas, incluindo aberrações (*aberrations*), bestas (*beasts*), construtores (*constructs*), dragões (*dragons*), elementais (*elementals*), fadas (*fey*), gigantes (*giants*), monstruosidades (*monstruosities*), lodos (*oozes*), plantas (*plants*) e mortos-vivos (*undead*), podem afetar os imortais normalmente.
- *Visão espiritual*: todos os infernais e celestes são capazes de enxergar o plano astral estando no mundo físico. Podem avistar entidades (as mais comuns são os fantasmas) através do tecido da realidade e perceber quando uma pessoa ou um objeto está possuído. Isso permite, também, que notem a essência espiritual de um indivíduo, descobrindo se ele é humano, anjo, demônio ou uma criatura de natureza etérea. Além disso, os imortais conseguem avaliar a espessura da película (sabendo se estão em uma região de tecido grosso, delgado, em um santuário ou vértice) e pressentir a aproximação de anjos e demônios, caso estes não estejam ocultando sua aura. Não é possível enxergar camadas mais profundas do mundo espiritual (etéreo, plano das sombras, mundo dos sonhos) com essa habilidade.

REGRAS ESPECIAIS

Os anjos e demônios são guiados por diretrizes bastante específicas — algumas os aproximam e outras os afastam da natureza terrena. Nesta seção, explicamos essas regras em detalhes, para que você possa controlar satisfatoriamente um personagem imortal.

FERIMENTO E CURA

Os imortais se curam mais rapidamente que os seres humanos. Se descansarem por um período mínimo de oito horas (descanso longo, ou *long rest*), recuperam todos os seus pontos de vida. No plano físico é necessário, também, que consumam porções razoáveis de comida e bebida (o equivalente a uma refeição) para que possam regenerar o avatar.

Anjos e demônios têm direito, ainda, a efetuar os chamados descansos curtos (*short rest*), repousando por no mínimo uma hora, sem desempenhar atividades estressantes. Ao fim de um descanso curto, o infernal ou celeste joga um ou mais dados de vida (acrescidos de seu modificador de Constituição) para recuperar os pontos de vida perdidos. Os dados de vida gastos dessa forma retornam, todos, após um descanso longo.

Mortais: em uma campanha tendo como base o cenário da tetralogia angélica, os mortais *não* têm direito a se curar durante descansos curtos — até mesmo o repouso total é, para eles, menos eficiente. Ao fim de um descanso longo, os mortais jogam seus dados de vida, todos de uma vez: o resultado é o número de pontos de vida que recuperam naquele dia.

MORTE E BANIMENTO

Se um anjo ou demônio for ferido no mundo espiritual, chegar a 0 ponto de vida e falhar três vezes nas tiradas de resistência contra a morte, ele morre. Contudo, se ele estiver no plano físico, o que se perde é o avatar. Um infernal ou celeste só pode verdadeiramente morrer no plano físico caso o último dano a ele aplicado (o dano que o levou a 0 ponto de vida) seja radiante ou tenha sido infligido por uma arma de platina branca (ver, mais adiante, Equipamentos). Caso o ferimento seja causado por outros tipos de dano (corte, perfuração, impacto, energia, sônico, necrótico, eletricidade, fogo, gelo, veneno, ácido ou dano psíquico), o avatar (e não o espírito) é destruído. Isso é chamado de *banimento*.

O banimento sempre vem acompanhado de um trauma psicológico. Perder o avatar é considerado uma derrota e uma vergonha (até para os diabos mais desonrados), e o personagem carece de tempo para se recuperar física e mentalmente. O jogador faz um teste de Sabedoria; o resultado determina o período necessário para a recuperação.

TABELA 5

Resultado no teste de Sabedoria	Tempo necessário de recuperação
11 ou menos	3d100 anos
12-14	1d100 anos
15-16	2d20 anos
17-18	2d8 anos
19	4d6 meses
20	1d4 meses
21 ou mais	1d4 semanas

Após o período de banimento, o anjo ou demônio pode voltar a atuar nos planos espirituais e nas dimensões paralelas, mas ainda sem avatar. Para construir um novo avatar e regressar ao mundo físico, é necessário queimar 80 pontos de aura, que não precisam necessariamente ser gastos todos de uma vez — o corpo, todavia, só pode ser utilizado ao fim do pagamento integral. Como opção, você pode queimar 40 pontos de aura para materializar um corpo com metade de seus atributos físicos e metade de seus pontos de vida.

OCULTANDO A AURA

Quando estão no plano físico, os anjos e demônios podem sentir, involuntariamente, a aproximação de outros seres de sua espécie a uma distância de trinta metros. O que se sente, na realidade, é a aura pulsante e suas vibrações no tecido.

Se você quiser invadir uma fortaleza sem ser descoberto, por exemplo, precisará declarar que está ocultando sua aura. Não é necessário nenhum tipo de teste, mas, se você usar qualquer uma de suas divindades, os outros anjos e demônios na área poderão notá-lo, caso sejam bem-sucedidos em um teste de Sabedoria (Percepção): a dificuldade é 15 — nível da divindade.

Os elohins sabem esconder a aura permanentemente, bem como os anjos renegados e outros exilados que vivem na terra.

NATUREZA DE CASTA

O capítulo 3: Luz e Trevas contém informações sobre as castas angélicas e as ordens satânicas, destacando a natureza de cada uma. Sempre que o personagem agir de acordo com seus desígnios, o mestre deverá recompensá-lo com 1 ponto de Inspiração. Em contrapartida, o mestre tem, também, o poder — e a obrigação — de subtrair pontos de Inspiração (ou até mesmo zerá-los) caso o jogador cometa atos que contrariem seus impulsos naturais.

LÍNGUAS

De acordo com a regra padrão da quinta edição de *Dungeons & Dragons*, os idiomas disponíveis aos mortais são indicados segundo a raça e o antecedente. Caso sua campanha se passe no período antediluviano, você deve permitir que todo personagem fale enoquiano (a língua comum dos povos antigos) e outro dialeto cultural, próprio de seu país ou região de origem. A tabela 6 destaca alguns dos principais códigos disponíveis nesse período.

TABELA 6

Idioma	Falado em
Enoquiano	No mundo inteiro, por todos os povos civilizados.
Atlante	Em Atlântida e em suas colônias, bem como na Lemúria.
Ariano	Mistura de enoquiano e atlante, é falado pelos sábios de Arya.
Hiperbóreo	Código secreto dos Magos Brancos, usado em Thule e na Hiperbórea.
Kiran	É a língua oriental, praticada em K'un Lung e na Rodínia.
Nortista	Mescla de enoquiano e hiperbóreo; língua dos bárbaros do norte.
Aztlaniano	Usado pelos nativos de Kuna.
Yamí	Dialeto dos povos yamís.
Coríntio	Em Coríntia. Idioma semelhante ao de Enoque, com alfabeto e escrita próprios.
Sakhiano	Em Sakha. Oralmente, é igual ao enoquiano, mas a língua escrita tem símbolos completamente diferentes.
Zímbaro	Mais um dialeto enoquiano, falado em Gondwana.

Os anjos e demônios começam o jogo com dois idiomas (geralmente genni e enoquiano) + modificador de Inteligência (mínimo 2). Como opção, podem usar os pontos de perícia que ganham com o passar dos ciclos para obter mais idiomas. O conhecimento de enoquiano faz com que os imortais compreendam todas as línguas humanas usadas no período posterior ao dilúvio, considerando que são todas variações do idioma praticado na cidade de Enoque. Além disso, há algumas línguas espirituais que podem interessar a infernais e celestes, conforme mostrado na tabela 7.

TABELA 7

Idioma	O que é?
Genni	Língua angélica comum. Os demônios falam uma variação compreensível do genni, levado ao inferno pelos anjos caídos.
Malakim	É o código catedrático dos celestiais, usado em livros e tomos sagrados.
Theban	Idioma corrompido praticado por demônios de hierarquia mais baixa. É chamado também de "língua dos espíritos inferiores".
Voynich	Língua comum entre os espíritos etéreos. No passado, o voynich foi o idioma diplomático dos deuses pagãos.

O MUNDO ESPIRITUAL

Os anjos e demônios são os únicos seres capazes de atuar nos mais diversos planos de existência e nas dimensões paralelas. Para se manifestarem no mundo físico, porém, precisam cruzar o tecido da realidade e materializar um avatar.

Conforme já explicado, o personagem deve gastar 2 pontos de aura + o nível do tecido para se materializar. Por exemplo, se ele deseja se manifestar em uma região de tecido delgado, precisará queimar 3 pontos de aura (confira a tabela 8). O gasto é o mesmo para transpor a película no sentido contrário, isto é, para dissipar o corpo físico e regressar ao plano astral.

O tecido da realidade é classificado em quatro níveis, conforme mostrado a seguir:

TABELA 8

Local	Exemplo	Nível do tecido
Vértices	Interseções entre os planos físico e etéreo. Seres físicos, astrais e etéreos podem interagir.	-2
Santuários	Áreas selvagens, cavernas, regiões afastadas ou templos sagrados	0
Tecido delgado	Zonas rurais ou porções urbanas desertas	1
Tecido espesso	Cidades, laboratórios, fábricas e indústrias	5

Como já foi dito, um demônio ou anjo que deseje materializar suas asas pode fazê-lo ao custo extra de 1 ponto de aura. Contudo, tais apêndices só podem ser invocados em vértices e santuários. Caso você se mova para regiões com nível de tecido 1 ou 5, as asas pegam fogo, causando 1d6 pontos de dano. Desmaterializá-las voluntariamente não causa danos e não tem custo.

EQUIPAMENTOS

O Guia do Dungeon Master (*Dungeon Master Guide*) contém estatísticas para armas de fogo (rifles, pistolas, metralhadoras etc.), para o caso de você ambientar sua campanha nos tempos modernos. Como esses itens não estão disponíveis no documento básico de referência, listamos alguns deles aqui.

TABELA 9

Arma	Dano	Peso	Propriedades
Revólver	2d8 perfuração	1,5 kg	alcance 12/36, 6 tiros
Pistola automática	2d6 perfuração	1,5 kg	alcance 15/45, 15 tiros
Rifle de caça	2d10 perfuração	4 kg	alcance 24/73, 5 tiros, arma de duas mãos
Submetralhadora	2d6 perfuração	3,5 kg	alcance 15/45, 30 tiros, arma de duas mãos, rajada*
Fuzil	2d8 perfuração	4 kg	alcance 24/73, 30 tiros, arma de duas mãos, rajada*
Escopeta	2d8 perfuração	3,5 kg	alcance 9/27, 2 tiros, arma de duas mãos

* Armas com a propriedade de disparar rajadas permitem que você atinja todos em uma área de até três metros cúbicos. Os indivíduos-alvo devem fazer um teste de resistência de Destreza (dificuldade 15) ou ser atingidos. Uma rajada consome 10 balas.

OBJETOS MÍSTICOS

Não raro, os anjos e demônios trazem objetos místicos consigo. Todo personagem, aliás, deve começar o jogo com ao menos um desses objetos, sempre ligado a suas funções. Para os querubins, pode ser uma arma ou uma armadura; para os ofanins, uma valise de medicina; para os baals, um estojo com ferramentas de tortura etc.

Quando você materializa seu avatar, não precisa trazer esses artigos consigo imediatamente — eles podem, à sua escolha, continuar no plano astral (ocultos dos humanos, porém visíveis aos outros infernais e celestes). Os itens místicos podem ser conjurados e desconjurados sem o gasto de pontos de aura, mas só em santuários ou em locais onde a película é delgada. Uma vez materializado, o objeto pode ser transportado até áreas de tecido espesso, sem problemas. O artefato surge abruptamente caso você se mova para o interior de um vértice ou para uma região coberta pela cortina de aço.

Como opção, o mestre pode permitir que as armaduras celestes tomem formas singelas no mundo físico, para enganar os mortais (os imortais sempre podem enxergá-las). Uma couraça peitoral tomaria a forma de um colete militar, por exemplo. Para todos os efeitos, porém, o personagem está sujeito aos ajustes tanto positivos quanto negativos da proteção. Um querubim cuja armadura de placas tome a forma de um macacão de brim terá, ainda assim, desvantagem nos testes de Destreza (Furtividade), como determina a regra das armaduras pesadas.

RELÍQUIAS SAGRADAS

Apesar do nome, os objetos místicos (via de regra) não têm propriedades especiais. As armas, por exemplo, produzem dano comum (corte, impacto ou perfuração) e não garantem bônus nas tiradas de ataque ou de dano. Os remédios guardados nas maletas dos ofanins estão sempre cheios, mas são idênticos às ataduras e aos medicamentos comuns. Os objetos místicos carregados de bônus e propriedades especiais são chamados de *relíquias sagradas*, ou apenas relíquias. As relíquias mais comuns oferecem ajuste de +1 (item raro), +2 (item raríssimo) ou +3 (item legendário) nas tiradas de ataque e de dano (se for uma arma), na classe de armadura (se for uma armadura) ou em algum outro teste relevante.

Claro que as relíquias podem ter funções diversas além dessas, conforme a imaginação do mestre e a colaboração dos jogadores.

PLATINA BRANCA

O *oricalco*, conhecido mais popularmente como platina branca, era o metal dos atlantes e, embora não mágico, tinha características incríveis. As armas feitas com esse minério não só podiam matar os celestes em seus corpos físicos como garantiam ao esgrimista um ajuste de +2 nas tiradas de ataque e de dano. Já as armaduras (leves, médias ou pesadas) forjadas com oricalco, além de acrescentar +2 na classe de armadura, eram tão leves que permitiam o uso total do bônus de Destreza e não impunham desvantagem nos testes de Destreza (Furtividade).

FERRAMENTAS

O Livro do Jogador (*Player's Handbook*) da quinta edição de *Dungeons & Dragons* reconhece a proficiência em dez ferramentas medievais, algumas com subcategorias. São elas:

- **Artífice:** cartógrafo, inventor, carpinteiro, alquimista, cervejeiro, calígrafo, sapateiro, cozinheiro, vidreiro, joalheiro, costureiro, pedreiro, pintor, oleiro, ferreiro, tecelão ou entalhador. Escolha uma dessas especialidades e adicione seu bônus de proficiência aos testes de habilidade feitos para manufaturar objetos relacionados ao ofício escolhido.
- **Disfarce:** esse kit contém barbas falsas, perucas e maquiagens diversas que o ajudam a se travestir e (tentar) fingir que é outra pessoa. Os testes são geralmente de Carisma, acrescidos de seu bônus de proficiência.
- **Falsificação:** esse conjunto de estiletes, papéis, cola, tinta, carimbos falsos e outros itens o ajuda a forjar documentos. Os testes são quase sempre de Destreza ou Inteligência (o mestre decide, de acordo com a situação) + seu bônus de proficiência.
- **Ferramentas de ladrão:** esse estojo está equipado com duas pinças, três agulhas, um espelho pequeno, algumas tesouras afiadas, uma lima e um par de alicates. Adicione seu bônus de proficiência aos testes de Destreza sempre que tentar abrir fechaduras, desmontar armadilhas ou (se sua campanha se passar nos tempos atuais) desarmar bombas.
- **Herbalismo:** além de instrumentos como pilões e moedores, esse estojo contém frascos e algibeiras com ervas para a preparação de poções e remédios. Some seu bônus de proficiência sempre que fizer um teste de habilidade para identificar ervas (medicinais ou não) e aplicá-las.
- **Instrumentos musicais:** escolha um instrumento musical e adicione seu bônus de proficiência aos testes de habilidade. O mestre pode pedir um teste de Carisma, de Sabedoria, de Inteligência ou mesmo de Destreza, dependendo da situação.
- **Jogos:** escolha um tipo de jogo (como baralho, xadrez ou damas) para conhecer perfeitamente e adicione seu bônus de proficiência nos testes de habilidade feitos durante a partida. O mestre pode usar como base a Inteligência (para situações estratégicas), a Sabedoria (para perceber o movimento dos adversários), o Carisma (para blefar) ou até mesmo a Destreza (para ser rápido ao embaralhar as cartas).
- **Navegação:** conhecer esses instrumentos é essencial para que você siga corretamente as cartas náuticas e mantenha a embarcação na rota certa. Caso se perca, adicione o bônus de proficiência a seus testes de Sabedoria para regressar ao curso normal.
- **Veículos:** escolha entre veículos terrestres, aéreos ou aquáticos. Seu bônus de proficiência é adicionado aos testes de habilidade feitos para controlar e guiar os veículos da categoria que você escolheu. Em uma campanha nos tempos atuais, o acesso a essa ferramenta é essencial para que o personagem saiba dirigir carros, caminhões ou motocicletas.
- **Venenos:** potes, jarros, frascos e tubos de ensaio, além de uma perigosa variedade de compostos químicos, permitem que você adicione o bônus de proficiência aos testes de habilidade sempre que for fabricar ou utilizar venenos. Os testes mais comuns são feitos com Sabedoria, mas é possível (à escolha do mestre) utilizar também a Inteligência em certos casos.

Outras ferramentas adicionadas a jogos nos tempos modernos são:

- **Mecânica:** esse jogo contém chaves, alicates, juntas, catracas e soquetes e permite que você adicione seu bônus de proficiência aos testes de habilidade feitos para executar reparos em itens mecânicos. Normalmente o teste é de Inteligência, mas pode até mesmo ser de Força, à escolha do mestre.
- **Eletrônica:** com esse conjunto de fitas adesivas, fios, alicates, tesouras, uma pequena solda, circuitos extras e chaves, você adiciona seu bônus de proficiência aos testes de Inteligência para efetuar reparos em aparelhos eletrônicos.
- **Informática:** munido de um computador (ou mesmo de um smartphone), você pode acessar bibliotecas virtuais, fazer buscas e invadir terminais. Acrescente seu bônus de proficiência aos testes de Inteligência para executar essas tarefas.

DIVINDADES

As divindades (ou profanações, no caso dos demônios) são os poderes especiais dos infernais e dos celestes. São considerados poderes *místicos*, não mágicos. No universo da tetralogia angélica, consideram-se magia os encantos ou poderes psiônicos derivados da alma humana, ou seja, produzidos por entes mortais (homens, atlantes, lemurianos, neandertais, nephilins e cambions). As classes comuns de *Dungeons & Dragons* (bardo, clérigo, druida, paladino, patrulheiro, feiticeiro, bruxo e mago) conjuram forças mágicas. Já os poderes oriundos de aberrações, bestas, construtores, dragões, elementais, fadas, gigantes, monstruosidades, lodos, plantas e mortos-vivos (além de infernais e celestes, claro) são, para efeito de jogo, místicos e podem afetar anjos e demônios normalmente.

Recuperando pontos de aura: as tabelas 3 e 4, apresentadas anteriormente neste capítulo, mostram a quantidade de divindades que um anjo ou demônio tem de acordo com o ciclo, e quantos pontos de aura ele possui. Os pontos de aura são usados durante a materialização e a desmaterialização, bem como para ativar certas divindades, conforme explicado na descrição de cada uma, a seguir. Os pontos de aura perdidos são recuperados todos de uma vez — no caso dos anjos, a cada nascer do sol e, no caso dos demônios, a cada pôr do sol. É preciso ao menos dez minutos de concentração para que os pontos sejam recuperados. Em ambientes onde não há dia e noite, as energias são recompostas depois de um período de 24 horas, também mediante concentração.

Novas divindades: as divindades descritas adiante são apenas algumas de muitas. É comum, a propósito, que um celeste ou infernal crie sua própria técnica ao alcançar o sexto ciclo. O mestre, claro, tem liberdade para inventar divindades novas, mas é preciso ter muito cuidado com a coerência e observar o grau de poder de cada divindade, para não torná-las superpoderosas.

Divindades de outras castas: cada casta tem uma lista própria de divindades, conforme listadas nas caixas de texto do capítulo 3: Luz e Trevas. É possível comprar divindades de outras castas, mas elas devem estar ao menos dois níveis abaixo do seu ciclo atual. Por exemplo, um querubim de terceiro ciclo pode comprar uma divindade de serafim de primeiro ciclo, mas nunca de segundo ou terceiro. Um satanis de quarto ciclo pode adquirir divindades de malikis de primeiro ou segundo ciclos, mas não de terceiro ou quarto. Para ter acesso a uma divindade de outra casta, lembre-se de que o celeste ou infernal precisa ter contato com ela e um instrutor disposto a lhe ensinar.

Custo: mostra o custo da divindade, em pontos de aura.

Tempo de lançamento: diz quanto tempo a divindade leva para ser conjurada. A maioria das divindades requer apenas uma ação para ser conjurada, mas algumas requerem uma ação bônus, uma reação, uma rodada (consumindo toda a rodada, isto é, seis segundos), um minuto (dez rodadas) ou mais tempo. Se o tempo de lançamento for descrito como "constante", significa que a divindade está sempre ativa e não precisa de esforço ou de ações para ser conjurada. As regras são as mesmas aplicadas aos encantos de *Dungeons & Dragons*. Confira a página 202 do Livro do Jogador.

Alcance: o alvo da divindade precisa estar dentro do alcance destacado. Para divindades que não são ofensivas, o alcance representa a distância máxima em que o efeito pode surgir, em relação ao conjurador. Se o alcance for descrito como "pessoal", significa que apenas o conjurador é afetado. Se for descrito como "0", significa que a divindade tem como ponto central o conjurador. "Toque" significa que o conjurador precisa tocar o objeto ou o indivíduo com alguma parte de seu corpo.

Duração: esse campo indica por quanto tempo a divindade persiste. Muitas divindades são instantâneas (conjuradas e lançadas na mesma rodada). Se a divindade for descrita como "permanente", significa que seus efeitos duram por tempo indefinido.

Grau de abalo: algumas divindades são mais estrondosas e abalam mais o tecido que outras. Conforme a tabela 8 (anteriormente, neste capítulo), a película é classificada em quatro graus de densidade: -2 (vértices), 0 (santuários), 1 (tecido delgado) e 5 (espesso). Divindades com grau de abalo *baixo* podem ser conjuradas em qualquer ambiente. Já as técnicas com grau de abalo *alto* só podem ser invocadas em vértices, santuários ou em áreas de tecido delgado. O grau de abalo de cada divindade é indicado em sua descrição.

ABRACADABRA (NÍVEL 1)

Custo: 0
Tempo de lançamento: 1 rodada
Alcance: toque
Duração: 1 hora
Grau de abalo: baixo

O personagem é capaz de alterar a aparência de um objeto, transmutando-o em outros materiais de forma e tamanho semelhantes. Um guardanapo pode virar uma nota de cem dólares, uma pequena chapa pode ser convertida em uma moeda de ouro e um caderninho pode se transformar em um passaporte. O peso não muda, e o volume não deve ultrapassar trinta centímetros cúbicos. Para transmutar um objeto, você precisa manipulá-lo por toda uma rodada. Depois de uma hora, os efeitos desaparecem.

ALUCINAÇÃO COLETIVA (NÍVEL 3)

Custo: 3
Tempo de lançamento: 1 ação
Alcance: 30 metros
Duração: ver descrição
Grau de abalo: alto

Com esta divindade, você consegue criar ilusões capazes de enganar não apenas um, mas todos os indivíduos na área. O objeto ilusório persiste por 1d8 + seu modificador de Inteligência, em minutos. O engodo afeta todos os cinco sentidos e, se estiver de acordo com a disposição do ambiente, é percebido como algo real. Contudo, se for usado de modo ofensivo (ver Miragem), ou se os personagens interagirem de perto com a ilusão, tentando deliberadamente investigá-la, o mestre deve permitir que façam um teste de resistência de Inteligência (dificuldade 8 + bônus de proficiência + modificador de Inteligência do conjurador) para notar o disfarce.

O objeto ilusório não é necessariamente estático — pode se mover conforme seus comandos. É possível utilizar esta técnica para alterar sua aparência, mas lembre-se de que os elementos são quiméricos. Se você transformar seu cajado em uma espada ilusória, só a aparência muda: as estatísticas continuam sendo as do cajado.

O volume máximo da ilusão é de quatro metros cúbicos. O custo é de 3 pontos de aura.

ARMA DEDICADA (NÍVEL 1)

Custo: 0
Tempo de lançamento: constante
Alcance: pessoal
Duração: permanente
Grau de abalo: baixo

Escolha um tipo de arma, como espada longa, machado de guerra ou mesmo ataque desarmado. Seu grau de especialidade nessa arma é tamanho que você ganha os seguintes benefícios permanentes, sempre que estiver lutando com ela:

- *Bônus no ataque*: +2 nas tiradas de ataque envolvendo a arma em que você é perito.
- *Bônus no dano*: +2 nas tiradas de dano envolvendo a arma em que você é perito. Esse bônus sobe para +3 no segundo ciclo, +4 no terceiro ciclo, +5 no quarto ciclo, +6 no quinto ciclo e +7 no sexto ciclo.
- *Crítico ampliado*: você acerta um ataque crítico com a Arma Dedicada sempre que tirar 19 ou 20 naturais. No quarto ciclo, alcança um golpe crítico a partir de 18.

O personagem pode comprar esta divindade mais de uma vez, especializando-se em tipos diferentes de armas.

ARMADURA CELESTIAL (NÍVEL 3)

Custo: 3
Tempo de lançamento: 1 ação bônus
Alcance: pessoal
Duração: 1 minuto
Grau de abalo: baixo

O personagem cobre-se com uma aura de energia defensiva que o protege contra ataques físicos. Esse campo de força individual absorve 15 pontos de dano por ciclo. Um personagem de terceiro ciclo, por exemplo, pode negar até 45 pontos de dano antes que comece a sofrer ferimentos. O custo da divindade é de 3 pontos de aura.

Os pontos de dano que não forem absorvidos são mantidos na próxima rodada e nas seguintes, por até um minuto (dez rodadas). Contudo, se você conjurar uma nova Armadura Celestial, os pontos anteriores são perdidos e passam a valer os novos — não é possível acumular múltiplas camadas de proteção energética.

ATALHO (NÍVEL 3)

Custo: ver descrição
Tempo de lançamento: 1 rodada
Alcance: toque
Duração: permanente
Grau de abalo: baixo

O elohim estabelece uma conexão mística entre dois pontos no mesmo plano de existência. O atalho deve ser aberto através de uma passagem visível fisicamente, como uma porta, um túnel ou um pórtico. Isso vale tanto para o ponto de entrada quanto para o de saída. É recomendável que o anjo conheça o lugar para onde está indo, mas isso não é crucial. O próprio atalho vai localizar a saída mais adequada dentro dos limites estabelecidos (ver a seguir), que pode ser a porta de um armário, um bueiro, o umbral de um elevador ou algo do tipo.

Quando o atalho é construído, o celeste manufatura também uma chave. Só aqueles que tiverem a chave podem abrir a passagem. Qualquer outro vai chegar a um destino comum (o outro lado da porta, por exemplo), não ao local conectado pela divindade. Enquanto a passagem estiver destrancada, tanto amigos quanto inimigos podem atravessá-la.

O custo é de 3 pontos de aura por mil metros percorridos. O túnel pode ser construído aos poucos, à medida que o personagem for gastando e recuperando sua aura, e uma vez aberto permanece por tempo indeterminado. É necessário se concentrar por toda uma rodada para conjurar o atalho.

ATAQUE FULMINANTE (NÍVEL 2)

Custo: ver descrição
Tempo de lançamento: ver descrição
Alcance: pessoal
Duração: instantânea
Grau de abalo: baixo

Com esta divindade, o anjo ou demônio pode concentrar suas forças para lançar um ataque devastador contra seus oponentes. Há dois tipos de ataques fulminantes: um corpo a corpo (Ataque Circular) e outro a distância (Ponto Vital). O primeiro deve ser efetuado com uma arma branca (espada, lança, machado) ou com os pés e os punhos. No segundo caso, é preciso usar uma arma de disparo (besta, arco) ou de arremesso (azagaia, adaga, dardo). O ataque corpo a corpo é considerado uma técnica diferente do ataque a distância, e, se você quiser ter os dois, precisará comprar esta divindade duas vezes.

- *Ataque Circular*: você executa uma espécie de movimento semiesférico, atingindo todos os indivíduos que o cercam pela frente, pelas costas, pelos flancos e por cima. Os adversários precisam superar um teste de resistência de Destreza (dificuldade 8 + bônus de ataque do conjurador). Os que falharem sofrem o dano normal de sua arma, que deve ser rolado apenas uma vez para todos. Se quiser, você pode escolher atacar um só indivíduo, mas, como a maioria das divindades, o Ataque Circular consome todas as suas outras ações da rodada. Caso você conheça a técnica de Projetar Golpe (ver adiante), pode usar o Ataque Circular para estender seus ataques até o limite permitido pela divindade. O custo é de 2 pontos de aura.
- *Ponto Vital*: você gasta um minuto (dez rodadas) mirando o ponto vital de um adversário específico e então, no fim da rodada, dispara. Se acertar (faça uma tirada normal de ataque), o alvo deve ser bem-sucedido em um teste de resistência de Constituição (dificuldade 15) ou ser reduzido a 0 ponto de vida. O custo é de 4 pontos de aura. Se você perder a concentração ou for atacado enquanto estiver focado no alvo, precisará começar a mirar novamente na próxima rodada.

BÊNÇÃO (NÍVEL 2)

Custo: 2 por aliado
Tempo de lançamento: 1 ação
Alcance: 10 metros
Duração: 1 minuto
Grau de abalo: baixo

Concentrando-se, você benze seus companheiros. Os indivíduos assim glorificados recebem um ajuste de +2 na classe de armadura, vantagem nos testes de resistência e em todos os testes de habilidade e perícia (mas não nas tiradas de iniciativa e ataque). O custo é de 2 pontos de aura por aliado. Você pode abençoar uma quantidade de aliados igual a seu modificador de Carisma (no mínimo um). A bênção dura um minuto (dez rodadas).

BOLHA DE ESTASE (NÍVEL 4)

Custo: 4 por minuto
Tempo de lançamento: 1 ação
Alcance: 0
Duração: 1 minuto (ou mais; ver descrição)
Grau de abalo: alto

Você para, acelera ou desacelera o tempo ao redor, em uma esfera de até trinta metros de raio. Todos dentro dessa área são automaticamente afetados.

Se você quiser parar o tempo, pode caminhar e agir livremente no interior da bolha por até dez rodadas, sem que os adversários possam reagir. Não é possível, contudo, mudar a estrutura de objetos (isto é, danificá-los ou destruí-los) nem ferir alguém, mas você pode roubar itens, remover a armadura de um oponente ou subtrair suas armas, por exemplo.

Esta técnica permite, ainda, que você acelere o tempo (a seu favor) ou desacelere os movimentos dos inimigos. Em ambos os casos, você ganha duas ações adicionais por rodada (que podem ser usadas para atacar). Você sempre ganha a iniciativa quando as rodadas começam com o tempo a seu favor.

Para cada 4 pontos de aura gastos, você sustenta os efeitos por um minuto (dez rodadas). Os inimigos não têm direito a testes de resistência, mas perceba que eles também podem agir e atacar quando o tempo estiver desacelerado, apesar de mais lentamente. Esta divindade beneficia só você, não seus companheiros.

BOLSÃO DIMENSIONAL (NÍVEL 3)

Custo: 6
Tempo de lançamento: 2d10 horas
Alcance: 10 metros
Duração: permanente
Grau de abalo: alto

Você cria uma dimensão hermética. O tamanho total dessa área é de cinquenta metros cúbicos por ciclo. Com esse número em mente, você pode construir um bolsão grande ou vários pequenos.

O bolsão dimensional precisa ter ao menos um ponto de entrada, seja no plano físico, no mundo espiritual ou em alguma dimensão paralela. Essa entrada funciona como uma espécie de atalho e também tem uma chave — somente você e aqueles que possuem a chave (ou chaves) conseguem entrar. Uma vez no espaço, você e seus amigos estão protegidos contra quaisquer interferências externas, mas, se os inimigos conseguirem invadir o lugar (roubando uma das chaves, por exemplo), poderão atacá-los normalmente.

São necessárias 2d10 horas para se construir um bolsão dimensional razoável. Uma vez criado, você pode abrir atalhos adicionais e conectá-lo a diversos pontos.

BONS AMIGOS (NÍVEL 2)

Custo: 2
Tempo de lançamento: 1 rodada
Alcance: 5 metros
Duração: 1d8 horas
Grau de abalo: baixo

Conversando com outro personagem durante uma rodada, você é capaz de convertê-lo em seu melhor amigo. O alvo fica seduzido (mas não apaixonado) e fará tudo para agradá-lo, contanto que o pedido não ameace a vida dele, de pessoas de quem ele gosta ou fira os princípios do alvo (um anjo bondoso continua incapaz de cometer maldades ou traições em nome de seu novo amigo, por exemplo). Caso você agrida o indivíduo (verbal ou fisicamente), os efeitos de Bons Amigos se perdem.

Para resistir a esses efeitos, a vítima deve superar um teste de resistência de Sabedoria (dificuldade 8 + bônus de proficiência + modificador de Carisma do conjurador). O adversário seduzido assim permanece por 1d8 horas. O custo é de 2 pontos de aura.

CAMINHO DAS SOMBRAS (NÍVEL 4)

Custo: 4
Tempo de lançamento: 1 ação
Alcance: toque
Duração: instantânea
Grau de abalo: alto

Você pode entrar em uma sombra e sair em outra, distante até cem metros por ciclo. A viagem é automática e custa 4 pontos de aura.

Não é possível levar ninguém nessa jornada, mas você pode entrar em uma sombra, manter-se escondido e regressar na próxima rodada. Uma vez nas trevas, você não consegue ver nada, apenas o ponto de saída.

CAMINHO NATURAL (NÍVEL 5)

Custo: 5
Tempo de lançamento: 1 ação
Alcance: toque
Duração: instantânea
Grau de abalo: alto

Você pode mergulhar em chamas (fogo), na terra ou areia (terra), em uma poça (água) ou pegar carona no vento (ar), desaparecendo em um ponto e aparecendo em outro, onde existam tais elementos. A viagem custa 5 pontos de aura e é instantânea. Você não precisa necessariamente conhecer o ponto de chegada, mas ele precisa estar no mesmo plano de existência e deve ter porções razoáveis de chamas, terra ou areia, poças de água ou correntes de vento. O percurso máximo da viagem é cem quilômetros por ciclo. Não é possível levar outras entidades consigo.

CÁRCERE (NÍVEL 4)

Custo: 4 ou mais (ver descrição)
Tempo de lançamento: 1 ação
Alcance: 20 metros
Duração: 1 hora ou mais (ver descrição)
Grau de abalo: alto

Seu controle sobre bolsões dimensionais chegou a um nível tão avançado que você pode usá-los como prisão. Uma circunferência se abre sob os pés de seus inimigos e os suga para dentro. Os elohins geralmente dão a tais circunferências a aparência de uma vala ou bueiro que surge abruptamente do solo, mas essa não é uma regra. O buraco tem um metro de raio por ciclo — isso significa que pode sugar um indivíduo de tamanho médio por ciclo. Se houver aliados na área, eles também podem ser tragados. O orifício atrai as vítimas, então mesmo os personagens que voam podem ser capturados.

Uma vez conjurada a divindade, todos no raio de efeito devem fazer um teste de resistência de Destreza (dificuldade 8 + bônus de proficiência + modificador de Sabedoria do conjurador). Os que forem bem-sucedidos conseguem escapar. Os que falharem despencam em um bolsão carcerário com volume igual a três metros cúbicos por ciclo.

Uma vez capturado, o prisioneiro só consegue sair com Teleporte e Portal. É possível usar Entropia para destruir o bolsão (teste de Sabedoria, dificuldade 12, 3 pontos de aura). O Cárcere custa 4 pontos de aura e persiste por até uma hora. Você pode multiplicar a duração gastando mais pontos de aura quando a primeira hora terminar, sem precisar efetuar um novo teste. O agressor é capaz de ver e conversar com os cativos de fora do bolsão, mas não pode atacá-los de nenhum modo nem agredi-los com suas técnicas ou divindades.

CASULO (NÍVEL 4)

Custo: 4
Tempo de lançamento: 2d6 dias
Alcance: toque
Duração: permanente (até ser destruído)
Grau de abalo: variável (ver descrição da divindade)

O personagem que domine esta técnica está apto a construir uma estrutura sólida e móvel, que serve para protegê-lo. Os zangões, elohins que vagam pelas fossas espaciais construindo a zona secreta, criam casulos para si com a aparência de grandes esferas metálicas. Já os elohins que vivem na terra costumam fabricar carapaças semelhantes a escafandros, carros ou helicópteros.

A cápsula tem 15 pontos de vida por ciclo, e, enquanto não for completamente destruída, os ocupantes não podem ser feridos por meios físicos (danos psíquicos atravessam a couraça, bem como divindades mentais e emocionais). O personagem controla o objeto, que se move à velocidade máxima de vinte metros por rodada.

O aparelho suporta você e mais um ocupante por ciclo. Seus aliados estão igualmente protegidos dentro do casulo, mas só você pode atacar e usar suas divindades através da carapaça. O dispositivo em si não tem armas, no entanto é possível abrir uma janela ou escotilha e disparar através dela, ou mesmo atacar corpo a corpo — se o veículo for um carro, você pode tentar atropelar seu alvo fazendo uma tirada de ataque com seu modificador de Destreza + bônus de proficiência, com dano de 4d8 por impacto. Outros podem guiar o objeto, mas não podem atacar nem atropelar ninguém (as manobras são muito complexas).

Se o casulo for construído com a forma de um transporte comum, ele não afeta a película, e o grau de abalo é baixo. Se for um aparelho estranho a olhos humanos (como as esferas metálicas dos zangões), o grau de abalo é alto.

O custo para construir o casulo é de 4 pontos de aura, mas são necessários 2d6 dias para finalizá-lo. Se o objeto for danificado, os pontos de vida podem ser recuperados — não importa a quantidade perdida, o reparo custa também 4 pontos de aura e demora 3d6 horas. Você só pode ter um casulo por vez.

CATÁSTROFE (NÍVEL 6)

Custo: ver descrição
Tempo de lançamento: 1 hora
Alcance: 300 metros
Duração: ver descrição
Grau de abalo: alto

Esta divindade permite que você manipule o clima e as forças da natureza para produzir efeitos devastadores, segundo sua província. É preciso ao menos uma hora de total concentração para invocar a Catástrofe.

- *Nuvem Incendiária (fogo)*: uma imensa nuvem de vapores escaldantes desce sobre uma área de até vinte quilômetros cúbicos, varrendo tudo em seu caminho e provocando 16d10 pontos de dano por fogo nos adversários. Os indivíduos que forem bem-sucedidos em um teste de resistência de Constituição (dificuldade 8 + bônus de proficiência + modificador de Sabedoria do conjurador) sofrem apenas metade do dano. O custo é de 30 pontos de aura.
- *Terremoto (terra)*: fortes tremores sacodem uma área de até cinquenta quilômetros quadrados. Todos que não podem voar devem fazer, a cada rodada, um teste de resistência de Destreza (dificuldade 8 + bônus de proficiência + modificador de Sabedoria do conjurador) ou ser jogados no chão (*prone*). Se as vítimas puderem voar, mas não tiverem ainda decolado, podem ser atingidas por estruturas cambaleantes. O terremoto provoca 100 pontos de dano estrutural. As construções que desabam provocam 8d6 pontos de dano por impacto em todos que falharem em um teste de resistência de Destreza. O indivíduo que falhar no teste fica preso sob os destroços e precisa ser bem-sucedido em um teste de Força (Vigor), dificuldade 20, para escapar. Caso não escape, sofre mais 3d6 pontos de dano automático na próxima rodada. O terremoto custa 15 pontos de aura e dura até três minutos (trinta rodadas).
- *Tsunami (água)*: uma onda gigantesca, de cem metros de altura, trezentos metros de largura e trinta metros de profundidade, se forma no mar, avançando pelo litoral e varrendo uma área de até dez qui-

lômetros quadrados. O choque da onda provoca 6d10 pontos de dano por impacto em todos que não passarem em um teste de resistência de Força, e metade nos que passarem. Nas rodadas seguintes, os personagens na área precisam ser bem-sucedidos em um teste de Força (Vigor), dificuldade 20, ou sofrer mais 2d10 pontos de dano por impacto, provocado pelos objetos trazidos pela corrente. Uma tirada natural de 20 indica que o personagem se agarrou a alguma estrutura sólida e está fora de perigo, podendo então decolar (caso tenha asas). O custo é de 15 pontos de aura. O tsunami dura dez rodadas.

- *Furacão (ar)*: um furacão cobre uma área de até cinco quilômetros cúbicos durante trinta minutos (trezentas rodadas), causando 30 pontos de dano estrutural a cada dez minutos. Os indivíduos que não estejam adequadamente protegidos (em cavernas ou abrigos subterrâneos) devem ser bem-sucedidos em um teste de resistência de Força (dificuldade 8 + bônus de proficiência + modificador de Sabedoria do conjurador) ou ser levados pelo vento, sofrendo 3d6 pontos de dano por impacto a cada rodada, em consequência dos objetos no interior do ciclone. Criaturas de tamanho enorme (*huge*) ou maior têm vantagem no teste de resistência de Força. Os personagens pegos pelo vento e que têm a capacidade de voar podem tentar escapar a cada rodada, efetuando um teste de resistência de Destreza, dificuldade 20. O custo é de 15 pontos de aura.

CHOQUE MENTAL (NÍVEL 3)

Custo: 5
Alcance: 20 metros
Grau de abalo: baixo
Tempo de lançamento: 1 ação
Duração: instantânea

Este impressionante assalto psíquico reúne as mais dolorosas lembranças da vítima e as projeta de volta como um aríete, todas de uma vez. O baque é tão forte que muitos simplesmente não resistem e morrem.

O alvo, que precisa estar a no máximo vinte metros de você, faz um teste de resistência de Sabedoria (dificuldade 8 + bônus de proficiência + modificador de Inteligência do conjurador). Se falhar, é reduzido a 0 ponto de vida. Nas próximas rodadas, deve superar testes de resistência contra a morte, conforme manda a regra padrão. Na terceira falha, ele morre. No terceiro sucesso, fica estável.

O dano é psíquico, então aqueles imunes a tais ataques não são afetados. Os que forem resistentes ao dano psíquico têm seus pontos de vida reduzidos à metade. Os amigos podem ajudar uma vítima do Choque Mental sacudindo-a e tentando tirá-la da catatonia. Para trazê-la à estabilidade, o companheiro deve ser bem-sucedido em um teste de Sabedoria (Medicina), dificuldade 10. O custo é de 5 pontos de aura.

CHUMBO GROSSO (NÍVEL 1)

Custo: 0
Alcance: pessoal
Grau de abalo: baixo
Tempo de lançamento: constante
Duração: permanente

Os elohins com esta divindade estão aptos a tornar suas pistolas, rifles, arcos e bestas muito mais letais. Sempre que você usar uma arma de projéteis, acrescente 1d8 à tirada de dano. No segundo ciclo, acrescente 2d8; no terceiro ciclo, 3d8; no quarto, 4d8; no quinto, acrescente 5d8; e no sexto ciclo, 6d8. Esses dados extras são contados como bônus e *não* são multiplicados no caso de um acerto crítico. Além disso, do terceiro ciclo para cima, você alcança um acerto crítico a partir de uma tirada natural de 18.

Esta técnica age sobre a pontaria, tornando-a mais precisa, então não funciona com granadas, coquetéis-molotovs ou objetos de fragmentação.

CÍRCULO DE CURA (NÍVEL 4)

Custo: 4
Alcance: 50 metros
Grau de abalo: alto
Tempo de lançamento: 1 ação
Duração: instantânea

Todos em um raio de cinquenta metros têm seus pontos de vida restaurados. Você pode escolher quais indivíduos (geralmente os inimigos) não são beneficiados por esta divindade. São recuperados um total de 5d8 pontos de vida. O custo é de 4 pontos de aura.

CLARIVIDÊNCIA (NÍVEL 3)

Custo: 3
Alcance: 200 metros por ciclo
Grau de abalo: baixo
Tempo de lançamento: 1 ação
Duração: 1 hora

O anjo ou demônio projeta sua consciência a um ambiente distante, podendo ver e ouvir tudo o que acontece nesse local, sem estar lá realmente. Ninguém pode enxergá-lo, mas aqueles com a divindade Detectar Presença podem fazer um teste de Sabedoria (Percepção), dificuldade 15, para notar que estão sendo observados.

O alcance máximo da divindade é de duzentos metros por ciclo. A mente projetada pode atravessar barreiras sólidas, mas as divindades Cortina de Aço e Muralha Telecinética previnem a invasão e bloqueiam a Clarividência. Os efeitos duram uma hora, e o custo é de 3 pontos de aura.

CLONE (NÍVEL 5)

Custo: 5 **Tempo de lançamento:** 1 rodada
Alcance: 10 metros **Duração:** permanente
Grau de abalo: alto para criar o clone; baixo uma vez criado

Concentrando-se por uma rodada, você faz aparecer um autômato de carne e osso (ou de outras substâncias, se for criado no mundo espiritual) idêntico a você ou com uma aparência completamente diferente (à sua escolha). O clone tem os mesmos valores de habilidades que você, as mesmas perícias, mas apenas um quarto de seus pontos de vida e de seus dados de vida. Ele surge com roupas e pequenos acessórios, mas não com armas, armaduras, dinheiro ou objetos complexos.

O clone e você estão conectados mentalmente enquanto permanecerem no mesmo plano de existência (não importa a distância). Se você se concentrar a ponto de não fazer mais nada, poderá enxergar através dos olhos do autômato, ouvir com os ouvidos dele e conversar com ele telepaticamente, controlando-o como uma marionete. O clone não herda suas divindades ou seus benefícios de casta, mas você pode conjurá-los através dele se estiver em concentração profunda.

Se necessário, o autômato consegue imitá-lo perfeitamente. Mesmo quando não está sendo controlado, ele é capaz de raciocinar. Como tem suas habilidades e perícias e nasce da sua essência, as decisões dele são muito próximas às suas. Diversos anjos e demônios recomendam que o clone seja "descartado" após alguns meses, evitando assim que desenvolva consciência própria. Você pode exterminar qualquer um de seus clones com um simples comando mental.

O custo é de 5 pontos de aura. O máximo de clones que você pode ter por vez é igual a seu ciclo.

COMPANHEIRO ANIMAL (NÍVEL 1)

Custo: 0 **Tempo de lançamento:** 1 hora
Alcance: ver descrição **Duração:** permanente (até o animal ser morto ou dispensado)
Grau de abalo: baixo

Você convoca um animal de uma das seguintes espécies para acompanhá-lo e servi-lo: morcego, gato, caranguejo, sapo, falcão, iguana, polvo, coruja, cobra, rato, corvo, cavalo-marinho, aranha ou doninha. O bicho age independentemente, mas obedece a seus comandos.

Se o animal estiver a até quarenta metros de distância, você poderá se comunicar telepaticamente com ele e ver através de seus olhos, mas para isso é preciso se concentrar a ponto de não fazer mais nada. Por exemplo, a técnica Cura pelas Mãos pode funcionar por meio do toque do companheiro animal.

Só é possível ter um bicho por vez. Se ele morrer, você pode chamar outro. O processo de convocação dura uma hora. Esta divindade funciona normalmente nos planos espirituais, mas a criatura precisa ser convocada lá; não pode ser trazida do mundo físico. O que se conjura, nesse caso, é o espírito do animal.

COMUNICAÇÃO COM A NATUREZA (NÍVEL 2)

Custo: 0 **Tempo de lançamento:** 1 ação
Alcance: 5 metros **Duração:** ver descrição
Grau de abalo: baixo

Este poder o torna capaz de se comunicar com plantas e animais. O diálogo é limitado pela compreensão que a entidade tem do mundo. Um animal pode informá-lo, por exemplo, sobre a presença e a localização de criaturas ou monstros, ao passo que as plantas podem indicar lençóis subterrâneos e informações sobre o clima. Esta técnica não permite que você controle os bichos ou os vegetais. A divindade não tem custo, mas saiba que a criatura nem sempre tem as respostas que você procura.

CONFESSIONÁRIO (NÍVEL 2)

Custo: 2 **Tempo de lançamento:** 1 ação
Alcance: ver descrição **Duração:** 10 minutos por ciclo
Grau de abalo: baixo

Em um raio de três metros (com você no centro), todos são compelidos a falar a verdade. Quem quiser contar uma mentira precisa ser bem-sucedido em um teste de resistência de Carisma (dificuldade 8 + bônus de proficiência + modificador de Carisma do conjurador).

Isso não obriga ninguém a responder a todas as perguntas. Os indivíduos podem optar por ficar em silêncio, por exemplo. Os efeitos de Confessionário duram dez minutos por ciclo. O custo é de 2 pontos de aura.

CONJURAR ELEMENTAIS (NÍVEL 4)

Custo: 4 **Tempo de lançamento:** 1 ação
Alcance: 10 metros **Duração:** 10 minutos
Grau de abalo: alto. Além disso, se esta divindade for usada no plano físico, lembre-se de que os espíritos elementais só podem atuar em vértices e santuários.

O personagem que conheça esta técnica convoca um elemental de acordo com sua província (as estatísticas estão no Manual dos Monstros do *Dungeons & Dragons*). O ser está sob seu controle e surge na mesma rodada, já pronto para entrar em combate.

O custo é de 4 pontos de aura. O ishim ou zanathus só pode controlar um elemental por vez. A criatura permanece por dez minutos ou até ser destruída.

CONJURAR ELEMENTOS (NÍVEL 1)

Custo: 0 **Tempo de lançamento:** 1 ação
Alcance: 20 metros **Duração:** instantânea
Grau de abalo: alto

Você conjura pequenas quantidades de elementos básicos (fogo, água, terra ou ar), de acordo com sua província, e pode usá-las para atacar.

- *Fogo*: é possível criar chamas de até um metro de altura. Faça uma tirada de ataque usando seu bônus de proficiência + modificador de Destreza para lançá-las contra seus inimigos, a até vinte metros. O dano é de 2d8 por ataque. Você pode lançar, por rodada, uma quantidade de chamas igual a seu ciclo ou concentrar toda a força em um único disparo possante. Por exemplo, um ishim de terceiro ciclo pode arremessar três chamas, causando 2d8 de dano a cada ataque, ou uma única chama, causando 6d8 de dano.
- *Água*: você pode criar até um litro de água ou a mesma quantidade de gelo. Pode, ainda, atirar lascas de gelo contra seus inimigos a até vinte metros, provocando dano por corte. Faça uma tirada de ataque usando seu bônus de proficiência + modificador de Destreza. O dano é de 2d8 por ciclo.
- *Terra*: pode-se criar até um quilo de terra ou quinhentos gramas de pedra ou metal. Nesse último caso, é possível moldar pontas afiadas e atirá-las contra seus inimigos, a até vinte metros. Faça uma tirada de ataque usando seu bônus de proficiência + modificador de Destreza para lançá-las. O dano é de 2d8 de perfuração. Você pode criar e arremessar, por rodada, uma quantidade de pontas igual a seu ciclo ou concentrar todos os ataques em um único golpe, causando 2d8 de dano por ciclo.
- *Ar*: você pode criar pequenos redemoinhos de vento, capazes de soprar e mover objetos, como se tivesse um índice de Força igual a 6. Como opção, conjura um raio elétrico que atinge um adversário a até vinte metros de distância. Faça uma tirada de ataque usando seu bônus de proficiência + modificador de Destreza. O raio causa 2d8 pontos de dano elétrico por ciclo.

CONJURAR ESPECTROS (NÍVEL 3)

Custo: 3
Alcance: 10 metros
Grau de abalo: alto
Tempo de lançamento: 1 ação
Duração: 2d6 rodadas

Você conjura 1 devorador *ou* 1d4 vultos *ou* 1d6 andarilhos (as estatísticas estão no capítulo 6: Bestiário), que têm a ordem prioritária de atacar seus oponentes em combate. O custo é de 3 pontos de aura, mas você só pode conjurar até 6 espectros por vez. As criaturas permanecem sob seu controle por 2d6 rodadas, depois desaparecem. Esta divindade funciona no plano físico, mas lembre-se de que os espectros só podem se manifestar em vértices ou santuários.

CONTROLAR MASSAS (NÍVEL 4)

Custo: ver descrição
Alcance: ver descrição
Grau de abalo: baixo
Tempo de lançamento: ver descrição
Duração: ver descrição

Você pode aplicar os efeitos das divindades Bons Amigos, Voz de Comando e Controlar Mentes a todos aqueles que puderem escutá-lo ao vivo. Os indivíduos têm direito aos testes de resistência, conforme explicado na descrição de cada divindade. O mestre deve estabelecer estatísticas gerais para a multidão e efetuar um só teste de resistência para todos. Os personagens jogadores e alguns que o mestre considere especiais podem fazer suas jogadas individualmente.

O custo é 4 x o nível da divindade. Por exemplo, Bons Amigos e Voz de Comando são divindades de nível 2, portanto custam 8 pontos de aura para ser projetadas às massas. Controlar Mentes custa 12 pontos de aura. Não é possível usar Controlar Massas em anjos ou demônios de ciclos maiores ou em criaturas com mais dados de vida que você.

CONTROLAR MENTES (NÍVEL 3)

Custo: 3
Alcance: 10 metros
Grau de abalo: baixo
Tempo de lançamento: 1 ação
Duração: 2d6 rodadas

Controlar Mentes permite que você domine completamente outro indivíduo e o obrigue a fazer tudo o que você deseja, sem restrições. O alvo deve superar um teste de resistência de Sabedoria (dificuldade 8 + bônus de proficiência do atacante + modificador de Carisma do atacante) ou agir como um autômato, sem personalidade própria, o que torna fácil para qualquer um perceber que ele está sob influência de outrem. Os comandos podem ser perigosos, complexos e contrários à natureza do alvo. O controlador pode ordenar, por exemplo, que a vítima se volte contra seus amigos e os ataque. O dominado tem direito a tentar um novo teste de resistência de Sabedoria com vantagem, caso o dominador ordene que ele cometa suicídio.

Controlar Mentes dura 2d6 rodadas. O custo é de 3 pontos de aura. Não é possível usar Controlar Mentes em anjos ou demônios de ciclos maiores ou em criaturas com mais dados de vida que você. Os celestes e os infernais de sexto ciclo são imunes ao controle mental.

CONTROLAR O TECIDO (NÍVEL 1)

Custo: 0
Alcance: 5 metros
Grau de abalo: baixo
Tempo de lançamento: 1 ação
Duração: ver descrição

Você é capaz de alterar a consistência do tecido da realidade em uma categoria. Conforme mostrado anteriormente, neste capítulo, a película é classificada em quatro categorias de densidade: -2 (vértices), 0 (santuários), 1 (tecido delgado) e 5 (espesso). O personagem que conhece esta técnica pode, por exemplo, transformar uma região de tecido delgado em um santuário ou engrossar a membrana delgada para deixá-la espessa. Os efeitos duram enquanto você estiver no local e por mais uma hora depois de ter saído. A área de efeito é de trinta metros cúbicos por ciclo.

CONTROLE DE ADRENALINA (NÍVEL 2)

Custo: ver descrição
Alcance: pessoal
Grau de abalo: baixo
Tempo de lançamento: 1 rodada
Duração: 10 minutos

O infernal ou celeste pode usar sua essência para aumentar temporariamente seus atributos físicos. É preciso se concentrar por toda uma rodada. Durante esse tempo, o personagem não pode executar nenhuma outra ação. Para cada ponto de aura gasto, aumente 1 ponto em alguma habilidade física (Força, Destreza ou Constituição), até o limite permitido pelo ciclo (ver tabela 2, anteriormente, neste capítulo).

Os pontos de vida ganhos em consequência do acréscimo dos pontos de Constituição são perdidos primeiro e contam como temporários. Os efeitos permanecem por dez minutos.

CONTROLE GRAVITACIONAL (NÍVEL 1)

Custo: 0
Tempo de lançamento: constante
Alcance: pessoal
Duração: permanente
Grau de abalo: baixo

Você tem absoluto controle sobre o centro gravitacional de seu corpo, podendo dar saltos incríveis e se equilibrar com perfeição. O personagem que tenha essa divindade ganha os seguintes benefícios permanentes:

- *Salto felino*: o anjo ou demônio consegue saltar uma distância horizontal igual a dez metros por ciclo ou uma distância vertical equivalente a cinco metros por ciclo. Em condições normais, nenhuma tirada é necessária, mas o mestre deve exigir um teste de Força (Vigor) se o solo estiver em movimento, se o ponto de chegada estiver obscuro (uma ponte oculta pelas brumas, por exemplo) ou se o personagem quiser levar outro indivíduo ou objetos em seus ombros (com desvantagem se o objeto ou a pessoa for muito pesado).
- *Montanhismo*: o infernal ou celeste pode escalar montanhas sem precisar fazer nenhum teste. Se o paredão for muito liso, o mestre deve exigir um teste de Força (Vigor), que sempre é feito com vantagem. O mesmo se aplica a paredes de prédios, castelos ou construções que o personagem deseje escalar.
- *Queda suave*: um indivíduo com Controle Gravitacional recebe apenas metade do dano de quedas, mesmo se estiver em queda livre.

CONTROLE REMOTO (NÍVEL 2)

Custo: ver descrição
Tempo de lançamento: ver descrição
Alcance: ver descrição
Duração: ver descrição
Grau de abalo: baixo

O Controle Remoto permite que você ative as divindades Ler Emoções, Fascínio e Escudo Humano não apenas presencialmente, mas através de canais de comunicação como cartas, rádio, telefone ou via internet. A comunicação pode ser por imagem, texto ou voz. A distância não é um fator, mas os dois indivíduos têm de estar diretamente conectados — um funcionário dos correios que leia um telegrama endereçado a outra pessoa não será afetado, por exemplo.

O Controle Remoto não tem custo. O que se paga são os pontos de aura relativos às divindades que serão usadas no processo, apesar de que Ler Emoções é de primeiro nível e, portanto, não exige gasto de aura.

CONVOCAR ANIMAIS (NÍVEL 3)

Custo: 1 por animal
Tempo de lançamento: 1 ação
Alcance: ver descrição
Duração: 8 horas
Grau de abalo: baixo

Concentrando-se por uma rodada, você convoca até oito animais para servi-lo — os bichos não podem ser menores que um rato nem maiores que um elefante.

Se as criaturas estiverem em seu campo de visão, começam a obedecer a seus comandos a partir da próxima rodada — inclusive a ordens de ataque. Os animais não surgem do nada, são chamados de algum lugar próximo e, se não estiverem à vista, chegarão em 1d8 rodadas. O mestre deve escolher o tipo de criatura, usando o bom senso e observando o ambiente. Em uma cidade grande, animais disponíveis podem ser cães, gatos, ratos, pombos ou urubus (só para dar alguns exemplos), enquanto nas profundezas de uma caverna serpentes e morcegos são os bichos mais comuns — já nas regiões selvagens, gorilas, leões e panteras podem ser seus aliados.

Se você estiver em um ambiente lacrado (preso em uma sala fechada, por exemplo), os bichos não conseguem alcançá-lo. Não é possível conversar com eles, a não ser que você tenha a divindade Comunicação com a Natureza. Os seres permanecem sob seu controle por até oito horas. Se forem mortos, os efeitos se perdem. Você pode controlar até oito animais por vez. O custo é de 1 ponto de aura por animal.

CORTINA DE AÇO (NÍVEL 2)

Custo: 5 por metro cúbico
Tempo de lançamento: ver descrição
Alcance: 30 metros
Duração: permanente
Grau de abalo: baixo

Você está apto a lacrar o tecido da realidade em uma área específica, impedindo que qualquer um escape transpondo a membrana. Se essa região estiver no mundo físico, ninguém ali dentro é capaz de desfazer o avatar, e nenhuma criatura astral pode adentrá-la. Se a cela for erguida no plano astral, os seres dentro dela não conseguem cruzar estruturas sólidas e/ou enxergar o plano material, tampouco se materializar.

A Cortina de Aço previne, ainda, o uso de divindades de transporte, como Cruzar Paredes, Atalho, Portal, Teleporte e Caminho das Sombras, e também é imune aos efeitos de Dispersar Energia. O custo é alto: 5 pontos de aura por metro cúbico, mas o calabouço pode ser erguido aos poucos. Cada metro cúbico leva um dia para ser construído.

Uma vez criada a Cortina de Aço, ela é permanente. Os imortais percebem claramente quando estão adentrando regiões com o tecido lacrado.

COURAÇA ELEMENTAL (NÍVEL 2)

Custo: 2
Tempo de lançamento: 1 ação bônus
Alcance: pessoal
Duração: 1 minuto
Grau de abalo: alto

O ishim ou zanathus reveste sua pele com partículas do elemento que manipula, garantindo proteção a seu corpo. Os efeitos dependem da província.

- *Fogo*: um forte calor radia de sua pele. Todos os adversários que estiverem em combate corpo a corpo com você recebem automaticamente 1d6 pontos de dano de fogo por rodada, ou 1d8, se tocarem sua pele com as mãos nuas. Seus aliados são imunes (se você assim determinar).
- *Terra*: sua pele torna-se dura como pedra. Ganhe um bônus de +4 na classe de armadura.
- *Água*: um frio polar emana de sua pele. Todos os adversários que estiverem em combate corpo a corpo com você recebem 1d6 pontos de dano de frio por rodada, ou 1d8, se tocarem sua pele com as mãos nuas. Seus aliados são imunes (se você assim determinar).
- *Ar*: de seu corpo coriscam chispas elétricas. Os oponentes que acertarem um ataque corpo a corpo em você recebem automaticamente 1d12 pontos de dano elétrico.

Esta divindade custa 2 pontos de aura e tem duração de um minuto (dez rodadas).

CRUZAR PAREDES (NÍVEL 2)

Custo: ver descrição
Alcance: toque
Grau de abalo: alto
Tempo de lançamento: 1 ação
Duração: instantânea

O infernal ou celeste produz alterações mínimas no espaço, abrindo fendas em estruturas sólidas. Como resultado, consegue cruzar portas, paredes, grades e muralhas, sempre em linha reta. Para cada 2 pontos de aura gastos, atravessam-se trinta centímetros. A fenda se fecha imediatamente atrás dele, impedindo que tanto inimigos quanto aliados o acompanhem.

O único material que previne o cruzamento é a platina branca. Barreiras místicas (como a Cortina de Aço e a Muralha Telecinética) também impedem a passagem.

CURA PELAS MÃOS (NÍVEL 2)

Custo: ver descrição
Alcance: toque
Grau de abalo: alto
Tempo de lançamento: 1 ação
Duração: instantânea

Tocando um ferimento (seu ou de outrem), você é capaz de curá-lo. Cada ponto de aura gasto restaura uma quantidade de pontos de vida igual a 1d12 + seu modificador de Sabedoria. Todos os tipos de danos podem ser restaurados por esta técnica, inclusive os psíquicos.

DEBILITAR (NÍVEL 2)

Custo: 2
Alcance: 30 metros
Grau de abalo: baixo
Tempo de lançamento: 1 ação
Duração: instantânea

Manipulando os elementos químicos presentes no organismo de uma entidade, você pode debilitá-la. Cada província tem sua estratégia (os ishins e zanathus da terra reduzem o ferro do corpo, os anjos e demônios da água ressecam partículas do sangue etc.), mas os efeitos são os mesmos. O alvo faz um teste de resistência de Constituição (dificuldade 8 + bônus de proficiência + modificador de Sabedoria do conjurador). Se falhar, perde 1d10 pontos de Força. Cada vítima só pode ser submetida a essa técnica uma vez (há limites até os quais o organismo pode ser enfraquecido). Os pontos de Força regressam após um descanso curto ou longo. Os mortais se recuperam à razão de 1 ponto de Força por dia.

O custo é de 2 pontos de aura. Os anjos e demônios de sexto ciclo e as criaturas com mais de 21 dados de vida são imunes ao enfraquecimento.

DESATINO (NÍVEL 1)

Custo: 0
Alcance: 100 metros
Grau de abalo: baixo
Tempo de lançamento: 1 ação bônus
Duração: 10 minutos

À primeira vista, o Desatino pode ser confundido com a divindade Controlar o Tecido, mas funciona de modo bem diferente. O anjo não altera a consistência da película, mas manipula a mente humana para que seus poderes não afetem o tecido da realidade. Como resultado, suas técnicas místicas serão percebidas pelos terrenos como uma ocorrência do mundo real. O jato de fogo de um ishim, por exemplo, será tomado como a explosão de um coquetel-molotov.

Em termos práticos, o Desatino permite que você e seus aliados (mas não seus inimigos) conjurem divindades com grau de abalo alto em qualquer ambiente, mesmo em regiões em que o tecido é espesso. Note que o Desatino não é capaz de criar santuários ou vértices nem permite que criaturas etéreas (deuses, fadas, elementais etc.) se manifestem na área.

DESPERTAR OS MORTOS (NÍVEL 4)

Custo: 4
Alcance: 3 metros
Grau de abalo: alto
Tempo de lançamento: 1 ação
Duração: 1 ano

Caso você possua a divindade Transferência Espiritual, pode usá-la para aprisionar um espectro dentro de um cadáver humano. O alvo (o espectro, não o defunto) tem direito a um teste de resistência de Sabedoria (dificuldade 8 + bônus de proficiência + modificador de Carisma do conjurador). Se falhar, está preso à carcaça e suscetível a seus comandos. O ser criado é um zumbi (as estatísticas estão no Manual dos Monstros [*Monster Manual*] de *Dungeons & Dragons*).

O custo é de 4 pontos de aura para cada tentativa. Não há limite de quantos zumbis você pode controlar, mas é preciso ter os materiais necessários à mão: defuntos (mortos há não mais que um mês) e espectros. O zumbi permanece sob seu domínio por no máximo um ano (tempo médio de decomposição), ou até que o espectro seja expulso por Exorcismo ou removido por Transferência Espiritual.

DETECTAR PRESENÇA (NÍVEL 3)

Custo: 3 ou 0 (ver descrição)
Alcance: 50 metros por ciclo
Grau de abalo: baixo
Tempo de lançamento: 1 rodada ou constante (ver descrição)
Duração: instantânea

Seu grau de percepção do ambiente chegou a tal ponto que você é capaz de detectar a presença de criaturas em um raio de até cinquenta metros por ciclo (mesmo através de estruturas sólidas). A ação é consciente. Você precisa se concentrar por toda uma rodada e gastar 3 pontos de aura. Não são necessários testes. Percebem-se a quantidade exata de indivíduos e sua localização na área de efeito. Não é possível enxergá-los ou mesmo saber o que estão fazendo — nota-se apenas a presença.

Se você estiver no mundo físico, consegue captar seres também no plano astral e vice-versa, mas não é possível sentir outros planos (como o etéreo ou o mundo das sombras).

Além disso, um anjo ou demônio com Detectar Presença pode captar a aproximação de um personagem que esteja usando Efeito Camaleão (ver adiante). Nesse caso, a ação é involuntária e não requer gasto de pontos de aura.

DISCURSO DA VITÓRIA (NÍVEL 2)

Custo: 2
Tempo de lançamento: 1 minuto
Alcance: 100 metros
Duração: ver descrição
Grau de abalo: baixo

Você reúne seu grupo e faz um discurso de um minuto antes de uma peleja ou combate. Seus companheiros (mas não você) recebem 2d8 + seu modificador de Carisma em pontos de vida temporários. A batalha deve começar até uma hora depois da preleção. Caso não comece, os ânimos acalmam e os efeitos se perdem.

No primeiro e no segundo ciclos, você pode estimular até 1d8 aliados. No terceiro e no quarto, até 2d10 aliados. No quinto ciclo, 20d10 aliados. No sexto, 20d100 aliados. Os pontos de vida temporários que não forem usados desaparecem no fim do combate. O custo é de 2 pontos de aura.

DISPERSAR ENERGIA (NÍVEL 3)

Custo: 3 ou 6 (ver descrição)
Tempo de lançamento: 1 ação ou 1 reação
Alcance: 40 metros
Duração: ver descrição
Grau de abalo: baixo

O infernal ou celeste tem o poder de anular efeitos místicos ou mágicos de todos os tipos. Gaste 3 pontos de aura e faça um teste de Sabedoria. Se o efeito tiver sido gerado por uma divindade, a dificuldade é 12 + nível da divindade; se tiver sido gerado por um feitiço, a dificuldade é 8 + nível do feitiço. O tempo de lançamento é uma ação, mas você também pode tentar anular o jato de fogo conjurado por um ishim, por exemplo, antes que ele atinja seu grupo; nesse caso, permite-se que a divindade seja usada como reação.

Dispersar Energia anula os efeitos da divindade ou do encanto, mas não impede outras pessoas ou entidades de voltar a conjurá-lo nas próximas rodadas.

Caso esta técnica seja usada para anular efeitos místicos considerados permanentes (como as propriedades de uma arma mágica ou de uma relíquia sagrada), o lugar ou objeto perde suas características especiais por 1d8 rodadas, recuperando-as em seguida. O mesmo teste é exigido (ver primeiro parágrafo), e o custo é de 6 pontos de aura.

DUAS CARAS (NÍVEL 1)

Custo: 0
Tempo de lançamento: 1 rodada
Alcance: pessoal
Duração: ver descrição
Grau de abalo: alto no momento da transformação. Uma vez que você esteja na nova forma, não há abalo no tecido.

Você faz pequenas alterações em sua aparência, podendo mudar sua etnia, idade, cor de cabelo, cor dos olhos, mas não altura, peso e sexo. Um amigo seu (ou alguém que o conheça bem) descobrirá a farsa na hora — apesar de que os seres humanos podem ser enganados. Os indivíduos com quem você interage eventualmente poderão desconfiar e desvendar o engodo, superando um teste de resistência de Inteligência (dificuldade 8 + bônus de proficiência + modificador de Carisma do conjurador). Aqueles que o tenham visto somente algumas vezes (um guarda de segurança, por exemplo) serão facilmente ludibriados.

Esta divindade não tem o poder de mascarar sua essência nem de alterar as roupas e os acessórios que você está usando. O processo de transformação leva apenas uma rodada. As alterações permanecem por quanto tempo você desejar.

EFEITO CAMALEÃO (NÍVEL 3)

Custo: 3
Tempo de lançamento: 1 ação
Alcance: pessoal
Duração: 1 hora
Grau de abalo: baixo

Usando a combinação de luz e sombras, inibindo o cheiro e o calor de seu corpo, você é capaz de literalmente desaparecer na paisagem. Embora isso não o torne propriamente invisível, os efeitos são semelhantes. Os demais personagens vão ignorá-lo, a não ser aqueles que tiverem a divindade Detectar Presença. Nesse caso, você precisa ser bem-sucedido em um teste de Destreza (Furtividade) — a dificuldade é a Percepção Passiva do alvo. Salvo nessa circunstância, não são necessários testes, mas é preciso gastar 3 pontos de aura para ativar a divindade. O Efeito Camaleão permanece por até uma hora.

Se você fizer movimentos bruscos (atacar, correr, esquivar-se etc.), a camuflagem se perde, e você só poderá reativá-la um minuto (dez rodadas) depois. O mestre pode pedir um teste de Destreza (Furtividade) contra a Sabedoria (Percepção) dos indivíduos na área, se você efetuar ações não necessariamente bruscas, mas que afetem a paisagem ou as demais pessoas, como remover um corpo caído no canto da sala, abrir uma janela ou (tentar) furtar um objeto de alguém.

ELEMENTALISTA (NÍVEL 4)

Custo: 0
Tempo de lançamento: constante
Alcance: pessoal
Duração: permanente
Grau de abalo: baixo

O ishim ou zanathus ganha acesso a uma província elemental extra, podendo conjurar seus efeitos. Essa divindade pode ser comprada mais de uma vez, garantindo o domínio sobre mais províncias. O poder não tem custo de aura e está sempre ativo.

ENTROPIA (NÍVEL 6)

Custo: ver descrição
Tempo de lançamento: 1 ação
Alcance: 30 metros
Duração: instantânea
Grau de abalo: alto

Esta poderosa divindade permite que o anjo ou demônio desintegre objetos ou criaturas com o tamanho máximo de um metro cúbico por ciclo. Se o alvo for um objeto, você faz um teste de Sabedoria. A dificuldade depende do material: roupa ou papel (0); madeira ou osso (5); cristal, gelo ou vidro (10); pedra ou metais nobres (15); aço, ferro ou ligas metálicas (20); diamante (25); objetos místicos, mágicos ou platina branca (30). O sucesso no teste significa que o objeto foi completamente desintegrado. O custo é de 3 pontos de aura.

Se o alvo for um indivíduo, ele (e não você) faz um teste de resistência de Constituição (dificuldade 8 + bônus de proficiência + modificador de Sabedoria do conjurador). Se ele for bem-sucedido no teste, nada acontece. Se falhar, morre e é desintegrado automaticamente. Infernais e celestes de sexto ciclo ou com mais de 21 dados de vida são imunes a esses efeitos. O custo é de 10 pontos de aura.

A Entropia pode ser usada também para desfazer Muralha Telecinética, Redoma de Luz, Serpentes do Abismo e Cárcere. Nesse caso, a dificuldade do teste de Sabedoria é 12, e o custo é de 3 pontos de aura.

ESCUDO DE FÉ (NÍVEL 2)

Custo: 2 **Tempo de lançamento:** 1 reação
Alcance: pessoal **Duração:** 1 rodada
Grau de abalo: baixo

Uma aura de energia invisível envolve seu corpo, protegendo-o de todos os tipos de ataques físicos. A divindade entra em ação no exato momento em que o primeiro ataque da rodada é direcionado a você. O Escudo de Fé só protege você (não seus aliados), custa 2 pontos de aura e dura apenas uma rodada.

ESCUDO HUMANO (NÍVEL 3)

Custo: 3 **Tempo de lançamento:** 1 ação
Alcance: toque **Duração:** permanente (até que o escudo morra)
Grau de abalo: baixo

Se você convencer alguém a servir como seu protetor, mesmo diante da morte, todos os pontos de dano que você sofrer serão automaticamente transferidos para ele. Os ataques só começam a ferir você diretamente quando seu "escudo" chegar a 0 ponto de vida.

O alvo desta técnica — que pode ser usada em quaisquer entidades, não apenas em seres humanos, apesar do nome — deve aceitar se submeter voluntariamente. É possível ter até três escudos humanos por vez. O custo é de 3 pontos de aura e os efeitos são permanentes, só terminando quando o intermediário estiver às portas da morte.

ESCURIDÃO (NÍVEL 1)

Custo: 0 **Tempo de lançamento:** 1 ação
Alcance: 10 metros **Duração:** 1 minuto
Grau de abalo: alto

Você cria uma área de escuridão que cobre uma esfera de até três metros de raio por ciclo. Esse negrume não pode ser iluminado por fontes comuns (lâmpadas, velas, tochas), mas a divindade Luz é capaz de dispersá-lo. Somente você enxerga dentro da esfera — nem seus aliados conseguem. Os anjos e demônios com Infravisão e Sentidos Aguçados, entretanto, podem agir normalmente no interior da área afetada.

O globo de escuridão dura um minuto. Passado esse tempo, é preciso acionar a divindade novamente.

ÉTER (NÍVEL 5)

Custo: 5 por disparo **Tempo de lançamento:** 1 ação
Alcance: 300 metros **Duração:** instantânea
Grau de abalo: alto

Com esta técnica, você consegue manipular o éter, o chamado "solvente cósmico", a substância que compõe a matéria negra do espaço. Se quiser, pode disparar até dois jatos de éter por rodada contra seus inimigos, fazendo uma tirada de ataque usando seu bônus de proficiência + modificador de Destreza. Se acertar, o(s) alvo(s) recebe(m) 10d12 pontos de dano necrótico por jato. O custo de cada disparo é de 5 pontos de aura.

EXORCISMO (NÍVEL 2)

Custo: 2 **Tempo de lançamento:** 1 ação
Alcance: 10 metros **Duração:** instantânea
Grau de abalo: baixo

Gastando 2 pontos de aura, você pode exorcizar qualquer criatura que tenha possuído um corpo ou um objeto. Não importam os dados de vida ou o ciclo da entidade, ela é imediatamente ejetada do receptáculo, sem direito a testes de resistência. A criatura pode (tentar) voltar a possuir o mesmo corpo ou objeto depois.

Os zumbis (criados a partir da transferência de um fantasma ou espectro para dentro de um cadáver em putrefação) e os demais mortos-vivos são especialmente sensíveis ao exorcismo. Os personagens que conhecem esta técnica são capazes de inutilizá-los permanentemente, libertando os espíritos da carne decomposta. Você pode exorcizar, por rodada, uma quantidade de mortos-vivos igual a 3 + seu modificador de Carisma. Mortos-vivos com pontuação de Inteligência 8 ou mais têm direito a um teste de resistência de Sabedoria para não ser inutilizados (dificuldade 8 + bônus de proficiência + modificador de Carisma do conjurador).

O exorcismo pode ser usado, ainda, para afugentar fantasmas agressivos e espectros, no mundo físico ou espiritual. Basta você gastar 2 pontos de aura. Todas as criaturas em um raio de até dez metros de você devem superar um teste de resistência de Sabedoria (dificuldade 8 + bônus de proficiência + modificador de Carisma do conjurador) ou ser afugentadas.

EXTERMÍNIO (NÍVEL 5)

Custo: 5 **Tempo de lançamento:** 1 ação
Alcance: 20 metros **Duração:** instantânea
Grau de abalo: baixo

Com um comando, você é capaz de reverter o fluxo de sangue de uma criatura, concentrando toda a pressão no músculo cardíaco. O alvo faz um teste de resistência de Constituição (dificuldade 8 + bônus de proficiência + modificador de Sabedoria do conjurador). Se falhar, é reduzido a 0 ponto de vida. Nas próximas rodadas, deve superar testes de resistência contra a morte, conforme manda a regra padrão. Na terceira falha, o coração estoura e ele morre. No terceiro sucesso, fica estável.

Quem for bem-sucedido no teste de resistência sofre, ainda assim, 4d6 pontos de dano necrótico. O custo é de 5 pontos de aura. Anjos ou demônios de sexto ciclo e entidades com 21 dados de vida ou mais são imunes aos efeitos desta divindade, que funciona mesmo com seres que não têm coração — a técnica age sobrecarregando o núcleo de poder da vítima.

FASCÍNIO (NÍVEL 2)

Custo: 2 **Tempo de lançamento:** 1 minuto
Alcance: ver descrição **Duração:** 3 meses
Grau de abalo: baixo

O Fascínio é uma divindade de controle emocional, mas age de modo um pouco diferente de Bons Amigos. O maior empecilho do Fascínio é que ele não funciona em adversários ou indivíduos previamente hostis a você — só em pessoas ou entidades que estejam minimamente abertas ao diálogo e a suas ideias e opiniões. O lado bom é que a técnica não é direcionada a um único alvo, mas a todos que tenham a oportunidade de vê-lo ou escutá-lo presencialmente.

Gaste 2 pontos de aura e faça um teste de Carisma (Performance), dificuldade 15. Se for bem-sucedido, seus próximos testes de Carisma feitos para influenciar os indivíduos fascinados são jogados com vantagem. Lembre-se de que você não pode usar o Fascínio em personagens hostis, como oponentes de combate, guardas de segurança (em serviço) e diplomatas que advoguem a favor de um inimigo.

A performance (pode ser um discurso, uma apresentação de dança, uma exibição de música ou algo do tipo) deve durar no mínimo um minuto. Se você falhar no teste de Carisma (Performance), o Fascínio não tem efeito algum, e você não pode mais tentar fascinar aquele determinado público pelo período de uma lua (um mês). Os indivíduos fascinados têm vantagem nos testes de resistência de Sabedoria contra divindades e encantos mentais ou emocionais que prejudiquem você.

O Fascínio dura três meses, mas se perde automaticamente se você agredir o indivíduo fascinado (verbal ou fisicamente) ou praticar atos que vão contra o caráter e/ou o alinhamento de seus admiradores.

FLAGELO DA NATUREZA (NÍVEL 3)

Custo: 3
Alcance: ver descrição
Grau de abalo: alto
Tempo de lançamento: 1 ação
Duração: instantânea

O ishim ou zanathus usa as forças destrutivas dos elementos para superar seus inimigos. Os efeitos dependem da província.

- *Fogo*: uma explosão de fogo atinge todos os seus inimigos (mas não seus amigos) em uma esfera de até oito metros de raio, causando 10d8 pontos de dano por fogo. Os adversários devem superar um teste de resistência de Destreza — se forem bem-sucedidos, sofrem metade do dano. Se falharem, suportam o dano inteiro. O eixo da explosão não pode estar a mais de quarenta metros de você.
- *Terra*: um de seus adversários, a até vinte metros de distância, faz um teste de resistência de Constituição (dificuldade 8 + bônus de proficiência + modificador de Sabedoria do conjurador). Se for bem-sucedido, nada acontece. A falha significa que ele é petrificado. Os efeitos não são permanentes. A vítima pode tentar um novo teste de resistência a cada hora para retornar à condição natural. Personagens de sexto ciclo ou com 21 dados de vida ou mais ficam petrificados por apenas um minuto. A petrificação também pode ser desfeita por Dispersar Energia (divindade de nível 3).
- *Água*: um sopro de gelo alcança todos os seus adversários em um cone de vinte metros à sua frente. Os alvos devem fazer um teste de resistência de Destreza. Aqueles que falharem sofrem 8d6 pontos de dano por gelo e ficam congelados (paralisados) por 1d4 rodadas. Os que forem bem-sucedidos não são congelados e sofrem apenas metade do dano.
- *Ar*: um raio de eletricidade com dois metros de largura parte de suas mãos e atinge todos em uma linha de até quarenta metros de comprimento. O alvo (ou alvos) faz um teste de resistência de Destreza (dificuldade 8 + bônus de proficiência + modificador de Sabedoria do conjurador). Aqueles que falharem sofrem 10d8 pontos de dano elétrico. Os que forem bem-sucedidos experimentam apenas metade do dano.

O custo para todas as províncias é de 3 pontos de aura.

FORMA DE LUZ (NÍVEL 4)

Custo: 4
Alcance: pessoal
Grau de abalo: alto
Tempo de lançamento: 1 ação
Duração: ver descrição

Seu corpo se transforma em um borrão coruscante que levita a até três metros do solo. Nessas condições, o ofanim é imune a todos os ataques físicos, mas também não pode atacar ou agir fisicamente (abrir portas, mover objetos, erguer utensílios etc.). O uso de outras divindades é permitido, exceto daquelas que necessitem de contato físico, a saber: Quebrar o Pão, Cura pelas Mãos, Restauração Molecular e Ressurreição.

Embora seu corpo seja intocável, você não pode cruzar estruturas sólidas, mas pode atravessar fendas e buracos maiores que dez centímetros. O custo é de 4 pontos de aura. Você pode sustentar a Forma de Luz por quanto tempo quiser.

FORMA DE SOMBRAS (NÍVEL 3)

Custo: 3
Alcance: pessoal
Grau de abalo: alto
Tempo de lançamento: 1 ação
Duração: 1 hora

O anjo ou demônio transforma seu corpo em um borrão negro e insubstancial. Nessas condições, pode atravessar estruturas sólidas (exceto aquelas construídas com platina branca ou revestidas de barreiras místicas) e torna-se imune a danos por veneno, ácido, corte, impacto e perfuração, mas também não pode atacar fisicamente nem usar divindades que exijam contato físico. Os demais tipos de dano (frio, fogo, energia, eletricidade, necrótico, psíquico ou sônico) o afetam normalmente.

O custo para se converter em trevas é de 3 pontos de aura. A Forma de Sombras permanece por uma hora. Caso você se mova para uma região de tecido espesso, os efeitos se perdem.

FORMA ELEMENTAL (NÍVEL 4)

Custo: 4
Alcance: pessoal
Grau de abalo: alto
Tempo de lançamento: 1 ação
Duração: 1 hora

O ishim ou zanathus pode transformar seu corpo todo na substância que controla, o que lhe garante os seguintes benefícios:

- *Fogo*: você ganha imunidade a danos provocados por corte, impacto, perfuração e ácido. Todos os inimigos (mas não os aliados) que estiverem lutando corpo a corpo com você sofrem automaticamente 3d6 pontos de dano pelo calor.
- *Terra*: convertendo seu corpo em rocha ou ferro, você ganha resistência a danos provocados por corte, impacto, perfuração, ácido, frio e fogo. Além disso, recebe um ajuste de +8 na classe de armadura.

- *Água*: o corpo de gelo garante a você um ajuste de +4 na classe de armadura, além de imunidade a danos necróticos e por veneno. Ademais, todos os inimigos (mas não os aliados) que estiverem lutando corpo a corpo com você sofrem automaticamente 2d8 pontos de dano pelo frio.
- *Ar*: você se transforma em um pequeno torvelinho. Nessas condições, é praticamente insubstancial e só pode ser afetado por danos psíquicos, elétricos, radiantes ou de energia. Você não pode atacar fisicamente, mas pode usar divindades que não exijam contato físico.

O custo é de 4 pontos de aura e você pode sustentar a forma elemental por até uma hora. Esses efeitos *não* são cumulativos com a divindade Couraça Elemental.

FURACÃO TEMPORAL (NÍVEL 3)

Custo: 3
Tempo de lançamento: 1 ação
Alcance: 30 metros
Duração: 1 minuto por ciclo
Grau de abalo: alto

O alvo desta divindade é submetido a viagens no tempo instantâneas, sem sair do lugar. Em um minuto ele pode estar no presente, em outro no passado e, a seguir, no futuro. O resultado prático é que esta técnica incapacita a vítima para fazer qualquer coisa pelo período de até um minuto por ciclo — ao mesmo tempo, porém, ela não pode ser tocada ou ferida, nem mesmo por você.

O custo é de 3 pontos de aura. O alvo pode tentar superar um teste de resistência de Sabedoria (dificuldade 8 + bônus de proficiência + modificador de Inteligência do conjurador) para evitar ser pego no furacão.

FUROR DE BATALHA (NÍVEL 6)

Custo: 6
Tempo de lançamento: 1 ação bônus
Alcance: pessoal
Duração: 10 minutos
Grau de abalo: alto

Você tem direito a repetir todas as tiradas de ataque e testes de resistência fracassados, enquanto esta divindade estiver ativa. Contudo, se falhar novamente, não poderá tentar uma terceira vez. O custo é de 6 pontos de aura. O Furor de Batalha permanece por todo o combate ou por até dez minutos (o que terminar antes).

FUSÃO COM OS ELEMENTOS (NÍVEL 2)

Custo: 2
Tempo de lançamento: 1 ação
Alcance: toque
Duração: ver descrição
Grau de abalo: alto

Tocando porções elementares de sua província, você pode se fundir a elas. O ishim ou zanathus precisa encontrar uma chama maior que trinta centímetros (fogo), ao menos um litro de água doce ou salgada (água), ao menos um quilo de terra ou areia (terra) ou uma corrente contínua de ar ou de vento (ar). Concentrando-se por uma rodada, o personagem desaparece e se torna uno ao material. Nesse estado, é imune a todos os tipos de ataques, mas os efeitos se perdem se o fogo apagar, a água evaporar, a terra/areia for espalhada ou a corrente de ar se extinguir.

Enquanto o anjo ou demônio estiver unido ao elemento, não pode ouvir, enxergar nem sentir absolutamente nada do que acontece ao redor. Em outras palavras, ele está em hibernação, podendo usar o período para descansar e se curar, apenas. O infernal ou celeste não perde, entretanto, a noção do tempo e pode regressar à forma original quando bem entender. O custo é de 2 pontos de aura.

GADGET (NÍVEL 2)

Custo: 1 (ver descrição)
Tempo de lançamento: 1 ação
Alcance: toque
Duração: instantânea
Grau de abalo: baixo

Você possui algum tipo de engenhoca que pode ser consultado para obter informações relevantes. Se a campanha se passar atualmente, o objeto pode ser um aparelho celular ou um tablet. Para jogos que transcorram em períodos anteriores à era digital, o artigo pode ser um livro ou um manual, conforme o desejo do mestre.

O gadget permite que você use as perícias Arcana, História, Medicina, Natureza, Religião e Sobrevivência, mesmo que não as possua. Use seu modificador de Inteligência (ou de Sabedoria, no caso de Medicina e Sobrevivência). O bônus de proficiência do gadget depende de seu ciclo: +2 no primeiro ciclo, +3 no segundo, +4 no terceiro, +5 no quarto, +6 no quinto e +7 no sexto. Se você já tiver a perícia, o teste é feito com vantagem. O custo é de 1 ponto de aura, mas você só gasta se for bem-sucedido no teste. Se falhar, não há custo, porém isso também indica que você não pode mais tentar utilizar o gadget para obter a informação desejada.

O gadget é um dispositivo místico e não está necessariamente conectado à internet (embora possa estar). Portanto, para se beneficiar da divindade, você não precisa de conexão sem fio ou algo do tipo.

GRAVITAÇÃO (NÍVEL 1)

Custo: 0
Tempo de lançamento: 1 ação
Alcance: 15 metros
Duração: instantânea
Grau de abalo: alto

Controlando os campos gravitacionais a sua volta, você pode atrair ou repelir um objeto. O artigo não pode pesar mais que quatro quilos e deve estar a uma distância máxima de quinze metros. Para remover uma peça das mãos de alguém, você faz uma tirada de Sabedoria contra um teste de Força do oponente. Se obtiver um resultado maior, o artigo é atraído em sua direção. Uma falha ou empate mantém o artefato em poder do adversário. Se ele estiver segurando o objeto com as duas mãos, joga os dados com vantagem.

ILUSÃO PERMANENTE (NÍVEL 4)

Custo: 4
Tempo de lançamento: 1 ação
Alcance: 30 metros
Duração: permanente
Grau de abalo: alto

Gastando 4 pontos de aura, o anjo ou demônio cria uma ilusão permanente centrada em determinado local. Todos os indivíduos que tiverem contato com a imagem vão tomá-la como real, a não ser que a estudem minuciosamente. Se assim o fizerem, têm direito a um teste de resistência de Inteligência (dificuldade 20) para descobrir o engodo. A ilusão afeta todos os cinco sentidos, mas é estática.

Os personagens que tomarem a ilusão como real devem obedecer a seus limites. Por exemplo, um muro ilusório será visto como uma construção verdadeira e não poderá ser transposto. Um soco nessa muralha provocará o mesmo dano que um soco em uma estrutura de pedra — a única diferença é que o dano será psíquico, não de impacto.

O volume máximo da ilusão é de vinte metros cúbicos por ciclo. Ela permanece por tempo indeterminado, mas pode ser dispersa por outro personagem que perceba o engano e também possua a divindade Ilusão Permanente. Nesse caso, ele precisa ser bem-sucedido em um teste de Inteligência, dificuldade 15. A ilusão pode ser anulada também pela divindade Dispersar Energia (conforme as regras da técnica).

INFRAVISÃO (NÍVEL 1)

Custo: 0
Tempo de lançamento: constante
Alcance: pessoal
Duração: permanente
Grau de abalo: baixo

Esta divindade permite que você sinta o calor de pessoas, entidades ou objetos a uma distância de até trinta metros, sabendo localizá-los e distinguir seus contornos. Apesar do nome, a captação de espectros térmicos pode ser feita também pelo tato, o que significa que você é capaz de "enxergar" mesmo na escuridão completa (normal ou mística). Perceber a radiação infravermelha também o capacita a distinguir com precisão os diversos tipos de material (carne, pedra, madeira, metal, couro etc.), garantindo vantagem em todos os testes de resistência contra ilusão. Permite também que você saiba se um corpo está vivo ou morto (ou morto-vivo), por exemplo. A técnica está sempre ativa.

IRA DE DEUS (NÍVEL 4)

Custo: 4
Tempo de lançamento: 1 ação bônus
Alcance: pessoal
Duração: ver descrição
Grau de abalo: alto

Seus golpes aplicados com os pés e os punhos causam 6d6 pontos de dano + modificador de Força. Além disso, sempre que você tirar 6 no dado (ou dados), jogue-o(s) novamente e some o valor ao resultado final. Se voltar a tirar 6, jogue-o(s) de novo, e assim por diante.

Caso você tenha escolhido luta desarmada como uma das especializações na divindade Arma Dedicada, todos os demais bônus são também aplicáveis, inclusive o crítico ampliado.

É preciso gastar 4 pontos de aura para ativar esta técnica, que permanece em funcionamento até o fim do combate, não importa quanto ele dure. A Ira de Deus permite, ainda, que você execute as seguintes façanhas:

- *Onda de choque*: concentre-se por toda uma rodada e dê um golpe no chão (ou produza atrito com os punhos, caso esteja voando). Todos em uma esfera de quinze metros de raio ou em um cone de trinta metros à sua frente devem superar um teste de resistência de Constituição (dificuldade 8 + bônus de proficiência + bônus de Força do conjurador). Os que forem bem-sucedidos são apenas jogados no chão (*prone*). Os que não passarem no teste ficam aturdidos (*stunned*) por 1d4 rodadas e sofrem 2d6 pontos de dano sônico + o modificador de Força do conjurador. Os benefícios de Arma Dedicada não são aplicados nesse caso. O custo é de 4 pontos de aura, mas, se a Ira de Deus já estiver ativa, não há gasto extra.
- *Ataque estrutural*: você concentra seu ataque em um ponto específico de uma estrutura (um prédio, uma ponte, uma estátua, um castelo). O dano da Ira de Deus é aplicado uniformemente a toda a estrutura. Não é necessário tirada de ataque, mas é preciso gastar 4 pontos adicionais de aura.

A Ira de Deus pode ser usada como dano radiante ou de impacto, à escolha do conjurador.

LER EMOÇÕES (NÍVEL 1)

Custo: 0
Tempo de lançamento: 1 ação bônus
Alcance: 20 metros
Duração: ver descrição
Grau de abalo: baixo

Você consegue perceber claramente o estado emocional de outro personagem e saber se ele está triste, alegre, calmo, nervoso, zangado, ansioso, enciumado, excitado, deprimido, enojado, amedrontado, apaixonado, desconfiado, amargurado, decepcionado, empolgado, apreensivo ou qualquer outro. Não é possível descobrir as intenções alheias com precisão matemática, mas a técnica garante vantagem nos testes de Perspicácia feitos para descobrir as intenções do alvo. Ler Emoções não tem custo, mas você precisa declarar que vai usar a divindade e ativá-la no princípio da rodada.

LER MENTES (NÍVEL 2)

Custo: 2
Tempo de lançamento: 1 ação
Alcance: 2 metros
Duração: 3d8 horas
Grau de abalo: baixo

Esta técnica permite que você invada a mente alheia e absorva lembranças, descobrindo informações ocultas. Além disso, pode assimilar uma quantidade de perícias igual a 2 + seu modificador de Inteligência. Ao fazer isso, você ganha não só a perícia como o bônus de proficiência do alvo (naquela perícia), mas precisa combinar esse bônus com seu próprio modificador de habilidade. Alternativamente, você pode substituir uma (ou mais) perícia(s) pela proficiência em determinada arma, armadura, escudo ou ferramenta. As informações permanecem em sua memória por 3d8 horas.

O personagem sujeito a esta técnica pode tentar resistir superando um teste de Sabedoria (dificuldade 8 + bônus de proficiência + modificador de Inteligência do conjurador). O sucesso significa que a mente não pode mais ser rastreada. De qualquer maneira, os indivíduos afetados não são prejudicados de nenhuma forma, não perdem suas capacidades nem sequer ficam aturdidos.

É preciso estar a uma distância máxima de dois metros da vítima. O custo é de 2 pontos de aura.

LER OBJETOS (NÍVEL 2)

Custo: 2
Tempo de lançamento: 1 minuto
Alcance: toque
Duração: instantânea
Grau de abalo: baixo

Segurando e estudando um objeto por um minuto, você consegue descobrir em detalhes suas propriedades místicas ou mágicas (mas não sua história, a quem pertenceu ou impressões psíquicas), aprendendo a usá-las e/ou ativá-las.

LEVITAR (NÍVEL 1)

Custo: 0
Alcance: pessoal
Grau de abalo: alto
Tempo de lançamento: 1 ação
Duração: ver descrição

Você pode flutuar verticalmente (mas não horizontalmente), a até vinte metros de altura, sem o uso das asas. O peso que você consegue erguer consigo é igual a seu modificador de Força vezes 10, em quilos. Você pode continuar flutuando por tempo indeterminado, mas apenas em áreas de tecido delgado ou menor.

LINHA DE CRONOS (NÍVEL 6)

Custo: 100
Alcance: 10 metros
Grau de abalo: alto
Tempo de lançamento: 1 ação
Duração: instantânea

Com esta divindade, você é literalmente capaz de viajar no tempo, para o presente ou para o futuro. O período escolhido não é um fator — você pode se deslocar um dia ou um milhão de anos (ou até mais). O custo é de 100 pontos de aura. A viagem no tempo é extremamente desgastante, e além dos pontos de aura o malakim sofre a perda permanente de 1 ponto de Constituição. É possível levar outros consigo, contanto que os transportados sejam voluntários. O custo em aura é o mesmo, mas cada indivíduo extra causa a perda de mais 1 ponto de Constituição, permanentemente.

LUZ (NÍVEL 1)

Custo: 0
Alcance: ver descrição
Tempo de lançamento: 1 ação
Duração: ver descrição
Grau de abalo: normalmente alto. Mas, se você centrar o foco de luz dentro de uma lanterna (mesmo quebrada), as pessoas entenderão que o feixe está sendo gerado pelo aparelho e o grau de abalo será reduzido para baixo.

Com um simples comando, você cria um raio de luz que emana de alguma parte de seu corpo ou de algum objeto que esteja carregando. O brilho ilumina uma área de vinte metros de raio ou um feixe de até sessenta metros em linha reta, impondo desvantagem nos ataques e nos testes de Sabedoria a qualquer criatura sensível à luz forte (como os espectros).

Esta divindade pode ser usada, também, para produzir um clarão e ofuscar seus oponentes. O alvo deve superar um teste de resistência de Constituição (dificuldade 8 + bônus de proficiência + modificador de Destreza do conjurador) ou ficar cego por 1d4 rodadas. Se a Luz for utilizada como clarão, perde as propriedades de iluminar a área descrita no parágrafo anterior.

MAGNETISMO (NÍVEL 3)

Custo: 3
Alcance: 30 metros
Grau de abalo: baixo
Tempo de lançamento: 1 ação
Duração: 1d8 minutos

Esta técnica cria pequenas alterações no padrão das chamas, na textura das pedras, no balanço do vento ou no curso das águas, fazendo com que os observadores desses movimentos fiquem fascinados. Todos os adversários em um raio de até dez metros (e a até trinta metros de você) devem fazer um teste de resistência de Sabedoria (dificuldade 8 + bônus de proficiência + modificador de Carisma do conjurador). Se falharem, ficarão hipnotizados (e paralisados) por até 1d8 minutos. Se forem atacados ou sacudidos, os efeitos se perdem e eles voltam à razão.

MEMÓRIA EIDÉTICA (NÍVEL 2)

Custo: 1
Alcance: pessoal
Grau de abalo: baixo
Tempo de lançamento: 1 rodada
Duração: 1 hora

Você se lembra de praticamente tudo o que leu e pode buscar esse conhecimento no fundo da mente, quando necessário. Concentrando-se por uma rodada e gastando 1 ponto de aura, você ganha acesso a uma das seguintes perícias, à sua escolha: Arcana, História, Investigação, Medicina, Natureza, Religião ou Sobrevivência, podendo fazer testes usando seu bônus de proficiência + o modificador da habilidade relacionada. Caso você já tenha a perícia, seu bônus de proficiência é duplicado. Esta divindade não funciona se você já tiver especialização (*expertise*) na perícia. Os benefícios persistem por até uma hora.

MENTE EM BRANCO (NÍVEL 5)

Custo: ver descrição
Alcance: 3 metros
Grau de abalo: baixo
Tempo de lançamento: 1 ação
Duração: ver descrição

Esta famosa técnica permite que você apague a mente de outrem de forma total ou parcial, criando memórias falsas, inclusive. O alvo faz um teste de resistência de Sabedoria (dificuldade 8 + bônus de proficiência + modificador de Inteligência do conjurador). Se falhar, as lembranças (ou algumas delas, à sua escolha) desaparecem temporariamente. O indivíduo afetado perde seu bônus de proficiência nas perícias e nas ferramentas, além de não poder mais acessar suas divindades (ou magias e habilidades especiais de classe, no caso dos mortais). Perde também a proficiência nas armas, armaduras e escudos que possuía. As demais estatísticas (testes de resistência, pontos de vida, habilidades e características especiais de casta ou raça) permanecem as mesmas. O custo é de 5 pontos de aura.

O efeito imediato da Mente em Branco é que a vítima entra em coma, ficando inconsciente por 2d10 horas. Quando acorda, está completamente confusa. Os tempo de recuperação é de 2d6 dias, mas você pode usar mais pontos de aura para alongar esse período, imediatamente após o alvo falhar no teste de resistência. Se você quiser gastar 5 pontos de aura adicionais, os efeitos persistem por 3d6 semanas. Se gastar 10 pontos adicionais, a amnésia dura 4d6 meses. Se usar mais 20 pontos de aura, a Mente em Branco continua ativa por 2d4 anos. Não é possível utilizar esta técnica em anjos ou demônios de ciclos maiores ou em criaturas com mais dados de vida que você.

MENTE FECHADA (NÍVEL 1)

Custo: 0
Alcance: pessoal
Grau de abalo: baixo
Tempo de lançamento: constante
Duração: permanente

Serafins, malakins e satanis são mestres do controle mental, podendo não apenas atacar como também se defender de ofensivas psíquicas. Os personagens que tiverem esta divindade são beneficiados com as seguintes características:

- *Raciocínio rápido*: vantagem automática em todos os testes de Iniciativa.
- *Vontade de aço*: você tem resistência a ataques psíquicos (sofrendo apenas metade do dano). Além disso, a Mente Fechada garante vantagem nos testes de resistência contra investidas que afetem a mente, sejam ilusões, sondagem da memória, controle de emoções, manipulação de pensamentos ou outras agressões do tipo.
- *Explosão cerebral*: seus ataques psíquicos (provenientes de divindades como Rasgo na Psique) causam danos incalculáveis. Sempre que você tirar o resultado máximo no dado de dano envolvendo um ataque psíquico (por exemplo, rolar 10 no d10), role de novo. Se tirar novamente o valor máximo, faça uma nova tirada, e assim por diante.

MESTRE DOS FANTOCHES (NÍVEL 6)

Custo: ver descrição
Tempo de lançamento: ver descrição
Alcance: ver descrição
Duração: ver descrição
Grau de abalo: baixo

Esta profanação permite que o daimonium possua até vinte corpos humanos por vez. As regras para a possessão estão descritas no capítulo 3: Luz e Trevas. Trata-se de uma habilidade especial da casta dos daimoniuns, com a diferença de que, agora, as vítimas não podem mais tentar se libertar a cada nascer do sol — uma vez fracassado o teste de resistência, elas permanecem sob o jugo demoníaco por quanto tempo o agressor desejar. O diabo pode saltar de corpo em corpo (não importa a distância) no espaço de uma ação. Enquanto você estiver em determinado corpo, os demais agirão normalmente, mas estarão sujeitos às suas ordens e farão tudo o que você mandar, atacando amigos e até cometendo suicídio, se assim ordenados. Lembre-se de que a possessão só funciona em seres humanos vivos.

MIRAGEM (NÍVEL 1)

Custo: 0
Tempo de lançamento: 1 ação
Alcance: 30 metros
Duração: 1 rodada
Grau de abalo: baixo

Você implanta uma ilusão na mente de um indivíduo, com a duração de uma rodada (seis segundos). Essa ilusão afeta apenas um dos sentidos por vez: você pode criar um vulto silencioso passando por um corredor, sons de passos, cheiro de queimado, um gosto amargo na boca ou a sensação de alguém dando uma palmadinha no ombro. Esta técnica afeta a camada superficial da mente e, como é inofensiva, em geral não permite testes de resistência — o personagem deve julgar por si mesmo a natureza do distúrbio. Contudo, se a Miragem for usada com propósitos ofensivos — por exemplo, para criar um tapete e impedir que o adversário enxergue um buraco, o que fará com que ele caia e se machuque —, o alvo pode fazer um teste de resistência de Inteligência para perceber o engodo (dificuldade 8 + bônus de proficiência + modificador de Inteligência do conjurador).

O volume total da imagem é de no máximo dois metros cúbicos. Tanto a vítima quanto o ambiente que será palco da ilusão precisam estar a até trinta metros de você. É possível renovar a Miragem rodada a rodada, sem custo, mas o anjo ou demônio tem de se concentrar nela e não pode fazer absolutamente mais nada. Se a concentração se perder ou você se afastar do cenário e/ou do alvo, a imagem desaparece.

MURALHA ELEMENTAL (NÍVEL 3)

Custo: 3
Tempo de lançamento: 1 ação
Alcance: 20 metros
Duração: ver descrição
Grau de abalo: alto

O ishim ou zanathus cria muralhas de proteção compostas de um dos elementos da natureza, segundo sua província, a uma distância máxima de vinte metros. O custo é de 3 pontos de aura.

- *Muralha de Fogo (fogo)*: você cria um muro de fogo opaco com quinze centímetros de espessura, trinta metros de largura e quinze metros de altura. Como opção, é possível criar uma esfera ou semiesfera de fogo, com dez metros de raio. Todos que tentarem transpor a muralha ou esfera/semiesfera sofrem 10d6 pontos de dano. O fogo se extingue dentro de cinco minutos.
- *Muralha de Pedra (terra)*: você cria um muro de pedra com trinta centímetros de espessura, trinta metros de largura e quinze metros de altura. Como opção, é possível criar um cubo de até dez metros cúbicos. O muro ou cubo tem classe de armadura 15. É possível abrir uma brecha (que permita o acesso) em algum ponto, infligindo à estrutura 200 pontos de dano. Como é feita de rocha, a muralha (ou o cubo) só é afetada(o) por dano de ácido, impacto, energia, radiante e sônico. O muro ou cubo é permanente e se mantém até que você resolva desfazê-lo.
- *Muralha de Gelo (água)*: você cria um muro de gelo opaco com trinta centímetros de espessura, trinta metros de largura e quinze metros de altura. Como opção, é possível criar uma esfera ou semiesfera de gelo, com dez metros de raio. O muro ou esfera/semiesfera tem classe de armadura 12. É possível abrir uma brecha (que permita o acesso) em algum ponto, infligindo à estrutura 80 pontos de dano. Como é feita de gelo, a muralha ou esfera/semiesfera é imune a danos por gelo (além de danos necróticos, psíquicos e por veneno) e vulnerável a danos por fogo. Todos que tentarem transpor a brecha, porém, se expõem a um frio cortante e precisam fazer um teste de resistência de Constituição (dificuldade 8 + bônus de proficiência + modificador de Sabedoria do conjurador). Se falharem, sofrem 5d8 pontos de dano; se forem bem-sucedidos, sofrem metade do dano. A muralha ou esfera/semiesfera de gelo persiste por duas horas.
- *Ciclone (ar)*: um pequeno ciclone envolve você e seu grupo. Todos no olho do ciclone (com até dez metros de raio) estão imunes a ataques a distância por corte, perfuração, impacto, fogo, ácido, veneno e frio (e a qualquer objeto físico arremessado de fora da barreira, mas não a dano elétrico, sônico, necrótico, de energia, radiante ou psíquico). Quem desejar atravessar o ciclone deve superar um teste de resistência de Força (dificuldade 8 + bônus de proficiência + modificador de Sabedoria do conjurador). Os que falharem são atirados para fora e sofrem 5d8 pontos de dano por impacto. Os que forem bem-sucedidos conseguem penetrar o ciclone, mas sofrem 2d8 pontos de dano por corte (ferimentos provocados por grãos de areia, terra, poeira etc.). O ciclone dura até dez minutos.

MURALHA TELECINÉTICA (NÍVEL 4)

Custo: 4
Tempo de lançamento: 1 ação
Alcance: 30 metros
Duração: 10 minutos
Grau de abalo: alto

Você usa a força da mente para conjurar uma muralha invisível, imediatamente erguida em algum ponto a até trinta metros de distância, com dimensões iguais a três metros quadrados por ciclo. Como opção, você pode criar a sua volta uma esfera ou semiesfera com três metros de raio por ciclo. Uma vez dentro da esfera/semiesfera ou atrás da muralha, você e seus aliados estão protegidos contra todos os tipos de ataques físicos. Se você estiver no plano físico, criaturas astrais também não podem transpor a barreira. A divindade persiste por dez minutos, e o custo é de 4 pontos de aura.

NEBLINA (NÍVEL 1)

Custo: 0
Tempo de lançamento: 1 ação
Alcance: 20 metros
Duração: 1 minuto
Grau de abalo: alto

Uma neblina, que pode conter vapor (água), poeira (terra), fumaça (fogo) ou gás (ar), cobre uma área esférica com até dez metros de raio. Você e seus aliados podem enxergar perfeitamente. Os adversários têm desvantagem nos testes de Sabedoria (Percepção), Iniciativa e nos ataques a distância. A neblina persiste por um minuto e depois precisa ser conjurada novamente. Ventos fortes a dispersam. Personagens com Sentidos Aguçados ou Infravisão não são afetados.

ONISCIÊNCIA (NÍVEL 4)

Custo: 4
Tempo de lançamento: 1 rodada
Alcance: pessoal
Duração: instantânea
Grau de abalo: baixo

Nomeie ou descreva um indivíduo, lugar ou objeto. No espaço de uma rodada, esta técnica traz a sua mente um breve resumo dos fatos mais relevantes a respeito do assunto. Não é possível descobrir informações secretas, inéditas ou exclusivas. O custo é de 4 pontos de aura.

PANE (NÍVEL 2)

Custo: 2
Tempo de lançamento: 1 ação bônus
Alcance: 30 metros
Duração: 1 minuto
Grau de abalo: baixo

Gaste 2 pontos de aura e faça um teste de Sabedoria (dificuldade 12). Se for bem-sucedido, todos os utensílios mecânicos, digitais e eletrônicos (incluindo armas de fogo) em um raio de trinta metros de você param de funcionar por um minuto. Você pode selecionar determinados itens (as armas de fogo de seus amigos, por exemplo) para não serem afetados.

PAZES (NÍVEL 3)

Custo: 3
Tempo de lançamento: 1 ação
Alcance: 10 metros
Duração: 1 hora
Grau de abalo: baixo

Esta é uma divindade emocional que remove o ímpeto agressivo da criatura afetada. O alvo faz um teste de Sabedoria (dificuldade 8 + bônus de proficiência + modificador de Carisma do conjurador). Se falhar, ficará apaziguado por uma hora. Se as circunstâncias mudarem, ele for estimulado por fatores externos (alguém que não foi apaziguado) ou uma das partes for atacada pela outra, os efeitos se perdem.

Os seres apaziguados não viram seus amigos, tampouco se tornam mais dóceis — eles continuam a estranhá-lo e a vê-lo como inimigo, mas perdem o furor imediato de combate. O custo é de 3 pontos de aura.

PLASMA (NÍVEL 5)

Custo: 5 por descarga
Tempo de lançamento: 1 ação
Alcance: 300 metros
Duração: instantânea
Grau de abalo: alto

Com esta técnica, você consegue manipular o plasma, considerado o quinto elemento. Se quiser, pode disparar até duas descargas por rodada contra seus inimigos, fazendo uma tirada de ataque usando seu bônus de proficiência + modificador de Destreza. Se acertar, o(s) alvo(s) recebe(m) 10d12 pontos de dano radiante. Cada disparo custa 5 pontos de aura.

PONTO FRACO (NÍVEL 5)

Custo: 0
Tempo de lançamento: constante
Alcance: pessoal
Duração: instantânea
Grau de abalo: baixo

Sempre que você acertar um golpe crítico, seus dados são quadruplicados, não duplicados. Não há custo para esta divindade, que está sempre ativa. Como manda a regra padrão, note que apenas os dados são quadruplicados, não os modificadores.

PORTAL (NÍVEL 5)

Custo: 5
Tempo de lançamento: ver descrição
Alcance: 10 metros
Duração: ver descrição
Grau de abalo: alto

Esta técnica estabelece uma conexão mística do ponto onde você está a qualquer outra região do cosmo. O processo de abertura do portal leva 2d4 minutos. O personagem não precisa ter estado no local antes, mas deve conhecer suas regras, então é necessário conduzir uma investigação prévia sobre a zona de chegada — a qual pode ser feita em bibliotecas, consultando espíritos ou navegando na internet. Seja como for, demora 2d6 dias. No fim desse período, faça um teste de Inteligência (Arcana), dificuldade 15. O sucesso indica que você está apto a abrir o portal. Se fracassar, poderá fazer uma nova investigação, que leva o mesmo prazo (2d6 dias).

O custo é de 5 pontos de aura. O portal fica aberto por uma hora — esse período pode ser ampliado gastando-se mais pontos de aura, à razão de 5 pontos extras por hora. Para torná-lo permanente, o custo é de 45 pontos de aura. Você pode escolher se a conexão é de mão única (só permite o ingresso) ou de mão dupla (permite o ingresso e o retorno).

PRESA FÁCIL (NÍVEL 2)

Custo: 2 por dia
Alcance: ver descrição
Grau de abalo: baixo
Tempo de lançamento: 1 ação
Duração: instantânea

Se você tiver acesso a algum objeto ou parte do corpo da presa (peça de roupa, fios de cabelo, gotas de sangue, raspas de unha ou algo do tipo), poderá rastreá-la com a mesma velocidade com que consegue viajar. Não é preciso que haja rastros físicos, mas o mestre pode pedir um teste de Sabedoria (Percepção) contra Destreza (Furtividade) do alvo, caso este esteja tentando se esconder. A distância não é um fator. O anjo ou demônio é capaz de perseguir sua caça mesmo que ela tenha tomado um barco ou um avião para outro continente. O custo é de 2 pontos de aura por dia de viagem.

PRESSENTIMENTO (NÍVEL 3)

Custo: 3
Alcance: pessoal
Grau de abalo: baixo
Tempo de lançamento: 1 rodada
Duração: instantânea

Concentrando-se por uma rodada, você obtém a resposta sobre o resultado de uma ação específica que pretende desempenhar a até trinta minutos no futuro. A resposta pode ser "sim" (para augúrios favoráveis), "não" (para augúrios desfavoráveis), "talvez" (para augúrios que podem ser bons ou ruins) ou o silêncio (caso não haja uma resposta disponível).

Uma vez a par desse resultado, você pode alterar o futuro, tomando uma decisão diferente ou pegando outro caminho. O custo é de 3 pontos de aura. Após usar essa técnica três vezes, você só poderá voltar a usá-la depois do próximo nascer (anjos) ou pôr do sol (demônios).

PROFECIA (NÍVEL 5)

Custo: ver descrição
Alcance: pessoal
Grau de abalo: baixo
Tempo de lançamento: 10 minutos
Duração: instantânea

Esta divindade lhe garante o dom da profecia e pode ser usada de várias formas. O mestre pode, eventualmente, revelar a você um fato que acontecerá no futuro (próximo ou distante). Nesse caso, não há custo.

Você pode tentar, também, usar a profecia ativamente, para descobrir o que acontecerá nas próximas 24 horas. Sabendo de antemão o que vai acontecer, você não poderá ser surpreendido, terá vantagem em todos os ataques, testes de resistência e testes de habilidade e perícia até que se passem essas 24 horas. O custo é de 15 pontos de aura. É preciso se concentrar durante dez minutos para captar as informações.

PROJETAR GOLPE (NÍVEL 2)

Custo: 2
Alcance: pessoal
Grau de abalo: baixo
Tempo de lançamento: constante
Duração: instantânea

Usando uma arma de combate corpo a corpo (espada, machado, maça etc.) ou seus pés e punhos, você é capaz de deslocar o ar e estender seus golpes a uma distância de até dez metros por ciclo. É possível projetar mais de um ataque por rodada (caso você tenha múltiplas ações), mas cada golpe projetado custa 2 pontos de aura.

PSICOMETRIA (NÍVEL 1)

Custo: 0
Alcance: toque
Grau de abalo: baixo
Tempo de lançamento: 1 ação
Duração: instantânea

Tocando um objeto, você capta as impressões marcantes e traumáticas associadas a ele. Por exemplo, ao examinar a faca usada em um crime, é possível discernir o rosto da última pessoa que a segurou ou vislumbrar o momento do assassinato. A exata natureza desse lampejo é decidida pelo mestre.

Para vislumbrar esses clarões, o personagem deve ser bem-sucedido em um teste de Sabedoria (Percepção), dificuldade 15. Se falhar, não pode tentar novamente. Se for bem-sucedido, ainda assim é possível que nada seja revelado, afinal nem todos os objetos possuem impressões marcantes ou traumáticas.

PUREZA DO CORPO (NÍVEL 4)

Custo: 4 ou 0 (ver descrição)
Alcance: pessoal
Grau de abalo: baixo
Tempo de lançamento: 1 ação ou constante (ver descrição)
Duração: 8 horas ou permanente (ver descrição)

Gastando 4 pontos de aura, você ganha, por oito horas, resistência a um tipo de dano à sua escolha: ácido, impacto, fogo, energia, eletricidade, necrótico, perfuração, veneno, corte ou sônico. Se você já tiver resistência ao tipo de dano escolhido, sofre apenas um quarto do dano. É possível gastar mais pontos de aura para obter resistência a mais de um tipo de dano.

A Pureza do Corpo também o torna permanentemente imune a armas mundanas de corte, perfuração e impacto, como facas, espadas, martelos, flechas, armas de tiro ou mesmo socos e chutes desferidos por pessoas comuns. Não há custo nesse caso, mas lembre-se de que os ataques (armados ou desarmados) efetuados por criaturas místicas (aberrações, bestas, construtores, dragões, elementais, fadas, gigantes, monstruosidades, lodos, plantas e mortos-vivos, além de outros infernais e celestes) podem feri-lo normalmente, assim como as armas mágicas e místicas.

QUEBRAR O PÃO (NÍVEL 1)

Custo: 0
Alcance: toque
Grau de abalo: baixo
Tempo de lançamento: 1 minuto
Duração: 1 hora

Esta divindade permite que o personagem crie quantidades razoáveis de comida e bebida. Munido de ao menos vinte gramas de alimento (não necessariamente pão) e cinquenta mililitros de água (ou outro líquido potável), você pode multiplicar esses víveres a fim de alimentar até seis indivíduos por ciclo. Embora singela, a alimentação nutre por um dia inteiro e cura 1d6 pontos de vida.

Esta técnica não tem custo, mas, depois que você quebrar o pão três vezes, só poderá voltar a quebrá-lo após o próximo nascer do sol.

O alimento precisa ser consumido em até uma hora: depois, começa a apodrecer e não pode mais ser ingerido.

QUIMERAS (NÍVEL 2)

Custo: 2
Tempo de lançamento: 1d6 minutos
Alcance: toque
Duração: permanente
Grau de abalo: baixo

Os anjos e demônios com esta divindade sabem construir pequenos objetos que captam imagens, sons e cheiros de tudo o que se passa à sua volta. O artigo — chamado de *quimera* — não pode ser maior que dez centímetros cúbicos, mas você pode moldar a quimera em partes de um objeto maior — por exemplo, em um dos olhos de uma estátua. A peça tem a capacidade de absorver até 2.400 horas (cem dias) de informação. Os malakins costumam transcrever essas imagens e sensações em seus tomos, para só então descarregar a quimera.

Construir uma quimera leva 1d6 minutos e custa 2 pontos de aura. Os anjos e demônios conseguem reconhecer uma quimera apenas olhando para ela.

RASGO NA PSIQUE (NÍVEL 1)

Custo: 0
Tempo de lançamento: 1 ação
Alcance: 30 metros
Duração: instantânea
Grau de abalo: baixo

Com um comando, você projeta uma força psíquica que sobrecarrega a mente de outro personagem. O alvo deve superar um teste de resistência de Sabedoria (dificuldade 8 + bônus de proficiência + modificador de Sabedoria do conjurador) ou receber 1d10 pontos de dano psíquico por ciclo. O impacto é tão forte que, além do dano, o adversário fica confuso e tem desvantagem nos ataques, testes de resistência e testes de perícias até o fim da rodada.

Como opção, você pode, à vontade, converter o dano de suas armas (impacto, corte ou perfuração) em danos psíquicos.

RASTRO DO TROVÃO (NÍVEL 3)

Custo: 0
Tempo de lançamento: constante
Alcance: pessoal
Duração: permanente
Grau de abalo: baixo

Você é tão rápido que se move à velocidade do som. Com isso, ganha os seguintes benefícios:

- *Celeridade*: seu índice básico de deslocamento triplica. Em vez de 9 metros por rodada, você se desloca a 27 metros por rodada.
- *Evasão*: sempre que efetuar um teste de resistência de Destreza para receber metade do dano como consequência de um encanto, divindade, arma de hálito ou algo do tipo, você não sofre dano nenhum se for bem-sucedido, e apenas meio dano se falhar.
- *Ataque extra*: você ganha, permanentemente, um ataque extra na rodada. Por exemplo, um querubim de terceiro ciclo (dois ataques por rodada) que esteja empunhando duas armas (mais um ataque, total três) poderá efetuar quatro ataques.

REDOMA DE LUZ (NÍVEL 4)

Custo: 4
Tempo de lançamento: 1 ação
Alcance: 0
Duração: 10 minutos
Grau de abalo: alto

O celeste cria uma redoma de luz (pode ser uma esfera) com dimensões iguais a três metros de raio por ciclo. Dentro dessa área, você e seus aliados estão protegidos. A luz é parcialmente sólida e bloqueia todos os tipos de ataques físicos a distância (projéteis, jatos de fogo, relâmpagos etc.), mas uma vez dentro dela você e seus aliados também não podem atacar fisicamente. Os inimigos, contudo, ainda podem tentar atacar no corpo a corpo, invadindo a redoma — para penetrá-la, devem superar um teste de resistência de Força (dificuldade 8 + bônus de proficiência + modificador de Sabedoria do conjurador). Aqueles que penetrarem a barreira chegam até você e podem agredi-lo, mas estarão ofuscados e cegos (*blinded*) pela claridade. Seus aliados enxergam perfeitamente. A divindade persiste por dez minutos, e o custo é de 4 pontos de aura.

REFLEXOS RÁPIDOS (NÍVEL 1)

Custo: 0
Tempo de lançamento: constante
Alcance: pessoal
Duração: permanente
Grau de abalo: baixo

O personagem possui reflexos extremamente rápidos em combate e responde aos ataques com esquivas e bloqueios igualmente velozes. Os benefícios são os seguintes:

- *Bônus de CA*: você ganha um bônus de +2 na sua classe de armadura, o qual sobe para +3 no segundo ciclo, +4 no terceiro ciclo, +5 no quarto ciclo, +6 no quinto ciclo e +7 no sexto ciclo. O bônus é cumulativo com armaduras de todos os tipos, Destreza, escudos ou qualquer outro recurso, mas é preciso estar em movimento para que o modificador se aplique. Indivíduos presos ou desacordados não têm condições de responder velozmente.
- *Bônus de iniciativa*: modificador permanente de +5 nos testes de Iniciativa. Como explicado anteriormente, é preciso estar em movimento para que o bônus se aplique.

REFÚGIO SEGURO (NÍVEL 1)

Custo: ver descrição
Tempo de lançamento: 1 ação
Alcance: 5 metros
Duração: 24 horas
Grau de abalo: baixo

Com o dedo, trace um círculo imaginário delimitando uma área que comporte até seis indivíduos. Depois, descanse tranquilo. Você será mentalmente avisado se qualquer criatura (que não seja um de seus aliados) chegar a uma distância de até sessenta metros do refúgio.

A divindade não tem custo, mas você pode gastar pontos de aura para incluir mais companheiros dentro do círculo, à razão de um indivíduo por ponto de aura.

REGENERAÇÃO (NÍVEL 4)

Custo: 0
Tempo de lançamento: constante
Alcance: pessoal
Duração: permanente
Grau de abalo: baixo

Seu organismo é tão forte que você é capaz de regenerar uma quantidade de pontos de vida por rodada igual a seu modificador de Constituição. A regeneração deixa de funcionar se você cair a 0 ponto de vida. O benefício é permanente e não requer o gasto de pontos de aura.

REMENDO (NÍVEL 1)

Custo: 0 **Tempo de lançamento:** 1 minuto
Alcance: toque **Duração:** instantânea
Grau de abalo: baixo

O personagem que conhece esta técnica pode consertar papéis, roupas, pergaminhos e até peças de couro rígido. Mesmo um livro queimado pode ser restaurado, se você conseguir pelo menos 90% de seus fragmentos. É preciso tocar nos retalhos com as mãos nuas para repará-los. O processo demora um minuto.

RESSURGIMENTO HEROICO (NÍVEL 5)

Custo: ver descrição **Tempo de lançamento:** constante
Alcance: pessoal **Duração:** permanente
Grau de abalo: baixo

Muitos anjos de outras castas se perguntam por que os querubins e os malikis não têm medo da morte. A divindade Ressurgimento Heroico talvez responda a essa pergunta. Esta técnica, em primeiro lugar, torna você imune ao dano massivo. Não importa quanto de dano você sofra, *nada* é capaz de matá-lo de uma só vez. Você também não precisa superar tiradas de resistência contra a morte. Uma vez que caia a 0 ponto de vida, permanece estável. Na próxima rodada, basta gastar 5 pontos de aura para subir a 1 ponto de vida. Não é possível se curar mais que isso, mas você já se encontra consciente e agora pode começar a se regenerar (caso possua a divindade Regeneração).

Muito embora você seja duro na queda, é possível matá-lo. Se, na mesma rodada em que você cair a 0 ponto de vida, seu inimigo acertá-lo com outro golpe, você sofre uma falha imediata no teste de resistência contra a morte, o que o impede de usar esta técnica. Com mais duas falhas, você morre, de acordo com a regra padrão de *D&D*. Caso consiga se estabilizar, você poderá, então, utilizar o Ressurgimento Heroico.

RESSURREIÇÃO (NÍVEL 6)

Custo: 30 **Tempo de lançamento:** 1 ação
Alcance: toque **Duração:** instantânea
Grau de abalo: alto

O ofanim toca o cadáver e traz de volta à vida um ser humano que tenha morrido há até sete dias. Por definição, anjos e demônios não têm alma e não podem ser revividos, mas você consegue reagrupar a essência deles, caso esta divindade seja administrada em até um minuto após a "morte". Personagens ressuscitados (anjos, demônios ou seres humanos) regressam com apenas 1 ponto de vida. O custo é de 30 pontos de aura.

RESTAURAÇÃO MOLECULAR (NÍVEL 5)

Custo: 5 **Tempo de lançamento:** 1 ação
Alcance: toque **Duração:** instantânea
Grau de abalo: alto

Com esta técnica, você é capaz de curar completamente um indivíduo apenas tocando nele. A Restauração Molecular recupera todos os pontos de vida, elimina os efeitos de drogas ou veneno no corpo, regenera membros decepados e desfaz as penalidades impostas por ferimentos temporários ou permanentes. Além disso, elimina qualquer condição de saúde adversa, como exaustão, cegueira, surdez, paralisia e aturdimento.

No caso dos seres humanos, a Restauração Molecular serve também para curar doenças e remover maldições. O custo é de 5 pontos de aura.

SACO SEM FUNDO (NÍVEL 1)

Custo: 0 **Tempo de lançamento:** 1 ação
Alcance: toque **Duração:** permanente
Grau de abalo: baixo

Você cria pequenas dimensões dentro das quais pode guardar objetos variados. O peso máximo que se pode guardar são dez quilos por ciclo. Para acessar essas dimensões e pegar seus objetos, você só precisa (literalmente) enfiar a mão no bolso. Como opção, o personagem pode abrir uma bolsa, sacola, mochila ou coisa que o valha, mas o recipiente deve ser seu — não pode ser uma bolsa ou mochila qualquer.

SENHORIO (NÍVEL 6)

Custo: ver descrição **Tempo de lançamento:** 1 ação
Alcance: ver descrição **Duração:** ver descrição
Grau de abalo: baixo

Dentro de seu bolsão dimensional, ninguém pode superá-lo. Ao custo de 2 pontos de aura, você pode se teleportar para lá a qualquer momento, saindo do plano físico, astral ou etéreo (e considerando que a área não esteja selada pela Cortina de Aço). Somente você é teleportado, não seus amigos, mas você pode trazê-los nas rodadas seguintes, ao custo de 2 pontos de aura para cada aliado.

Você tem vantagem permanente (sem custo) em todas as tiradas de dado (iniciativa, ataques, testes de resistência e testes de perícias e habilidades) efetuadas dentro de seus domínios. Os adversários, por sua vez, têm desvantagem nas tiradas de dado feitas com o objetivo de confrontá-lo física, verbal ou mentalmente. Além disso, eles não podem usar suas divindades ou benefícios de casta no interior do bolsão, a não ser que você permita.

Neste nível, você se torna, também, capaz de utilizar a divindade Cárcere para sugar outras entidades para dentro de sua dimensão. As regras para capturar oponentes desse jeito são explicadas na descrição da divindade. O custo é de 6 pontos de aura (Senhorio) + 4 pontos de aura (Cárcere), totalizando 10.

SENSO DO PERIGO (NÍVEL 2)

Custo: 0 **Tempo de lançamento:** constante
Alcance: pessoal **Duração:** permanente
Grau de abalo: baixo

O personagem ganha vantagem automática e permanente em todos os testes de resistência de Destreza contra efeitos imediatos que ele possa enxergar, como armadilhas, encantos, armas de hálito e outras divindades. Além disso, um anjo ou demônio com Senso do Perigo nunca pode ser surpreendido. Para usar tal benefício, o anjo ou demônio não pode estar cego, surdo ou incapacitado. Não há custo, e a divindade está sempre ativa.

SENTIDOS AGUÇADOS (NÍVEL 1)

Custo: 0
Alcance: ver descrição
Grau de abalo: baixo
Tempo de lançamento: constante
Duração: permanente

Todos os seus cinco sentidos são incrivelmente apurados, permitindo que você execute as seguintes tarefas e ganhe os seguintes benefícios:

- *Visão noturna*: o personagem pode enxergar na escuridão. Não é possível distinguir cores, apenas formas.
- *Visão telescópica*: você consegue enxergar com perfeição (pode até ler um documento, por exemplo) a uma distância de até trinta metros por ciclo.
- *Audição ampliada*: você é capaz de escutar o que uma pessoa está falando a uma distância de até trinta metros por ciclo.
- *Sempre alerta*: você tem vantagem em todos os testes de Percepção.
- *Faro*: você tem vantagem nos testes de Investigação e Sobrevivência feitos para rastrear um indivíduo ou um grupo de indivíduos.

SERPENTES DO ABISMO (NÍVEL 2)

Custo: 2
Alcance: 30 metros
Grau de abalo: alto
Tempo de lançamento: 1 ação
Duração: 1 minuto

Com este poder, você cria tentáculos de escuridão sólida, que surgem abruptamente e cobrem uma área de cinco metros quadrados. Todas as criaturas de tamanho pequeno, médio ou grande que entrarem (ou estiverem) no local devem superar um teste de resistência de Destreza (dificuldade 8 + bônus de proficiência + modificador de Sabedoria do conjurador) ou ser capturadas. Os indivíduos capturados ficam retidos (*restrained*) e sofrem 3d6 pontos de dano por impacto. Na próxima rodada, as vítimas podem tentar um novo teste de resistência de Destreza ou de Força, o que for maior. Se forem bem-sucedidas, são libertas e deixam a área. A falha significa que continuam capturadas e sofrem outros 3d6 pontos de dano.

Os tentáculos podem emergir em qualquer ponto a até trinta metros de você e permanecem por um minuto (dez rodadas). O custo é de 2 pontos de aura.

SERVO INVISÍVEL (NÍVEL 1)

Custo: 0
Alcance: 30 metros
Grau de abalo: alto
Tempo de lançamento: 1 rodada
Duração: 1 hora

Você conjura uma sombra (um fantasma sem força de vontade) para ajudá-lo a cumprir tarefas simples, que não exijam teste de perícia. A entidade não é capaz de atacar, mas pode abrir portas, erguer objetos, trazer coisas até você, acender um fogão e coisas do tipo. Em termos de jogo, a pontuação de Força da criatura é 10.

Se for conjurada no plano físico, a sombra é invisível aos seres humanos. Se for chamada nos planos espirituais, qualquer um pode enxergá-la e atacá-la. O fantasma tem classe de armadura 10 e 1 ponto de vida. Se ele se afastar mais de trinta metros de você, a divindade se perde.

SOBERANIA (NÍVEL 6)

Custo: 6
Alcance: pessoal
Grau de abalo: baixo
Tempo de lançamento: 1 ação
Duração: 1 hora

Um personagem com Soberania é respeitado e temido. Sua presença é tão forte que ninguém ousa agredi-lo, física ou verbalmente. Os indivíduos que tentarem devem superar um teste de resistência de Sabedoria (dificuldade 8 + bônus de proficiência + modificador de Carisma do conjurador). Se for bem-sucedido, o adversário pode atacar, mas com desvantagem. Os que falharem submetem-se à sua vontade e chegam a se ajoelhar perante você. O custo é de 6 pontos de aura, e a divindade permanece por uma hora. Os anjos e demônios de sexto ciclo ou mais, assim como as criaturas com 21 dados de vida ou mais, não são afetados pela Soberania.

SOPRO DA MORTE (NÍVEL 3)

Custo: 3
Alcance: 30 metros
Grau de abalo: alto
Tempo de lançamento: 1 ação
Duração: instantânea

Concentrando-se por uma rodada, você destrói a energia espiritual de qualquer criatura em uma esfera de vinte metros de raio, causando 10d6 pontos de dano necrótico. Os que forem bem-sucedidos em um teste de resistência de Constituição (dificuldade 8 + bônus de proficiência + modificador de Sabedoria do conjurador) sofrem apenas metade do dano. Seus aliados que estejam dentro da área de efeito são imunes ao Sopro da Morte, se você assim determinar. O custo é de 3 pontos de aura.

SOPRO DO TEMPO (NÍVEL 2)

Custo: 2 ou 5 (ver descrição)
Alcance: 30 metros
Grau de abalo: alto
Tempo de lançamento: 1 ação
Duração: instantânea

Com esta técnica, você é capaz de envelhecer ou rejuvenescer um animal, planta ou ser humano. Se esta divindade for usada para rejuvenescer, o ser (geralmente idoso) recupera a forma física de outrora. Caso seja utilizada para envelhecer, o alvo faz um teste de resistência de Constituição (dificuldade 8 + bônus de proficiência + modificador de Inteligência do conjurador). Se falhar, perde 1d6 pontos de Força, Destreza e Constituição permanentemente, mas não é possível reduzir essas habilidades abaixo de 3. O custo é de 2 pontos de aura.

Esta técnica pode ser usada em imortais, mas só afeta a Força e a Destreza (não a Constituição). O custo, nesse caso, é de 5 pontos de aura. Os efeitos são temporários: o alvo recupera todos os seus pontos de Força e Destreza após um descanso longo. Anjos ou demônios de ciclos mais altos ou criaturas com mais dados de vida que você são imunes às suas investidas.

SORTE GRANDE (NÍVEL 3)

Custo: 3
Alcance: pessoal
Grau de abalo: baixo
Tempo de lançamento: ver descrição
Duração: instantânea

Esta técnica simples, porém muito útil, permite que o anjo ou demônio manipule a realidade à sua volta. Em termos práticos, você pode gastar 3 pontos de aura para negar um acerto específico — se quiser, espere o mestre rolar os pontos de dano, para só então declarar o uso da divindade.

O máximo de vezes que se pode conjurar este poder é igual a duas vezes o seu ciclo (por exemplo, um elohim de terceiro ciclo pode usar a Sorte Grande seis vezes, no máximo). Depois, é preciso esperar o próximo nascer (anjos) ou pôr (demônios) do sol. É possível utilizar esta técnica mais de uma vez na mesma rodada, para negar múltiplos acertos.

Sorte Grande não funciona contra divindades ou encantos que exijam testes de resistência, mas é aplicável a todos os efeitos (comuns, místicos ou mágicos) que peçam do agressor uma tirada de ataque.

SUGAR ENERGIA (NÍVEL 3)

Custo: 3
Alcance: 10 metros
Grau de abalo: baixo
Tempo de lançamento: 1 ação
Duração: instantânea

Você suga a energia de uma criatura que esteja a até dez metros de distância. O alvo deve fazer um teste de resistência de Constituição (dificuldade 8 + bônus de proficiência + modificador de Sabedoria do conjurador). Se falhar, sofre 4d8 pontos de dano necrótico — esse montante vai para você, que pode usá-lo para recuperar pontos de vida ou pontos de aura, à razão de um para um. O custo é de 3 pontos de aura.

SUSSURRO DOS MORTOS (NÍVEL 1)

Custo: 0
Alcance: 20 metros
Grau de abalo: baixo
Tempo de lançamento: 1 rodada
Duração: instantânea

Todos os anjos e demônios são capazes de enxergar o plano astral. Os fantasmas, porém, são criaturas atormentadas e não falam nada que seja realmente útil. Os ofanins são bons em redimi-los, mas nem sempre conseguem arrancar informações deles, sob o risco de provocar um novo surto psicótico. Os personagens com esta divindade, por sua vez, são mestres em lidar com almas penadas.

As informações obtidas são vagas, mas proveitosas — normalmente pistas que ajudam você e seus aliados a continuar a missão. "Um chifrudo passou por aqui", ou "Monstros aguardam adiante", ou ainda "O lugar está abandonado faz duas semanas" são basicamente o tipo de coisas que essas entidades murmuram.

Esta técnica não tem custo, mas só pode ser usada uma quantidade de vezes igual a seu modificador de Carisma. Para utilizá-la novamente, o anjo deve esperar o próximo nascer do sol (ou pôr do sol, no caso dos demônios), quando todas as suas energias são recarregadas.

TELEPATIA (NÍVEL 1)

Custo: 0
Alcance: 30 metros por ciclo
Grau de abalo: baixo
Tempo de lançamento: 1 rodada
Duração: ver descrição

Você cria um elo mental com uma quantidade máxima de indivíduos igual a 2 + seu modificador de Inteligência. Uma vez que as mentes estejam conectadas, o grupo pode se comunicar sem trocar uma só palavra, no mais completo silêncio. Não é possível ler pensamentos, apenas "escutar" o que o outro diz mentalmente. Os participantes do elo mental devem ser voluntários.

O personagem precisa se concentrar apenas na primeira rodada. Uma vez estabelecido o elo, a conversa pode continuar por tempo indeterminado, inclusive durante um combate. O alcance máximo da Telepatia é de trinta metros por ciclo. O laço telepático se mantém mesmo que os participantes estejam separados por barreiras físicas, como portas e muros. O contato visual só é necessário na primeira rodada.

TELEPORTE (NÍVEL 5)

Custo: 5 + 5 por aliado
Alcance: ver descrição
Grau de abalo: alto
Tempo de lançamento: 1 ação
Duração: instantânea

Quando o teleporte é ativado, você desaparece e reaparece imediatamente em algum outro ponto do mesmo plano de existência, a uma distância máxima de cinquenta quilômetros por ciclo. É preciso conhecer o lugar aonde você deseja ir — não é possível se teleportar para o interior de uma fortaleza que você nunca visitou, por exemplo.

O custo para se teleportar é de 5 pontos de aura. Cada aliado custa mais 5 pontos de aura. Os indivíduos transportados precisam ser voluntários e devem estar a uma distância de não mais que dez metros de você.

TRANSFERÊNCIA ESPIRITUAL (NÍVEL 2)

Custo: ver descrição
Alcance: 3 metros
Grau de abalo: baixo
Tempo de lançamento: 1 ação
Duração: ver descrição

Esta divindade é o que permite aos hashmalins, baals e belials manipularem almas humanas. Para retirar o espírito de um corpo, você precisa estar a no máximo três metros da pessoa e gastar 2 pontos de aura. O alvo deve superar um teste de resistência de Sabedoria (dificuldade 8 + bônus de proficiência + modificador de Carisma do conjurador). Se falhar, a essência da pessoa deixa o organismo e fica em poder do infernal ou celeste. Você pode guardar consigo até duas almas por ciclo.

No momento em que o espírito é removido, a vítima cai a 0 ponto de vida e permanece estável por até uma hora. Se nesse período ela receber cuidados médicos, permanece assim — estável e em coma por tempo indeterminado. Se não for medicada em até uma hora, morre. Caso o espírito seja devolvido ao corpo enquanto a pessoa ainda estiver viva, ela recobra a razão e todos os seus pontos de vida em 1d8 minutos.

Uma vez de posse da alma, o personagem pode guardá-la consigo (como já explicado) ou prendê-la em algum objeto. Desse jeito, é pos-

sível ter uma vasta coleção de espíritos aprisionados. Conversar com eles, porém, não é uma atividade tão simples e requer a divindade Sussurro dos Mortos. A Transferência Espiritual pode ser usada também no plano astral, para capturar fantasmas (mas não espectros). As regras são as mesmas descritas anteriormente.

Somente espíritos humanos (vivos ou mortos) são suscetíveis à Transferência Espiritual. Contudo, esta técnica pode ser utilizada, no plano físico, de forma ofensiva. Você deve, antes de tudo, ter uma alma consigo. Então, pode tentar prendê-la no avatar de um anjo ou demônio, gastando 5 pontos de aura. O alvo faz um teste de resistência de Sabedoria (dificuldade 8 + bônus de proficiência + modificador de Sabedoria do conjurador). Se falhar, fica atordoado por 1d4 rodadas, retomando a compostura após esse tempo. A divindade Exorcismo remove a entidade imediatamente. Uma falha crítica (resultado 1) no teste de resistência significa que os espíritos (celeste e humano) se mesclam, e para remover a alma humana desse ponto em diante é necessária a divindade Transferência Espiritual — o Exorcismo não funciona mais.

TRAVESSIA ESPIRITUAL (NÍVEL 5)

Custo: 0
Alcance: 10 metros
Grau de abalo: alto
Tempo de lançamento: 1 ação
Duração: instantânea

Esta técnica permite que você e seus amigos viajem livremente pelos planos de existência sem gasto de energia. Se sua intenção for cruzar o tecido da realidade, uma brecha se abre na membrana, permitindo que vocês entrem ou saiam — os avatares são construídos e reformados imediatamente, sem custo em pontos de aura. A Travessia Espiritual também o habilita a encontrar rasgos na barreira etérea, poças de escuridão que levam ao plano das sombras e trilhas que conduzem ao mundo dos sonhos.

Rasgar o tecido da realidade é simples e não requer testes, mas você precisa superar um teste de Sabedoria para achar caminhos ao plano das sombras (dificuldade 5), ao etéreo (dificuldade 10) e ao mundo dos sonhos (dificuldade 15). A falha significa que você não encontrou a rota. O sucesso faz com que você encontre o caminho — *se* houver algum disponível na região. Esta divindade não tem custo em pontos de aura.

TRILHA DO CAÇADOR (NÍVEL 1)

Custo: 0
Alcance: pessoal
Grau de abalo: baixo
Tempo de lançamento: constante
Duração: permanente

Os personagens que tiverem esta divindade ganham vantagem em todos os testes de Furtividade. Se você estiver tentando se aproximar de alguém com o intuito de atacá-lo e conseguir surpreendê-lo, esse seu primeiro ataque é efetuado com vantagem e você ainda adiciona mais 2d6 pontos à sua tirada de dano. Esse dado extra da surpresa (2d6) sobe para 4d6 no segundo ciclo, 6d6 no terceiro ciclo, 8d6 no quarto ciclo, 10d6 no quinto ciclo e 12d6 no sexto ciclo. A vantagem nos testes de Percepção garantida pela divindade Sentidos Aguçados anula a

vantagem garantida pela Trilha do Caçador nos testes de Furtividade. Uma vez surpreendida, porém, a vítima é atacada com vantagem e sofre o dano extra, caso seja acertada.

ÚLTIMO SUSPIRO (NÍVEL 1)

Custo: 0
Tempo de lançamento: ver descrição
Alcance: pessoal
Duração: instantânea
Grau de abalo: baixo

Alguns guerreiros são persistentes e nunca recuam da luta. O Último Suspiro permite que você reúna suas últimas forças para se recuperar e continuar batalhando, mesmo depois de ferido. Em qualquer momento durante o combate, você pode tomar fôlego e recuperar 2d12 pontos de vida. No segundo ciclo, recupere 3d12 pontos de vida; no terceiro, recupere 4d12; no quarto, 5d12; no quinto ciclo, recupere 6d12; e no sexto, 7d12. O Último Suspiro é uma técnica muito cansativa, e você só poderá voltar a usá-la depois de efetuar um descanso curto ou longo.

VISÃO DO ALÉM (NÍVEL 1)

Custo: 0
Tempo de lançamento: constante
Alcance: pessoal
Duração: permanente
Grau de abalo: baixo

Todos os anjos e demônios conseguem enxergar o plano astral estando no mundo físico e vice-versa. Contudo, as camadas mais profundas são obscuras para a maioria dos personagens imortais. A Visão do Além permite que você espie o plano etéreo e o plano das sombras — ou até mesmo outras camadas, a cargo do mestre — do plano físico ou do astral.

Para que sua visão penetre tais sítios, é preciso ser bem-sucedido em um teste de Sabedoria (Percepção). Para observar o plano etéreo estando no astral, a dificuldade é 10. Se você estiver no plano físico (mais afastado), a dificuldade é 15. Para observar o plano das sombras do plano astral, a dificuldade é 5. Se você estiver no plano físico (mais afastado), a dificuldade é 10.

VISÃO DO TEMPO (NÍVEL 4)

Custo: ver descrição
Tempo de lançamento: 1 ação
Alcance: pessoal
Duração: até 1 hora
Grau de abalo: baixo

Parado no lugar, você pode captar em detalhes as imagens, os cheiros e os sons do passado. A projeção é mental, então não é possível alterar coisa alguma, apenas observar. Se você se mover, o transe se desfaz.

O período ao qual você decide voltar não é um fator. Uma vez escolhido o momento, sua mente é imediatamente transportada. O custo é de 1 ponto de aura para cada minuto que você sustentar a visão. A divindade foi concebida com propósitos de estudo, mas muitos já a usaram para espionar inimigos e para descobrir o que foi dito em uma sala de reuniões, em um passado não tão distante.

VÓRTICE (NÍVEL 4)

Custo: ver descrição **Tempo de lançamento:** 1 ação
Alcance: 3 metros **Duração:** instantânea
Grau de abalo: o vórtice não pode ser aberto no plano físico, então não há abalo.

Esta é uma técnica semelhante ao Portal, mas estabelece uma conexão mística desde o plano astral (e não desde o plano físico) até alguma dimensão paralela. Se você já conhece o ponto de chegada (um anjo voltando para o céu, por exemplo), pode abrir o túnel ao custo de 4 pontos de aura. O vórtice surge instantaneamente e se fecha logo depois de sua passagem. É possível levar outras entidades consigo, pagando mais 4 pontos de aura por indivíduo.

Caso você não conheça o ponto de chegada, precisará conduzir uma investigação prévia sobre ele — o processo demora 2d6 dias. No fim desse período, faça um teste de Inteligência (Arcana). O sucesso indica que você está apto a abrir o vórtice. Se fracassar, poderá tentar uma nova investigação, que leva o mesmo prazo (2d6 dias).

O custo para criar um vórtice permanente é de 30 pontos de aura. Você pode escolher se a conexão é de mão única (só permite o ingresso) ou de mão dupla (permite o ingresso e o retorno).

VOZ DE COMANDO (NÍVEL 2)

Custo: 2 **Tempo de lançamento:** 1 ação
Alcance: 30 metros **Duração:** ver descrição
Grau de abalo: baixo

Gritando uma ordem na direção do alvo, você o obriga a obedecer-lhe. O comando deve se limitar a uma palavra, como "pare", "fuja", "venha", "caia", "tropece", "durma" ou algo do tipo. Uma ordem como "morra" fará com que o personagem deite no chão e se finja de morto; já a ordem de "mate-se" não funciona, porque inclui o pronome (mate a si mesmo).

O adversário deve superar um teste de resistência de Sabedoria (dificuldade 8 + bônus de proficiência + modificador de Carisma do conjurador) ou obedecer à ordem em seu próximo turno. Para ser afetado, o oponente deve estar em seu campo de visão e ser capaz de escutar (e entender) a palavra. O custo é de 2 pontos de aura. Não é possível usar a Voz de Comando com anjos ou demônios de ciclos maiores ou criaturas com mais dados de vida que você. Nos mortais, os efeitos da Voz de Comando são mais poderosos e persistem por 1d8 rodadas.

ZONA NEUTRA (NÍVEL 5)

Custo: 5 **Tempo de lançamento:** 1 ação
Alcance: 30 metros **Duração:** 8 horas
Grau de abalo: baixo

Você cria uma bolha de harmonia que impede manifestações agressivas. Todos no interior da bolha perdem o impulso de atacar e tendem a se comportar de modo mais razoável. Isso não quer dizer que se tornam amigos. A Zona Neutra permite debates acalorados, discussões políticas, jogos de azar e conversações diplomáticas, que raramente terminam em briga.

Todos que tentarem atacar ou usar divindades para fins ofensivos devem superar um teste de resistência de Sabedoria (dificuldade 8 + bônus de proficiência + modificador de Carisma do conjurador). Mesmo aqueles que forem bem-sucedidos atacam com desvantagem dentro da área. Se alguém for agredido primeiro, tem a chance de contra-atacar, sem precisar efetuar testes de resistência.

A bolha tem um raio igual a dez metros por ciclo e persiste por até oito horas. O custo é de 5 pontos de aura.

FILHOS DO ÉDEN

ROLE-PLAYING GAME

NOME DO PERSONAGEM | JOGADOR

ESPÉCIE | CASTA | CICLO | ALINHAMENTO | EXPERIÊNCIA

FORÇA

DESTREZA

CONSTITUIÇÃO

INTELIGÊNCIA

SABEDORIA

CARISMA

INSPIRAÇÃO

TESTE DE RESISTÊNCIA

- ○ _____ Força
- ○ _____ Destreza
- ○ _____ Constituição
- ○ _____ Inteligência
- ○ _____ Sabedoria
- ○ _____ Carisma

PERÍCIAS

- ○ ____ Agilidade DES
- ○ ____ Arcana INT
- ○ ____ Emp. c/ animais SAB
- ○ ____ Furtividade DES
- ○ ____ História INT
- ○ ____ Intimidação CAR
- ○ ____ Investigação INT
- ○ ____ Ludibriar CAR
- ○ ____ Medicina SAB
- ○ ____ Natureza INT
- ○ ____ Performance CAR
- ○ ____ Percepção SAB
- ○ ____ Perspicácia SAB
- ○ ____ Persuasão CAR
- ○ ____ Prestidigitação DES
- ○ ____ Religião INT
- ○ ____ Sobrevivência SAB
- ○ ____ Vigor FOR

CLASSE DE ARMADURA

INICIATIVA

DESLOCAMENTO

PONTOS DE VIDA

TOTAIS

DADOS DE VIDA

TESTES CONTRA MORTE

SUCESSOS ○ ○ ○

FRACASSOS ○ ○ ○

ATAQUE

NOME	BÔNUS	DANO

BENEFÍCIOS DE CASTA

PONTOS DE AURA

DIVINDADES

NOME	NÍVEL

BÔNUS DE PROFICIÊNCIA

SABEDORIA PASSIVA (PERCEPÇÃO)

FERRAMENTAS E OUTRAS PERÍCIAS

○ ○

○ ○

○ ○

○ ○

EQUIPAMENTOS

MAKING OF

OS BASTIDORES DE *FILHOS DO ÉDEN: UNIVERSO EXPANDIDO*

Escutem o velho Expresso das Costeletas e sigam seu conselho: numa noite escura e chuvosa, quando os raios cruzam o céu, os trovões assustam e a chuva cai sem parar... Lembrem-se do que o velho Jack Burton faz quando a terra treme, as flechas venenosas caem do céu e os pilares do paraíso sacodem. O velho Jack olha bem no fundo dos olhos do temporal e diz: "Pode mandar o que quiser. Eu aguento".

JACK BURTON, em *Os Aventureiros do Bairro Proibido*

Este livro começou a ser idealizado em janeiro de 2011, antes mesmo do lançamento de *Herdeiros de Atlântida*. De início, eu e o Andrés Ramos não tínhamos absolutamente nada em mente, exceto a vontade de trabalhar juntos em um projeto que envolvesse a tetralogia angélica. Muitas ideias foram cogitadas no começo, desde animações para TV até um jogo *point-'n'-click*, mas nenhuma que nos empolgasse de fato.

Mesmo sem fins lucrativos, por puro amor à história, o Andrés, responsável pelos desenhos internos de *A Batalha do Apocalipse: Edição Especial*, continuou dando vida a esse universo — muitas de suas imagens, inclusive, foram compartilhadas no meu blog (o Filosofia Nerd) e nas minhas redes sociais, de 2011 a 2015.

O Andrés — que, por sinal, é meu amigo desde o ginásio — parece ter se empolgado particularmente quando leu o manuscrito (à época inacabado) de *Anjos da Morte*, pois a obra rendeu mais uma leva de pinturas fantásticas. Decidimos, então, que era hora de trazer esses conceitos do plano etéreo para o mundo físico e, assim, imprimimos a boneca de um livro que mais parecia um *artbook*. Foi esse "guia visual" que apresentamos, no inverno de 2013, à minha editora, Raïssa Castro, durante uma visita à sede do Grupo Editorial Record, no Rio de Janeiro. Ela se animou bastante, mas nós (eu e o Andrés) não estávamos, ainda, satisfeitos com o resultado.

Conversamos muito e chegamos à conclusão de que poderíamos fazer algo maior e melhor. Mas... o quê, exatamente? O roteiro de *Filhos do Éden: Paraíso Perdido* serviria para solucionarmos esse quebra-cabeça. *Paraíso Perdido* — conforme o planejamento do roteiro — apresentaria aos leitores personagens e lugares totalmente novos, como as gloriosas planícies de Asgard, os domínios sombrios do Hades e a terra antediluviana, com suas fortalezas, cidades e metrópoles governadas por feiticeiros e grão-sacerdotes. Surgiu espontaneamente, então, o desejo de explorar mais esses ambientes, de contar detalhes sobre os impérios como eram no período anterior ao dilúvio, de descrever os nódulos da zona secreta, de falar sobre as castas satânicas, as estirpes, os monstros e os rios cósmicos. O ponto de virada aconteceu, enfim, quando resolvemos incluir nesse "guia" um capítulo exclusivo para as regras de RPG. O Andrés torceu o nariz, eu insisti, e de repente o que tínhamos em mãos, mesmo sem querer, era uma enciclopédia ilustrada, um manual para o *universo expandido* da tetralogia.

Quando conversamos sobre isso, parecia que tínhamos enxergado a luz. Por anos jogamos *Dungeons & Dragons* (ele foi meu primeiro Dungeon Master), e lá estávamos nós, prontos para trabalhar em uma obra muito semelhante aos cenários de campanha de *D&D* (Forgotten Realms, Dragonlance, Dark Sun, Ravenloft), que nos divertiram no passado e ainda nos divertem.

RIO-PARIS

O Andrés começou a trabalhar efetivamente na enciclopédia ilustrada em dezembro de 2013, com base em um conjunto de tópicos que eu rabiscara em uma folha de caderno. Essa era a única contribuição que eu podia fazer por ora, pois todas as minhas forças estavam concentradas na produção de *Paraíso Perdido*, que eu prometera entregar à editora até setembro de 2015. Mesmo assim, conseguíamos nos reunir pelo menos uma vez por semana, ele em Paris e eu no Rio de Janeiro.

A diferença de fuso horário (salvo no verão, a capital francesa está cinco horas à nossa frente) acabou nos beneficiando, no fim das contas. Quando eu acordava, por volta das oito horas, era uma da tarde em Paris. Com o trabalho da manhã praticamente finalizado, o Andrés sempre tinha alguma coisa para me mostrar, e era aí que começavam nossos problemas. Cada desenho abria margem a uma nova história, um conto, uma *graphic novel*, e nós acabávamos perdendo muito tempo expandindo o universo para além da própria enciclopédia ilustrada. Esse exercício, embora contraproducente em um primeiro momento, me rendeu excelentes ideias, que foram incorporadas a *Paraíso Perdido*, como a estirpe dos shedus e dos erelins. Também me ajudou a costurar as pontas soltas da cronologia celeste, inserindo episódios cruciais para se entender a relação entre os arcanjos e Metatron, como a batalha contra Enuma, no Quinto Céu (confira o tópico "O Último Inimigo", no capítulo 1). Valeu-me, ainda, um caderno entulhado de conceitos para publicações futuras — alguns dos quais foram compartilhados aqui mesmo, no capítulo 7, sob o tópico "Ideias Livres".

Entreguei à editora o manuscrito final de *Paraíso Perdido* em setembro de 2015, conforme prometido, e logo em seguida tirei um mês de férias para recuperar as energias, antes de iniciar o ciclo de viagens de divulgação do terceiro volume de *Filhos do Éden*. Resolvi matar dois coelhos com uma só cajadada e voei na mesma semana para a França, onde eu e o Andrés compilamos todos os desenhos e os textos que já tínhamos e formatamos o proje-

to final da enciclopédia, definindo não só o que o leitor encontraria em cada capítulo como também a sensação que desejávamos transmitir. Nesse ponto, *Filhos do Éden: Universo Expandido* precisava ser mais que um manual de leitura rápida — deveria ser um livro de cabeceira, que os entusiastas da tetralogia pudessem consultar de tempos em tempos. Nasceram assim os capítulos de Fanfiction e RPG, seções que têm como objetivo tornar este projeto realmente útil e atrativo a quem o comprar.

ATRAVÉS DO TECIDO

Regressando das férias e da turnê pelo Brasil, em janeiro de 2016 passei a me dedicar *full time* à enciclopédia. Nossas reuniões passaram a ser diárias, e o projeto avançou muito rápido. Comecei a escrever de fato, seguindo a ordem certa dos capítulos, atividade que me deixou muito feliz. Meus romances costumam ser cheios de explicações sobre como o universo opera, e agora eu poderia explicar tudo nos pormenores, sem correr o risco de ser prolixo ou de deixar de lado a trama e os personagens.

O que me deliciou, particularmente, foi escrever sobre coisas que ainda não tinham sido contadas, sobre o funcionamento da magia, por exemplo, as ordens infernais, as entidades primevas, os grandes antigos e os monstros cósmicos.

Ao todo, o Andrés passou dois anos focado neste projeto, e eu levei seis meses compondo os textos e adaptando/testando o sistema de RPG. Quando terminei, no inverno de 2016, tive a impressão de que não havíamos construído um guia, um manual ou mesmo uma enciclopédia, mas uma *comunidade*. Porque desde o início eu nunca pensei que este livro seria voltado para o leitor comum, mas para aqueles que desejam experienciar esse universo ficcional, que se interessam por escrever, por desenhar, por jogar, por submergir nessas aventuras imaginárias — assim como nós nos divertíamos jogando Dragonlance, Forgotten Realms, Dark Sun, Vampiro e Call of Cthulhu.

Se você chegou até aqui, saiba que é parte dessa comunidade também. Esperamos que tenha gostado do que apresentamos, porque, esteja certo, este tomo foi desenhado, escrito, diagramado e revisado com toda empolgação e carinho. É assim que trabalhamos e sempre pretendemos trabalhar. Contamos com você para nos alertar caso, no futuro, nos desviemos desse caminho.

BIOGRAFIA

EDUARDO SPOHR — AUTOR/ESCRITOR

Nasci no Rio de Janeiro, em uma manhã nublada de junho de 1976. Quando eu penso que esse foi o último ano em que a TV Globo transmitiu uma novela em preto e branco, me dou conta de como o mundo mudou de lá para cá.

Minha família tem uma longa tradição no ramo da aviação brasileira. Meu avô, Carlos Spohr, foi um dos primeiros comandantes da Varig, e meu pai e meu tio seguiram o mesmo caminho. Foi, a propósito, nesse ambiente que meus pais se conheceram — minha mãe era comissária de bordo, bem como minhas duas tias maternas.

Na época, os dependentes dos pilotos tinham direito a passagens de graça, e eu tive a oportunidade única de conhecer o mundo desde cedo, pelo que sou grato até hoje. Conviver com culturas e povos diferentes talvez tenha me feito enxergar as pessoas com um olhar mais tolerante. Religião, história, filosofia, literatura e cinema, além das artes marciais e dos jogos de RPG, acabaram se tornando meus principais interesses, e eu comecei a ler tudo a esse respeito.

O primeiro colégio em que eu me lembro de ter estudado foi o Externato de São Patrício (que não existe mais) e depois o Andrews, onde fui reprovado na sexta série — culpa dos logaritmos e das identidades trigonométricas, *malditos sejam*! Na verdade, essa foi uma das melhores coisas que aconteceram na minha infância, porque meus pais acabaram me transferindo para o Centro Educacional da Lagoa (CEL), uma escola "menos tradicional", na opinião deles. Foi no CEL que conheci alguns dos meus grandes amigos, como o Caio Boiteux (o Bluehand, do NerdCast) e o Andrés Ramos, que assina este livro comigo.

Como qualquer vestibulando, aos 17 anos eu estava totalmente perdido em relação a que curso escolher e acabei optando por publicidade e propaganda, afinal eu gostava de criar histórias. Cheguei a trabalhar em agências de publicidade, mas sempre com a sensação de que estava escrevendo menos do que deveria — eu queria me arriscar em textos mais longos. No quinto período da faculdade, comecei a produzir matérias especiais para o *Aqui!*, a revista eletrônica do site Cadê? (o sistema de busca), e passei a adorar não só o trabalho como o ambiente da redação — o Cadê? era, já em 1998, uma dessas empresas "descoladas", cheias de mentes criativas, com a filosofia das grandes corporações do Vale do Silício: você fazia o seu horário e era cobrado pela produtividade. Eu me sentia em casa!

Resolvi largar a propaganda quando surgiu a oportunidade de um emprego fixo no *Aqui!*. Logo, além das matérias especiais e da minha coluna semanal sobre RPG, fui incorporado à editoria de *hard news* do Cadê?, o Cadê? Notícias, até a firma ser adquirida pela multinacional StarMedia (essa você não deve lembrar, mas tudo bem). Eu me formei na faculdade (a PUC-Rio) em 2001, fui contratado como redator em tempo integral e permaneci na StarMedia até 2002, quando o escritório do Rio de Janeiro fechou as portas — uma inevitável consequência do chamado "estouro da bolha da internet", que viria a quebrar grande parte das empresas "ponto com" no Brasil e no mundo.

Os dois anos que passei desempregado me deram paz de espírito para escrever *A Batalha do Apocalipse*. Em seguida, cheguei a voltar ao mercado jornalístico, atuando como avaliador do Prêmio iBest, *freelancer* do iG e editor do portal Click21. Mas a paixão pela literatura acabou falando mais alto, e o resto da história você já conhece...

ANDRÉS RAMOS — AUTOR/ILUSTRADOR

Andrés Felipe Jaramillo Ramos nasceu em janeiro de 1977, na cidade de Bogotá. Filho de pai colombiano e mãe paraense, veio para o Brasil com apenas um mês de idade. Por muitos anos, apresentava-se como brasileiro — mais precisamente como carioca —, mas agora, morando em Paris desde 2011, passou a se considerar um cidadão do mundo.

O desenho parece ter sido sua primeira forma de expressão, uma atividade que o acompanharia por toda a vida. Diferentemente de muitos ilustradores infantis, que abandonam a prática na adolescência, ele investiria, nos anos vindouros, em cursos, palestras e *workshops*, o que o ajudaria a aprimorar sua técnica e a melhorar seu traço.

Conheci o Andrés em 1989, quando fui transferido para o CEL. Assim como eu, ele era novo na escola e vinha de um colégio maior. O Bennett, do mesmo modo que o Andrews, era quase uma praça de guerra, com turbas de valentões e brigas infindáveis, o que obrigava os garotos a ficarem sempre atentos durante o recreio. Com a mudança para o CEL, ele teve, enfim, tempo e tranquilidade para fazer o que mais gostava no intervalo entre as aulas: ilustrar. Foi por volta dessa época que outro personagem entrou em cena: Rafael Jucá, que também era um ás do desenho. Ele e o Andrés travavam disputas amigáveis, e foi este o primeiro contato que tive com eles: os dois sentados no pátio, competindo para saber quem produziria a melhor história em quadrinhos.

Mesmo sendo um desenhista medíocre, eu queria fazer parte do grupo e, como já gostava de ler, comecei a escrever textos, contos e novelas. Formou-se então um trio criativo, e depois uma dupla, já que eu e o Andrés concordávamos em praticamente tudo, quase como se tivéssemos o mesmo cérebro. A parceria prosseguiu e a amizade se intensificou quando conhecemos o RPG. O pré-vestibular (verão de 1994) foi, definitivamente, o período em que mais jogamos, e hoje, olhando para trás, fico pensando como *Dungeons & Dragons* foi significativo em nossa vida e como aquelas longas noites matando dragões e explorando masmorras viriam a nos influenciar profissionalmente, nas décadas seguintes.

Eu e o Andrés nos separaríamos (academicamente falando) no princípio de 1995. Ele foi cursar desenho industrial na finada Faculdade da Cidade, em Ipanema, e eu, publicidade e propaganda na PUC-Rio, no bairro da Gávea. Em 1999 ele conseguiu emprego como *webdesigner* na TVE (a extinta TV educativa do Rio), cargo que acabou

largando oito anos depois para se dedicar unicamente à ilustração. Como *freelancer*, a partir de 2007, passou a produzir *storyboards* para filmes, animações e comerciais de TV. Embora o estresse do mercado publicitário tenha lhe custado parte da saúde e um pouco da sanidade, ele nunca se arrependeu de ter renunciado à segurança de um salário fixo.

A segunda maior transformação de sua vida aconteceu quando ele se mudou para a França, acompanhando sua esposa, Thaís, *designer* de joias de uma grande *maison* francesa. Longe da publicidade brasileira, das reuniões nas agências e nas produtoras, ele encontrou a paz necessária para voltar (como nos tempos do colégio) a desenvolver seus próprios projetos, e assim nasceu a ideia de *Filhos do Éden: Universo Expandido*, que o leitor tem em mãos neste exato momento.

Mesmo sendo um sujeito agradável, o Andrés (como muitos, aliás) considera que tem poucos amigos verdadeiros, pessoas com quem pode realmente contar — o que, de certa forma, faz com que ele se sinta especial, como se estivesse ainda ao redor de uma mesa de RPG. De minha parte, fico feliz que ele tenha me aceitado no time e honrado de pertencer a esse seleto grupo de aventureiros.

Eduardo Spohr
Natal de 2016

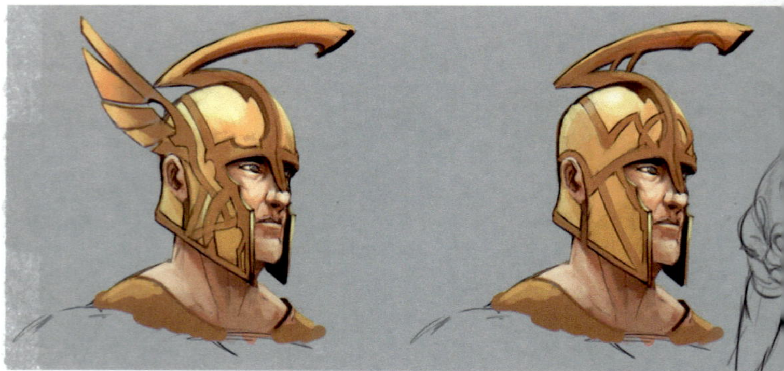

LEGAL INFORMATION

Permission to copy, modify and distribute the files collectively known as the System Reference Document 5.1 ("SRD5") is granted solely through the use of the Open Gaming License, Version 1.0a.

This material is being released using the Open Gaming License Version 1.0a and you should read and understand the terms of that license before using this material.

The text of the Open Gaming License itself is not Open Game Content. Instructions on using the License are provided within the License itself.

The following items are designated Product Identity, as defined in Section 1(e) of the Open Game License Version 1.0a, and are subject to the conditions set forth in Section 7 of the OGL, and are not Open Content: Dungeons & Dragons, D&D, Player's Handbook, Dungeon Master, Monster Manual, d20 System, Wizards of the Coast, d20 (when used as a trademark), Forgotten Realms, Faerûn, proper names (including those used in the names of spells or items), places, Underdark, Red Wizard of Thay, the City of Union, Heroic Domains of Ysgard, EverChanging Chaos of Limbo, Windswept Depths of Pandemonium, Infinite Layers of the Abyss, Tarterian Depths of Carceri, Gray Waste of Hades, Bleak Eternity of Gehenna, Nine Hells of Baator, Infernal Battlefield of Acheron, Clockwork Nirvana of Mechanus, Peaceable Kingdoms of Arcadia, Seven Mounting Heavens of Celestia, Twin Paradises of Bytopia, Blessed Fields of Elysium, Wilderness of the Beastlands, Olympian Glades of Arborea, Concordant Domain of the Outlands, Sigil, Lady of Pain, Book of Exalted Deeds, Book of Vile Darkness, beholder, gauth, carrion crawler, tanar'ri, baatezu, displacer beast, githyanki, githzerai, mind flayer, illithid, umber hulk, yuan-ti.

All of the rest of the SRD5 is Open Game Content as described in Section 1(d) of the License.

The terms of the Open Gaming License Version 1.0a are as follows:

OPEN GAME LICENSE Version 1.0a

The following text is the property of Wizards of the Coast, Inc. and is Copyright 2000 Wizards of the Coast, Inc ("Wizards"). All Rights Reserved.

1. Definitions: (a)"Contributors" means the copyright and/or trademark owners who have contributed Open Game Content; (b)"Derivative Material" means copyrighted material including derivative works and translations (including into other computer languages), potation, modification, correction, addition, extension, upgrade, improvement, compilation, abridgment or other form in which an existing work may be recast, transformed or adapted; (c) "Distribute" means to reproduce, license, rent, lease, sell, broadcast, publicly display, transmit or otherwise distribute; (d)"Open Game Content" means the game mechanic and includes the methods, procedures, processes and routines to the extent such content does not embody the Product Identity and is an enhancement over the prior art and any additional content clearly identified as Open Game Content by the Contributor, and means any work covered by this License, including translations and derivative works under copyright law, but specifically excludes Product Identity. (e) "Product Identity" means product and product line names, logos and identifying marks including trade dress; artifacts; creatures characters; stories, storylines, plots, thematic elements, dialogue, incidents, language, artwork, symbols, designs, depictions, likenesses, formats, poses, concepts, themes and graphic, photographic and other visual or audio representations; names and descriptions of characters, spells, enchantments, personalities, teams, personas, likenesses and special abilities; places, locations, environments, creatures, equipment, magical or supernatural abilities or effects, logos, symbols, or graphic designs; and any other trademark or registered trademark clearly identified as Product identity by the owner of the Product Identity, and which specifically excludes the Open Game Content; (f) "Trademark" means the logos, names, mark, sign, motto, designs that are used by a Contributor to identify itself or its products or the associated products contributed to the Open Game License by the Contributor (g) "Use", "Used" or "Using" means to use, Distribute, copy, edit, format, modify, translate and otherwise create Derivative Material of Open Game Content. (h) "You" or "Your" means the licensee in terms of this agreement.

2. The License: This License applies to any Open Game Content that contains a notice indicating that the Open Game Content may only be Used under and in terms of this License. You must affix such a notice to any Open Game Content that you Use. No terms may be added to or subtracted from this License except as described by the License itself. No other terms or conditions may be applied to any Open Game Content distributed using this License.

3.Offer and Acceptance: By Using the Open Game Content You indicate Your acceptance of the terms of this License.

4. Grant and Consideration: In consideration for agreeing to use this License, the Contributors grant You a perpetual, worldwide, royalty-free, nonexclusive license with the exact terms of this License to Use, the Open Game Content.

5.Representation of Authority to Contribute: If You are contributing original material as Open Game Content, You represent that Your Contributions are Your original creation and/or You have sufficient rights to grant the rights conveyed by this License.

6.Notice of License Copyright: You must update the COPYRIGHT NOTICE portion of this License to include the exact text of the COPYRIGHT NOTICE of any Open Game Content You are copying, modifying or distributing, and You must add the title, the copyright date, and the copyright holder's name to the COPYRIGHT NOTICE of any original Open Game Content you Distribute.

7. Use of Product Identity: You agree not to Use any Product Identity, including as an indication as to compatibility, except as expressly licensed in another, independent Agreement with the

Todos os mundos, céus e infernos vivem eternamente dentro de nós.

Arcanjo Rafael, em ***Filhos do Éden: Herdeiros de Atlântida***